本专著为“江苏高校优势学科建设工程三期项目外国语言文学”资助出版

基尼亚尔小说作品的“沉默”主题研究

刘娟 / 著

中国纺织出版社有限公司

图书在版编目（CIP）数据

基尼亚尔小说作品的“沉默”主题研究：法文／刘娟著. --北京：中国纺织出版社有限公司，2022.10
ISBN 978-7-5180-9967-2

Ⅰ. ①基… Ⅱ. ①刘… Ⅲ. ①基尼亚尔－小说研究－法语 Ⅳ. ①I565.074

中国版本图书馆CIP数据核字（2022）第198053号

责任编辑：郭　婷　　责任校对：江思飞　　责任印制：储志伟

中国纺织出版社有限公司出版发行
地址：北京市朝阳区百子湾东里A407号楼　邮政编码：100124
销售电话：010—67004422　传真：010—87155801
http://www.c-textilep.com
中国纺织出版社天猫旗舰店
官方微博 http://weibo.com/2119887771
天津千鹤文化传播有限公司印刷　各地新华书店经销
2022年10月第1版第1次印刷
开本：710×1000　1/16　印张：16.75
字数：210千字　定价：78.00元

序

沉默主题是近几年来文学评论界谈论比较多的话题，也许因为沉默本身具有极其丰富的内涵，而且也是一个不太容易定义的概念，尤其是法国著名的思想家福柯或布朗肖等在其论著中都曾引入沉默的概念，更是引起诸多学者的探究。

法国哲学家米歇尔·福柯在《性与传入的历史》一书中曾这样说道：“沉默本身是那些人们不愿提及或被禁止提及的事情，是不同的谈话者应学会采用的谨慎的态度。沉默并不是话语的绝对终结。人们总是习惯于把话语与沉默截然分开，然而沉默却是伴随话语而来、相对于话语的另一种表达方式。”布朗肖也在多篇论著中谈论语言和沉默的关系，他认为：“语言不是证实人的存在，不是人的发声，不是人的显赫在场的标志，恰好相反，语言表明了人的沉默和缺席。人正是通过语言而不存在，而不会讲话。”我们也可以从两位思想家对沉默的定义中窥见基尼亚尔作品中“沉默”的主题。

帕斯卡尔·基尼亚尔1948年出生于书香门第，父亲是文科教师也是作家。受父亲影响，21岁的基尼亚尔出版了他的第一本书，从此走上写作之路；至今已出版各类作品80余部，同时也获得各类文学大奖，《秘密生活》1998年获法国文化大奖；《罗马阳台》2000年获法兰西学院小说大奖；《游荡的影子》2002年荣膺龚古尔奖；《眼泪》2017年荣获安德烈·纪德文学奖，等等。基尼亚尔被认为是法国当代文坛最具实力和创新性的作家之一，因其语言的复杂和思想的深邃而与法国当代思想家布朗肖、巴塔耶、列维纳斯等齐名。

基尼亚尔一生致力于文学创作，因其作品的丰富性和深邃性而成为法国20世纪文学发展中极具代表性的文学巨擘。而其笔下的“沉默”是他潜心勾画的主题，是其人物及他本人的一种存在方式，是他话语世界里不可或缺的一个组成部分。

基尼亚尔以最特别的方式将沉默引入语言中的便是音乐。作家本人从小受到严格而正统的音乐教育，这也许是他对音乐着迷的开始。音乐也成为基尼亚尔作品中表现沉默的首要方式。他的很多作品都是置于音乐背景之中：《音乐课》《世间的每一个清晨》《音乐之根》《马莱之歌》等，代表作《游荡的影子》的书名便是源自17世纪法国音乐家的同名乐曲。不管作品内外，音乐都能带给他本人或他笔下的人物很多别样的感受，他的人物常常沉浸在音乐之中，感受到自己被音乐所萦绕和召唤，这正是音乐区别与文字的神奇之处，音乐在它“不可听，不可说，不可见”的流动音符中，言说着人与自然的存在。在基尼亚尔笔下，音符和音符之间的跳动如同文字与文字间的碰撞，具有无穷无尽的张力，音乐因此成为言说沉默的一种方式。

写作则是另一个维度的“沉默”体现，它于基尼亚尔来说其意义不言而喻。基尼亚尔以其自身永不停歇的创作阐释着写作的意义，写作使他不断地更新语言、创作和思想，无限敞开自我，将自己毕生的追寻投入孜孜不倦的书写之中，尤其是他作品中的历史书写，不断将他带到历史的边缘思考并写作，他的多本小说都置于历史的维度之上，《眼泪》的创作背景是公元842年《斯特拉斯堡誓言》的签署，追溯了法语文明的诞生；《罗马阳台》和《世间的每一个清晨》是对17世纪古典主义时代的历史书写，在基尼亚尔看来，“历史的叙述能够保存记忆，抵抗遗忘，其前提是历史的叙述能够再现历史和现实的经验，能够给后人以真实可靠的记叙”。历史的书写并非书写历史本身，而是通过重写历史虚构性的创作，将历史推向更远的位置，超越写作本身而引发对写作、对社会的思考。因而，对基尼亚尔来说，写作是他保持与现实距离的一种方式，可以表达他对现实或不同世界的想象和思考。写作是基尼亚尔选择远离这个社会的同时又与它保持一定联系的方式。

对音乐和写作的思考体现了基尼亚尔作品中对另外一个概念的探究，即“原初”的概念，“原初”是基尼亚尔小说中反复出现的主题，我们常常询问什么是基尼亚尔笔下的“原初”？基尼亚尔在其众多作品中一直在思考，语言是如何诞生的？语言对于人类的意义又是如何？如果没有语言，人类会如何发展？他曾说：“在人出生那天之前就已经有了一个生命。在世界出现之前就已经有了一个世界。”对此，在一次访谈中，基尼亚尔也曾解释道，人出生之前就存在一个第一世界，出生后的世界可以称作第二世界，令他感兴趣的是人在刚出生时语言世界是如何发展，又具备怎样的功能，超越语言、超越时间、摆脱一切束缚的第一世界是否就是一切的起源和开端？显然基尼亚尔的作品不会给予我们“是”或者“不是”的简单答复，而是在探索原初的背后，是对语言的溯源和深层的反思，是对生命的询问，对存在的思考，也是对他自身写作的追寻。

当然，从本源上来说，回归原初也是选择沉默的一种方式，对基尼亚尔来说，音乐是沉默的符号，写作则是语言的沉默和思考，“沉默”已然成为一种符号，一种具有深层隐喻的符号系统，成为作家回归原初的符号载体。基尼亚尔在其作品中使用一系列独特的、与众不同的文字符号勾画出了他对音乐、语言、写作乃至生命的感悟，折射出他对生活/生命和现代文明的反思和内涵，更书写了作家独特的“沉默”美学。

由此可见，基尼亚尔笔下的沉默意味着作家对世界的凝视和反思，正是在这种凝视和反思中，“沉默”的符号意义得以彰显，“沉默”转换为言说的音乐、文本和写作，指向更为丰富的蕴涵和所指。

我想这正是刘娟这本论著带给我们的思考吧：她在论著中详细对“沉默”概念进行论述，并以此为切入点对基尼亚尔叙事作品中的音乐、写作、生命等方面进行重新解读，她的文字可以带领我们品味作家独特的、与众不同的沉默意象及隐喻书写，体会作家反思现代文明的新观念和新思想。

华东师范大学外语学院教授　王静

前言

帕斯卡·基尼亚尔（Pascal Quignard, 1948—）是法国当代著名作家，1969年发表第一部作品，迄今已出版著作84部，深受评论界的关注，在国际上享有盛誉。基尼亚尔的作品跨越多个学科，涵盖多种文学体裁，多次荣获包括龚古尔奖和法兰西学院小说大奖在内的主要文学奖项。

基尼亚尔自幼开始接触语言学和音乐，接受过系统的哲学教育，具备出色的语言功底、音乐素养和哲学思辨能力。基尼亚尔对语言始终保持浓厚的兴趣，两次失语的经历更是促使他深入思考语言——意义之间的意指关系，以沉默审思言说。

沉默是基尼亚尔作品的重要主题。沉默以作家对语言、对语言功用的怀疑和否定为根基，排除语言、身份、关系、利益、荣誉、逻辑等要素，是人进入生命、音乐和写作最为自然、最为纯粹的路径。

本书以基尼亚尔的9部小说作品作为主要研究材料，采用文本细读和文本分析的研究方法，并结合主题学的考查方法，全面梳理基尼亚尔小说作品中关于沉默的说辞与提示，考查沉默在基尼亚尔小说作品中的丰富意蕴，挖掘作家独具一格的沉默观，以归纳和总结基尼亚尔的整体创作思想。

本书在结构上分为三个部分，与之相对应的是基尼亚尔沉默所呈现的三个主要方面，分别是“沉默与生命 / 生活”“沉默与音乐”“沉默与写作”，三种关系构成一个有机的整体，也就是说，论文的每个部分都着力于回答一个中心问题，同时也分别对出生、音乐和语言进行了阐释。

第一部分分析沉默与生命 / 生活的关系。基尼亚尔认为，生命的本源是静谧无言的，进入语言，既进入文化也进入异化，所以回归沉默便成为回归本源。在产前世界中，人未被语言包围并与母体保持整体性。出生意味着与母体分离，进入语言建构的嘈杂世界。小说主人公通过拒绝身份、选择孤独、回归

“元婴”、超越世俗情爱等方式探寻最接近生命原初的生活方式。他们回归自然，在沉默的空间、时间和状态下潜心艺术创作和革新。

第二部分分析沉默与音乐的关系。沉默也是音乐的本源。一如画之留白，瓷器中空。音乐的本质在于不可听、不可说、不可见，言说不可表达的痛苦。而“音乐课”告诫我们，真正意义的音乐跟乐器、技巧无关。它存在于人的本性、存在于原生态的社会、存在于寂静而壮阔的大自然之中。音乐根生于情，表达悔恨，呼唤失去。小说中的音乐家们由此创作出自然之乐。自然之乐创作于自然之中，去除意义，抵达纯听觉之域，最终实现对音乐的驱魅。

第三部分探讨沉默与写作的关系。基于思想的碎片化和断裂性特征，基尼亚尔在写作形式上选择碎片化写作：时断时续的叙事，沉默割裂的碎片，反而很好地展示了原初世界的连续性和整体性，以尽可能真实而全面地反映人类的思想与行为。碎片化写作符合作家远离社会生活的行为。基尼亚尔的自我定义是赏析古先贤的读者或文学爱好者，对历史的阅读和再书写是其小说写作的主要内容。写作方式和写作内容都与对语言的反思和批判息息相关。语言作为后天纯习得之物极为脆弱随时可能消失。语言的缺失是写作之源，写作是言说沉默，摆脱集体语言的枷锁，找寻缺失的真正意义的语言，并最终消解文学的规划性。

通过以上分析，我们对基尼亚尔小说作品中的“沉默”做出了清晰的界定，对作家给予未来法国文学走向的影响，也给出了一个轮廓。沉默并非一言不发、弃绝喧嚣，而是一种逃离、对抗空虚社会话语的方式。通过书写沉默，基尼亚尔反思现代文明，提倡新的生活方式、音乐形式和文学模式。

著者

Préface

Pascal Quignard, né en 1948, est un écrivain français contemporain réputé. À partir de 1969, date de la publication de son premier ouvrage, Quignard ne cesse d'écrire et a publié jusqu'à présent 84 titres. L'œuvre de Quignard occupe une place indéniable au sein de l'histoire contemporaine de la littérature française et suscite l'intérêt grandissant des chercheurs et des critiques littéraires. Elle se mélange des notions de multiples domaines et ne se cantonne pas à un seul genre ou elle appelle à la rupture des frontières génériques. Par l'ampleur et la voix unique de son œuvre, Quignard est couronné de biens des prix littéraires dont le prix Goncourt et le Grand Prix du Roman de l'Académie française.

À l'aube de sa vie, Quignard a été nourri, grâce à sa famille, du goût et de l'amour pour les lettres et la musique et a reçu une formation systématique de la philosophie. Doué d'une grande maîtrise du langage et de la musique, ainsi que de la spéculation philosophique, Pascal Quignard s'intéresse toujours à la langue. Ses expériences personnelles du mutisme le poussent à considérer le rapport entre parole et signification. Son attention se focalise finalement sur le silence.

Le silence est un thème axial dans l'œuvre de Quignard. Il est fondé principalement sur un doute et une attitude négative à l'égard de la vertu ou de l'utilité du langage. Pour notre écrivain, le silence étant exclu des éléments non-nécessaires à la vie, tels que langage, identité, relation, gloire, logique, constitue une voie ou même la seule voie qui donne accès à l'état le plus naturel, le plus pur de la vie, c'est-à-dire l'extase de la musique ou le ravissement qu'offre une écriture silencieuse.

Le présent travail a prend pour corpus l'ensemble des romans publiés par Pascal Quignard. En recourant aux diverses méthodes, telles que la micro-lecture, l'analyse textuelle et la thématique littéraire qui organisent en principe dans notre étude selon cet ordre progressif, nous dénichons d'abord, dans les neuf romans, les principaux matériaux du silence, c'est-à-dire les scènes, les référents et les concepts qui suggèrent ou connotent le silence pour en analyser ensuite la portée, à dessin de traiter en profondeur la notion du silence en signifiant propre à Pascal Quignard.

Notre étude est divisée en trois parties. Elles correspondent aux trois aspects liés intimement au silence et se consacrent à l'analyse du système de relations entre vie et silence, musique et silence, silence et écriture. Chaque partie se déroule autour d'une question centrale et en même temps interprète la vie, la musique et l'écriture.

Dans la première partie, nous faisons une analyse de la relation entre vie et silence. Pour Quignard, la vie vient du silence. L'entrée dans le langage signifie également l'entrée dans la culture et dans l'aliénation. Ainsi, le retour au silence implique le retour à l'origine. Dans le monde pré-natal, le fœtus vit dans un monde sans langage et constitue un tout avec le corps maternel. La naissance interrompt le silence de l'origine de vie. Elle signale non seulement la première tombée sur terre et la séparation du corps maternel, mais aussi l'entrée dans le monde bruyant construit du langage. Par le refus de l'identité, le choix de la solitude, le retour à l'état originaire et le dépassement de l'amour social, les personnages quignardiens envisagent de retrouver un nouveau mode de vie pour atteindre au silence. Ils effectuent finalement un retour à la nature et s'adonnent entièrement à la création ou à la rénovation artistique dans un lieu, un temps et un état de silence.

La deuxième partie est consacrée à l'analyse de la relation entre musique et silence. Pour Quignard, le silence est aussi l'origine de la musique, comme le blanc laissé en peinture et le vide intérieur en porcelaine. La nature de la musique réside dans l'inaudible, l'indicible et l'invisible. Elle est capable de dire les douleurs inexprimables par paroles. La «leçon de musique» de Qui gngard nous apprend que la vraie musique n'est liée ni à l'instrument ni à la technique. La vraie musique réside dans la nature de l'homme, dans la société primitive et notamment dans l'immense Nature de silence. Elle est née du sentiment au fond du cœur et exprime les regrets, les plaintes. La vraie musique hèle le perdu. Aussi que les personnages-musiciens ont-ils pu concevoir la musique naturelle. Composée dans la nature, la musique naturelle est dépourvue de signification. De plus, elle est capable d'atteindre à l'Entendre pur et d'accomplir le désenchantement de la musique.

Dans la troisième partie, nous analysons la relation entre silence et écriture.

Sur le plan de la forme, Quignard met en pratique l'écriture fragmentaire qui est basée sur la fragmentation et la discontinuité de la pensée. Par un silence discontinu et fragmentaire du récit, l'auteur vise à démontrer la continuité et le tout du monde originaire, à refléter réellement la pensée et les actes de l'humain. Le choix de l'écriture fragmentaire correspond au geste asocial de Quignard. L'auteur se définit comme un littéraire ou un lettré qui lit et relit les Anciens. Il revisite des temps lointains, exhume des héros délaissés ou oubliés par l'Histoire et crée un monde hallucinatoire. La lecture et la (ré)écriture de l'Histoire constituent une partie importante de ses romans. À noter que tant la forme que le contenu de l'œuvre romanesque de Quignard sont inséparables de ses spéculations du langage. En qualité du pur acquis, le langage est défaillant et peut quitter l'homme à tout moment. La défaillance du langage est considérée comme la source de l'écriture. Par l'écriture, par le parler mutique, Quignard vise à se dégager du langage collectif, à rejeter l'aliénation linguistique et sociale, à quêter le mot défaillant et à accéder finalement à la déprogrammation de la littérature.

Les recherches dans le présent travail nous permettent de donner une définition éclairée du silence dans les romans de Quignard et en même temps de mieux connaître, de mieux comprendre l'influence exercée par l'auteur sur l'orientation de la future littérature. Le silence ne signifie pas l'absence complète de toute parole ou le rejet absolu de tout bruit, mais une fuite, un mode de lutter contre la vanité sociale. À travers l'écriture du silence, Quignard a pu réfléchir sur la civilisation moderne et proposer un nouveau mode de vie, une nouvelle forme de musique et un autre modèle de la littérature.

Liste des abréviations utilisées

1. Corpus

C: *Carus*

TBAA: *Les tablettes de buis d'Apronenia Avitia*

SW: *Le salon de Wurtemberg*

EC: *Les escaliers de Chambord*

TMM: *Tous les matins du monde*

OA: *L'occupation américaine*

TR: *Terrasse à Rome*

VA: *Villa Amalia*

LSM: *Les solidarités mystérieuses*

2. D'autres ouvrages

L: *Le Lecteur*

PTI: *Petits traités I*

VDS: *Le vœu de silence*

GT: *Une gêne technique à l'égard des fragments*

LM: *La leçon de musique*

A: *Albucius*

R: *La raison*

NSBL: *Le nom sur le bout de la langue*

SE: *Le sexe et l'effroi*

RS: *Rhétorique spéculative*

HM: *La haine de la musique*

VS: *Vie secrète*

OE: *Les ombres errantes*

SJ: *Sur le jadis*

ABI: *Abîmes*

LP: *Les paradisiaques*

S: *Sordidissimes*

NS: *La nuit sexuelle*

B: *Boutès*

LBS: *La barque silencieuse*

LZ: *Lycophron et Zétès*

IN: *Inter*

OD: *L'origine de la danse*

CDJ: *Critique du jugement*

DCJA: *Dans ce jardin qu'on aimait*

N.B.

1) La liste se fait d'ordre chronologique de la publication des ouvrages.

2) Les références complètes des ouvrages seront indiquées dans la Bibliographie à la fin du travail.

Table des matières

Introduction générale

En 1968, un jeune homme avait abandonné sa thèse en rédaction et avait soumis aux éditions Gallimard le manuscrit de son étude sur la poésie de Maurice Scève[1], *La parole de la Délie*. Il a ensuite reçu la réponse de la part de Louis-René des Forêts, auteur secret et discret, qui jouissait d'un réel prestige auprès d'un public averti. En tant que lecteur chez Gallimard, Louis-René des Forêts ne pouvant pas promettre au jeune homme la publication de son essai, lui a demandé d'extraire un chapitre de l'essai pour le publier dans la revue qui réunit des poètes de premier plan.

Ce jeune homme s'appelle **Pascal Quignard** (Verneuil-sur-Avre, 1948), l'auteur de plus de quatre-vingts titres aux formes disparates, mêlant traductions, poèmes (peu nombreux), romans, contes, essais. Avec une écriture exigeante et parfois même précieuse, il est le lauréat de biens des prix littéraires: Prix des Critiques en 1980 pour *Carus*, Prix France Culture en 1998 pour *Vie secrète*, deux fois Grand Prix du Roman de l'Académie française en 2000 et en 2006 respectivement pour *Terrasse à Rome* et *Villa Amalia*, Prix Goncourt en 2002 pour *Les ombres errantes*, Grand Prix Jean Giono en 2006 pour *Villa Amalia*, Prix André Gide en 2017 pour *Les larmes*… En plus, l'œuvre de Pascal Quignard se déploie également dans d'autres champs. Jusqu'à présent, trois de ses romans ont été adaptés au grand écran[2]. Quignard porte un intérêt particulier au cinéma pour y voir des images surgir du noir. Et

[1] Maurice Scève (1500 - vers 1560), poète, il mène une vie retirée d'humaniste voué à la poésie. Auteur de *La Délie*, une suite dizains amoureux aux résonnances ésotériques et mystiques, il passe parfois pour une sorte de Mallarmé du XVIe siècle. D'ailleurs, selon nous, la réflexion sur Scève constitue le fondement du thème du silence chez Pascal Quignard. Et c'est par cet essai que notre écrivain commence réellement sa carrière littéraire.

[2] *Tous les matins du monde* est adapté au cinéma par Alain Corneau en 1991, *L'amour conjugal* par Benoît Barbier en 1995, et *Villa Amalia* par Benoît Jacquot en 2009.

son roman *Tous les matins du monde* a figuré de 2010 à 2012 au programme de la terminale littéraire des lycées français. L'Université le considère comme l'un des écrivains contemporains les plus étudiés. Tout cela démontre d'une certaine manière la valeur de la création littéraire de Quignard, qui occupe une place indéniable au sein de l'histoire contemporaine de la littérature française et qui suscite l'intérêt des chercheurs et des critiques littéraires.

1. Sur la critique quignardienne

À partir de 1969, l'année, où son premier texte[1] a vu le jour, l'œuvre de Pascal Quignard prospecte plus d'un demi-siècle. Au fil des décennies, elle s'impose comme l'une des plus fortes de notre temps et ne cesse d'étendre sa portée et sa réception. Présentement, Quignard jouit d'une reconnaissance solide en France et grandissante dans d'autres pays.

Quant à l'état d'étude et de recherche de l'œuvre quignardienne, l'écart entre la Chine et l'étranger est sensible.

De façon générale, Pascal Quignard est, avec Pierre Michon et Jean Echenoz, parmi les auteurs vivants les plus étudiés en France[2]. Et en plus, nombre de ses livres ont été traduits dans d'autres langues: en anglais, en allemand, en russe, en italien, en japonais, en coréen, en arabe, etc., ils y trouvent, pour la plupart, l'accueil d'un lectorat élargi.

Pourtant, il y a un phénomène étrange, ou surprenant: les études et les recherches sur Pascal Quignard dans les pays étrangers, même en France ne commençaient pas si tôt que l'on ne pensait, très probablement, c'était à cause de ses gestes littéraires complexes et du foisonnement tant en forme qu'en contenu de ses écrits. On a attendu jusqu'à la fin du siècle dernier ou plutôt au début du nouveau siècle pour voir surgir des thèses et des ouvrages critiques sur l'écrivain desquels la plupart ont été faits en France. Cependant, la qualité, la quantité et la diversité s'avèrent déjà non négligeables.

En France et dans d'autres pays européens, notamment à partir des années 2000,

---

❶ Pascal Quignard, *L'être du balbutiement, essai sur Sacher Masoch*, Paris: Mercure de France, 1969.

❷ Erwan Desplanques, *Ces écrivains qui séduisent l'université*, *Magazine littéraire*, n°441 (avril 2005), pp. 8-10.

nombreux sont des articles et des monographies qui lui sont consacrés et publiés dans la presse écrite comme sur le Web, en plus, des numéros spéciaux de revue[1], des rencontres et des colloques[2] attestent de la vitalité et de l'ardeur de la critique quignardienne. En 2018, une revue internationale a été fondée par Jean-Louis Pautrot, revue d'études sur l'œuvre de Quignard, intitulée *Le sans-visage*.

Au total, on compte actuellement une centaine d'articles de revues académiques, 22 monographies, 21 ouvrages collectifs, 54 entretiens et dialogues, 25 thèses soutenues et 10 thèses en préparation[3].

Parmi les études et les recherches, il faut surtout mentionner les travaux fondateurs de Chantal Lapeyre-Desmaison. Son essai critique[4] basé sur sa thèse doctorale constitue la première analyse intégrale de l'œuvre de Pascal Quignard. Chantal Lapeyre-Desmaison postule que l'œuvre de Pascal Quignard s'organise par la mémoire, une mémoire non seulement comme geste vers les origines, mais également comme collection des œuvres du passé. En 2006, Chantal Lapeyre-Desmaison et

---

❶ «Pascal Quignard», *Études françaises*, vol. 40, n° 2, 2004 ; «Pascal Quignard», *Critique*, n° 721-722, juin-juillet 2007 ; «Pascal Quignard» (dossier), *Europe*, n° 976-977, août-septembre 2010 ; *Pascal Quignard*, *L'Esprit créateur*, mars 2012.

❷ Voilà les actes de colloque:

a) Adriano Marchetti (dir.), *Pascal Quignard: La mise au silence*, précédé de «La voix perdue» par Pascal Quignard, Actes du colloque de Bologne, 1998, Seyssel: Champ Vallon, 2000.

b) Mireille Calle-Gruber, Gilles Declercq, Stella Spriet (dir.), *Pascal Quignard ou la littérature démembrée par les muses*, Actes du colloque de la Sorbonne, 17-19 juin 2010, Paris: Presses Sorbonne Nouvelle, 2011.

c) Agnès Cousin de Ravel, Chantal Lapeyre-Desmaison, Dominique Rabaté (dir.), *Les Lieux de Pascal Quignard*, Actes du colloque de l'Université du Havre, 29-30 avril 2013, Paris: Gallimard, 2014.

d) Irène Fenoglio et Verónica Galindez-Jorge (dir.), *Pascal Quignard. Littérature hors frontières*, Actes du colloque de São Paulo, 7-8 octobre 2013, Paris: Hermann, 2014.

e) Christian Doumet et Midori Ogawa (dir.), *Pascal Quignard. La littérature à son Orient*, Actes du colloque de Tokyo, 16-17 novembre 2013, Paris: Presses universitaires de Vincennes, 2015.

f) Mireille Calle-Gruber, Jonathan Dugenève, Irène Fenoglio (dir.), *Translations et Métamorphoses*, Actes du colloque de Cerisy, 10-16 juillet 2014, Paris: Hermann, 2015.

g) Mireille Calle-Gruber, Stefano Genetti, Chantal Lapeyre (dir.), *Pascal Quignard. Les Petits Traités au fil de la relecture*, Actes du colloque de Vérone, 28-29 janvier 2016, *Studi Francesi, fascicolo I*, janvier-avril 2017.

❸ Les chiffres sont établis par nous-même jusqu'au 31 décembre 2020.

❹ Chantal Lapeyre-Desmaison, *Mémoires de l'origine, un essai sur Pascal Quignard*, [Paris: les Flohic, 2001] Paris: Galilée, 2006.

Pascal Quignard ont rédigé ensemble un livre d’entretiens duquel le titre est choisi par l’écrivain lui-même: *Pascal Quignard le solitaire*[1], qui pointe des aspects tant biographiques que poétiques en offrant une perspective globale et détaillée. Ces ouvrages jumeaux dont les couvertures sont semblables viennent combler un vide dans le corpus critique, l’un par une lecture pertinente et documentée, l’autre, par de précieux éclaircissements venus de Pascal Quignard lui-même sur son univers d’une part, et d’autre part, d’un grand nombre d’extraits d’articles critiques sur divers ouvrages.

Au même moment, l’intérêt suscité par son œuvre s’est augmenté avec *Les récits indécidables: Jean Echenoz, Hervé Guibert, Pascal Quignard*[2], un ouvrage de Bruno Blanckeman qui voit entamer, grâce à ces romanciers, un dialogue entre différentes modalités des écritures contemporaines. L’analyse de Blanckeman sur les récits quignardiens relève d’une nouvelle conception du texte qui ne se restreint pas aux notions d’hybridité mais qui met en relief les enjeux du texte dit «intraitable»[3].

Revenons à Jean-Louis Pautrot qui enseigne à l’Université Saint Louis du Missouri aux Etats-Unis, il a publié des ouvrages critiques importants dont *Pascal Quignard ou le fonds du monde*[4] en 2007 et *Pascal Quignard*[5] en 2013, et avec lesquels il a fait, d’une manière extrêmement convaincante, la somme des traits spécifiques de l’écriture de Quignard.

Et d’autres critiques qui y ont contribué ne doivent pas se passer inaperçus: d’abord Dominique Rabaté, avec *Pascal Quignard. Étude de l’œuvre*[6], publié en 2008 et qui est un autre texte fondateur dans la mesure où il décrypte l’œuvre de Quignard, démêlant ses mécanismes et sa logique interne, éclairant ses thèmes

[1] Chantal Lapeyre-Desmaison, *Pascal Quignard Le Solitaire, Rencontre avec Chantal Lapeyre-Desmaison*, Paris: Galilée, 2006.

[2] Bruno Blanckeman, *Les récits indécidables: Jean Echenoz, Hervé Guibert, Pascal Quignard*, Paris: PUS, 2000.

[3] Il s’agit de l’expression de Bruno Blanckeman apparue dans son article «Une écriture intraitable». (Bruno Blanckeman, «Une écriture intraitable», *Études françaises, Pascal Quignard, ou le noyau incommunicable*, Jean-Louis Pautrot et Christian Allègre (dirs.), Montréal: PUM, vol.40, n°2, 2004, pp. 13-24.)

[4] Jean-Louis Pautrot, *Pascal Quignard ou le fonds du monde*, Amsterdam-New York: Rodolpo, 2007.

[5] Jean-Louis Pautrot, *Pascal Quignard*, Paris: Gallimard, 2013.

[6] Dominique Rabaté, *Pascal Quignard. Etude de l’œuvre*,Paris: Bordas, 2008.

récurrents et ses singularités, rendant accessible une quête déconcertante ; Irena Kristeva, dont l'ouvrage *Pascal Quignard: La fascination du fragmentaire*[1] a pour corpus principal les *Petits traités* réussit à en dégager une «gêne technique» d'écriture (discontinuité, continuité et fascination du fragmentaire) ; puis Bernard Vouilloux, dont *La nuit et le silence des images*[2]met l'accent sur le rapport entre les images et l'origine ; Agnès Cousin de Raval qui analyse la relation entre lecture, écriture et langue dans son livre *Quignard, Maître de lecture. Lire, vivre, écrire*[3]; enfin, à toutes ces recherches viennent s'ajouter d'autres monographies, notamment celles de Philippe Bonnefis[4], de Claude Coste[5], de Mickaël Dubuis[6], etc.

En Asie, les études et les recherches se concentrent surtout au Japon, qui est probablement le premier pays asiatique ayant découvert Pascal Quignard. La première traduction japonaise date de 1992 et on compte aujourd'hui 24 ouvrages de traduction japonaise. Et les critiques et les recherches sur Quignard se renouvellent sans cesse. On cite notamment Midori Ogawa, professeur japonais en littérature française, qui a publié en 2010 son essai critique *Voix, musique, altérité Duras, Quignard, Butor*[7], qui sepropose de réfléchir à la question de l'altérité à travers l'analyse des romans contemporains, selon trois thématiques: la voix, la musique et le corps. Ogawa a également présidé en 2013 le colloque international sur Pascal Quignard intitulé «*Solidarités mystérieuses*: la littérature à son Orient». En plus, MK2TV crée un CD documenté «à mi-mots: Pascal Quignard», en coopération avec une grande réussite avec ARTE.

---

[1] Irena Kristeva, *Pascal Quignard: La fascination du fragmentaire*, Paris: L'Harmattan, 2008.

[2] Bernard Vouilloux, *La nuit et le silence des images, penser l'image avec Pascal Quignard*, Paris: Hermann, 2010.

[3] Agnès Cousin de Raval, *Quignard, Maître de lecture. Lire, vivre, écrire*, Paris: Hermann, 2012.

[4] Philippe Bonnefis, *Son nom seul*, Paris: Galilée, 2001 ; *Une Colère d'orgues: Pascal Quignard et la musique*, Paria: Galilée, 2013 ; *Logique de l'objet. Flaubert, Baudelaire, Malraux, Cendrars, Ponge, Simon, Quignard, Adami,* Lille: Presses universitaires du Septentrion, 2016.

[5] Claude Coste, *Les Malheurs d'Orphée. Littérature et Musique au XXe siècle*, Paris: L'improviste, 2003. Dans l'ouvrage, Claude Coste donne une définition à la musique quignardienne et étudie la thématique sonore.

[6] Mickaël Dubuis, *Pascal Quignard et la mécanique du retour* Lecture de saison, Paris: L'Harmattan, 2010. Dans l'ouvrage, Mickaël Dubuis met en lumière les propriétés systémiques de l'écriture quignardienne et définit sa mécanique comme dynamique du retour.

[7] Midori Ogawa, *Voix, musique, altérité Duras, Quignard, Butor*, Paris: L'Harmattan, 2010.

Par rapport aux recherches quignardiennes en France et au Japon, les sources documentaires en Chine sont relativement limitées. Il faut attendre jusqu'au début du nouveau millénaire, en 2004, que les œuvres de Pascal Quignard commencent à atterrir dans ce pays oriental. Et surtout la culture et la civilisation chinoises font partie du centre d'intérêt de notre écrivain.

Pourtant, cette entreprise retardée démarre bien et poursuit à un rythme plutôt accéléré. De plus en plus de lecteurs et de chercheurs chinois s'intéressent à l'œuvre de Pascal Quignard, à sa manière inimitable, à son accent singulier, à son investissement personnel et original.

De 2004 jusqu'à nos jours, on compte 7 titres importants[1] de traduction chinoise, qui sont chaleureusement acceptés par les lecteurs chinois. Il est à souligner que la majorité des traducteurs de Quignard jouissent d'un grand prestige dans le milieu de traduction littéraire franco-chinoise, et sont aussi des professeurs réputés de français et de la littérature française en Chine, dont Messieurs Cao Deming, Yu Zhongxian et Zhang Xinmu. Leurs traductions ont poussé et promu la réception de l'œuvre de Pascal Quignard en Chine. Monsieur le professeur Yu, dans sa postface de la traduction de *Terrasse à Rome* et *Tous les matins du monde*, a établi un tableau chronologique de création littéraire de Pascal Quignard et a fait en même temps une analyse sur le plan du thème et du style des deux romans. Monsieur le professeur Zhang, dans la préface de la version chinoise des *Ombres errantes*, a fait une analyse de la forme, du contenu et du style d'écriture du livre. Actuellement, un important projet de traductions des ouvrages de Quignard ainsi que des critiques littéraires sont en voie d'être réalisés dans notre pays.

En plus du travail et du projet de traduction, des chercheurs chinois témoignent de l'intérêt grandissant envers l'œuvre de Quignard. Ils traitent en profondeur un aspect singulier d'une œuvre, d'une suite d'ouvrages ou de l'ensemble de la création littéraire de l'écrivain.

A ce jour, on compte au total 13 articles publiés dans la presse écrite, 2 thèses doctorales et 3 mémoires de master déjà soutenus. Parmi les 13 articles académiques[2], on trouve des recherches sur l'identité du lettré de l'écrivain, le

❶ Cf: Voir notre bibliographie.

❷ Ibid.

thème de la musique, l'aspect culturel chinois dans l'œuvre de Quignard, l'écriture historique et fragmentaire, la recherche de prototype mythique, la conception langagière de l'auteur et la traduction chinoise de l'entretien de 1998 entre Pascal Quignard et Catherine Argand.

La première thèse soutenue en 2012 sur Quignard s'intitule *Une analyse sémiotique de «La Frontière»*. Et son auteur, Monsieur Wang Jieyu y a fait une analyse textuelle du roman *La Frontière* dans une perspective sémiotique. La problématique de sa thèse traite principalement le rapport complémentaire entre analyse textuelle et les images dans le processus de la construction du sens. Et dans sa thèse *Aventure de musique – quête du réel dans l'œuvre de Pascal Quignard* soutenue en 2019, Madame Wang Mingrui a fait un bilan de la pensée créative de Pascal Quignard à travers le rôle et les fonctions de la musique dans l'ensemble de ses œuvres. Ce travail a pour objectif de mettre en lumière le problématique du «réel».

En plus des deux thèses mentionnées ci-dessus, il y a trois mémoires de master: «*Les ombres errantes*: Le discontinu narratif et la cohérence thématico-structurale» de Ge Jinling ; «À la recherche de l'origine – à partir de 1640 chez Pascal Quignard» de Wang Mingrui et «À la quête de l'origine à travers une rêverie aquatique dans *Le salon de Wurtemberg* de Quignard» de Wu Menglei. Les mémoires de master se consacrent soit à une œuvre, soit à une étude thématique, non sans coïncidence, telle que le thème de l'origine.

En ce qui concerne l'état d'étude et de recherche de Pascal Quignard en Chine, on se met à lui accorder une estimation de plus en plus importante. Et les études quignardiennes s'accroissent sans cesse et se développent de simples introductions et présentations à des recherches et analyses plus spécialisées et plus approfondies. Il en résulte qu'apparaissent de plus en plus d'articles académiques sur l'œuvre de Quignard dans des revues littéraires depuis ces dix dernières années. Mais ce qui constitue un grand dommage, c'est qu'en Chine au présent, malgré une tendance favorable aux études sur cet écrivain contemporain français, les ouvrages de critiques d'ordre systématique et approfondi demeurent toujours absents. Il manque encore des études comparatives entre plusieurs œuvres, des études génétiques et textuelles, des études thématiques, etc. Donc, il semble que l'on aura encore beaucoup à faire avec Pascal Quignard. À noter notamment qu'en tant qu'écrivain érudit, il témoigne depuis toujours d'un grand intérêt à la pensée et la culture chinoises, ce qui nous ouvre également une nouvelle perspective de réflexion.

Pascal Quignard s'inscrit dans la lignée des écrivains-penseur, comme Montaigne, Bataille, Klossowski, pour qui «la littérature doit s'exercer **dans la gnose**, **sur l'énigme de l'humain** et **selon une variété de modes**, si elle veut avoir quelque chance de témoigner et de transmettre»[1]. Les trois expressions soulignées ci-dessus peuvent être considérées comme un résumé de la création littéraire de Quignard. L'auteur dessine, au sein de la littérature contemporaine, un parcours tout à fait singulier. L'ensemble de ses œuvres se déploie comme une encyclopédie. Ayant une complexité formelle, il se présente sur le plan du contenu une vaste érudition et une grande hétérogénéité. Son érudition met en évidence la replongée dans les sources de la culture humaine, de ses mythes, contes et légendes, au moment où l'humanité a été atteinte. Les œuvres quignardiennes traitent des problèmes de différentes disciplines et de différents thèmes: philosophie, linguistique, anthropologie, psychanalyse, musique, histoire, mythes, etc. Nous nous efforcerons, par la présente étude, de pénétrer dans l'univers littéraire de Pascal Quignard.

2. Notre sujet de recherche

Notre travail portera sur le silence de Pascal Quignard. Dès ses premiers écrits, notamment depuis son premier roman *Carus*, l'auteur n'a cessé d'insister sur la question du silence.

Alors, qu'est-ce que le silence quignardien?

Etymologiquement, le «silence» vient du mot latin *sileo*. *Sileo* ne se détermine pas comme non-bruit. Les dictionnaires nous apportent des définitions diverses

[1] Jean-Louis Pautrot, *Pascal Quignard*, Paris: Gallimard, 2013, p. 92. C'est nous qui soulignons.

du silence[1]. Nous trouvons dans ces définitions des caractéristiques communes et fondamentales: le silence est perçu d'abord comme le fait de ne pas parler, ne pas exprimer ; ensuite comme le calme, l'absence de bruit ; il est aussi un terme et un signe de musique, qui indique l'interruption du son, la pause ou le soupir. Le silence se conçoit principalement comme l'antithèse de la parole. Il est fait de vide et d'absence là où le langage donne vie au verbe. «Absence de voix», «se taire», «mutisme», «mutique», «repli de parole», «refuser l'acte de parole» (consciemment et inconsciemment), «refuser de parler», «arracher à la parole», etc., constituent des termes ou expressions synonymiques.

Dans l'œuvre romanesque de Pascal Quignard, se présente d'une manière récurrente le spectre du «silence» (en forme d'un substantif ou d'un adjectif: «silencieux», «silencieuse»), il s'agit là, sans aucun doute, d'un champ sémantique qui couvre un lexique synonymique du silence. Le silence nous donne des occurrences telles que «taciturne», «mutique», «se taire», «taiseux», «sans parler», «ne rien dire», «l'absence de cri».

Pourtant, si le silence quignardien ne se bornait qu'à ce qui est indiqué ci-dessus, une grande partie de l'entreprise littéraire de l'auteur serait vouée à l'échec. Pascal Quignard a confié à plusieurs reprises qu'une définition qui n'insistait que sur la vacuité du silence serait insuffisante, voire erronée. Lors d'un entretien en 2002, il a déclaré: «Je pense que nous avons fait une expérience lorsque nous ne parlions pas.»[2] Cette phrase à laquelle il a souscrite sans réserve est de Saint Augustin, l'auteur des *Confessions*. Elle peut être considérée comme le point de départ à comprendre le silence quignardien. Il s'agit d'une expérience sans le recours des paroles. Le silence, selon Quignard, dit plus que les paroles.

En 1971, Pascal Quignard a fait une traduction commentée d'un poème intitulé

---

[1] Citons pour mémoire la définition du *Littré*: état d'une personne qui s'abstient de parler et absence de bruit d'agitation morale, terme de musique ; celle d du *TLFi*: absence de bruit et d'agitation, fait de ne pas parler, de se taire, de ne pas vouloir ou ne pas pouvoir exprimer sa pensée, ses sentiments, signe graphique placé sur la portée pour indiquer l'absence ou l'interruption du son ; celle du *Robert*: fait de ne pas parler, de ne pas exprimer, de ne pas divulguer (ce qui est secret), ainsi qu'absence de bruit (au sens propre), de réaction (au sens figuré), interruption du son musical, indiquée dans la notation.

[2] Michèle Gazier, «La lucidité, c'est renoncer à croire qu'on dit vrai», *Télérama*, No. 2747, 7 septembre 2002.

Alexandra de Lycophron. Alexandra, c'est Cassandre, la fille de Priam. C'est quelqu'un qui ne parle pas, dont le récit est fait par un garde, et qui, sans parler, va rompre le silence pour dire la vérité aux Grecs. Dans sa préface d'*Alexandra*, Pascal Quignard écrit: «[...], et sa bouche condamnée à la parole vaine.»[1]

«**La parole vaine**» est justement le titre donné par Maurice Blanchot à sa préface au *Bavard*[2] de Louis-René des Forêts. Aux yeux de Blanchot,qui écrit que «la littérature est une expérience malhonnête et trouble, [...] où la sincérité devient comédie», *Le bavard* appartient à «une ère sans naïveté»[3]. Pascal Quignard déclare à la suite de Blanchot, dans *Le vœu de silence*, son essai consacré à l'auteur du *Bavard*, que «le 'jeu' n'est pas tant celui d'écrire, que celui, plus obscur, du désaveu» (VDS, p. 30). Et dans le même livre, Quignard affirme, en empruntant ce que dit le narrateur du *Bavard*: «Je suis le silence même.» (VDS, p. 50) Par cette affirmation en forme laconique, Quignard trouve une arme efficace et énergique contre la parole omniprésente mise en scène par *Le bavard*. Cette arme s'apparente à «la parole vaine» d'Alexandra. Elle a un nom, le silence.

Dans sa contribution consacrée au colloque de la Sorbonne sur Quignard, Stella Spriet a noté que «plonger dans la mer du silence, telle est l'expérience que nous offre Pascal Quignard»[4]. Chez Quignard, le silence n'est pas le contraire du bruit. Et l'aboi ou le cri de la Nature constitue une forme de silence du fait que l'homme ne peut entendre. Le silence, en tant que symptôme de l'oralité, fonde la parole et s'oppose avant tout à la parole. Il ressemble à l'envers du monde dominé par la parole, à la mort qui se manifeste dès que se produit une faille dans le langage. Tandis que la parole multiplie ses signes en créant l'illusion d'un monde infini, le silence rappelle à l'homme son destin mortel. Il renvoie à l'ensemble de l'espace qui s'étend au-delà des limites du langage. Il consiste notamment en ce qui échappe à la signification

[1] Lycophron, *Alexandra*, Pascal Quignard (trad.), Paris: Mercure de France, 1971, p. 124.

[2] Louis-René des Forêts, *Le bavard*, suivi de: «La parole vaine» par Maurice Blanchot, Paris: Union Générale D'éditions, 1963.

[3] Maurice Blanchot, «Louis-René des Forêts et le thème du miroir», *Tel Quel*, n°7, Paris: Seuil, 1961, p. 48.

[4] Stella Spriet, «La voix mutique de Pascal Quignard», dans Mireille Calle-Gruber, Gilles Declercq, Stella Spriet (dir.), *Pascal Quignard ou la littérature démembrée par les muses*, Actes du colloque de la Sorbonne, 17-19 juin 2010, Paris: Presses Sorbonne Nouvelle, 2011, p. 189.

linguistique.

Ainsi, nous constatons que le silence est l'un des thèmes les plus lancinants des œuvres de Pascal Quignard, dans la mesure qu'elles sont habitées du désir, du rêve de se séparer du vide du monde social et hantées par un «vœu de silence»[1] que seule la littérature peut combler de manière paradoxale. À travers la création littéraire, Quignard envisage de poursuivre son rêve.

«Le rêve», a confié Quignard dans un entretien, «ce serait de dire: j'écris pour l'origine»[2]. L'origine, qu'il présente comme la destination rêvée de l'écriture, se nomme par l'auteur le jadis. Pour lui, le jadis indique un temps reculé, lointain, hors d'atteinte de la précision historique. C'est «le hors mémoire, le 'passé avant ce qui s'est passé', l'amont sans langage de la biographie» (LBS, p. 59). Il s'agit d'un monde obscur, aphone, solitaire et liquide.

Selon Bruno Thibault, le jadis chez Pascal Quignard est lié à «l'expérience utérine» et «au monde pré-natal et pré-verbal»[3] L'expérience utérine désigne celle que lorsque nous ne sommes qu'un fœtus dans le ventre maternel. Le ventre maternel est quasi le synonyme du monde pré-natal. Le préfixe «pré» joue le rôle d'élément qui signifie «devant ou en avant» et marque l'antériorité. Le monde pré-natal nous fait penser à la période d'avant la naissance où le fœtus et le ventre maternel font un tout en deux. Et le monde pré-verbal inclut les jours qui précèdent la naissance et ceux qui succèdent où l'enfant ne peut pas encore parler. Chez Quignard, il a un autre nom, *infantia* de *infans*, mot latin qui signifie enfance en français. Fœtus et *infans*, considérés comme l'origine de vie, sont l'un et l'autre sans langage, avant la possession d'une identité. Le monde pré-natal et pré-verbal est un monde «sans langage», d'«absence d'identité», d'un «tout». Autrement dit, c'est un monde de silence.

La fin de l'enfance marque le passage de l'enfant à l'adulte. Elle signifie en

---

❶ Cette expression est reprise du titre de l'essai consacré à Louis-René des Forêts de Pascal Quignard. (Pascal Quignard, *Le vœu de silence*,Paris: Galilée, 2005.)

❷ Christophe Kantcheff, «La littérature est le langage qui ignore sa puissance», *Le Matricule des anges*, No. 10, décembre 1994 - janvier 1995: http://www.lelibraire.com/dossiers/AR1003.html, dernière consultation novembre 2010.

❸ Bruno Thibault, «Rives et dérives chez Jean Rolin, J.M.G. Le Clézio et Pascal Quignard», *L'Esprit créateur*, Vol. 51, N°2 (2011), http://muse.jhu.edu, pp. 77-78.

même temps l'entrée dans le monde des adultes. À l'opposition du premier monde qui se caractérise par le silence, le monde des adultes est «bruyant» dans tous les sens: mélange confus de sons dans les villes, querelles ou guerres, des paroles ou des informations redondantes ou inutiles, des crises, etc. Le monde des adultes signifie chez Quignard le monde social. Il impose des identités sociales, établit des critères d'amour et pousse l'être humain à mener une vie publique.

En fait, dans les romans de Pascal Quignard, les personnages ne sont jamais à l'aise avec le discours. Ils parlent peu et s'expriment rarement. Ils sont le plus souvent taciturnes que Quignard désigne les personnes qui se taisent. Pourtant, simplement se taire ne peut pas globaliser tout ce que signifie le silence qui n'est pas simplement le contraire d'une parole ou d'un bruit. Ce qui importe, c'est que les personnages refusent toute identité sociale, s'opposent aux critères d'amours imposés et choisissent de vivre dans la solitude. Ils se tiennent toujours rigoureusement à l'écart du vacarme social et demeurent entièrement à l'intérieur de soi.

Le silence est tout à fait privé et généralement tenu caché aux autres. Il est lié à une vie que les autres ignorent, à une «vie intime»[1]. Le qualificatif «intime», du latin *intimus*, superlatif de *interior*, signifie le plus profond d'un être. La vie intime rappelle la vie avant la famille, avant la société, avant le langage, voire avant la naissance, avant la venue au monde. Elle rappelle ainsi le silence originaire. Les personnages romanesques se retirent dans la nature et s'efforcent de reconstruire un monde de silence. Ils mènent leur vie retirée et silencieuse dans un lieu isolé et caché. Chez Quignard, deux moments passagers constituent le «point zéro sonore» (HM, p. 134) dans l'ordre de la nature. L'ensemble de ces deux moments peut être considéré comme moment de silence. Au moment de silence qui est propice à l'écoute, l'audition devient la plus fine et apparaît à l'homme la fonction originelle de l'oreille, la même que l'animal. Les personnages retournent à l'animalité, l'état du silence.

Les romans de Pascal Quignard se dédient à préciser le rapport entre son et

[1] Chantal Lapeyre-Desmaison, «Eloge de l'aube», dans Fabienne Durand-Bogaert et Yves Hersant (dir.), *Critique, Pascal Quignard*, t. LXIII, No. 721-722, juin-juillet 2007, Avec Pascal Quignard, «Qu'est-ce qu'un littéraire?», p.534.

parole, et peuvent être lus comme un «modèle musical»[1].D'une part, ils traitent tout le temps la question de la musique et sont remplis de notations sur cet art. Selon l'auteur, le silence est en relation avec l'origine de la musique qui remonte à l'expérience intra-utérine, «sans souffle», «sans lumière», où le fœtus n'entend que la voix maternelle à travers la peau vibrante du corps maternel. La musique est donc un travail du silence. D'autre part, l'univers romanesque de Quignard est amplement peuplé de musiciens qui sont décrits comme des mutiques. Les musiciens manipulent les sons. Mais leur musique est habitée par le silence pour exprimer les douleurs inexprimables.

La musique est un cri sec lancé en direction d'une perte irracontable et informulable autrement.La mue, la perte de la voix d'enfant, fait partie de ce genre de pertes. C'est pour «se venger» de la voix perdue, pour «muer la mue même, de remuer la mue même» (LM, p.34), que l'homme a recours aux instruments pour faire de la musique. Pourtant, à un moment donné, la musique est reproduite sans cesse et installe progressivement une saturation sociale du sonore. Les espaces publics et privés sont envahis par la répétition des mélodies. Les musiciens dans les romans de Quignard éprouvent un refus de la musique déchirante et sont conscients que dans le monde saturé de musique, le silence est devenu «le vertige moderne» (HM, p. 254).

La musique pour eux, n'est pas un jeu des sons, ni celui d'un instrument. Elle n'a rien à voir avec technique ou virtuosité. La musique est liée au silence. Le silence n'est pas la négation du son. Il s'écrit autant ou même plus que les notes. Avec sa valeur rythmique, le silence constitue un moyen d'expression plus expressive, plus subtile que les notes.

En musique, le silence est un élément indispensable tant au musicien qu'à celui qui écoute. Les musiciens font de la musique dans le silence de la nature. Selon Quignard, la musique silencieuse et la nature se fusionnent. Il ne reste qu'à bien écouter. Il faut à celui qui écoute s'éloigner du bruit social, s'engloutir dans le silence

[1] Timothée Picard, «La littérature contemporaine a-t-elle retrouvé un modèle musical? Le cas de Pascal Quignard», *Europe, Pascal Quignard*, No. 976-977, août-septembre 2010, pp. 52-76. Selon Picard, il s'agit d'«un moyen de faire reposer la création littéraire sur une vision du monde dont le socle esthétique, politique ou métaphysique a pour dénominateur commun et comme outil herméneutique principal et suffisant la musique» (p. 52).

et la pureté pour entendre la musique qui est inaudible.

La réflexion et la conception de la musique silencieuse de Quignard se concentrent en même temps dans la proposition de «soustraire à la puissance du chant» (HM, p. 255), de désenchanter la musique. Autrement dit, c'est de s'éloigner de la musique non désirée, repoussante, de la *noise*. A ce faire, Quignard propose deux moyens différents choisis par ses deux personnages-musiciens. L'un fait de la musique de plus en plus simple, de plus en plus douloureuse ; l'autre abandonne finalement la musique à s'adonner à l'écriture.

Comme la musique, l'écriture est une autre façon de «composer» avec le silence ou même la seule façon de parler en se taisant. En tant que voix muette, l'écriture parle à partir de son silence. Il n'est pas difficile de discerner la relation entre le silence et l'écriture. Le silence se dit le langage écrit. Et l'écriture est la mise au silence du langage.

À plusieurs reprises, Quignard affirme que son écriture ne répond à aucun système préalablement établi. Son refus de la règle littéraire réside dans le choix de la forme fragmentaire. La fragmentation de pensées disjointes, de notations discontinues est opposée au désir de liaison, de continuité et constitue une manière par excellence de manifester le silence. Pour Quignard, l'écriture fragmentaire est capable de représenter la pensée humaine qui n'est ni structurée ni organisée.

Le choix de l'écriture fragmentaire correspond au geste asocial de Quignard. L'auteur refuse, comme ses personnages romanesques, tout statut social, y compris celui d'écrivain. Il se définit comme lettré ou littéraire. Le littéraire lit et écrit le silence dans le silence. À noter que la lecture est à l'origine de l'écriture. Écrire, c'est écrire de la lecture. La lecture et l'écriture sont deux activités qui se déroulent dans le silence et qui se libèrent du langage. Quignard le littéraire lit et (ré)écrit des époques lointaines, des personnes oubliées et des rêves.

Si l'écriture est la mise au silence du langage, quelle est la relation entre le silence et le langage? Le langage est considéré par Quignard comme source de tout et il est dans ce sens la source du silence.En ce qui concerne le trait fondamental du langage, Blanchot a indiqué que le langage «vient du silence et il retourne au silence»[1]. Le silence précède le langage et conditionne sa naissance. Le langage est

[1] Maurice Blanchot, *L'espace littéraire*, Paris: Gallimard, 1955, p. 38.

loin de renvoyer à la chose le sens d'un mot et retourne au silence. Quignard partage l'avis de Blanchot. Il interroge de plus la nature du langage. Pour lui, le langage n'est pas lié à la vie et ne répond pas à un besoin. Autrement dit, il n'est pas inné, mais acquis. Il est un objet commode, une institution, la trace d'une aventure sociale de soumission. Et l'utilité du langage est absente. De plus, ce qui importe, c'est que comme un pur acquis, le langage est défaillant et peut quitter l'homme à tout moment. Pour contester la défaillance du langage, l'auteur pratique un parler mutique qui lui permet de chercher les mots défaillants, d'aller vers la déprogrammation de la littérature. «En français le silence est opposé au langage. À la vérité le silence a la puissance de s'y opposer parce qu'en taisant il détruit la division que le dernier instaure» (LP, p.99), a noté Quignard dans son œuvre *Les paradisiaques*.

En somme, le silence se définit comme un système de relations dans les œuvres de Pascal Quignard. Il est lié de manière inséparable à la vie, la musique et l'écriture.

3. Corpus, méthodes et plan de la thèse

Nous allons prendre l'intégrité des romans publiés de Pascal Quignard comme corpus principal de notre étude, soit au total **9 romans** dont les titres classés par ordre chronologique sont *Carus*[1], *Les tablettes de buis d'Apronenia Avitia*[2], *Le salon du Wurtemberg*[3], *Les escaliers de Chambord*[4], *Tous les matins du monde*[5], *L'occupation américaine*[6], *Terrasse à Rome*[7], *Villa Amalia*[8]et *Les solidarités mystérieuses*[9].

Publié pour la première fois en 1979, *Carus* est le premier roman de Quignard. Ce roman met en scène un petit groupe d'amis, tous lettrés, confrontés à la dépression langagière du personnage principal A.. A. est un prénom laminé, comme le personnage qu'il désigne. Ce prénom fait songer aux commencements de la parole

---

1. Pascal Quignard,*Carus*, Paris: Gallimard, 1979.
2. Pascal Quignard, *Les tablettes de buis d'Apronenia Avitia*, Paris: Gallimard, 1984.
3. Pascal Quignard, *Le salon du Wurtemberg*, Paris: Gallimard, 1986.
4. Pascal Quignard, *Les escaliers de Chambord*, Paris: Gallimard, 1989.
5. Pascal Quignard, *Tous les matins du monde*, Paris: Gallimard, 1991.
6. Pascal Quignard, *L'occupation américaine*, Paris: Seuil, 1994.
7. Pascal Quignard, *Terrasse à Rome*, Paris: Gallimard, 2000.
8. Pascal Quignard, *Villa Amalia*, Paris: Gallimard, 2006.
9. Pascal Quignard, *Les solidarités mystérieuses,* Paris: Gallimard, 2011.

articulée et au premier cri de l'humain. A. souffre de silence. Son malheur est en rapport avec l'absence de signification. Le monde du non-verbal qui envahit sa parole est un acte qui parle, un silence qui dit.

Avec un titre noble et énigmatique, *Les tablettes de buis d'Apronenia Avitia* met en scène une patriciennenommée Apronenia Avitia, à la fin de l'empire romain qui rédige une série de fragments: le détail de ses occupations, les choses à faire, une liste de courses, la couleur du ciel, les étreintes regrettées, les commandes de vin, etc. Et la chute de l'empire romain demeure un secret. On dirait que c'est un roman qui met en scène le silence de l'Histoire.

Le salon du Wurtemberg se présente comme un roman rétrospectif sur la déchirure de l'amitié, de l'amour, de la famille que vit un musicien célèbre Charles Chenogne. Ce roman embrasse une durée de près de vingt années. Et les rappels de quelques événements historiques ponctuent le passage du temps. Pourtant, toute implication politique est absente, y compris l'événement de mai 68 qui semble avoir laissé aucune trace sur la vie de Charles Chenogne. Charles Chenogne traverse avec une indifférence marquée les soubresauts de la grande Histoire pour préférer la compagnie choisie de quelques-uns. Ayant vécu dans la vie des morts qui se révèlent sans guérison, Charles Chenogne se retire à Bergheim dans la propriété familiale, la maison d'enfance, et passe de la musique à l'écriture.

Les escaliers de Chambord reposent sur le délire d'Edouard Furfooz, collectionneur-antiquaire d'objets miniatures. Edouard Furfooz va de femme en femme, de lieu en lieu, guidé par la quête de ses jouets, incapable de se fixer et perpétuellement transi de froid. Il hante sans cesse le monde de son enfance. À l'âge de huit ans, il est amoureux d'une fillette qui est morte par accident. Après le drame, Edouard Furfooz tombe dans le mutisme et oublie le nom de la fillette. Et il cherche le nom tout au long de ses errances. Avec un long travail de remémoration, cet épisode de son enfance peut finalement ressurgir.

Tous les matins du monde relatent la vie d'un violiste baroque, Monsieur de Sainte Colombe qui, taciturne, après la mort de sa femme, se retire du monde social et mène une vie austère avec ses deux filles. Il donne des cours de musique, en particulier à Marin Marais qui est son élève. Le roman demeure une œuvre sur la passion, le travail, l'inspiration de la musique, mais aussi sur la solitude, la mélancolie d'un homme inconsolable de la mort de sa femme et de sa fille aînée.

Dans *L'occupation américaine*, Quignard met en lumière une face cachée de la mémoire française: la longue occupation de la France par les Américains, de 1952 à 1967. Il s'agit d'un roman contemporain plein de secret d'après-guerre. Deux héros, Patrick Carrion et Marie-José Vire sont amoureux depuis leur enfance. Ils se sentent attirés par l'univers américain, un univers qui leur semble plus féerique qu'il ne l'est en réalité et dont la culture est si différente de la leur.

Terrasse à Rome met en scène un jeune graveur Meaume, qui est brûlé au visage par son adversaire. Il exile partout et fait la rénovation de la peinture. C'est un livre de pertes: visage, amour, mort.

Villa Amalia met en scène une pianiste et compositrice de talent, Ann Hidden qui, après avoir découvert l'infidélité de son compagnon, décide de tout abandonner. Elle dit adieu au social et vit cachée dans une errance solitaire. Ann Hidden continue le reste de sa vie dans la mémoire du paradis perdu et compose de la musique marquée par la douleur, une musique silencieuse.

Pascal Quignard a écrit son dernier roman *Les solidarités mystérieuses*, peu après le désastre de Fukushima. Le roman s'appuie de nouveau sur le retour au pays natal de la protagoniste Claire, qui renoue avec la terre d'enfance, une lande bretonne, dont le maire a été son amour de jeunesse. Claire se rapproche aussi de son frère, unique membre de sa famille qui est comme elle, rescapé de l'accident de voiture et du drame familial d'autrefois. Ce roman polyphonique met en relief le lien solide et invisible entre l'homme, l'amour inconditionnel et fraternel, l'origine et la destination mystérieuses de l'homme.

Si les romans de Pascal Quignard sont notre principal champ de réflexion, cela ne nous empêche pas de travailler sur ses autres œuvres, vu la densité de sa production littéraire – contes, essais, traductions, articles, préfaces, traités, sans négliger les entretiens pour une élucidation de l'écrivain sur ses propres œuvres, qui nous permettraient de révéler l'enjeu du thème de silence dans l'œuvre romanesque de l'auteur.

Étant donné de la complexité et la richesse des romans de Quignard, nous aurons recours à **plusieurs méthodes** de recherche: thématique littéraire, anthropologie, psychanalyse et linguistique.

La présente étude se basera sur une analyse textuelle. À partir d'une microlecture[1] des romans de Pascal Quignard, nous analyserons des passages, des expressions, des métaphores, des images qui représentent le thème du silence. Nous mettrons en lumière la manière par laquelle tous ces éléments constituent un monde de silence dans les romans.

Et puis, nous allons essayer de trouver une voie qui unit l'étude textuelle et d'autres sciences humaines ou même naturelles. La démarche anthropologique va nous faciliter la recherche des interprétations plus raisonnables et plus scientifique avec des sources importantes: mythique, sociologique, imaginaire, etc. Nous espérons avoir recours à des études extra-littéraires pour mieux saisir l'état d'âme de l'homme en rapport avec le monde et avec lui-même.

Au sein du discours quignardien sur la musique, ou sur l'art général, les références plus ou moins explicites à la psychanalyse freudo-lacanienne sont nombreuses, telles que le développement du souvenir d'enfance de Freud, la notion d'objet-voix comme objet d'emblée perdu de Lacan. Les références à la psychanalyse constituent toujours chez Quignard un principe d'élaboration dynamique. Nous reprendrons des textes de Freud et les idées lacaniennes pour élucider les idées de Quignard.

Nous recourrons aussi à la méthode de la linguistique pour mettre en lumière la conception singulière du langage de Pascal Quignard de qui les œuvres reflètent avant tout une attitude réflexive à l'égard de la langue et du langage.

Nous nous servirons également d'idées philosophiques de Benjamin, de Jankélévitch ou de Derrida, notamment sur les problèmes de la modernité des arts, de la nature de la musique et de la littérature. Nous voudrions emprunter aux différentes disciplines ce qui s'accorde le mieux avec la problématique traitée.

À travers la lecture des romans de Pascal Quignard, nous distinguerons trois axes du silence – **vie**, **musique**, **écriture** – qui seront illustrés par les trois parties (dont chacune se compose de trois chapitres) de notre présente étude.

La première partie consistera à analyser la relation entre la vie et le silence. À

---

[1] Pour reprendre l'expression de Jean-Pierre Richard, selon qui il s'agit d'une lecture qui se fonderait à la fois sur l'essence verbale de l'œuvre littéraire et sur la forme.

noter qu'ici la vie a un double sens: Premièrement, fait de vivre, propriété essentielle des êtres qui évoluent de la naissance à la mort ; et deuxièmement, mode de vie, ou des activités et des événements qui remplissent les espaces de temps entre la naissance et la mort. Le silence joue un rôle du fil de conducteur qui lie l'origine de la vie et le choix de mode de vie.

Dans le premier chapitre, nous allons d'abord nous focaliser sur le monde prénatal qui se définit comme un monde «sans langage», «infini», «unique» (VS, p. 405). Autrement dit, le silence constitue une grande caractéristique du monde pré-natal. Ensuite, nous analyserons ce que signifie la naissance chez Quignard. La naissance veut dire le changement de monde. Après être né, l'enfant n'est pas individu au sens strict. Il est l'*infans*, le non-parlant en latin. «L'enfant, l'*infans*, celui qui n'a pas encore accédé au langage, n'a pas encore accédé au voile: il voit encore la nudité originaire» (SE, p. 134). De la naissance à la fin de l'enfance, l'enfant ne peut pas parler et sa voix ne se distingue pas de celle des animaux. Cette période de vie se caractérise également, comme le monde pré-natal, par le silence. L'enfance passée, l'homme quitte définitivement le monde de silence et entre dans le vacarme social. Nous ferons, dans ce chapitre, une analyse sur les crises dans lesquelles vivent les personnages romanesques.

Et le deuxième chapitre cernera le refus ou le rejet du vacarme social des personnages romanesques. Ils sont souvent structurés par une forme de mutisme et fuient tous les bruits sociaux. Ils refusent toute identité que le monde social leur impose et s'opposent aux critères sociaux de l'amour. Les personnages choisissent de vivre dans la solitude et de mener une vie autre que celle d'ordre social. Il s'agit d'une vie de silence, d'une vie qui se sépare du monde social.

Le troisième chapitre analysera le choix de mode de vie silencieuse dans la nature. Les personnages romanesques s'éloignent de grandes villes et fondent leur nouvelle vie dans la nature. Une maison cachée au bord d'un cours d'eau avec un jardin clos dans la nature constitue l'espace de silence. Les personnages aiment les moments clairs-obscurs. Ce sont des moments de silence. Et mener une vie en pleine nature signifie s'approcher de soi-même et de l'animalité qui est l'origine de la vie humaine. Et l'état de silence réside dans l'animalité.

Et la vie de silence fondée dans la nature est propice à la création artistique, dont en premier lieu la musique. La deuxième partie sera une analyse de la relation entre le silence et la musique chez Pascal Quignard. Les personnages de plusieurs romans de notre corpus, tels que *Le salon du Wurtemberg*, *Tous les matins du monde* et *Villa Amalia*, etc., sont musiciens. Et ces romans traitent principalement de la question de la musique. Dans cette partie, nous nous servirons de *La leçon de musique* et *La haine de la musique*, deux essais de Quignard sur la musique, comme base théorique de l'analyse.

Dans le premier chapitre, nous mettrons d'abord en lumière la nature de la musique. La musique à l'origine, comme le monde pré-natal, est le silence. Elle est inaudible, indicible et invisible. Elle est capable de dire les douleurs inexprimables par la parole. Pourtant, avec le développement social, la musique devient finalement le seul art qui ait collaboré à l'extermination des Juifs durant la Seconde Guerre mondiale. Si le rôle du collaborateur de l'extermination de la musique semble un exemple extrême, un fait indiscutable réside dans le phénomène inquiétant que la musique transforme en déchirement sonore.

À la musique devenant la violence des sons, Quignard oppose une leçon de musique dont nous parlerons dans le deuxième chapitre. Et la teneur de la leçon peut se résumer ainsi: le geste musical est celui de la lamentation d'un perdu. Cette lamentation du perdu ne s'exprime jamais par un instrument, ni par une musique foisonnante, pleine de notes ou avec des techniques, mais par une musique faite des sentiments.

Le chapitre trois abordera la musique de silence dans la nature. On la nomme la musique naturelle non seulement parce qu'elle est créée ou composée dans la nature, mais qu'elle est exclue de signification. La musique naturelle permet à l'homme de retourner à son état originaire d'entendre pur et en même temps de réaliser le désenchantement de la musique dont s'adonner à l'écriture, devenir écrivain constitue une des plus importantes conséquences.

La troisième partie sera consacrée à l'analyse de la relation entre le silence et l'écriture. À noter que Quignard a défini l'écriture comme la mise au silence du langage.

Nous allons consacrer le premier chapitre à l'étude de la mise en forme de l'écriture de Pascal Quignard, soit l'écriture fragmentaire. Insoumis au modèle traditionnel de narration, l'auteur brise souvent dans ses romans le récit en fragments. Dans ce chapitre, nous ferons en premier lieu un bref parcours de l'écriture fragmentaire. Nous allons essayer de préciser du point de vue théorique les caractéristiques de cette forme d'écriture. En second lieu, ce sera l'analyse de l'écriture fragmentaire de Quignard. Cette analyse se divisera en deux aspects: discontinuité (de pensée et de mémoire) et rejet (de genre et de système). L'écriture fragmentaire quignardienne laisse souvent des blancs, des vides au lecteur à remplir et de l'espace à imaginer. Et ces blancs, ces vides font partie du silence chez Quignard.

Le deuxième chapitre se consacrera à l'analyse du contenu de l'écriture Quignard. Il est à souligner que l'auteur se définit comme littéraire. La question «en quoi consiste le littéraire» constitue une question centrale du chapitre. En premier lieu, nous essaierons de répondre à cette question. Le littéraire ne fait que lire et écrire. Il écrit ce qu'il lit. Autrement dit, pour lui, l'écriture est fondée sur la lecture. L'écriture et la lecture sont deux moyens qui permettent à l'homme de se libérer du langage. Le littéraire lit les Anciens siècle après siècle. Son écriture réside dans la revisite des mortels, des héros délaissés et oubliés par la grande Histoire. En second lieu, nous ferons une analyse de la réécriture de l'histoire de Quignard.

Dans le dernier chapitre, nous analyserons les réflexions du langage et de la littérature de Quignard. Pour l'auteur, le langage est à la source de tout. Il médite tout le temps la nature du langage et son utilité. En effet, l'attitude de l'auteur envers le langage est plutôt négative. Pour lui, le langage n'est pas la nature de l'humain et peut le quitter à tout moment. Vis-à-vis de la défaillance du langage, Quignard a recours au parler mutique ou à l'écriture de silence. Par le parler mutique, l'auteur a pu chercher les mots qui font défaut et méditer autre chose que parler ou que signifier. Il a posé la notion de la déprogrammation de la littérature et a prévu une voie pour l'avenir du monde littéraire.

Les hommes, comme tous les mammifères, viennent tous du silence. Vu que tout s'éloigne peu à peu du silence, à l'aide de sa création littéraire, de la littérature – art muet, Pascal Quignard tente de faire la quête d'un autre mode de vie, d'une autre musique, d'une autre écriture pour réveiller la mémoire du silence.

Première partie: Vie et silence

Introduction

«L'ère moderne est parlante»[1], dit Paul Valéry. Et le silence, par conséquent, perdant peu à peu sa valeur, tend à disparaître et à se laisser submerger par le bruit. Dans la vie, nous sommes entourés de tous genres de bruits qualifiés «pauvres» et «laids»[2]. Ce qui aggrave la situation, c'est que non seulement les bruits se sèment et pullulent, mais ils encombrent et démoralisent.

À l'heure où le bruit devient omniprésent, de grands écrivains, penseurs, savants, se mettent à repenser et à recultiver la citadelle intérieure – le silence. Selon eux, le silence nous constitue. Au commencement de la vie était le **silence**. Il ne s'agit pas de la simple absence de bruit, mais la condition du recueillement, de la rêverie et le lieu intime d'où émerge la **parole**. Alain Corbin, historienpionnier dans l'histoire des sensibilités, a noté, non sans inquiétude: «'Ecoute ce que l'on entend lorsque rien ne se fait entendre'[...] Sommes-nous encore capables, suivant le conseil de Paul Valéry, d'écouter le silence?»[3]L'auteur d'*Histoire du silence* a indiqué que nous modernes avons oublié le silence et même nous le craignons.

En tant qu'être contemporain, Pascal Quignard remarque que le monde moderne est inondé d'images et de paroles. En l'occurrence, le silence vient héler et devient «un luxe exceptionnel dans les mégapoles» (HM, p. 254). Ayant fait d'incessantes réflexions sur la société moderne, Quignard prend conscience que la nature et le

---

1. Dans Alain Chestier, «Avant-propos», *La littérature du silence, Essai sur Mallarmé, Camus et Beckett*, Paris: L'Harmattan, 2003, p. 9.
2. Nous reprenons ici les expressions de Jean Giono qui fait un procès rigoureux du monde moderne dans *Les terrasses de l'île d'Elbe:* «On est enfermé dans les villes [...] On n'a plus qu'à choisir entre les bruits **pauvres**, comme celui des machines à écrire, par exemple, ou des grands magasins, ou des bureaux de poste, et des bruits franchement **laids**, comme celui des pétrolettes, ou des autos, ou de la rue en général, ou celui de la tuyauterie dans les maisons.», cité dans Alain Chestier, «Avant-propos», *La littérature du silence, Essai sur Mallarmé, Camus et Beckett*, Paris: L'Harmattan, 2003, p. 10, c'est nous qui soulignons.
3. Alain Corbin, *Histoire du silence*, Paris: Albin Michel, 2016, quatrième de couverture.

monde ne sont pas de simples distractions. Par le biais de sa création, il vise à rétablir un nouveau mode de vie, un mode de vie de silence pour lutter contre l'extrême-bruit d'ordre globale. Le ré-établissement du mode de vie de silence fournit, pour Quignard, un possible accès à l'origine de vie.

S'il est évident que Pascal Quignard n'a jamais quitté la thématique de l'origine, en quoi consiste l'origine de vie?

Avant d'être nés, nous vivons comme fœtus dans le ventre maternel. C'est un monde «connu de tout homme et inconnu» (SE, p. 336). L'emploi paradoxal des termes «connu» et «inconnu» rend le problème de l'origine de vie plus mystérieux, plus énigmatique.

À l'instar de Saint Augustin, Quignard nomme le monde pré-natal et utérin le premier monde. Il a évoqué à plusieurs reprises dans ses œuvres ou entretiens que le premier monde était un monde sans langage. C'est un monde «sans déguisement, libéré de tous ses mots»[1], dont le silence constitue une grande caractéristique. Dans ce sens, Quignard a pu conclure que nous sommes issus du silence et que la naissance interrompt le silence de l'origine de vie.

Pour l'humain, la naissance est «la première tombée»[2], la première tombée sur terre. Elle est, d'une densité extrême, un des thèmes récurrents de Quignard. L'auteur considère la naissance comme le fond de toutes les expériences de l'homme. Lors de l'accouchement, l'homme quitte non seulement le premier monde du silence mais l'incapacité de parler. Avant d'acquérir la capacité de parler, le nouveau-né passe d'abord son enfance, où il est, selon Quignard, «fasciné, inquiet, infantile, recroquevillé, fœtal ou plutôt gestatif» (VS, p. 295). L'enfance qui suit la naissance est donc le temps pas encore sémantisé. Elle est non-parlante, angélique et irréversible. Il s'agit de la grande fondation silencieuse. Quignard s'attache à cette période de vie et donne un statut particulier aux enfants dans ses romans.

Dès que l'enfance est terminée, l'homme atteint l'âge d'adulte et entre

---

[1] Mickaël Dubuis, *Pascal Quignard et la mécanique du retourLecture de saison*, Paris: L'Harmattan, 2010, p. 26.

[2] Irène Fenoglio, «Les singularités hors les frontières de l'identité», dans Irène Fenoglio, Verónica Galíndez-Jorge (dir.), *Pascal Quignard. Littérature hors frontières*, Paris: Hermann, 2014, p. 45.

inévitablement dans le «dernier royaume»[1]. Opposé au premier monde qui se caractérise par le silence, le dernier royaume est social et bruyant. Aux yeux de Quignard, c'est un monde plein de crises qui s'éloigne peu à peu du silence.

Les personnages dans les romans se révoltent contre le monde social. Ils s'abstiennent de parler et n'expriment pas leur passion ou leur pensée oralement d'une part. D'autre part, ayant conscience que toute identité est une servitude de soi-même, les personnages refusent de manière catégorique les identités que la société leur impose. Ils préfèrent vivre dans la solitude absolue. La solitude, pour eux, est une pièce précieuse qu'aucun trésor n'est capable d'acheter. Elle est une façon de faire le vide, de rejoindre la silencieuse fécondité naturelle. Les personnages quignardiens refusent de s'engager dans le monde social et fuient tout ce qui relève de règles, de normes ou de contraintes. Pour eux, en amour, un silence vaut mieux que le social, que le langage. A ce faire, ils s'opposent aux critères d'amour que le monde social établit et choisissent un amour «interdit»[2] de tous les sens.

Ayant la détestation pour les grandes villes, pour la vie sociale, les personnages s'en éloignent dès que possible et retournent à la nature. Ils réussissent finalement à établir ou à refonder une vie silencieuse dans la nature. La nature est non seulement un refuge pour l'âme mais aussi l'union du silence. Elle est un autre univers, un monde du jadis. Et les personnages mènent une nouvelle vie, une vie autre que celle du monde social. Ils vivent dans une maison cachée dans la nature avec un jardin au bord d'un cours d'eau. Pour Quignard, dans la nature, il y a deux moments qui attire son attention: le moment après le coucher du soleil qui survient après que «les oiseaux se sont tus», qui s'étend jusqu'à ce que «les grenouilles commencent à émettre leur chant» (HM, p. 134), et le début du jour où l'homme s'éloigne du bruit social et reste encore fasciné par la nuit par ses images séductrices. Au moment de silence, l'audition devient la plus fine. Et l'oreille retrouve sa fonction originelle qui ressemble à celle

❶ Il s'agit du titre général d'une suite d'ouvrages que Pascal Quignard a entamé à rédiger à partir de l'année 2001 par suite d'un événement de santé. Le titre «Dernier royaume» renvoie à Saint Augustin et à sa mention d'un premier monde prénatal et utérin. Le dernier royaume est alors «une façon substantielle de dire que le second monde est le dernier, qu'il n'y a pas d'autre vie». (Catherine Argand, «Pascal Quignard, Goncourt 2002», *Lire*, septembre 2002, p. 98.)

❷ Il s'agit d'une expression reprise de Pascal qui a écrit dans son *Amour*: «Il (L'amour) est bon d'être interdit ; il y a une éloquence de silence qui pénètre plus que la langue ne saurait faire.»

de l'animal. Si comme ce qu'écrit Quignard dans sa *Vie secrète*, il y a deux mondes, «le social et l'asocial (le culturel et le naturel, l'humanité et l'animalité)» (VS, p. 232), si les personnages choisissent l'asocial, le naturel, de toute évidence, ils font partie de l'animalité qui représente leur état de silence dans la nature.

Nous allons consacrer le premier chapitre à l'analyse du monde pré-natal, de la naissance et du vacarme social. Nous essaierons de mettre en lumière le silence comme l'origine de vie et le processus de la perte du silence. Dans l'évolution du silence à la perte du silence et au vacarme social, la naissance joue un rôle de la frontière, marque la fin de la dépendance de l'origine. Après la naissance, notamment dès que l'enfance est terminée, l'homme entre dans le monde social et sa vie devient bruyant.

Notre deuxième chapitre sera consacré à l'étude des révoltes contre le vacarme social des personnages romanesques. Ils abandonnent de manière définitive les responsabilités professionnelles et mondaines. Ils désirent rejeter le *statu quo* que réserve la vie collective et prétendent refuser les commandements sociaux pour retrouver un certain anonymat, revivre une autre vie dans la solitude, dans un particulier amour. Le silence leur est une forme de résistance, de rupture avec le monde social.

Ayant la volonté de reconstruire une vie silencieuse, les personnages retournent à la nature. L'espace, le moment et l'état de silence engloberont le troisième chapitre. L'analyse de ces trois éléments nous permettra d'avancer dans notre étude du silence. L'espace de silence se composent de trois aspects: maison cachée, jardin et cours d'eau. L'aube et le crépuscule sont constitutifs pour Quignard du moment de silence. Quant à l'état de silence, il se focalisera l'animalité. À noter que par ses écrits, Quignard vise à re-formuler ou à re-trouver la vérité de l'être humain qui tient dans son rapport animal au monde.

En somme, la première partie consistera à analyser la relation entre la vie et le silence, en suivant l'itinéraire de silence comme origine de vie et perte de silence – révolte contre perte de silence – reconstruction de silence dans la nature.

Chapitre I La vie: du silence au vacarme

Dans un chapitre *des Paradisiaques*, le quatrième tome de *Dernier royaume*, Pascal Quignard a relaté de façon peu ordinaire, la mort de Monsieur de Vauquelin. Ce nom a apparu dans *Tous les matins du monde*. Dans le roman publié en 1991, Monsieur de Sainte Colombe, le personnage central se rend chez Monsieur de Vauquelin, «qui avait souhaité mourir avec un peu de vin de Puisey et de musique» (TMM, p. 8). C'est, d'ailleurs, en rentrant de chez lui que Monsieur de Sainte Colombe trouve sa femme morte, et se désole de n'avoir pu être à ses côté pour ses derniers instants.

Monsieur de Vauquelin, étant en agonie, avant que Monsieur de Sainte Colombe ne commence à jouer de la viole, exprime son dernier souhait, une étrange demande: «J'ai maintenant désir, avant de mourir, de revoir le lieu où j'ai pris naissance.» (LP, p. 11) Il appelle le lieu où il a pris naissance la première maison. La première maison de l'être humain est le ventre maternel. Il s'agit du lieu de l'origine de vie, le lieu d'où nous venons.

1.1 *Nous venons du silence*

«Avant que nous naissions nous sommes les cadavres d'une vie dont nous n'avons pas le souvenir et nous flottons au fond de l'océan.» (TBAA, p. 103) Dans le chapitre intitulé «C. Bassus émet une hypothèse sur l'origine des odeurs» des *Tablettes de buis d'Apronenia Avitia*, quand Caïus prend la parole et fait une hypothèse sur l'origine de la puanteur, il commence par cette brève description de l'état de vie d'avant la naissance. De cet extrait, deux éléments peuvent être tirés. Premièrement, «le fond de l'océan» symbolise la poche amniotique où règne le silence. L'homme est baigné dans ce monde aquatique quand il est un fœtus. Deuxièmement, la part du monde pré-natal qui fait de nous des sujets ne nous laisse le moindre souvenir. Elle nous laisse des blancs, le silence.

«Nous venons du silence», ainsi a noté Quignard dans «Prière d'insérer» du *Vœu de silence*. De cette affirmation, nous pouvons nous apercevoir du rôle déterminant du silence dans la vie de l'humain. Le silence est l'origine de la vie. Avant la naissance, nous habitons dans un silence aquatique, fœtal et originaire.

Le monde pré-natal est radicalement différent du monde où vit l'homme. Il est comparable à une caverne obscure à l'abri de la lumière. Ce point est noté à plusieurs reprises dans les romans de Quignard. Dans *Terrasse à Rome*, Meaume est un graveur qui, en pratiquant la «manière noire»[1], fait des images qui sortent de la «nuit» (TR, p. 36). Chaque forme sur la page semble sortir de l'ombre comme un enfant du ventre de la mère. Dans *Les escaliers de Chambord*, une fin de la nuit, Edouard Furfooz manque de marcher sur une petite barrette d'enfant bleue en plastique en forme de grenouille. Cette barrette n'est effectivement pas un objet de collection. Elle n'est pas belle et ne vaut rien du tout. Mais Edouard Furfooz la prend entre ses doigts et la met dans sa poche avec une subite excitation parce qu'il sent qu'une espèce de secret absolu est proche de lui et qu'au-delà, il y a quelque chose d'invisible. De ce fait, il se dit: «Il y a eu un autre monde qui a précédé cette lumière où nous baignons.» (EC, p. 45) Cet «autre monde» précédant la lumière est le monde pré-natal qui est d'une certaine manière l'Éden de tout homme qui définit l'espace avant la sortie du corps dans l'espace externe, l'espace qui «*fut* à l'ombre de l'espace» (LP, p. 19). Chez Quignard, le champ lexical lie la naissance à la lumière, laissant ainsi la nuit ou l'ombre pour le monde pré-natal.

Le monde pré-natal n'est encore atteint par la mémoire. L'absence de mémoire est également un silence. La part avant la naissance est repérée par Chantal Lapeyre-Desmaison, quand elle évoque «une absence au cœur de la mémoire qu[e l'œuvre de Quignard] se donne pour tâche, par l'écriture, de reconstruire, ou d'inventer»[2]. La mémoire absente de la vie pré-natale constitue un mystère pour Quignard.

Etymologiquement, le mystère, le *mystikos*, veut dire en grec quelque chose de silencieux. Chez l'auteur, il existe toujours une nostalgie particulière, qui porte sur le premier monde connu de tout homme quand il n'est qu'un fœtus. Dans *Terrasse à*

---

[1] Inventée par Ludwig von Siegen, la «manière noire» est une gravure à l'envers. La planche est originairement et complètement gravé.

[2] Chantal Lapeyre-Desmaison, *Pascal Quignard le solitaire: rencontre avec Chantal Lapeyre-Desmaison*, Paris: Galilée, 2006, p. 318.

Rome, Meaume préfère «l'océan» à la «Maison d'Or», ou au «trésor de l'empereur Alexandre» (TR, p. 37). Quignard est l'un des artistes qui «ignorent le siècle où ils séjournent» (VS, p. 405) et qui tendent des souvenirs de ce lieu. Il s'intéresse à ce stade de vie où nous sommes dans le ventre maternel. Par le truchement de sa création littéraire, Quignard construit une mythologie autour du silence de l'origine de vie.

Le monde pré-natal représente un seul corps partagé entre la mère et le fœtus, un seul espace où la mère et l'enfant battent le même rythme cardiaque et où l'un et l'autre communiquent par un moyen pré-linguistique. Il s'agit d'un temps où le fœtus et le corps maternel font un ensemble. Le monde pré-natal est «le tout en deux, le deux en un»[1] et témoigne d'une unité. En parlant de cette unité, Albert Béguin, dans *L'âme romantique et le rêve,* énumère les souvenirs d'un âge «où la séparation n'était pas encore survenue»[2], où tout demeure silencieux. Selon Béguin, cet âge où la séparation n'a pas encore lieu fait partie des âges d'or qui comprennent encore l'enfance, les époques primitives, un temps «plus ancien encore, dont parlent les fables des peuples, âge où Orphée séduisait les bêtes et les rochers»[3]. Les âges d'or de Béguin sont aussi ceux de Quignard, notamment l'âge pré-natal.

D'ailleurs, quand on parle du silence du monde pré-natal, ce qui compte le plus, c'est qu'il s'agit d'un monde sans langage. Le langage ne fait pas partie de la nature biologique de l'homme. En revanche, l'identité physique humaine n'a pas besoin de ce genre d'activités de la voix singulière. Selon Quignard, la maîtrise du langage est conçue comme un aveu de faiblesse, de servitude. «La langue nationale assiège le corps»[4] et impose un langage commun à tous. À cause de ce langage commun, on s'éloigne de sa propre vision du monde et nomme le monde approximativement avec les mêmes mots que les autres. Il manque ainsi, dans la nomination, de singularité de chacun. Dans le ventre maternel, puisque le langage n'est pas encore là, le fœtus est naturellement hors du pouvoir du langage, et ne peut donc pas être défini dans une telle structure. Le devenir du fœtus représente une vie infinie pleine de possibilités.

---

[1] Irène Fenoglio, «Les singularités hors les frontières de l'identité», dans Irène Fenoglio, Verónica Galíndez-Jorge (dir.), *Pascal Quignard. Littérature hors frontières*, Paris: Hermann, 2014, p. 46.

[2] Albert Béguin, *L'âme romantique et le rêve*, Genève: Slatkine, 2000, p. 398.

[3] Ibid.

[4] Pascal Quignard, *Inter*, Paris: Argol, 2011, p. 24.

1.2 L'*infans*, le non-parlant

L'homme ne demeure dans le ventre maternel que pour quelques mois. Et après, on est né. La naissance signifie d'abord le changement du monde. Avec la naissance, l'enfant est expulsé du monde de silence et commence une autre vie dans le dernier royaume qui va à l'envers du monde pré-natal unique, infini et sans langage. La naissance est un motif crucial dans les réflexions de vie de Quignard. Elle est la frontière où l'intime devient social, où l'obscure devient la lumière, où le non-parlant devient le parlant.

1.2.1 Qu'est-ce que la naissance

Pascal Quignard ne cesse de réfléchir sur la question de la naissance qui constitue d'une densité extrême un de ses thèmes récurrents. À l'incipit des *Tablettes de buis d'Apronenia Avitia* et de *Terrasse à Rome*, deux romans qui sont publiés avec un décalage de seize ans, il a noté de manière similaire l'année de naissance des deux protagonistes:

> «Apronenia Avitia naquit en 343.» (TBAA, p. 11)
>
> «Meaume leur dit: 'Je suis né l'année 1617 à Paris.'» (TR, p. 9)

Les premiers mots d'un texte jouent généralement un rôle conducteur. Ils indiquent le déploiement du récit. Dans les deux romans, la forme simple et claire du commencement laisse des blancs à remplir, à imaginer ce qui se passe avant et surtout après la naissance. Dans ce sens, la naissance constitue un frontière des deux mondes.

Alors, qu'est-ce que la naissance quignardienne?

Dans *L'origine de la danse*, Quignard a noté l'instant natal. Il l'a décrit comme «incroyable danse expulsive, intrusive, chute sur la terre» (OD, p. 33). La naissance marque la fin de la dépendance de l'origine, de l'inhérence au corps maternel. Elle signifie la perte des eaux, l'intrusion de l'air dans le corps, la première tombée. L'intrusion de l'air dans le corps veut dire le choc pulmonaire face à l'air atmosphérique, ce qui constitue l'un des deux traumatismes[1] irrémédiables causés par la naissance. La tombée veut dire la chute d'un lieu élevé à un lieu bas et la perte de ce lieu élevé. La perte des eaux, l'intrusion de l'air dans le corps, la première tombée ont un point commun. Il s'agit de quelque chose de perdu.

Dans *Vie secrète*, Quignard a défini ainsi la naissance: «*Homeless* est la naissance» (VS, p. 393). Dans cette définition en forme lapidaire, le suffixe négatif «less» en anglais signifie «sans» ou «être privé de». La naissance est liée à la perte de «home», à la maison perdue. Dans le même ouvrage, l'auteur a noté:

> «Naître, c'est **perdre** sa mère.
> C'est quitter la maison de sa mère. Sa trace est 'toutes choses **perdues**'. …
> Parce que son aube est le **perdu** (la mère **perdue** dans le premier instant, dans le premier cri.» (VS, p. 126, c'est nous qui soulignons.)

L'emploi du verbe «perdre» et de ses formes dérivées signifie que la naissance est étroitement liée à la perte, à un lieu perdu. Naître, perdre sa mère, c'est quitter le premier espace vital et perdre son univers protecteur de la matrice utérine. Autrement dit, la naissance signale l'expulsion de la première maison vers une terre inconnue. C'est le premier monde perdu. «Notre unique maison est maternelle. […] Notre seul pays est le perdu.» (ABI, p.219) Il s'agit de la première perte de l'homme, de la perte absolue, sans retour et sans trace.

La naissance est non seulement une perte, mais un abandon. «Nos mères nous ont abandonnés dans ce reste de monde, dans ce beau gâchis de monde.» (VA, p. 292) À la fin de *Villa Amalia*, étant en agonie, Georges se plaint ainsi auprès d'Ann Hidden. En fait, dans les romans de Quignard, il y a nombreuses figures d'abandonnés par la mère. Dans *L'occupation américaine*, la mère de Marie-José quitte la famille sans prévenir personne, sans même laisser un mot et elle dérobe toute la «lumière»

---

[1] Dans ce sens, Quignard rejoint en partie les thèses exposées par Otto Rank dans un ouvrage intitulé *Le Traumatisme de la naissance* (Otto Rank, *Le Traumatisme de la naissance*, [1ère édition, en 1924], Paris: Payot, 2002). De différents aspects de l'étude de Rank (les impressions sensorielles déterminantes, la perte d'objet et la nostalgie d'un bonheur utérin) sont présents dans le texte de Quignard.

(OA, p. 12) à sa fille en l'abandonnant. La mère de Patrick ne veut pas que son fils l'appelle «maman», mais «mère»(OA, p. 10). En comparaison avec «maman» qui est du langage enfantin, le mot «mère» manque d'affection, de familiarité et produit un effet de distance. De plus, la mère de Patricks'enferme régulièrement dans une pièce dont elle seule possède la clé et interdit l'entrée à Patrick. Elle voit peu son fils et n'a guère le cœur de s'occuper de lui. Enfant, Claire dans *Les solidarités mystérieuses* perd ses parents et à son tour, elle abandonne sa deuxième fille peu de temps après la naissance de cette dernière. Florent Seinecé et Charles Chenogne sont aussi des abandonnés de leur mère. Florent Seinecé dit qu'aucune peur ne peut être comparée à celle qu'il ressentait quand, tout petit enfant, «sa mère [...] sortait, le laissant seul» (SW, p. 96) un soir sur deux. Quant à Charles, il trouve que sa mère «préférait les petits animaux en porcelaine [...] aux petits garçons» (SW, p. 105). Et la conclusion d'Ann Hidden lors de sa conversation avec Georges peut résumer ce genre d'abandon: «C'est vrai que nous n'avons plus vraiment de famille» (VA, p. 292). L'emploi répétitif de «vrai» et «vraiment» confirme la présence de l'abandon.

«Brusquement la naissance nous rejette à la côte. C'est une sorte de vague violente et soudaine.» (TBAA, p. 103) Les mots, «Brusquement», «violente» et «soudaine» marquent que la naissance n'est pas un choix mais le destin. L'enfant perd son premier monde et connaît l'abandon de la mère sans pouvoir rien exprimer. Son arrivée dans le monde prend d'emblée un tout tragique, tissé de sentiments confus «de perte, d'abandon, de détresse et de crainte»[1]. Dans ce sens, la naissance ne veut pas dire un commencement mais un rejet, un changement absolu de monde. L'homme passe du continu au discontinu, d'un corps hôte à un corps seul. Il s'agit non seulement de la perte du premier monde, de la séparation physique du lieu natal, du ventre maternel, mais aussi de l'entrée dans la vie de ce monde, dans la vie hors du privilège[2] du monde pré-natal de silence.

De plus, du point de vue scientifique, en plus de la difficulté de respirer, il y a un autre traumatisme qui est lié à la naissance. Il s'agit du changement de température.

---

[1] Yue ZHUO, «Le roman, lieu sans terre», dans Fabienne Durand-Bogaert et Yves Hersant (dir.), *Critique, Pascal Quignard*, t. LXIII, No. 721-722, juin-juillet 2007, Avec Pascal Quignard, «Qu'est-ce qu'un littéraire?», p. 528.

[2] Selon Quignard, le temps passé dans le ventre maternel est considéré comme privilège.

Il est difficile à l'homme de se maintenir au chaud. Dans *Les escaliers de Chambord*, Edouard Furfooz a toujours froid et a besoin de vêtements ou de couvertures. Il est un fanatique de la laine naturelle, de la laine animale. Il n'a jamais dans sa vie enfilé un chandail «en laine synthétique, en cellulose, en polyamide, en chlorofibre, en acrylique» (EC, p. 35). Autrement dit, il n'y a que la laine naturelle qui est capable, comme le corps maternel, de lui donner de la chaleur, de le maintenir au chaud du monde pré-natal.

Au moment de l'accouchement, il y a aussi biologiquement, un trauma acoustique. La naissance apporte une modification fondamentale dans l'écoute, «puisque l'appareil auditif, d'abord adapté au milieu liquidien de la vie intra-utérine, va devoir brusquement s'accommoder à un milieu aérien»[1]. Ann pense vraiment que la musique, sur les tout petits enfants les «*perd*» (VA, p. 173) à cause de l'audition en eux qui les précède, qui précède leur arrivée en ce monde.

La naissance, quitter le monde pré-natal signifie également se retirer de l'incapacité de parler, quitter le monde de silence. «La bouche dans le langage ouvre l'hiver dans le monde.»[2]Dans *Le salon de Wurtemberg,* Quignard a fait parler une religieuse: «Et parlions-nous en naissant? Parliez-vous en naissant, Monsieur? On arrive au monde tout nu [...]» (SW, p. 100) En naissant, nous sommes tout nus, tout tus. Nous sommes incapables de parler et la vie d'avant la naissance est liée au silence.

1.2.2 Enfance: la grande fondation silencieuse

L'enfance, les premières années de la vie, tient une place importante dans l'univers quignardien. Selon Bruno Blanckeman, toute l'œuvre de Pascal Quignard est écrite en «retour du temps»[3]. Ce temps lointain n'est rien d'autre que l'enfance, car, comme Gaston Bachelard a mentionné dans sa *Poétique de la rêverie*, «il est des heures dans l'enfance où tout enfant est l'être étonnant, l'être qui réalise l'étonnement

[1] Alfred Tomatis, *Ecouter l'univers. Du Big Bang à Mozart, à la découverte de l'univers où tout est son*, Paris: Robert Laffont, 1996, p. 146.

[2] Pascal Quignard et Marie-Laure Picot, «Un entretien», *Cahier Critique de Poésie*, N°10, Marseille: Farrago, 2005, p. 6.

[3] Bruno Blanckeman, «'J'obéis les yeux fermés à ma propre nuit'», dans*Pascal Quignard, figures d'un lettré*, Actes du Colloque tenu à Cerisy-la-Salle du 10 au 17 juillet 2004, Philippe Bonnefis et Dolorès Lyotard (dirs.), Paris: Galilée, 2005, p. 88.

d'être»[1].

Tout enfant est l'être étonnant et «les faces des enfants sont incertaines» (TR, p. 128). Dans les romans de Pascal Quignard, il y a de nombreuses figures d'enfants: Lena dans *Villa Amalia*, Delphine, Juliette ou Charles dans *Le salon Wurtemberg*, Madeleine et Toinette dans *Tous les matins du monde*, Adriana dans *Les escaliers de Chambord*, etc. Les enfants signifient quelque chose de merveilleux du monde, voire quelque chose de plus délicieux qu'ait connu le monde.

Avec des termes destinés aux anges, les enfants sont décrits comme les plus beaux, les plus délicieux du monde. Lena, dans *Villa Amalia*, avec «les pieds nus», «les yeux levés immenses et noirs», est belle comme «une princesse de conte» (VA, p. 175). Dans *Les solidarités mystérieuses*, le fils de Simon est calme et avec un très beau visage triste, a une beauté «impassable» et «étrange» (LSM, p. 61). Dans *Les escaliers de Chambord*, Adriana bondit à pieds joints sur le plancher dès réveil. C'est «la vie même qui cabriolait» ou «une splendeur qui serrait le cœur» (EC, p. 347) Dans *Le salon Wurtemberg*,Delphine «avait eu deux ans et demi, puis trois ans. C'était l'enfant la plus délicieuse qu'ait connue le monde.» (SW, p. 42) ; «Juliette minuscule – c'est sans doute la plus belle femme que j'aie connue» (SW, p. 344) ; âgé de trois ans, le petit Charles a un visage «délicieux» (SW, p. 343), un gros visage de nourrisson. Les enfants sont définis comme des êtres hors du commun, supérieurs aux adultes qui les entourent, et dotés d'attributs magiques et surhumains. Et le narrateur du *Salon Wurtemberg* prend plus de plaisir à enseigner la musique aux enfants qu'aux adultes malgré la grande différence de revenu: «Leur (les enfants) visage, leur maladresse, leurs mollets et leur genoux souillés, leurs mains minuscules, blanchies sous l'effort, tachées d'encre, leur regard anxieux et immense comptent parmi les choses qui sont belles.» (SW, p. 70) Dans le même roman, Florent Seinecé aime contempler les enfants dans leur sommeil et il dit qu'«il contemplait alors, dans la pénombre, la vie si expressive qui anime ne serait-ce que les poings des enfants quand ils dorment» (SW, 43). Les personnages quignardiens admirent sans réserve tout ce qui appartient aux enfants.

De plus, dans *Les Escaliers de Chambord*, quand Adriana glisse la main dans

---

[1] Gaston Bachelard, *La poétique de la rêverie*, Paris: PUF, Paris, 2011, p. 100.

sa main, Edouard Furfooz ressent de la joie, du bonheur. Pour lui, rien n'est plus délicieux que ce bout de chair tiède qui s'insinue à l'improviste sous les doigts. Edouard Furfooz aime tant Adriana. À ses yeux, Adriana rayonne. Elle est «un petit astre» (EC, p. 347) comme «les dieux enturbannés de lumière de l'ancienne Mésopotamie» (EC, p. 347). Cela se passe aussi dans *Villa Amalia*. C'est en conduisant la petite Lena à la découverte de la vie et du monde qu'Ann Hidden peut vivre une nouvelle vie, plus heureuse que jamais. Il s'agit d'un bonheur indicible. Le narrateur du roman ne s'empêche pas d'exclamer: «Quand on est encore enfant, chaque partie du corps qu'on aime émet une lumière. Rien ne procède encore tout à fait du monde solaire. La lumière vient du cœur de l'enfant.» (VA, p. 282, c'est nous qui soulignons.) L'emploi successif de «chaque», «rien», «tout à fait» souligne tantôt en forme affirmative, tantôt en forme négative, son appréciation de la «lumière» émise du corps de l'enfant. La répétition de «lumière» indique l'énergie, l'innocence et la pureté de l'enfant. Le qualificatif «solaire» implique que l'enfant est comme le soleil et qu'il apporte toujours de la lumière, de la chaleur au monde.

Pourquoi chez Quignard, tant de personnages aiment les enfants? Pourquoi l'auteur donne-t-il toujours «la pomme d'or» (SW, p. 344) aux enfants? Et pourquoi à ses yeux, l'œuvre sera-t-elle inutile, si elle n'engage pas la totalité de la petite enfance de celui qui la compose?

Lors de la naissance, l'enfant est expulsé du ventre maternel, son premier monde. Cette séparation est la première phase du premier acte d'individuation. Pourtant, l'enfant n'est pas encore individu au sens strict. Avant d'arriver à l'état «désidéré, désabusant, individualisant, érigent» (VS, p. 295), le nouveau-né passe d'abord son enfance, l'état premier qui est «fasciné, inquiet, infantile, recroquevillé, fœtal ou plutôt gestatif» (VS, p. 295). L'enfant jouit alors d'un vécu simple et total. Il fait l'expérience de manière directe avec le monde auquel il appartient, sans intermédiaires du langage. Avant d'apprendre la langue, avant d'être envahi par cet apprentissage, il use longtemps de cris et de lambeaux de voix. Dans *Le salon Wurtemberg*, le petit Charles a des joues de «petit hamster qui craint de manquer et emmagasine les graines de tournesol pour l'hiver» (SW, p. 343). La petite Juliette ne «titubait» pas encore et «parlait un sabir volubile et énergique» (SW, p. 344). Et l'enfance fait partie de cet état premier et appartient aussi au temps non-parlant, au temps qui n'est pas encore sémantisé. Dans ce sens, l'enfant est décrit par Quignard comme un mutique. Il est l'*infans*, le non-parlant en latin. Et l'enfance, *Infantia*, pour les anciens Romains, désigne les jours qui précèdent la naissance et ceux qui la succèdent où l'enfant ne peut pas encore parler, où la voix confuse des animaux – le cri, le râle, le rire, le sanglot – n'est pas encore devenue le *logos*, le vrai langage articulé des humains. «*Infantia usque ad mortem*. On appelle enfance la grande fondation silencieuse dont chacun reste captif au sein du groupe jusqu'à la mort.»[1]

Dans *L'occupation américaine*, il y a un passage qui décrit l'instant où Patrick comprend qu'il a quitté l'enfance:

> «Ce fut soudain. Soudain, il fut surpris d'avoir quitté l'enfance. Ce fut une découverte qui le prit de court: l'enfance était partie ; tous les liens s'étaient dénoués ; la fusion s'en était décomposée. Le temps s'était mis en marche sans qu'il s'en fût rendu compte. [...] Tout devint conscient. Tout devint distant. Tout devint langage. Tout devint mémoire. Tout devint passible du jugement. Tout se fit de plus en plus éloigné, surgissant à dix mille lieues de lui-même.» (OA, p. 46)

Ce passage montre bien que l'enfance pour Pascal Quignard se définit comme un âge hors du temps, du langage et de la conscience. L'enfance reste toujours la plus belle chose sur terre, parce que, «les racines de la grandeur du monde plongent dans une enfance»[2], comme nous a dit Bachelard.L'enfance, en qualité de période non-parlante, précède le temps du langage. Il s'agit d'un monde que l'on quitte à jamais, «distant [...] à dix mille lieues de lui-même».Quand l'enfance est terminée, le temps entre avec fracas dans le corps humain et signale un exil sans retour.

1.2.3 Des exils sans parler

Dans *Terrasse à Rome*, après avoir évoqué de manière lapidaire l'année et le lieu de sa naissance, Meaume poursuit: «J'ai été apprenti chez Follin à Paris. Chez

---

❶ Mireille Calle-Gruber et Anaïs Frantz (dir.), *Dictionnaire sauvagePascal Quignard*, Paris: Hermann, 2016, p. 600.

❷ Gaston Bachelard, *La poétique de la rêverie*, Paris: PUF, Paris, 2011, p. 85.

Rhuys le réformé dans la cité de Toulouse. Chez Heemkers à Bruges. Après Bruges, j'ai vécu seul.» (TR, p. 9) L'indication concrète des noms de personnes et de lieux souligne ses exils successifs, voire une vie errante. Le visage étant entièrement brûlé, Meaume cache son visage hideux et vit pendant deux ans dans la falaise. Dans son discours direct, il emploie à deux reprises l'expression «les hommes désespérés» (TR, p. 9). Meaume compare «les hommes désespérés» avec des figures peintes sur les murs. Les hommes désespérés vivent accrochés dans l'espace, «ne respirant pas, sans parler, n'écoutant personne» (TR, p. 9). L'emploi de trois expressions à la forme négative accentuer la mélancolie de l'homme. L'absence de conjonction de coordination renforce sa solitude. Meaume fait partie de ces hommes désespérés. Ne pouvant plus trouver de joie, il exile. Il commence à «voler» (TR, p. 25) à Bruges, se rend à Anvers, et «y vola» (TR, p. 25) encore. Le verbe «voler» implique sa solitude durant l'exil. En plus du verbe «voler», dans le roman, d'autres verbes tels que «courir», «sortir», «quitter», «traverser» sont employés pour souligner l'exil sans repos de Meaume: «Il court, courut. Sortit de Mayence. Il resta seul vingt jours sans mettre le nez dehors [...] Puis il quitta ce monde, traversa le Wurtemberg, les cantons, les Alpes, les Etats, Rome, Naples.» (TR, p. 27) À la fin du passage cité, une liste de noms de lieu s'est faite pour dessiner le trajet incessant du graveur. Dans le roman, il conclut: «Telle était la vie des peintres jadis: une suite de villes. Ils erraient.» (TR, p. 60) L'exil ne se limitant pas aux peintres, c'est le destin de l'humain après la naissance. Comme Meaume, tous les personnages vivent dans l'apatridité. Selon Quignard, l'apatridité chez les hommes dérive de la perte «du premier monde vivipare» (ABI, p. 45), de la perte du silence.

Quignard définit la naissance comme «exii» (LBS, p. 31), un mot latin qui signifie l'exil. La naissance, le passage du premier au dernier monde marque le début d'une errance, d'un exil. Elle constitue dans ce sens la frontière d'un voyage, le déclenchement de l'exil.

À la différence des définitions données par des dictionnaires[1], «l'exil», chez Quignard, est déclenché par un état primaire qui s'exprime par un verbe du même

[1] La définition du *Grand Robert:* «une expulsion de quelqu'un hors de sa patrie, avec la défense d'y rentrer» ; celle du *Larousse:* «la situation de quelqu'un qui est obligé de vivre ailleurs que là où il est habituellement, où il aime vivre ; ce lieu où il se sent étranger, mis à l'écart».

préfixe: exister. Exister est en latin «existere» qui signifie «être placé» ou «sortir de», soit «l'exil». L'exil est dans ce sens, en harmonie avec l'existence. Comme la naissance, l'exil, courir de place en place, quêter l'impossible, n'est pas un choix, mais un destin, ou le destin des enfants. Les enfants sont nommés par Quignard comme «enfants d'Ève exilés dans ce monde» (LP, p. 280). «L'enfant d'Ève exilé» représente exactement le destin de ses personnages, le destin de l'homme au sens général. L'exil correspond à un exil vital.

L'enfance de l'homme peut donc être considérée comme une période de transition qui lie la perte du premier monde maternel et l'entrée dans le dernier royaume. L'enfance terminée, déclenche réellement l'exil, l'exil forcé de l'homme qu'il poursuit jusqu'au dernier moment de sa vie.

Dans le chapitre XL (VS, pp. 362-375) de *Vie secrète*, Quignard a fait une description commentaire pour représenter le premier exil d'Adam et Ève chassés du Paradis. La scène ouvre le fameux ensemble de fresques, peint par Masaccio, entre 1424 et 1428 dans la chapelle Brancacci de l'Eglise du Carmine à Florence. Quignard s'est engagé sur une réflexion profonde de la perte sans retour du paradis, de l'avancée erratique du couple. Adam et *Ève* constituent le symbole par excellence de l'homme qui est chassé du ventre maternel, son paradis.

Généralement, passé l'âge de deux ans, les enfants commencent à parler à leur aise et avec précision. Autrement dit, ils sont sur le point d'être envahis par le langage. Il en résulte que «la nouveauté du monde s'effaçait» (EC, p. 370). L'entrée du langage chez les enfants marque la fin de l'enfance. Étant chassé du premier monde et ayant passé l'enfance, l'homme quitte le monde de silence et entre dans le monde social. Dans les romans de Quignard, le monde social représente comme un grand vacarme.

1.3 Le vacarme social

Pour Pascal Quignard, le monde pré-natal, le monde de silence n'existe qu'en certains temps. Dès que l'enfance est terminée, l'homme entre dans le monde «post-natal». Opposé au premier royaume qui se caractérise par le silence et l'existence individuelle, le dernier royaume est social et bruyant. Vladimir Jankélévitch a indiqué que le silence était «la toile de fond sous-tendue à l'être»[1] et maintenant c'est le bruit qui est «le fond sonore tendu sous le silence»[2]. L'expression «le fond sonore» souligne l'omniprésence du bruit, notamment dans la société moderne qui devient de plus en plus bruyant.

1.3.1 Une vie éloignée du silence

Dans *L'occupation américaine*, Quignard a évoqué à plusieurs reprises le fonctionnement de la radio «au maximum» (OA, p. 68) de sa puissance ou à tue-tête tant dans la voiture d'un officier américain que dans la quincaillerie. En plus de la radio, il y a une autre invention qui produit beaucoup de bruit, c'est la télévision. Chez Quignard, des personnages romanesques considèrent la télévision comme ennemi personnel. Le fond sonore de la télévision divertit la souffrance d'une part. D'autre part, à la télévision, on parle à vide sans renvoyer à rien de concret ni à rien de vie. Sur le plan des mass media, à la radio et à la télévision, tout parle et interpelle les hommes sans cesse. Quand on parle du bruit dans la vie, il ne faut pas oublier le téléphone. L'abbé Montret dans *L'occupation américaine* n'a pas le courage de téléphoner et il avoue à Patrick qu'il ne sait pas pourquoi il n'est pas capable d'entretenir une conversation avec «un morceau en matière plastique plein de petits trous» (OA, p. 87). L'image donnée au téléphone comme un morceau de plastique avec de petits trous implique le mépris pour le nouveau moyen de communication. L'abbé Montret demande à Patrick d'appeler à sa place. Dès que la communication est établie, il prend l'appareil lentement et dans l'effroi. À l'intérieur de la maison, le téléphone ne cesse de «grelotter» (EC, p. 59). Il est comme un inexplicable et inapaisable «épouvante» (OA, p. 26). De plus, au téléphone portable, l'homme hurle toujours et devient incapable de parler «moins fort» (LSM, p. 33).

En plus du bruit «visible» produit par des objets, il y a encore d'autres sources du bruit «invisible». «Quand cesse la guerre?» (OA, p. 9) *L'occupation américaine* s'ouvre par cette question lapidaire. «Meung s'était tu sous la Seconde Guerre et les villageois se taisaient toujours parce que la terreur en quelques années ne s'était pas usée.» (OA, p. 28) La guerre est ainsi liée au silence et les hommes se taisent par

---

❶ Vladimir Jankélévitch, *La musique et l'ineffable*, Paris: Seuil, 1983, p. 150.

❷ Ibid.

terreur de la violence de la guerre. Autrement dit, la guerre est féroce parce qu'elle est guidée par la cruauté, par la chasse de l'humain. Dans ce sens, elle est plus cruelle que la prédation animale. Elle laisse non seulement un espace complètement dévasté, des ruines, mais la destruction de l'idée d'humanité ou la mort de la civilisation.

La guerre terminée ne signifie pas la fin du monde bruyant. À l'égard de la division de l'époque contemporaine, Lionel Ruffel, conscient des effets réducteurs de toute périodisation, a rappelé que certains faisaient de «l'après-deuxième guerre mondiale»[1] le début du contemporain tandis que d'autres évoquaient plus précisément «Mai 68»[2].

Quignard a rarement parlé dans ses romans de l'année 1968. Il y a seulement une évocation:

> «Contemplant la page [de l'agenda] du 3 mai 1968, j'ai [Charles Chenogne] en effet le sang aux joues – si bien que je puis presque dire que c'est une écrevisse, et une écrevisse cuite, que j'ai hameçonnée.» (SW, p. 245)

«Le sang», «une écrevisse cuite» impliquent la couleur révolutionnaire de ce qu'a noté Charles Chenogne dans son agenda. Il se tait sur ce qui s'est passé ce jour-là. Son non-dit laisse du blanc, de l'espace à se souvenir de l'événement.

Les années 60 du siècle dernier, dans l'histoire française, voire dans l'histoire du monde occidental, ont constitué effectivement une époque toute particulière. Les étudiants sont sortis du campus, la «tour d'ivoire» ; les ouvriers ont fait la grève et ont réclamé l'amélioration de condition de travail ; les femmes ont commencé à sortir de la maison pour entreprendre une profession. Cette époque a abouti finalement au fameux événement d'étudiants en France qui a eu lieu en mai 1968.

À partir de mai 1968, est venu un nouveau système, celui des valeurs marchandes et le commencement du déclin de la tradition des lettres et des arts, «le monde a changé»[3], a exclamé Quignard. Pour lui, la littérature et les arts, qui ne s'y

---

[1] Lionel Ruffel «Introduction. Qu'est-ce que le contemporain?», *Qu'est-ce que le contemporain?*, textes réunis par Lionel Ruffel, Nantes: Editions Cécile Defaut, 2010, p. 11.

[2] Ibid.

[3] Pascal Quignard, «Où sont les ombres?», *L'Infini*, N°30, été 1990, p. 3.

intègrent pas, font désormais partie de ce que Georges Bataille appelle la «dépense improductive», qui deviendra plus tard la «part maudite».

Sous cette nouvelle structure sociale, l'homme est tout le temps entouré de toutes sortes de machines et des bruits produits par les machines d'usage courant, de transport, de commodité, de loisir, etc. Il ne faut pas oublier la musique électronique ou des chansons populaires qui envahissent les cafés, les magasins, les gares, etc. De plus, autour de la vie, se tisse une toile invisible mais indéfectible qui est faite d'ondes et de fibres optiques dont émanent d'une immense quantité de sons, de paroles et d'images. Tout joue sciemment dans la société, avec les nerfs de l'homme, l'agite, l'enfièvre et le gave sans le nourrir. L'homme éprouve le besoin de trouver un lieu silencieux où il peut réellement se reposer et méditer sans être dérangé.

1.3.2 Tout devient rationnel

La mise en service des machines de la technique avancée permet à l'homme d'obtenir plus d'efficacité dans la production industrielle, et dans la vie, de travailler moins d'heures et de vivre avec plus de facilité, de confort. Pourtant, comme toutes les grandes percées humaines, la machine est un Janus à deux visages, l'un aimable, l'autre inquiétant. Le visage inquiétant apparaît quand l'homme, dépourvu de pensée, vit comme une machine et ne peut plus se passer des outils. L'engluement de l'instrumentalité révèle une réalité horrible. Ivan Illich a noté dans son ouvrage que dans ce monde, «l'outil n'est plus disponible, parce qu'une fois pris il ne peut plus être lâché»[1]. Autrement dit, on croit tenir l'outil mais c'est l'outil qui nous tient. Et on ne peut plus s'en passer. Le processus d'être contrôlé par l'outil est irréversible, sans retour. Dans cette «destruction constructive»[2] de l'outil, la vie devient dénaturée et aliénée. Et la rationalité instrumentale dote la vie d'une dimension sonore et rythmique.

Dans *Valla Amalia*, Pascal Quignard a relaté une anecdote d'un ton ironique. Ann et Georges entrent par hasard dans une église. En apparence, c'est un lieu en paix: «La nef sentait l'encens mêlé de mousse, un parfum de moisissure, de forêt, de champignon.» (VA, p. 98) Ann et Georges s'asseyent avec plaisir sur des chaises de

[1] Ivan Illich, *La perte des sens*, Paris: Fayard, 2004, p. 235.

[2] Herbert Marcuse, *L'homme unidimensionnel*, traduit par Monique Wittig, Paris: Editions de minuit, 1968, p. 34.

paille dans l'église. Mais un prêtre en survêtement de sport vient leur demander de sortir car il doit fermer l'église. Le prêtre sportif leur dit que l'église ne reste ouverte que le temps des offices. La rationalité pénètre non seulement dans des lieux de paix, mais aussi dans la vie personnelle. Ou elle se développe jusqu'à des phénomènes absurdes. En parlant de la mère d'Ann Hidden, l'auteur a évoqué qu'au début du XXIe siècle, on coupait en Bretagne les cheveux des vieilles dames très court et les teignait dans une atroce couleur blanc bleuté semblable aux bains de bouche que les dentistes prescrivaient aux mâchoires «malheureuses» (VA, p. 48). L'adjectif malheureux explique le malheur apporté par la rationalité.

De plus, en ce qui concerne la rationalité, il faut encore ajouter un autre phénomène: le désenchantement du monde. C'est un phénomène social qui désigne la rupture ou le rejet de la magie des choses et du monde par la rationalisation intellectualiste. Il s'agit d'un autre fruit dû au développement des sciences et des technologies. Il en résulte que l'homme n'a plus peur des mystères et se croit posséder des moyens de changer le monde extérieur. L'homme a l'impression d'être aussi puissant que Dieu.

Vers les années 60 et 70, de nombreuses critiques se sont surgies pour discuter le défaut de la rationalité instrumentale et scientifique. Ce n'est pas par coïncidence que les premières œuvres de Quignard ont été publiées à cette époque. Dès l'entrée dans le monde littéraire, l'auteur a remarqué que le silence était devenu une rareté ou un manque de la société moderne et il a pris en charge la recherche d'une résolution possible au vacarme social.

1.3.3 La crise du langage

Dans la société moderne, l'expérience de l'homme devrait prodigieusement s'enrichir. Les faits en disent le contraire. «L'époque tend à redevenir sauvage»[1], a écrit Marc Weizmann dans un article faisant le point sur le phénomène Houellebecq. A longueur de journée, l'homme s'imprègne dans le chaos de toutes sortes de notions, dans le pêle-mêle de tant de futilités, dans le bruit des paroles. Son esprit a ainsi du mal à s'éduquer et devient accablé, voire abruti.

Pour nombreux écrivains contemporains de Quignard, l'ensauvagement de

---

[1] Marc Weizmann, «Houellebecq, aspect de la France», *Le Monde*, le 7 septembre 2001.

l'époque civilisée est dû au langage «moderne». Rachel Boué a réuni dans son ouvrage quatre grands auteurs – Celan, Sarraute, Duras et Quignard – par le thème du silence. Il a noté que c'étaient «l'interrogation sur les fondements du langage et les raisons de la parole»[1] qui ont lié les œuvres de Quignard avec celles d'autres auteurs contemporains. Pour Quignard, le langage moderne, en comparaison du langage ancien, devient plus pauvre, plus banal et plus mensonger. Le langage est devenu trompeur et apporte la menace bondée de son mensonge quotidien envers l'individu. Quignard a affirmé le fait que tout mot était «un mensonge» (NSBL, p. 69). La crise du langage dans la société pousse Quignard à des réflexions approfondies sur l'homme par le biais de son écriture de silence.

Quignard a évoqué dans son article deux personnages historiques: le premier est Héraclite qui a refusé le royaume d'Ephèse et a déposé son livre dans le temple de Diane Chasseresse qui était situé à l'extérieur de la cité ; le deuxième est Lao-tseu qui «quitta Zhou pour s'en aller vers l'ouest»[2]. L'auteur a créé dans ses romans des personnages à l'instar de Héraclite et de Lao-tseu. Ses personnages romanesques éprouvent du dégoût, voire de la haine envers le vacarme social. Et par aspiration du calme, du discret et du silence, ils se décident à rejeter les responsabilités professionnelles et mondaines pour ne plus être pris en otage et revenir vers eux-mêmes. Ils se retirent et deviennent des absolus déserteurs dans ce monde.

[1] Rachel Boué, *L'éloquence du silence. Celan, Sarraute, Duras et Quignard*, Paris: L'Harmattan, 2009, p. 11.

[2] Pascal Quignard, «Le hors frontière», dans Irène Fenoglio, Verónica Galíndez-Jorge (dir.), *Pascal Quignard. Littérature hors frontières*, Paris: Hermann, 2014, p. 12.

Chapitre II Rejet du monde bruyant

Dans les romans de Quignard, les personnages sont tout le temps taciturnes. Ils parlent peu et s'expriment rarement. Habituellement, ils gardent le silence vis-à-vis des questions posées par d'autres personnages ou y répondent sèchement avec un brève «oui» ou «non».

D'un autre côté, ce qui est aussi le plus important, c'est que les personnages aiment le silence, se séparent du monde social et fuient tous les bruits sociaux. Ils essaient de se tapir dans des angles silencieux du monde en quête d'une «vie secrète»[1]. Le secret est un terme synonymique du silence. Il est défini par l'auteur comme «échapper au verbal-social» (VS, p. 97). Et la vie secrète, c'est la vie qui se sépare du monde. Il s'agit du refus de l'identité sociale, du choix de la solitude et du rejet des critères d'amour.

2.1 Refus de l'identité

Dans le monde social, nous vivons à tout moment et en tout lieu avec des rôles ou des identités que l'on nous donne. Pour les personnages quignardiens, un statut, un rôle, une identité rendrait plus pauvre la vie, la pensée, les regards sur soi-même, car à force de porter tout cela, ils n'ont plus le temps de s'occuper de l'existence en tant qu'individu à part entière.

Ann Hidden, après avoir fait couper les cheveux très court, en se regardant dans le miroir du coiffeur, se fait la remarque qu'en quittant tout il est possible qu'elle s'est «privée elle-même» (VA, p. 105). Elle n'a plus rien et plus personne ne peut la joindre ni la rejoindre. Elle n'appartient qu'à elle-même. Pour réaliser la quête personnelle, d'autres personnages, comme Ann Hidden, défendant en marge des commandements ne cessent de faire la soustraction, de faire le déchargement, de

---

[1] Il s'agit du titre d'un ouvrage de Pascal Quignard. (Pascal Quignard, *Vie secrète* [1998], Paris: Gallimard, 1999.)

refuser toute identité imposée.

2.1.1 La fuite de l'identité sociale

Le roman *Tous les matins du monde* s'ouvre par l'annonce d'un deuil: «[…] Madame de Sainte Colombe mourut.» (TMM, p. 7) Un peu plus loin, apparaissent les circonstances de cette mort: «Il (Monsieur de Sainte Colombe) ne pouvait contenir le regret de ne pas avoir été présent quand sa femme avait rendu l'âme.» (TMM, p. 8) Par le regret indicible, Monsieur de Sainte Colombe se retire du monde. Il vend tout jusqu'à son cheval et ne va «ni à Paris ni à Jouy» (TMM, p. 8).D'ailleurs, dans *Terrasse à Rome*, il apparaît comme ombre récurrente. Meaume le Graveur et Abraham Van Berchem se rendent à l'hôtel parisien de Madame de Pont-Carré et attendent «le célèbre violiste» (TR, p. 59) qui leur a donné rendez-vous. Mais Monsieur de Sainte Colombe n'y va pas. Dans *Terrasse à Rome*, Quignard tait la raison. Il l'évoque dans *Tous les matins du monde*, c'est par «dégoût pour le monde» (TMM, p. 18). Monsieur de Sainte Colombe éprouve un refus violent aux propositions d'honneurs du Roi, à toute lumière mondaine, au pouvoir et à la gloriole des palais. A Versailles, il préfère ses dindons, ses oies et sa musique. À ses yeux, le palais est plus petit qu'une «cabane» (TMM, p. 9) bâtie dans les branches d'un grand mûrier et le public à la cour est moins qu'une «personne» (TMM, p. 21). Il refuse même d'être nommé «un maître dans l'art de la viole» (TMM, p. 17) et se prétend un homme «âgé et veuf» (TMM, p. 18) ou même «sauvage» (TMM, p. 18).

«Il faut se déconquérir du social sur soi»[1], a confié Pascal Quignard à Frédéric Ferney lors d'un entretien télévisé. Cette affirmation montre l'obligation de la déconquête de tout statut social pour s'approcher de soi, pour aller vers soi. «Dès l'instant où l'individu trouve sa joie à se séparer de la société [...], aussitôt la réflexion devient singulière, personnelle, suspecte, authentique, persécutée, difficile, déroutante et sans la moindre utilité collective» (VS, p. 17).Cet extrait cité avec l'emploi de la série des qualificatifs montre affirmativement la volonté de l'auteur de se séparer de la société, de trouver une façon de vivre plus privée que possible. Chez Quignard,les personnages romanesques témoignent toujours de l'impulsion de refuser l'identité

[1] Frédéric Ferney, «Droits d'auteur: Pascal Quignard», *Emission télévisée France 5*, le 13 septembre 2002.

sociale. Ils se rendent compte que le lien social impose des obligations et fait mal aux hommes.

Les romans quignardiens relatent toujours la rupture sociale des personnages qui «tourne[nt] le dos à [l']époque» (ES, p. 146). Ils effacent toutes les traces de l'identité sociale et se dégagent du *circulus*, voire du *circus* social. Étant «asociaux»[1], les personnages coupent court aux obligations sociales, fuient les endroits et les ghettos que la société forge pour ses membres.

Leur séparation de l'identité sociale se caractérise d'abord par le geste figuré d'«ôter son visage» (SW, p. 365) de Charles Chenogne dans *Le salon de Wurtemberg*. Ce geste devient d'abord le refus d'être appelé «Monsieur» de Edouard Furfooz dans *Les escaliers de Chambord*. Il le trouve idiot et ne cesse de réclamer aux personnes autour de lui que son nom est Edouard, que son patronyme est Furfooz et qu'il ne s'appelle aucun cas «Monsieur» (EC, p. 147). Dans *Terrasse à Rome*, ôter le visage est ensuite une réalité littérale pour Meaume qui est entièrement défiguré par son adversaire: «Son visage étant brûlé, ceux qui le connaissaient ne pouvaient plus le reconnaître.» (TR, p. 25) Devenant irreconnaissable, Meaume cache son visage et commence à «voler» partout. Meaume passe pour être disciple de plusieurs peintres connus, «de Villamena pour les figures, des Carrache pour les postures, de Claude Gellée pour les sites» (TR, p. 60). Il ne se montre pas chez les princes ni chez les cardinaux. Il porte habituellement un grand chapeau de paille sous lequel son visage perd toute apparence et travaille comme buriniste pour un marchand d'estampes.

Dans *Les solidarités mystérieuses*, lors de son retour en Bretagne, Claire est tombée amoureuse de la ferme et de la lande. Elle se décide à s'y installer définitivement, à arrêter de voyager partout dans le monde entier, à abandonner son métier de traductrice et la vie à Paris. Elle vend même sa petite villa très chic qu'elle possède à Versailles et entretient aucun lien avec le monde social. «J'en ai assez de

[1] C'est un terme inventé par Pascal Quignard. «Asocial» se forme du préfixe négatif «a» et de l'adjectif «social» et désigne les personnages qui souhaitent vivre en dehors de la société. Dans l'entretien avec Catherine Argand, au moment de recevoir le prix Goncourt 2002, Pascal Quignard a employé pour la première fois ce terme: «La chose que j'aurai toujours défendue, c'est faire revenir les atypiques, les **asociaux**, les féroces, les précoces, les fauves pour former un paradis, [...]» (Catherine Argand, «Pascal Quignard, Goncourt 2002», *Lire*, septembre 2002, p. 102, c'est nous qui soulignons.)

servir» (LSM, p.35), dit Claire à son frère Paul pour expliquer qu'elle quitte sa vie parisienne et rejoint la lande bretonne de son enfance. Son nouveau mode de vie simple requière extrêmement peu d'argent: jamais d'épicerie de luxe presque pas de vêtement. Elle n'a même ni «un livre», ni «un disque», ni «un journal, ni «un magazine» (LSM, p.108). Elle est toujours dehors, en plein air, invisible des regards d'autres personnes.

Dans *Villa Amalia*, Ann Hidden est une musicienne connue. Mais elle mène une vie invisible. Ann se couche à «vingt-deux heures précise» (VA, p. 286) et se lève à «quatre heures précise» (VA, p. 286). Elle ne sort jamais et refuse pendant des mois toute invitation le soir. Personne ne connaît son visage. Sur ses CD, Ann choisit des fragments magnifiques de «ciels d'orage» (VA, p. 35). Ces fragments correspondent à ce qu'elle compose. Comme travail, avant de donner sa démission, elle était «un peu plus» (VA, p. 35) que correctrice – mais «pas davantage» (VA, p. 35) non plus. Les deux expressions «un peu plus» et «pas davantage» mettent l'accent sur son caractère extraordinairement passif.

Ann découvre par hasard la trahison sentimentale de Thomas, son compagnon avec qui elle vit ensemble durant une dizaine d'années. Elle en souffre sans retenue et se sent malheureuse à désirer pleurer ou même mourir. Ne prévenant personne, ne disant rien à personne, dans le silence, Ann se décide à abandonner tout ce qui lui appartient, maison, liaison, emploi depuis plus d'une dizaine d'années chez un éditeur de musique… Elle prend conscience que la solution la plus simple serait aussi la plus merveilleuse: «Je ne sais pas où je vais mais j'y cours avec détermination. Quelque chose me manque où je sens que je vais aimer m'égarer.» (VA, p. 109). Avec l'aide de Georges, Ann Hidden réussit à rompre avec Thomas, à couper tout contact, à effacer toute trace de son identité sociale antérieure, à «*étreindre* la vie qui précède» (VA, p. 46). Ann Hidden n'a pas de téléphone portable, pas d'adresse e-mail, même pas de carte bleue. «Elle […] détruisit longuement, en la pliant et en la repliant, sa carte bleue. Elle jeta deux morceaux sur trois dans une poubelle. […] Elle jeta le morceau restant de sa carte par la lunette.» (VA, p. 103) Le détail qu'Ann traite sa carte bancaire démontre son attitude résolue. De plus, elle ne prend pas d'avions hors de la zone euro. Elle a fait le portrait d'un génie qui éteint sa vie sociale, qui coupe tous les liens sociaux et rallume une autre vie.

Comme Claire et Ann Hidden, d'autres personnages romanesques chez Quignard se veulent depuis toujours désengagés, «relâcher les traits» (SW, p.265), avoir un esprit baroque, un esprit d'insoumission «à la Règle, aux règles»[1]. Ils gardent une distance vis-à-vis d'une communauté et se retirent des rôles qui s'ensuivent. Ils se dépiautent des couches d'identité.

Enfin, les personnages dans les romans de Quignard n'acceptent pas la doxa de leur société. Qu'est-ce que la doxa? Dans *Roland Barthes par Roland Barthes*, Roland Barthes la définit comme «l'Opinion publique, l'Esprit majoritaire, [...] la Voix du Naturel, la Violence du Préjugé»[2]. Barthes met tous les synonymes à la majuscule pour souligner les caractéristiques de la doxa: publique, majoritaire et quelque chose appartenant au préjuge. L'émancipation de la *doxa* constitue une condition nécessaire de vivre pleinement. Et les personnages méprisent le système des valeurs fixées par la société et éprouvent une haine pour le consensus. Ils ne se laissent pas assujettir par l'argent et les rôles impartis. Ils vivent selon un autre modèle, selon d'autres règles. Leur rejet du statut social pour eux dépasse le simple besoin d'esseulement.

2.1.2 Le refus de l'identité familiale

Dans les romans, l'indépendance des personnages se manifeste non seulement dans la fuite de l'identité sociale, mais aussi dans le refus de toute identité familiale.

Ann Hidden est une femme singulière. Elle est connue en tant que musicienne sous le nom d'Ann Hidden. Mais c'est un nom faux car elle est baptisée sous le nom d'Eliane Hidelstein. Mais depuis l'enfance, elle n'a pas voulu qu'on l'appelle Eliane. Isabelle se donne elle-même pour petit nom «Ibelle» (SW, p. 47) Le narrateur du roman trouve toujours étrange et à demi cruelle «cette déformation volontaire» (SW, p. 48) de nom, car les noms que nous portons sont plus qu'une sorte de peau. Le refus du nom ou le choix d'un nom à volonté signale d'une certaine manière le refus de l'identité familiale des personnages.

De plus, chez Pascal Quignard, les personnages refusent toujours le rapport

---

❶ Anne-Laure Angoulvent, *L'esprit baroque*, Paris: PUF, 1994, p. 4.

❷ Roland Barthes, *Roland Barthes par Roland Barthes*, *Œuvres complètes*, tome III, 1974-1980. Paris: Seuil, 1995, p. 51.

conjugal ou le lien familial. Pour eux, tout cela est préfiguration du lien social. Edouard Furfooz se montre indifférent devant le divorce de son amante Laurence. Il lui dit qu'il ne cherche pas à se marier avec qui que soit et lui demande de ne pas compter sur lui. Dans la vie, Ann Hidden n'est jamais mariée. Son compagnon Thomas ne lui propose pas de s'unir à lui et de choisir son nom. Pour les deux hommes qui précèdent Thomas dans sa vie, c'est elle qui ne le souhaite point. Dans le roman, Ann refuse à plusieurs reprises la proposition de mariage officiel de Georges avec un brève «non» et une phrase toute simple «tu es fou» (VA, p. 157) pour ne plus rien recevoir de personne, ne plus rien attendre de personne, ne plus dépendre de personne. Ann n'a pas d'enfant et elle est sans héritier comme Georges.

Dans *Terrasse à Rome*, durant son errance, Meaume le Graveur rencontre par hasard Marie Aidelle avec qui il passe le reste de sa vie jusqu'à sa mort. Quand Marie s'éveille du mauvais songe, Meaume la rassure avec des mots doux qu'il n'a jamais dit à aucune autre femme depuis Nanni, seule femme qu'il aimait pour toute la vie: «Quoi qu'il vous arrive, sachez que je suis à vos côtés. Reposez-vous sur moi. N'ayez peur de rien. Pour moi, depuis ces jours que nous vivons ensemble, vous êtes entrée sous l'ombre de mon toit.» (TR, p. 75) Meaume et Marie passent ensemble des moments heureux, mais ils ne se marient pas.

Dans *Le salon de Wurtemberg*, Isabelle, la femme de Florent Seinecé prétend «haïr la vie de famille» (SW, p. 186). Quant à Charles Chenogne, il est rebelle à toute alliance. «Il est vrai que dès qu'une femme vivait longtemps près de moi je m'employais à la perdre.» (SW, p. 374) L'abandon lui est plus familier, plus évident que les promesses d'union.

Dans *Les solidarités mystérieuses*, le texte indique que Claire, avant de revenir sur les terres de son enfance, a quitté son mari et ses enfants: «Elle avait quitté le domicile conjugal juste après la naissance de la dernière, Juliette. Juliette avait six jours quand elle était partie.» (LSM, p. 36) Madame Ladon, quant à elle, se détourne du giron familial à sa manière. À l'agonie, elle affirme même à Claire qu'elle ne regrette jamais de ne pas vouloir d'enfant.

Dans *Carus*, C. manifeste un rapport au mariage plus sévère encore puisqu'elle a quitté son mari du fait qu'«elle n'avait pas arraché de ses épaules le joug d'une famille pour lui substituer sur-le-champ l'astreinte d'une vie commune» (C,p. 165). C.

n'est pas capable d'être habituée à la vie commune.

Dans les romans, même les personnages sont mariés et deviennent père ou mère, ils se dégagent de la responsabilité de s'occuper de la famille et de leurs enfants. Monsieur de Sainte Colombe ne sait pas faire «les gestes caressants dont les enfants sont gloutons» (TMM, p. 10). Ses deux filles, Madeleine et Toinette ne le voient peu et vivent toujours dans la compagnie de Guignotte, la cuisinière. Meaume ne veut pas reconnaître son fils. Il ne dit toujours rien aux questions que son fils lui pose. Durant les derniers jours de sa vie, le graveur refuse de manger et avoue à la mouche qui se pose sur le bord de l'écuelle: «J'ai gardé en moi la femme que j'ai perdue. [...] Elle est même devenue un jeune homme qui se jette sur moi dans l'ombre d'un arbre sur le mont Aventin.» (TR, p. 118) La mère d'Edouard Furfooz dans *Les escaliers de Chambord* n'est jamais montée dans les chambres des enfants. Ou même elle ne sait pas qu'il y a un étage pour ses neuf enfants. Dans *Les solidarités mystérieuses*, Claire affirme: «[...] j'ai détesté la vie commune. Je ne supportais pas de vivre sous les ordres de mon mari et les réclamations de mes deux filles. [...] Je crois que je me force à croire que j'aime vivre seule.» (LSM, p.49) Madame Ladon la poursuit en s'exclamant dans son dos: «[...] Mon mari, jusqu'au dernier jour de vie, m'avait imposé ses horaires, son affection, ses soucis, ses projets, ses craintes.» (LSM, p. 49) Son deuil se transforme, à son grand étonnement, en grandes voire immenses vacances. Elle laisse même tout ce qu'ils ont acquis aux quatre enfants que son mari avait eus avant leur mariage. La vérité réside dans le refus absolu de les revoir. Tout ce que Madame Ladon possède est à elle seule. Ni Claire ni Madame Ladon ne supportent pas les ordres des autres, quoiqu'il s'agisse de leur mari ou de leurs enfants. Dans *Villa Amalia*, le docteur Leonhardt Radnitzky ne sait pas s'il était capable d'élever une enfant de deux ans et trois mois et il est obsédé par ses difficultés familiales.

Les personnages chez Quignard, hommes ou femmes, incarnent toujours une difficulté à aimer en tant que père/mère et époux/épouse, et révèlent une soif de liberté et d'affranchissement vis-à-vis du rôle que la société et la nature leur donne. Pourtant, au fond d'eux, ils éprouvent un besoin d'une identité à soi.

2.1.3 *Je n'appartiens qu'à moi-même*

Les personnages revendiquent l'individualisme en dépit des aventures collectives et de l’appartenance sociale et familiale. Ils s’efforcent de retrouver le moi, le vrai moi dans le silence. A ce faire, ils choisissent une vie inhabituelle et se consacrent entièrement à des rêveries et à l’apprentissage de soi-même.

Meaume le graveur porte son pauvre chant ailleurs: «comme il y a une musique de perdition, il y a une peinture de perdition» (TR, p. 25). Et «un jour le paysage me traversera» (TR, p. 71). Il va davantage vers lui.

Claire et Madame Ladon visent à mener une vie à elles-mêmes. Madame Ladon apprécie beaucoup Madame Andrée, sa femme de ménage. Mais sa présence rend Madame Ladon «impatiente» (LSM, p. 42). Madame Ladon aime infiniment le silence dans lequel elle n’est qu’à elle. Quant à Claire, elle préfère se faire elle-même, par elle-même son propre jugement. Elle ne veut pas entendre l’avis ni apercevoir le regard de personne d’autre, pour ne pas contraindre ce qu’elle ressent.

Monsieur de Sainte Colombe est proche des jansénistes. Son existence, y compris sa façon de se vêtir, de se nourrir, ses occupations quotidiennes, est marquée de silence et d’austérité extrêmes. Après la mort de sa femme, Monsieur de Sainte Colombe n’est guère assidu à suivre la mode et porte les cheveux noirs et autour du cou la fraise quand il sort. Il ne quitte plus le «noir» (TMM, p. 11) pour les habits. À noter que le noir est la couleur du deuil. La terre qu’il possède lui laisse un petit revenu et du vin. Il confie sa vie à des planches de bois grises dans un mûrier, aux sons des sept cordes d’une viole, à ses deux filles. Il vit dans les souvenirs de sa femme. A entendre Monsieur Caignet qui dit qu’il appartient «à la chambre du roi» (TMM, p. 18), Monsieur de Sainte Colombe lance sa réfutation: «Je suis si sauvage, Monsieur, que je pense que je n’appartiens qu’à moi-même» (TMM, p. 18). L’expression «n’appartenir qu’à soi-même» manifeste la décision du maître réputé de la viole de passer le reste de sa vie tranquillement et de demeurer dans une façon de vivre plus privée.

En comparaison avec eux, c’est Ann Hidden qui semble aller le plus loin sur le chemin de la quête de soi. Elle ne veut pas suivre la vie de sa mère qui est «toujours dans la même maison. Tous les jours. Toujours. [...] attend toujours» (VA, p. 22). Et il se passe un événement qui pousse Ann de quitter «ce monde» (VA, p. 47). Elle est la reine pendant la fête des rois. C’est le signe qu’Ann a raison de désirer changer sa vie, être sa propre reine. Elle remarque aussi que le rayon du soleil qui touche sa maison est «le plus ancien et le plus sûr des signes» (VA, p. 58). Sous l'appel du rayon du soleil, Ann Hidden se décide à préparer son adieu à tout, «une espèce affreuse… ou merveilleuse… d'adieu» (VA, p. 66). Son adieu résolu est signalé par deux adjectifs quasiment antonymes: «affreux» et «merveilleux».

À travers une série de renoncements, Ann Hidden coupe tout lien qu'elle considère comme contrainte, cherche à se reconstruire et à reconstruire une autre vie. Elle réapprend à se retrouver sans homme, sans rien à préparer, sans avoir à se vêtir avec soin ni avec goût ni avec attention, sans se laver, sans se maquiller, sans se coiffer, sans que personne ne crie, ne s'approche, ne parle, ne commente le temps ou le jour. Elle se retrouve finalement dans le monde interne, dans un silence pour recréer sa propre identité à elle.

Pour les personnages, rien n'est comparable à la joie de trouver la solitude, au plaisir d'entendre seul son corps et son esprit, par le refus du lien social et familial, de se comprendre soi-même en tant qu'individu à part entière. Ils tentent irrépressiblement d'être seul.

2.2 *Ma solitude sera absolue…* (VDS, p. 17)

Etymologiquement, la solitude, en latin *solitudo*, signifie le désert, la retraite. Et le désert ou la retraite offre à l'esprit quelque chose de sauvage ou de reculé qui est loin de toute culture, de toute civilisation. Les deux termes, «désert» et «retraite», font ainsi partie des termes synonymiques du silence. Chez Pascal Quignard, la solitude joue un rôle de grande importance dans la vie silencieuse et dans la création artistique. Elle est «une pièce précieuse» (PTI, p. 467), quelque chose de hors de prix, qu'aucun trésor ne serait capable d'acheter.

Et les personnages romanesques vivent dans la solitude. La solitude se fait entendre comme un murmure qui écarte du groupe, et conduit le sujet à s'en libérer, à reconquérir la liberté. C'est l'envie de se retrouver, de se retrouver seul, de faire des gestes sans témoin. C'est l'envie de relâcher les traits, d'ôter complètement le visage. Il s'agit de «la solitude essentielle»[1], pour reprendre l'expression de Maurice Blanchot. Les personnages se présentent comme des solitaires, ou même des

[1] Maurice Blanchot, *L'espace littéraire*, Paris: Gallimard, 1955, p. 9.

solitaires absolus qui se tiennent rigoureusement à l'écart de tout bruit social. Leur solitude constitue l'unique chemin pour mener à bien la quête d'une vie silencieuse.

2.2.1 La solitude à la vie

Dans *Villa Amalia*, Ann Hidden avoue son plaisir de solitude et son envie d'être seule: «J'avais besoin d'être seule. J'ai besoin d'être seule. Je crois que dans ma vie, je crois que dans la substance de ma vie, je ressens le besoin d'être seule.» (VA, p. 29) Elle ne cache pas sa passion pour la solitude qui lui est un besoin interne. Elle ne supporte plus la présence de Thomas. Odeurs, retours, attentions, présence mendiante, bruits, linge sale, coups de téléphone, tout l'étouffe et l'offense. De plus, dans la conversation avec Georges, Ann répète son plaisir de manger seule: «J'ai toujours aimé manger seule, au calme, dans un coin de fenêtre. [...] Mais manger seule, en silence, c'est pour moi un vrai plaisir.» (VA, p. 23) De façon répétitive, avec emplois de différents temps, Ann met en relief son vrai plaisir d'être seule, de nager seule, de marcher seule, de manger seule. Et à son arrivée à Ischia près de Naples, au téléphone, Ann dit une fois de plus à Georges: «Je me sens parfois très seule et je commence à aimer énormément cela.» (VA, p. 117). L'emploi de l'adverbe «énormément» indique le développement en quantité de sa passion pour la solitude. À la findu roman, Ann Hidden devient plus osseuse à cause de la vieillesse et à la solitude. Elle éprouve davantage le plaisir d'être seule et «d'être capable de l'être» (VA, p. 298). La solitude devient peu à peu une partie inséparable de sa vie, de son corps.

Dans *Les solidarités mystérieuses*, Madame Ladon, professeur de musique de Claire dit quasiment la même chose qu'Ann Hidden: «Je préfère être un peu seule» (LSM, p. 48), «J'aime énormément être seule», «ça a été une véritable découverte», à tel point que «j'ai aussitôt adoré être veuve. Je n'avais pas prévu une seconde que j'apprécierais à ce point la solitude» (LSM, p. 49). La solitude devient sa seule passion de vie, à tel point qu'elle se réjouit d'être veuve.

Charles Chenogne découvre que Mademoiselle Aubier vit dans une solitude absolue, «hors du temps sinon hors de l'espace, mais d'une certaine manière déjà hors du monde» (SW, p. 186). Mademoiselle Aubier vit seule depuis longtemps et conserve l'habitude de se parler longuement à elle-même avec une voix assez «vrombissante» (SW, p. 26) Quand elle ne se parle pas à elle-même, elle chante à pleine voix. Quant à Charles Chenogne lui-même, il ressent souvent de brusques appels de solitude. Pour lui, la vie un peu mondaine ou amoureuse a toujours «quelque chose de délicieux par les brusques appétits paniques de solitude» (SW, p. 365). Les appétits de solitude, pour lui, c'est l'envie de se retrouver, de se retrouver seul, de faire des gestes sans être remarqué par personne.

Ne pouvant être consolé du regret de ne pas avoir été présent quand sa femme était morte, Monsieur de Sainte Colombe s'isole progressivement et vend tous ses objets. Il s'enferme dans la cabane et se plonge dans le silence: «Il s'excusa une autre fois auprès d'elles (ses filles) de ce qu'il ne s'entendait guère à parler [...] qu'en ce qui le concernait, il n'avait guère d'attachement pour le langage et qu'il ne prenait pas de plaisir dans la compagnie des gens, ni dans celle des livres et des discours.» (TMM, p. 12) Avec une suite de forme négative, Monsieur de Sainte Colombe exprime de façon exceptionnelle sa préférence de la solitude absolue.

Les œuvres quignardiennes sont habitées du vertige de la solitude et ses personnages sont passionnés d'être seuls. Les personnages sont extrêmement sensibles à la vie privée et à la liberté individuelle. Ils ne parlent jamais d'eux-mêmes et ne peuvent pas retenir leur admiration pour la vie restée à l'écart de la société. Pour eux qui se fraient le chemin en sortant des sentiers battus, la solitude est une façon de faire le vide, de rejoindre la silencieuse fécondité.

Les personnages quignardiens refusent de s'engager et prennent la liberté de fuir tout ce qui relève de normes, de contraintes, de vie en compagnie. Pour eux, les heures de solitude sont «une bénédiction de la vie» (SW, p. 141). Être seul est surtout une nécessité, un désir qui est à l'origine de l'expérience personnelle.

À la fin du roman *Les escaliers de Chambord*, Edouard Furfooz, le «collectionneur», accepte enfin ce qu'il a vécu et vit de manière autonome en acceptant et voire en appréciant la solitude: «L'amour se désintéressait peu à peu en lui. Il aimait être seul. De plus en plus souvent, il dînait seul. [...] Seul, il ne s'ennuyait pas.» (EC, pp. 383-384) Edouard Furfooz va rêver dans un café, à la terrasse d'un café sur les rives ou il boit un whisky. Il voit très peu Laurence qui est devenue une amie, une amie simple dans tous les sens.

Meaume le graveur dans *Terrasse à Rome* est probablement le personnage qui atteint à une authentique solitude sans visage. Défiguré par l'eau acide, il ne peut être reconnu par ceux qui le connaissaient. Il se tient autant que possible la face complètement brûlée «dans le noir» (TR, p. 54) et erre seul partout en Europe en transformant son apparence. Meaume marche sur terre ou des routes vides où il n'y a plus d'homme, même ni de guêpe ni aucune mouche.

D'autre part, être seul est non seulement une attitude, un choix de vie, mais aussi l'opportunité de se comprendre soi-même. Dans la solitude, l'homme trouve toujours le plaisir d'être submergé dans le silence, d'entendre son corps et son esprit qui respirent. Et Charles Chenogne résume le plaisir de solitude en quelques lignes: «À vrai dire (se retrouver seul) c'est simplement l'envie de prendre un bain, de grignoter, de se couper les ongles. C'est l'envie de se laver le cœur dans le silence. Laver la lassitude.» (SW, p. 365). «Se laver le cœur dans le silence» et «laver la lassitude», ces deux formules poétiques soulignent l'importante fonction de la solitude qui permet à l'homme d'atteindre à un état d'âme de pureté et d'énergie.

Dans *Pascal Quignard Le Solitaire,* livre d'entretiens dont le titre est choisi par l'auteur lui-même, l'interviewer Chantal Lapeyre-Desmaison évoque dès le tout début, dans «Soliloque», le thème de solitude de ce grand entretien. Elle compare deux textes, l'un de *La haine de la musique*, l'autre du traité intitulé «1640» et en conclut que deux retraites, «l'une consacrée à la pêche à la ligne pour attraper des petits goujons qui ont la longueur d'un doigt, l'autre à la lecture, dans la solitude»[1], deux solitudes, l'une à la vie, l'autre à la création, au fond, sont pareilles. Son avis correspond à celui de Quignard selon qui le propre de l'art consiste en solitude.

Il est à souligner que la solitude de vie n'est pas le «vivre seul» dont la mère d'Ann parle. Ce qui importe, c'est ce que rétorque Ann: «Le principal, [...] est que je me comprenne moi-même.» (VA, p. 149) Se comprendre soi-même, c'est ce que les personnages poursuivent dans la vie silencieuse.

2.2.2 La solitude de création

La solitude signifie le pouvoir de rompre tout lien, de s'isoler. Pourtant, les personnages accomplissent la rupture, la fuite absolue non sans hésitation. Ce n'est

---

[1] Pascal Quignard et Chantal Lapeyre-Desmaison, *Pascal Quignard le solitaire*, Paris: Galilée, 2006, pp. 7-8.

pas une chose facile de se séparer de celui qu'on aime. Dans *Villa Amalia*, Ann Hidden fait recours à une agence pour s'occuper de la vente de sa maison, de ses meubles. Mais elle hésite devant ses trois pianos. Et il est encore plus problématique de se séparer de soi ou de l'image de soi. Ainsi viennent naturellement une série de questions. La vie à ailleurs serait-elle vraiment «plus concentrée? Plus propice à la création? La solitude radicale constituait-elle vraiment une denrée succulente?» (VA, p. 73). Ayant découvert l'île Ischia et la villa Amalia, Ann sait désormais qu'elle peut donner des réponses affirmatives aux questions ci-dessus, qu'elle se pose avant de tout quitter.

«O Solitude
my sweetest sweetest choice
devoted to the Night […]
O Oh how I
Solitude adores!» (VA, pp. 122-123)

Il s'agit d'un extrait d'une élégie de Katherine Philips, poétesse anglaise du XVIIe siècle. Cette élégie s'intitule *O Solitude* et c'est juste sur elle que Henry Purcell, le compositeur anglais de la musique baroque du XVIIe siècle, a fait un chant. Ann Hidden chantonne souvent ces vers qui correspondent à son état de vie et de création. Katherine Philips a noté dans son poème: «Une voix solitaire se lève sans adresse au fond de l'âme, / aussi immatérielle qu'un rayon de soleil, / extase au sein de la nature, […]» (VA, p. 123) Ces vers peuvent être considérés comme le portrait d'Ann Hidden qui aime nager seule, marcher seule, lire dans son coin invisible. «Au fond de l'âme», «un rayon de soleil», «extase au sein de la nature», les trois expressions disent l'essentiel de la solitude dont l'âme, le soleil, la nature sont des éléments nécessaires. À la fin du roman, Ann Hidden chante «O Oh how I» jusqu'à ce que tout s'éloigne, se repose et se tait.

Monsieur de Sainte Colombe, par détestation pour tous les bruits sociaux, s'enferme dans sa cabane et se consacre à la musique. Il trouve une façon différente de tenir la viole, fait la rénovation en ajoutant une corde de basse à l'instrument et perfectionne la technique de l'archet.

Meaume dans *Terrasse à Rome*, après que son visage était brûlé, dans la fuite solitaire durant presque toute la vie, fait «d'un désastre une chance» (TR, p. 25). Il fait des rénovations de la manière noire et devient un «graveur grave» (TR, p. 34), un «graveur voué au noir et au blanc» (TR, p. 38). Avec son style artistique particulier, Meaume appartient à l'école des peintres «qui peignaient dans une manière très raffinée les choses qui étaient considérées par la plupart des hommes comme les plus grossières» (TR, p. 51).

À travers les personnages-artistes, nous pouvons constater que la création artistique est indissociable de la solitude et du silence. Autrement dit, l'art, la solitude et le silence, chez Quignard, sont inséparables. Si la solitude est un espace d'élection pour le créateur, c'est qu'elle est propice au silence. L'art se pratique généralement dans la plus grande solitude, dans le silence. Il exige un long cheminement que les artistes accomplissent seuls. Il n'est pas difficile de constater que beaucoup d'artistes entretiennent avec la solitude et le silence une relation privilégiée, voire familière. Cette relation leur est une nécessité.

«C'était une solitude sans nom à l'intérieur de sa tête, dans le volume même de son corps.» (EC, p. 29) Il ne s'agit pas de la solitude subie d'une déconvenue mais d'une retraite choisie, d'une disponibilité envers l'absence contemplée: «Il fallait rester libre à l'égard de cette éventuelle rencontre, de cette survenue inexprimable.» (EC, p. 55) Les personnages font le vide autour d'eux et vivent dans la solitude. La solitude, pour reprendre l'expression de Le Clézio, «n'est pas seulement un comportement, une attitude de l'homme envers la société ; elle est aussi une vérité, un système, un moyen d'accession à l'être»[1]. Et cette solitude est sans doute ce que la littérature exige de celui ou de celle qui s'y voue.

À la fin du *Salon de Wurtemberg*, Charles Chenogne reste seul, note et rêve. En effet, écrire ne collabore pas, c'est une activité solitaire pratiquée par un solitaire. On écrit au secret, séparé. «On écrit comme on rêve comme on meurt: seul.»[2] Les œuvres quignardiennes peuvent être considérées comme invention de la solitude et se

---

[1] J.M.G. Le Clézio, «Sur Henri Michaux, Fragments.», *Les Cahiers du Sud* (el 58) 380, 1964, p. 264.

[2] Mireille Calle-Gruber, «Les écritures apocryphes de Pascal Quignard»,dans *Pascal Quignard, figures d'un lettré*, Actes du Colloque tenu à Cerisy-la-Salle du 10 au 17 juillet 2004, Philippe Bonnefis et Dolorès Lyotard (dirs.), Paris: Galilée, 2005,pp. 47.

documentent ce que l'auteur appelle son «ensauvagement»[1].

Sous la plume de Quignard, les personnages romanesques sont épris de solitude au point d'avoir couru le risque de tout abandonner. Vie et création leur représentent parfaitement le goût pour la solitude et le secret.

2.3 L'amour interdit

Les personnages quignardiens choisissent la solitude et l'étendent à la manière dont ils vivent leurs relations amoureuses. S'ils sont attirés par la solitude, cette attirance est en effet exprimée à travers des épisodes de vie amoureuse qui apparaissent non pas comme des occasions pour les personnages de nouer des liens ou de construire des histoires, mais de mettre en scène des ruptures et des séparations. Autrement dit, le rapport amoureux chez Quignard permet de recréer la rupture ou la séparation avec la société et le langage.

Pour s'aimer, il faut au couple se taire. Il s'agit d'un groupe «anti-tous» (VS, p. 62). Il s'agit de l'amour en silence. Le silence en amour vaut mieux qu'un langage. L'amour est bon d'être interdit car il y a une éloquence de silence qui pénètre plus que la langue ne saurait faire.

D'un ton affirmatif, Quignard écrit: «Parce que la solitude précède la naissance, il ne faut pas défendre la société comme une valeur. / La non-société est la fin» (LBS, p. 64). Dans la poétique quignardienne, se trouvent des modèles de ce genre de la non-société, tels que la lecture, l'amour. Nous nous attardons en premier lieu le problème de l'amour.

2.3.1 Amour anti-social

«Les fleuves s'enfoncent perpétuellement dans la mer. Ma vie dans le silence. Tout âge est aspiré dans son passé comme la fumée dans le ciel.» (VS, p. 9) Ainsi s'ouvre *Vie secrète*. La contemplation du paysage de mer avec M., la femme aimée, qui «était silencieuse» (VS, p. 9) conduit le narrateur à une rêverie profonde, à l'autre monde. Il jette son regard vers un passé obscur et ce regard lui permet d'arracher de l'oubli une autre femme, Némie. «Le nom de Némie Satler est faux.» (VS, p. 15) Entre Némie, une femme professeur de piano et le narrateur, son élève, il se passe

[1] Catherine Argand, «Pascal Quignard, Goncourt 2002», *Lire*, septembre 2002, p. 101.

une histoire d'amour. Pendant les «quatre-vingt-seize jours» (VS, p. 63) que dure leur amour, Némie reste mariée. Cette histoire dénonce les premiers pas du narrateur dans sa recherche sur l'amour. Il s'agit d'une relation adultère qui impose le silence au narrateur et à Némie. Autrement dit, la nature asociale de cette relation oppose leur amour à la parole. De plus, se trouve toujours dans l'amour adultère un besoin de rupture, une pulsion animale qui contraint les amants à chercher l'ombre, à quitter le social. Ensuite, le narrateur convoque une série de femmes: la châtelaine de Vergy, Clélia, Héloïse, Aziza[1].Ces femmes romanesques ou réelles pourraient être les représentants exemplaires de l'amour qui entraînent et provoquent inévitablement le comportement asocial. Elles sont marquées par un mutisme. A force de s'obstiner à garder le secret sur leur amour, elles montrent que non seulement l'amour ne nécessite ni la société ni la langue, mais encore qu'il s'y oppose radicalement: «L'amour est le lien antisocial.» (VS, p. 234)

Lors d'un entretien avec Catherine Argand, Quignard a avoué de façon similaire: «L'amour serait la plus radicale des rébellions sociales.»[2] L'emploi du superlatif de cette affirmation renforce la nature asociale voire antisociale de l'amour. C'est en cela consiste la notion particulière de l'amour de Quignard.

Sous sa plume, les personnages sont voués à un amour qui balaye les conventions et défait les hiérarchies sociales. Pour eux, le reste du monde est exclu. L'amour quignardien est le plus souvent adultère, ou, du moins, il est non contraint, non autorisé par les lois sociales et reste en marge des normes collectives.

Dans *Carus*, tout le chapitre III (C, pp.123-168) nous relate la relation extraconjugale entre Ieurre et Florence. Ce genre de relation n'est pas rare dans les romans de Quignard. Dès la première fois que Charles Chenogne voit Isabelle, la femme de son meilleur ami Florent Seinecé, il est tombé sous son charme: «Isabelle était incroyablement belle, mais il n'est rien de plus difficile à communiquer que le sentiment de la beauté.» (SW, p. 46) Les deux corps s'attirent. La même scène se joue entre Edouard Furfooz et Laurence dans *Les escaliers de Chambord*. Edouard

---

[1] La châtelaine de Vergy (ou Vergi) est l'héroïne éponyme d'un roman écrit au milieu du XIIIe siècle. Clélia est l'héroïne de *La Chartreuse de Parme* de Stendhal. Héloïse est un personnage non fictif, célèbre pour son amour avec Abélard et, enfin, Aziza est l'un des personnages des *Mille et Une Nuits*.

[2] Catherine Argand, «Pascal Quignard», *Lire*, février 1998, p. 86.

Furfooz est attiré par la beauté de Laurence: «Elle était pleine de lumière. [...] Plus il approchait, plus elle était belle.» (EC, p. 68) Ils s'aiment profondément bien que Laurence soit mariée. Claire Methuen dans *Les Solidarités mystérieuses* recroise le chemin de son premier et unique amour Simon Quelen, époux de Gwenaëlle. Marin Marais trahit Madeleine de Sainte-Colombe avec Toinette, la sœur de cette dernière dans *Tous les matins du monde*. Dans *Terrasse à Rome*, Meaume convoite à Nanni, la fille du juge électif Veet Jakobsz, qui lui est inaccessible. De plus, Nanni est promise à un autre. Thomas est surpris par Ann Hidden avec une jeune inconnue. Ils forment des couples non mariés, non reproducteurs.

Le désir sexuel, pulsionnel, dissout aussi les convenances d'âge. C'est la liaison momentanée de Pauline Harlai avec Gerhardt, son aîné de seize ans, dans *Le petit Cupidon*[1].

De plus, dans ses romans, Quignard convoque également l'homosexualité: Georges dans *Villa Amalia* avec son ami dont le nom n'est pas dit ; Ann Hidden et Giulia dans le même roman ; notamment la relation entre Paul, le frère de Claire, et Jean qui est le curé de Saint-Énogat dans *Les Solidarités mystérieuses*. Non seulement la forme d'union homosexuelle peut relever d'une certaine transgression ou, du moins, d'un affranchissement quant aux schémas dominants, mais les codes régissant la vie des prêtres catholiques ne sont pas respectés.

À la différence de l'amour courtois, l'amour quignardien contraint les amants à chercher l'ombre. Les amants s'aiment toujours à l'écart du groupe, dans l'ombre, dans le secret. «L'amour est un adieu au monde.» (VS, p. 453) Un passage des *Solidarités mystérieuses* décrit le lieu secret où se retrouvent Claire et Simon: «Une minuscule vallée suivait le fond de la faille jusqu'à une crique qu'on entrapercevait seulement, et qu'on ne pouvait plus atteindre en raison de l'éboulement des roches de la falaise. Ils s'aimaient là, invisibles dans le bois mort, les épaves, les plastiques, les pneus, l'obscurité, les roches à fleur d'eau.» (LSM, pp. 76-77) Le domaine naturel qui entoure les amants, sert de refuge à une liaison qui doit rester cachée et secrète. Meaume et Nanni se prennent aussi rendez-vous dans des lieux secrets: «un minuscule chapelle latérale», «un angle glacé» (TR, p. 13), «le jardin», «le cave en s'éclairant avec une lanterne sourde de fer», «la vieille tuilerie», «une barque louée»

[1] Pascal Quignard, *Le petit Cupidon*, Paris: Galilée, 2006.

(TR, p. 17). Charles Chenogne et Isabelle se retrouvent dans «le pavillon» ou dans «une chambre mal chauffée dans un petit hôtel» (SW, p. 120). L'amour chez Quignard transporte les amants en un lieu séparé de tout autre lieu, jusqu'à l'envers du monde. Les amants doivent subir l'isolement extrême. «Nous avons perdu le monde et le monde nous» (VS, p. 153). Les personnages ne forment pas des couples proprement parler. Ils se limitent toujours par une distance irréductible entre eux. Chez Quignard, le couple est «un duo solitaire, profondément asocial»[1].

De plus, la séparation ou la rupture forme un autre trait de l'amour quignardien. La relation amoureuse de Claire avec Simon se termine sous le signe de la fracture. Claire est victime d'une tentative de meurtre, lorsque la femme de Simon met le feu à la maison où vit Claire. Et l'amour entre Isabelle et Charles Chenogne aboutit à la rupture de l'amitié entre deux amis intimes. Ils se séparent finalement. Charles Chenogne fait le bilan de sa relation avec Isabelle en employant les termes suivants: «[...] nous sommes coupables. [...] et c'est notre convoitise de mordre, de déchirer des dents en effet, qui dans le remords se retourne contre nous» (SW, p. 191). Ce passage est frappant à cause de la violence des mots utilisés. Les sentiments comme le remords et la jalousie sont exprimés à travers des images qui transforment ces émotions en actions physiques, quasiment bestiales et inhumaines: «mordre», «déchirer des dents». Quignard a montre dans cet extrait que l'histoire d'amour ne semblait avoir produit *a posteriori* que de la séparation, voire de la destruction. C'est justement ce néant, cette nature dévastatrice propre aux rapports amoureux que les récits quignardiens semblent avant tout mettre en avant. L'amour a pour conséquence de créer de la séparation et de l'individualité là où les personnages cherchent à regagner un état qui précède toute existence individuelle et donc toute possibilité de désunion.

Toutes les relations amoureuses chez Quignard s'opposent à l'«échange contractuel des facultés sexuelles du corps» (VS, p. 140)[2]et font preuve d'une insoumission à la morale sociale. Elles trahissent le code collectif, légal et commun et sont foncièrement bannies de la société. Selon Quignard, ces relations «anti-socius»

---

[1] Dominique Rabaté, *Pascal Quignard. Etude de l'œuvre*,Paris: Bordas, 2008, p.136.

[2] Il s'agit de la définition du mariage selon Kant, dans sa *Doctrine du Droit,* reprise par Pascal Quignard dans sa *Vie secrète*.

(VS, p. 118) représentent le véritable amour. C'est cette asocialité qui marque l'amour, qui l'arrache aux «liens sociaux coutumiers» (VS, p. 63). L'amour ne ressortit pas à l'échange social. Dans ce sens, l'amour, c'est la «vie secrète», la vie séparée, la vie à l'écart de la société. Il «rappelle la vie avant la famille et avant la société, avant le jour, avant le langage» (VS, p. 63). L'amour tend à l'écart du monde, vers une zone sublime prélangagière. Il est donc indicible et immontrable par le langage.

2.3.2 Amour exclu du langage

Dans les romans de Pascal Quignard, les amants sont exclus de la société et vivent dans des angles. Ils ne se communiquent pas en parole. Ils sortent du langage, dans une connivence intime et silencieuse.

Terrasse à Rome s'ouvre par l'aveu de Meaume. En discours direct et sans détour, Meaume dit qu'il aimait une femme à Bruges. Elle s'appelle Nanni, la fille unique du juge électif de Bruges. Il se conclut que c'est elle qui lui manque toute la vie. À la première rencontre avec Nanni, Meaume est attiré par sa beauté qui l'a laissé «désert» (TR, p. 11). Sans savoir ni demander son nom, il la suit du regard sans rien dire. En même temps, la fille porte un regard sur lui: «Ce regard sur lui, toute sa vie, vécut en lui.» (TR, p. 11) Par cette formule poétique, on peut s'apercevoir que dans l'amour, le regard silencieux est plus puissant, plus expressif que les paroles. Meaume et la fille échangent plus tard leurs noms, mais encore pas un mot entre eux. À partir de leur première rencontre, Meaume épie la fille partout. Quant à la fille, elle le cherche aussi. Chaque présence entraperçue de Meaume l'emplit de bonheur indicible. Quand ils se rencontrent tête à tête, ils ne trouvent pas de mots à se dire entre eux:

> «L'apprenti graveur ne trouve pas des mots à dire à la fille unique du juge électif. Alors il touche avec ses doigts timidement son bras. Elle glisse sa main dans ses mains. Elle donne sa main toute fraîche à ses mains. C'est tout. Il serre sa main. Leurs mains deviennent chaudes, puis brûlantes. Ils ne parlent pas.» (TR, p. 13)

Meaume et Nanni s'expriment leur amour par des échanges de mains et de regards qui parlent en silence à la place du langage. Ils se serrent la main, ne parlent pas et se touchent dans le regard. Leur communication silencieuse du regard ne diminue point leur amour au fond du cœur et ils se donnent entièrement. Des années plus tard après leur séparation, quand Meaume évoque à un compagnon romain une de ses huit extases, il convoque une jeune fille devant les bateaux dans le port de Bruges. Puis, il cesse d'un coup de parler et rumine dans son silence. Il prend conscience de garder le secret pour lui-même. Meaume avoue à son compagnon qu'il souffre lorsqu'il est en présence de certaines images. Durant sa vie, chaque fois, quand il prononce le nom de Nanni, il se tait parce qu'il n'a plus «voix» dans la gorge. L'amour est indicible et impartageable aux autres.

La puissance de la rencontre tient à cette «voix» absente dans la gorge. Dans *Les Solidarités mystérieuses*, lors du premier rapprochement de Claire et Simon, tout se passe en silence avec des gestes corporels: «Elle (Claire) pose doucement la paume ouverte de sa main sur le dos de sa main. Simon détourne vivement la tête mais il ne retire pas sa main sous la sienne.» (LSM, p. 80) Et il suffit à Claire de caresser les doigts de Simon et de croire que ce dernier la rejoint pour se mettre à lui parler, dans son cœur, comme s'il était là, et lui tout raconter, raconter tous les événements du jour.

Monsieur de Sainte Colombe est un homme gauche en expression de ses sentiments. Il ne se console pas de la mort de son épouse et du regret de ne pas avoir été présent quand elle est morte. En son souvenir, Monsieur de Sainte Colombe compose «le Tombeau des Regrets». Et une nuit quand Monsieur de Sainte Colombe le joue dans le silence, sa femme le visite comme un ange. Il la voit et elle lui sourit mais elle ne parle pas. Cette scène de retrouvailles a lieu à plusieurs reprises et chaque fois elle est emplie d'une sentimentalité grave. De plus, Monsieur de Sainte Colombe garde toujours le secret de la revisite de sa femme.

L'amour se fait à l'écart et les amants se taisent pour garder le secret. Dans *Vie secrète*, entre Némie et le narrateur, professeur de musique et son élève, leur amour adultère affirme la singularité irréductible. Ils ne se parlent pas, et c'est une relation érotique et secrète qui les entraîne dans une passion silencieuse. «L'amour [...] précède le langage, [...] Le sexuel est l'innommable. Tout l'amour se voue à ce secret de l'innommable» (VS, p. 81) par un geste propre à l'homme: le sacrifice de la parole.

Ann Hidden et Georges vivent «tellement ensemble» (VA, p. 281) qu'ils ne se parlent pas. Ils s'aiment vraiment comme deux enfants. S'aimer comme des enfants, ce genre d'amour a lieu aussi entre Edouard et Florence dans *Les escaliers de Chambord*. Pour Florence, Edouard Furfooz est un marchand muet qui n'a dans la tête que des objets. Ce dernier désire toujours Florence et s'attache réellement à l'idée de la trouver heureuse. Mais il ne lui demande rien et ne lui dit pas un mot de sa vie (passions, pensées, sentiments, voyages, goûts, souvenir ou enfance). Ils se taisent souvent et se communiquent par des gestes corporels: «Se turent. [...] Edouard posa la main sur la main de la jeune femme, essuya l'eau qui la mouillait [...] Il se rapprocha de son corps. Elle serra sa main.» (EC, pp. 69-70) Ils ne se parlent pas mais l'amour est né dans le silence.

À travers les exemples, on peut remarquer que le langage n'est pas approprié à l'amour et que l'amour est inaccessible au langage. Charles Chenogne souligne non sans mélancolie dans *Le Salon du Wurtemberg*: «Et pourtant il semble qu'il n'y ait pas de langue pour décrire l'amour, la beauté d'un corps, le souvenir de gestes indécents et miraculeux et communs à tous.» (SW, p. 143) Pour Charles Chenogne ou d'autres personnages quignardiens, en amour, le langage fait défaut. Et les mots cherchent moins à désigner qu'ils ne cherchent à vêtir. Ils «vêtent» (SW, 143). Quand on veut décrire sa passion ou exprimer son amour, on n'a le plus souvent rien de mieux à faire que de se taire. Ou on est incapable d'exprimer en aucune façon par les paroles les scènes qui comptent le plus dans la vie et qui lui rendent le plus heureux.

L'amour est la passion qui refuse toute médiation. Il exige «la destruction de l'expression linguistique» (VS, p. 198). Chez Pascal Quignard, l'amour est lié au silence et dépasse toute parole. Dans ce sens, il précède le langage. Les amants rêvent une communication pré-linguistique qui ne se circule qu'entre eux, uniquement inventée pour partager le secret de leur amour.

Et chez Quignard, cette passion silencieuse, ce silence d'amour renverrait à «la scène primitive»[1]. Et dans cette scène, il existe une pureté préverbale que l'amour reproduit dans l'effusion silencieuse de l'étreinte amoureuse. Cette pureté, pour l'auteur, indique la différence sexuelle qui «se dresse inévitablement, irrésistiblement, ridiculement, merveilleusement, intraitablement» (VS, p. 81) Et la scène sexuelle, est

[1] Il s'agit d'une notion freudienne. C'est l'image manquante du rapport sexuel dont chacun est issu. Pour Pascal Quignard, l'amour apparaît souvent comme confondu avec un «ancien amour», l'image du coït parental qui conduit à la conception.

le plus souvent, silencieuse.

2.3.3 La sexualité

«Où vont ensemble les amants? / Dans quel pays se sont-ils rendus pour qu'ils en reviennent si silencieux, sans images, rougissant si on leur demande d'évoquer ce voyage, pleurant parfois? / Les amants visitent leur conception.»[1] L'amour se représente dans une dimension sexuelle plutôt «crue» pour reprendre le terme de Lévi-Strauss. Dans les romans de Quignard, l'amour véritable repose sur une violente fascination et apparaît tout le temps comme confondu avec un «ancien amour», l'image fantasmatique du coït parental qui conduit à la conception.

Les amants retrouvent le silence par l'entremise duquel ils chutent dans un monde nocturne, une sorte de poche interne à laquelle chacun confie son sexe. Dans *Terrasse à Rome*, lors de leur rendez-vous, Meaume et Nanni mettent la bougie le plus loin d'eux qu'ils peuvent. Et à la lueur faible de la bougie, leurs nudités sont entièrement révélées. Nanni ne peut pas résister à son envie d'avoir la présence de Meaume. Quant à Meaume, il se rend aussitôt aux lieux que la servante de Nanni lui indique bien que ces convocations lui procurent de la gêne et qu'il ait du travail à rendre. Dans la sexualité, l'œil ne contemple plus, et les corps avancent dans la nuit. Il ne reste qu'un acte involontaire[2].

Le plus intime du sujet, dans la sexualité, c'est porté hors de soi autant physiquement que moralement. Dans *Terrasse à Rome*, Meaume parle de ses huit extases dont «le rêve en six, [...] c'était Nanni de Bruges dans l'ombre...» (TR, p. 32) A ces mots, en souvenir de Nanni, de la scène sexuelle, il se tait soudainement. Et l'ombre révèle la nuit insondable de l'origine et plonge l'homme dans l'effort de saisir l'inconnaissable. Ne plus pouvoir parler manifeste l'état d'une extase, par laquelle l'individu est mis en rapport avec l'immémorial de la scène primitive. Cette

---

[1] Pascal Quignard, «Sur Hans Bellmer. Où vont ensemble les amants?», *Cécile Reims grave Hans Bellmer*, Paris: Éditions Cercle d'art, 2006, p. 9.

[2] Nous relevons le fragment suivant qui regorge de formules à ce sujet: «Trois possibilités s'offrent à la sexualité humaine. La sexualité, sauvage, opportuniste, violeuse, errante. C'est le marché noir. / Le mariage. C'est ce qui collabore avec la société. Alors l'Occupant du territoire est le groupe. Alors l'Occupant du corps est le langage. / Enfin l'amour, qui fait figure de résistant ou de rebelle. Attrait involontaire, attache fulgurante, monogame, qui ne ressortit pas au désir zoologique, qui ne ressortit pas davantage au lien social.» (VS, p. 466)

scène primitive fascine, parce que l'homme peut croire y retrouver son origine.

Les personnages ne se tiennent pas éloignés de l'amour, ne serait-ce parce qu'il permet, de manière temporaire, de rejoindre cet état originel de non-séparation. A ce sujet, Dominique Rabaté emprunte à la psychanalyse freudienne le terme «sentiment océanique». Il indique que ce sentiment océanique qui désigne «notre souhait inconscient de nous dissoudre dans le Grand Tout»[1], envahit l'œuvre quignardienne. Les personnages souhaitent revenir à un état originel qui précède la naissance.

Dans *Terrasse à Rome*, il y a une scène sexuelle entre Meaume et Marie durant laquelle ils se sont tus. Dans l'ombre, Meaume est nu. Il trouve que le sexe de Marie est humide. De plus, Marie sent une odeur merveilleuse de «forêt noire, de fougères, de champignons» (TR, p. 73). Ses seins sont «lourds de lait» (TR, p. 73) et imprégnés d'une odeur attirante. Toutes ces descriptions indiquent que la sexualité concerne le corps maternel. Le corps féminin est perçu avant tout comme une sorte de réplique du corps maternel, c'est la plus ancienne maison de l'humain. Le sexe des femmes est considéré comme une porte qui donne accès au premier monde, au monde pré-natal qui nous a tous bercés. La sexualité, quand elle débouche sur la jouissance, procure des sensations de revisiter la première demeure et de replonger dans la vie du premier monde.

La scène sexuelle est récurrente dans les romans de Quignard. Selon l'auteur, pour les amants, faire l'amour est une expérience fondamentale car, dans l'acte charnel, ils «déverrouillent en s'assemblant une seule et unique porte» (VS, p. 309), et cette porte permet d'accéder, peut-être, à «un seul et unique monde» (VS, p. 309). La sexualité constitue un moyen d'accéder au paradis perdu et permet d'ouvrir son ancienne maison, le ventre maternel. Cette expérience s'offre à tous les adultes: en jouissant, «nous rejoignons le lieu de notre naissance, nous poussons la porte de la plus ancienne maison.» (VS, p. 341).

En somme, chez Quignard, les amants sont les premiers acteurs du vœu de silence. Dans le rapport amoureux, le silence devient un «jargon de sensations et de signes» (VS, p. 82)C'est justement là que se trouve l'originalité de la représentation de l'amour dans ses romans.

---

[1] Dominique Rabaté, *Pascal Quignard, Étude de l'œuvre, Paris:* Bordas, 2008, p. 115.

L’amour reste et se communique à travers le travail de l’imagination. A ce titre, Monsieur de Sainte Colombe compose «le Tombeau des Regrets» et Meaume le graveur fait «les cartes érotiques où il rêvait d’aimer» (TR, p. 27) à la manière noire. Par le biais du sonore et du gravé, ou d’autres moyens, les personnages quignardiens cherchent une vie silencieuse qu’ils trouvent finalement dans la nature.

Chapitre III Reconstruction d'une vie silencieuse dans la nature

«Sainte Colombe avait de la détestation pour Paris.» (TMM, p. 10)

«Je trouvais Paris comme si j'étais retourné à ce que les prêtres ou les pasteurs nommaient autrefois le diable, le siècle, le monde.» (SW, p. 215)

«L'air de Paris sentait son odeur si particulière, putréfiée, charcutière, mazoutée, épouvantable.» (VA, p. 36)

«Paris était revêtu d'une blancheur terrible, d'une splendeur qui coupait le souffle.» (EC, p. 322)

Des citations ci-dessus, se voit clairement la détestation des personnages quignardiens pour Paris. La vie à Paris leur est «mensongère» (VA, p. 73).

En plus, même ayant quitté Paris, les personnages ont également horreur d'autres villes. Les villes, pour eux, ce sont toujours «des choses dénaturées, des pavés de marbre de porphyre dans un mare, des livrées prétentieuses mêlées de boue et de pourpre» (SW, p. 213) Les hôtels, les auberges, les restaurants et les bars sont des endroits pleins de monde et trop chauds, des endroits incroyablement bruyants et étouffants, dépourvus de toute détente et de toute confidence. Tous les lieux sont malsains et immoraux.

Nous pouvons conclure que ce que les personnages détestent, c'est la vie urbaine et organisée, c'est le monde social. Ils se sentent nourrir une nostalgie de la nature. Pour eux, «un arbre, ou la couleur verte, ou quelque chose d'enfin inhumain, de naturel, [...]quelque chose de menu, [...] procure un minuscule plaisir pour ainsi dire au sens propre» (SW, p. 68). Les personnages rêvent de quelque chose d'inhumain, de naturel.

Dans *Villa Amalia*, Quignard relate un détail intéressant dans la vie de Georges. Son voisin est fou de propreté. Tout chez lui est passé à l'eau de Javel. Et il ne cesse de poursuivre avec une bombe tous les insectes qu'il aperçoit. Et toutes les araignées persécutées trouvent dans le jardin naturel de Georges leur «refuge» (VA, p. 44).

Et comme les araignées, les personnages souffrent de ne pas pouvoir trouver des solutions à des troubles mentaux dans la société bruyante où ils vivent. Ils envisagent quelque chose de frais, de silencieux et préfèrent se retirer. S'en fuir est leur «habitude» ou «seconde nature» (LSM, p. 158) comme ce que dit Juliette, la fille de Claire. Dès que possible, les personnages s'éloignent du social et trouvent finalement leur refuge dans la nature qui est considéré comme le mystère fondamental. La nature leur signifie un hors du monde et un mode de vie propre à eux. «Cela serait un autre temps. [...] Il se situerait dans un autre monde. Il ouvrirait une autre vie.» (VA, p. 85) Les personnages n'ont pas envie de bruit. Ils se logent dans les interstices, les replis, la solitude, les oublis, les confins du temps, les mœurs passionnées, les zones d'ombres, et vivent dans le silence.

3.1 Lieu de silence

Au début des *Solidarités mystérieuses*, Claire retourne en Bretagne et retrouve les lieux de son enfance. La scène est décrite à travers une énumération où se mêlent des éléments solides et liquides, l'océan et la pierre: «Elle (Claire) gravit les roches une à une. Elle marchait sur la lande, dans les bruyères, dans les mousses, dans les genêts. [...] Elle reconnaissait les blocs de granite, les buissons, les sentiers, les vieux murs, les escaliers escarpés, la mer, le vacarme de la mer.» (LSM, pp. 23-24) Il s'agit d'un territoire en pleine nature entre terre et eau.

Terre et eau constituent deux aspects caractéristiques des demeures situées dans un endroit isolé des personnages dans les romans de Quignard. Il s'agit de l'union du silence qui se compose principalement de trois éléments: une maison, un jardin et un cours d'eau.

3.1.1 La maison cachée

Les maisons chez Quignard entretiennent des connivences avec une région provinciale ou un pays. Elles sont plus volontiers cachées qu'exposées, invisibles que visibles. La maison où vivent Monsieur de Sainte Colombe et ses deux filles est en «horreur des banlieues» (TMM, p. 21) et de «deux bonnes heures à pied pour joindre la cité» (TMM, p. 8). De plus, Monsieur de Sainte Colombe fait construire une cabane dans les branches d'un grand mûrier dans le jardin. C'est sa vorde[1]. La villa Amalia que porte le même titre du roman, située sur une falaise de l'île Ischia, est une maison étroite, longue et déserte qui surmonte la mer au sud-est. Elle est particulièrement invisible: «abritée dans la roche» (VA, p. 130), «masquée par le pin parasol» (VA, p. 133), de loin, on ne peut voir qu'un morceau du toit bleu. On ne voit pas d'autres maisons. De plus, la terrasse est creusée pour la plus grande part dans la roche. À la première vue,Ann Hidden s'éprend de cette villa. Elle la voit plus de «vingt fois» (VA, p. 129) avant de songer qu'elle l'habiterait un jour. Ann l'aime avant de penser qu'«on pût aimer d'amour un lieu dans l'espace.» (VA, p. 129) Installée dans la terrasse de la villa, Ann ne voit que la mer et le ciel, éprouve sur toutes les parties de son corps dans le silence incompréhensible, «l'extraordinaire étreinte que le lieu entretenait avec la nature» (VA, p. 142) et le plaisir de lire ses partitions des heures durant et de s'y perdre. D'ailleurs, Ann Hidden donne un nom à la maison de l'Yonne. C'est la hutte Gumpendorf[2]-à-la-barque-noire de Loire. Comme Villa Amalia, c'est aussi une maison isolée dans la nature, une maison de silence: «On ne voyait que l'eau. On n'entendait que les canards et les cris rauques des cygnes» (VA, p. 274). Dans *Les escaliers de Chambord*, la maison de Francesca, l'amie d'Edouard Furfooz, est située sur le flanc de la colline, sur la route de Sienne. Elle est relativement isolée. L'air y est tiède et doux. Et la maison que Tante Otti désire est aussi très simple, une petite maison semblable à la «campagne», cachée dans la campagne. La ferme de Claire est aussi «dissimulée», «abritée», «ce sont des bâtiments très bien cachés» (LMS, p. 44), derrière les Pierres couchées, au milieu de la lande, au-dessus du port. Elle a été construite au fond d'un creux et peut être même invisible aux yeux des randonneurs.

Les maisons sont cachées dans la nature et leur intérieur représente aussi une grande caractéristique.

---

❶ «Vordes est un vieux mot qui désigne le bord humide d'un cours d'eau sous les saules.» (TMM, p. 13.)

❷ «Le vieux Haydn appelait sa maison de Gumpendorf sa hutte.» (VA, p. 68) Dans un fragment de *La barque silencieuse*, Quignard évoque que le compositeur Haydn travaille dans une petite maison isolée dans la banlieue de Vienne, à Gumpendorf: «Joseph Haydn se trouvait à travailler dans sa petite maison au 21 Seilerstätte.» (LBS, p. 17)

Dans les romans, il y a des descriptions des maisons pleines. Le vieux salon de la maison de la mère de Georges est «plein de meubles, d'objets de tous âges, beaucoup d'horreurs.» (VA, p. 17) Le salon de la mère d'Ann est aussi «plein» (VA, p. 50), plein de cadres anciens, de photos de famille et des centaines d'images recouvrent tous les murs. Au milieu du salon, sa mère met son lit. Et le résultat est très «laid» (VA, p. 51). L'emploi de deux adjectifs «plein» et «laid» suffit de décrire le dégoût d'Ann qui ne peut pas y rester longtemps et éprouve sans cesse le désir d'aller marcher sur la plage, en pleine nature.

En revanche, les maisons des personnages sont souvent désertes, vides et ne sont pas habitées depuis des années. La salle de bain d'Ann est «minuscule» (VA, p. 78) et sa cuisine est simple avec un petit réfrigérateur surmonté d'une plaque électrique, une table de jardin ronde et blanche et deux fauteuils de jardin. Son salon est tout en blanc. En haut une chambre à coucher est «vide sinon ascétique» (VA, p. 78): un petit lit à couette blanche couvert d'oreillers blancs, entre deux murs d'angles couverts de haut en bas de rayonnages blancs. Et la salle de bains est minuscule. L'emploi d'une série d'adjectifs tels que minuscule, petit, blanc, accentue le vide de la maison. Et les meubles sont toujours anciens, avec d'anciennes cassettes, d'un lit d'autrefois, d'un vieux fourneau. Et la chambre de la maison au lierre est une pièce nette, très claire, très blanche, garnie d'un petit lit blanc, une petite table blanche et une table de chevet. Le blanc est une couleur de silence. Dans *Terrasse à Rome*, Meaume referme sa croisée l'hiver. La pièce où il travaille est vide. Elle ne se compose que d'une table, deux chaises le long du mur et un lit. Dans *Les escaliers de Chambord,* la chambre de Laurence est blanche et vide. Mesurée d'une vingtaine de mètres carrés, elle est meublée seulement d'un petit lit de fer et d'une petite table basse au centre de la pièce. La ferme de Claire n'est pas habitée depuis des années. C'est une ferme comme on en faisait autrefois. Il n'y a pas de confort, sans tuyauterie, sans fils électriques. Pourtant, Claire s'installe dans la ferme sans chercher à la meubler, sans souhaiter la faire repeindre. Sous les yeux de son frère, la chambre de Claire dans la ferme est «presque vide» (LSM, p. 222). À la différence de la chambre de Paul qui est pleine de disques et le bureau de Jean qui est plein de souvenirs familiaux, d'images saintes, de livres de philosophie, chez Claire il y a très peu de choses, très peu de vêtements, «même pas de dictionnaires de langue», «pas d'images au mur», «sans la grande armoire» (LSM, p. 222), deux rayonnages sur quatre sont «vides» (LSM, p. 222). En apparence, les chambres bien simples ou presque vides, ne gardent rien de privé, de secret, mais en réalité renvoient exactement l'image de leur maîtreaustère et solitaire.

Les maisons cachées dans la nature sont d'abord silencieuses. Ils se situent souvent dans les vallées avec des hêtres, des ormes, «au milieu des champs de vigne, de blé, de houblon» (SW, p. 57). Le mode de vie y change complètement: le rythme devient moins rapide et les personnages peuvent faire ce qu'ils veulent faire sans être dérangés. Ils rejoignent ainsi le silence, la solitude, le regret.

Ensuite, la position invisible des maisons correspond au choix de mode de vie des personnages qui veulent mener une vie retirée. Monsieur de Sainte Colombe se considère comme un sauvage. Il ne veut pas être dérangé par ceux qui sont chargés de l'inviter à la cour, car «[…] j'ai confié ma vie à des planches de bois grises qui sont dans un mûrier ; […] Ma cour, ce sont les saules qui sont là, l'eau qui court, les chevesnes, les goujons et les fleurs du sureau.» (TMM, p. 18)

D'autres personnages fuient aussi comme Monsieur de Sainte Colombe la lumière du progrès et trouvent dans la nature, un monde autre que celui qui leur est inquiétant, bruyant. Ann Hidden est depuis toujours une femme imperceptible que «personne ne connaissait son visage» sur ses disques. Elle mène une vie presque «invisible» (VA, p. 35) et se cache, se masque derrière son pseudonyme. Pour elle, des angles de mur, un bout de roche, ou n'importe quel angle d'invisibilité suffisent à sa joie. Elle préfère être sans regard. Ann Hidden quitte Paris et durant ses premières errances, elle se loge à l'hôtel. Pourtant, comme dans *Les escaliers de Chambord*,Laurence qui haït l'hôtel et qui est très malade dans un hôtel, et comme Edouard Furfooz, qui trouve que le restaurant est à la fois bruyant et vide, Ann trouve que la vie d'hôtel commence à lui peser. Les horaires, le chuchotement du personnel, les rythmes contraignants, les odeurs des repas, des soins, du tabac, des linges dans les couloirs lui sont impérieuses et insupportables. Comme le vieux Haydn, qui «disait que son âme était tout entière dans cette hutte. Qu'une fois entré à l'intérieur d'elle il était sûr d'écrire» (VA, p. 68), Ann trouve que la Villa Amalia et la chambre au premier étage de la maison sont «extraordinairement propice au travail» (VA, p. 274). Et la ferme cachée dans les noisetiers plaît tout de suite à Claire. «Elle n'avait pas imaginé que, sur le plateau, la ferme pût être à ce point invisible, même aux yeux des randonneurs.» (LSM, p. 52) Claire décide sans hésiter de s'y installer définitivement, d'arrêter les voyages partout dans le monde entier, d'arrêter le métier de traductrice et la vie à Paris. À la fin du roman Claire devient peu à peu une ombre furtive et reste immobile comme une pierre sur la falaise.

Les personnages romanesques chez Quignard aspirent toujours une liberté et préfèrent se retirer. Ils s'éloignent du monde social pour s'orienter vers une vie silencieuse. Selon Héraclite d'Éphèse, «la nature (physis), aime à se cacher (*kryptesthai*)» (RS, p. 24)La maison cachée et simple apparaît ainsi comme un lieu précaire, un lieu de retrait, à l'écart du social et des groupes, où la solitude peut s'ancrer, où la musique et la littérature peuvent être pratiquées dans une atmosphère souvent méditative.«Le reclus se consacrait dans le silence à son silence.»[1]Mener une vie là-dedans constitue un besoin naturel des êtres solitaires, des êtres qui aiment le silence et qui vivent donc «celés» (RS, p. 41), pour reprendre le terme de Quignard.

3.1.2 Le jardin clos

«Le jardin offre l'asile souhaité»[2], a remarqué Gérard Peylet dans *Les mythologies du jardin de l'antiquité à la fin du XIXe siècle*. Du point de vue de la topologie, le jardin est un espace à part, isolé, retranché.

Dans les romans de Quignard, à proximité de la maison se trouvent de manière récurrente des jardins: le jardin «étroit et clos» (TMM, p. 7) chez Monsieur de Sainte Colombe dans *Tous les matins du monde* ; l'Éden à Regnéville et des petits jardins à l'école de musique au milieu de Paris dans *Le salon de Wurtemberg* ; une petite terrasse sur l'île d'Ischia dans *Villa Amalia* ; le petit jardin clos de mur chez Tante Otti dans *Les escaliers de Chambord* ; le petit jardin et le long jardin inculte et sablonneux respectivement devant et derrière la maison de Carrion dans *L'occupation américaine*, etc. Quels que soient les jardins, les personnages ne les considèrent pas comme un simple terrain géographique.

---

[1] Pascal Quignard, *Les désarçonnés* (*Dernier royaume Tome VII*), Paris: Grasset, 2012, p. 254.

[2] Gérard Peylet (Editeur scientifique), *Les mythologies du jardin de l'Antiquité à la fin du XIXe siècle*, Actes du colloque tenu à Bordeaux les 12 et 13 janvier 2006, organisé par le LAPRIL, Collection Eidôlon, Numéro 74, Presse universitaire de Bordeaux, 2006, p. 10.

Le jardin est d'abord un critère presque indispensable de l'habitation des personnages romanesques. Il est souvent composé d'arbres, de buissons, de rochers et de petits animaux. Ce sont des éléments naturels qui représente le silence.

Dans le jardin de Monsieur de Sainte Colombe, il y a deux sortes d'arbres qui constituent des symboles incontournables. L'un c'est le mûrier. Monsieur de Sainte Colombe fait bâtir une cabane dans le jardin, dans les branches du grand mûrier qui «datait de Monsieur de Sully» (TMM, p. 9). Le mûrier antique et mythique est un élément indispensable en ce qui concerne la légende de Monsieur de Sainte Colombe. C'est le lieu mythique de sa musique. L'autre sorte d'arbre est les saules. Les saules font partie de l'âme du musicien et témoignent des moments heureux ou malheureux de sa vie. C'est au bord de l'eau, en-dessous des branches de saules qu'il rêvasse les beaux jours. Quand un grand saule s'est rompu sous le poids de la glace, Monsieur de Sainte Colombe «avait été très affecté par ce bris», «parce qu'il coïncida avec la maladie de sa fille aînée» (TMM, p. 65). Les saules deviennent aussi un repère sans mot pour Marin Marais notamment quand il retourne et écoute en cachette son ancien maître de musique. «Le saule est rompu. La barque a coulé. J'ai aimé des filles qui sont sans doute des mères. J'ai connu leur beauté (TMM, p. 63). Le saule rompu lui fait rappeler du temps passé et le nourrit de pleine nostalgie. L'image d'un arbre peut représenter ou symboliser le destin humain. C'est en cela que consiste le côté mystique du jardin.

Le jardin est aussi un lieu de secret. Aux yeux de Charles Chenogne, le jardin, avec des pêchers sauvages, des herbes hautes, des saules, est «le lieu le plus intime de la terre» (SW, p. 70). C'est le «noyau du monde» (SW, p. 70).

C'est dans le jardin que Toinette trouve «une étrange cloche enveloppée comme un fantôme dans une toile de serge grise» (TMM, p. 15). Elle découvre sous le tissu une viole réduite à un demi-pied pour un pied. Toinette est tellement heureuse qu'elle pleure dans les genoux de son père. De plus, chez Quignard, les amoureux fixent souvent les rendez-vous dans le jardin. Et c'est dans le coin le plus obscur du jardin que sont vécues les premières expériences amoureuses de Marin Marais: «[...] il vit, dans l'ombre que faisaient les feuillages, une jeune fille longue et nue se cachait derrière un arbre et il détourna en hâte la tête pour ne pas sembler l'avoir vue» (TMM, p. 36) ; «ainsi ils se touchaient. Puis ils se baisèrent dans les coins d'ombre.

Ils s'aimèrent» (TMM, p. 36). Le jardin joue ainsi le rôle d'un guide silencieux de l'inspiration de l'art et de l'amour.

Le jardin fait partie des sources de vie. Dans les romans de Quignard, il ne s'agit pas d'une habitude ou d'un travail quotidien, mais d'un rituel en ce qui concerne l'entretien du jardin. En s'occupant du jardin, les personnages maintiennent avec soin une part importante de leur enfance, de leur origine. Quelque chose du jardin leur procure tout le temps au moins un minuscule plaisir. Dans *Le salon de Wurtemberg*, Seinecé dit que bien que sa famille comme lui-même soit citadin depuis quatre générations, il éprouve un sentiment que «nous nourrissons peut-être tous une nostalgie de jardin» (SW, p. 68). L'emploi de pronom à la première personne au pluriel et du présent indicatif accentue la généralisation de cette nostalgie de jardin.

3.1.3 L'eau naturelle

Dans un entretien avec Pascal Quignard, Chantal Lapeyre-Desmaison lance une question: «Existe-t-il des lieux auxquels vous êtes particulièrement attaché?» Quignard répond par l'affirmative: «Oui, les berges des rivières, les grèves des mers, les ports. N'importe quels rivages. Dans la proximité de l'eau à l'état naturel.»[1] L'eau à l'état naturel, le cours d'eau, qui persiste à la manière des océans durassiens et comme lieu mental, fait de l'eau une valeur et une image primordiale.Quignard s'attache beaucoup à cette matérialité qui ne se tient pas dans les doigts et qui interdit la retenue de sa substance glissante et insaisissable. La symbolique de l'eau naturel est en effet fondée sur le principe de l'analogie et consiste à passer du visible à l'invisible, du connu à l'inconnu, du bruit au silence.

Dans les romans quignardiens, se trouvent de manière récurrente la mer, l'embouchure, le fleuve ou la rivière. Les personnages romanesques sont issus d'un lieu près de fleuves, de rivières et habitent toujours dans des maisons situées au bord d'un cours d'eau, la Loire, l'Yonne, la Seine, la Bièvre, ou la mer italienne et bretonne. Dans la vie, les personnages chez Quignard sont intimement liés à l'eau qui coule silencieusement. Edouard Furfooz est originaire d'Anvers, un port d'estuaire français. Il songe même à «être l'eau» (EC, p. 170). Patrick et Marie-José grandissent

[1] Pascal Quignard et Chantal Lapeyre-Desmaison, *Pascal Quignard le solitaire*, Paris: Galilée, 2006, p. 171.

à Meung sur les bords de Loire. La maison où vivent Monsieur de Sainte Colombe et ses deux filles donne sur «la Bièvre» (TMM, p. 7). Le village entièrement piéton et silencieux dans lequel habite Georges est sur l'eau. Meaume cache pendant deux ans son visage hideux dans la falaise qui domine le golfe de Salerne. Cette falaise est un mur qui donne sur la mer. Et même la maison qu'il prend rendez-vous avec Nanni est une maison donnant sur un canal. Meaume préfère «l'océan Atlantique» à «la Maison d'Or», ou au «trésor de l'empereur Alexandre» (TR, p. 37). Ce genre de prédilection montre sa passion pour l'eau.

Dans les romans, sur le cours d'eau, il y a souvent une barque noire. Dans *L'occupation américaine*, derrière la maison, au bout du jardin est amarrée «une barque plate noire» (OA, p. 11). C'est une barque qui est toujours tournée en direction de l'île où les enfants ont le droit de jouer. Dans *Villa Amalia*, c'est une barque noire qui est arrimée à un anneau fixé directement sur le mur qui donnait sur l'Yonne. La barque est protégée par des branches immenses et épineuses d'un églantier à la rive. Monsieur de Sainte Colombe va à sa barque et rêve les jours où «l'humeur et le temps qu'il fait lui en laissent le loisir» (TMM, p. 24). Il aime le balancement de la barque que l'eau donne, le feuillage des branches des saules qui tombe sur son visage et le silence. Cet homme solitaire et mélancolique «songeait à sa femme» (TMM, p. 24). La barque devient un lieu de songe, de rêverie. Elle a l'apparence d'une grande viole. Monsieur de Sainte Colombe écoute les chevesnes et les goujons s'ébattre et rompre le silence. À noter que le noir est la couleur de la nuit. Quignard indique que «le corps humain dans le noir est comme une barque qui se désamarre, quitte la terre, dérive» (LBS, p. 16). Durant la nuit, le corps, dans «la barque silencieuse»[1], quitte une rive, et commence sa dérive.

Il faudrait également évoquer *Villa Amalia* qui est sans aucun doute le roman le plus associé à l'eau. Dans un entretien à l'occasion de la parution du roman, Pascal Quignard affirme qu'il avait pensé à l'intituler «Au bord de la mer». Dans le roman, à tout moment et en tout lieu apparaît l'eau. L'itinéraire de vie d'Ann Hidden se déroule autour de l'eau naturelle. Ann est née sur la côte bretonne, débute une autre

[1] Il s'agit du titre du sixième tome de *Dernier royaume* de Pascal Quignard. (Pascal Quignard, *La barque silencieuse* [*Dernier Royaume, Tome VI*], Paris: Seuil, 2009.)

vie dans la baie de Naples en Italie et passe le reste de sa vie au bord de l'Yonne. Chaque fois quand Ann se sent triste, elle va s'asseoir devant un fleuve et regarde l'eau battre la berge. Avec le rôle de catharsis de l'eau, sa souffrance peut devenir une espèce d'«affût douloureux» (VA, p. 36). C'est aussi au bord de l'eau courante mais silencieuse, le long d'une rivière qu'Ann Hidden trouve la solution définitive et que la paix se fait peu à peu en elle. Durant son errance, à Naples, elle choisit un hôtel sur la petite île d'Ischia à cause d'une chambre qui donne immédiatement sur la mer. Et cette chambre a une terrasse silencieuse, sans contact avec une autre chambre. Par la fenêtre, on voit d'abord la baie merveilleuse et antique, et puis le ciel sans fin qui touche l'eau. Ann éprouve toujours de grandes joies et de grandes sécurités dans ces lieux près de l'eau. Elle aime plonger et nager dans la mer. Villa Amalia dont Ann s'éprend sur l'île d'Ischia est une villa qui domine entièrement la mer. C'est «l'eau à perte de vue» (VA, p. 130). Pour Ann, ce n'est pas un paysage, mais «quelqu'un» (VA, p. 130), «un être» (VA, p. 130) avec un visage «précis et indicible» (VA, p. 130). Ann s'éprend de cette villa, de sa vue immense sur la mer. Elle ne peut pas parler la première fois qu'elle monte sur Villa Amalia. Elle est comblée de bonheur quand la propriétaire Amalia accepte de la lui louer. Elle ne songe même plus à la hutte le long de l'Yonne, ni à sa maison de Paris, ni à la demeure de sa mère en Bretagne. Elle aime de façon passionnée, obsédée Villa Amalia entourée de la mer. Son amour pour Villa Amalia ne peut pas être désigné par les mots que «nous avons appris longtemps après que nous sommes nés» (VA, p. 137). C'est un amour indicible. Ann trouve que «la lumière de la baie de Naples est peut-être la plus belle qui puisse se voir en ce monde. Tout sentait l'eau et ressemblait à l'eau, [...] Elle s'attacha véritablement à ce site qui lui donnait l'impression de vivre au cœur de la mer.» (VA, p. 162) Vivre au cœur de la mer signifie au cœur de la mère, dans le ventre maternel. C'est le premier monde de silence.

Les eaux à l'état naturel sont considérées depuis toujours comme source de vie. Bachelard a noté dans *L'eau et les rêves*: «C'est elle [l'eau] l'élément berçant»; «l'eau est un lait prodigieux» ; «l'eau nous porte, l'eau nous berce, l'eau nous endort, l'eau nous rend notre mère [...]»[1]. Charles Chenogne retourne à Bergheim

[1] Gaston Bachelard, *L'eau et les rêves*, Paris: José Corti, 1991, p.161 et p.178.

et boit un jour une gorgée d'eau de la Jagst, la rivière de sa ville d'enfance. Cette gorgée d'eau le fait songer à son origine. La puissance de l'eau est une puissance silencieuse, discrète. Charles Chenogne ne peut s'empêcher d'exclamer: «C'est l'eau que contenait le ventre de ma mère ! Tout va se jeter dans la Panthalassa !» (SW, p. 398)L'eau du ventre de la mère signifie l'eau de l'origine de vie. Et la Panthalassa peut être considérée comme le symbole du lieu primitif, du monde amniotique, et aquatique, du monde de silence.

3.2 Moment de silence

Ann Hidden devient heureuse quand elle trouve sur l'île Ischia la villa Amalia, un lieu de silence. Et Claire est heureuse d'être en Bretagne, de marcher dans les roches et le bruit de la mer. Chez Quignard, le silence ne se limite pas seulement à un lieu «perdu, isolé, secret, pour échapper aux regards du monde» (LP, p. 164). Il peut aussi s'exprimer par le concept du temps des personnages.

3.2.1 Moments passagers: le point zéro sonore

Dans *Les solidarités mystérieuses*, Claire est heureuse de retrouver son pays d'enfance. Elle est attirée par le soleil. Sa vie en Bretagne se dépend désormais entièrement en fonction du soleil: sous le soleil, des premières lueurs de l'aube aux derniers rayons du soleil couchant.

À l'incipit du conte «La voix perdue», Quignard évoque un moment particulier: «C'était la fin de la nuit et, à ce moment-là, l'aube se leva dans les arbres.»[1] À l'aube,au début de matinée, l'air est à l'état pur, et le corps reste encore «envouté par la nuit» (LP, p. 8). C'est le moment où se partagent la nuit et le jour, le moment de pureté, de douceur et d'apaisement où «une blancheur se projette sur le monde qui se réveille.»[2]

Dans *Tous les matins du monde*, l'aube constitue dès le titre l'heure d'élection de Quignard. Le roman est clos par la phrase: «Ce n'est qu'à l'aube que Monsieur Marais s'en retourna à Versailles.» (TMM, p. 80) L'aube signifie le début d'une

[1] Pascal Quignard, «La voix perdue», dans Adriano Marchetti (dir.), *Pascal Quignard: La mise au silence*, précédé de «La voix perdue» par Pascal Quignard, Actes du colloque de Bologne, 1998, Seyssel: Champ Vallon, 2000, p. 7.

[2] Dominique Rabaté, *Pascal Quignard. Etude de l'œuvre*,Paris: Bordas, 2008, p. 65.

nouvelle carrière artistique ou la renaissance en musique de Marin Marais. Dans d'autres romans, se trouvent aussi des descriptions de ce moment qui est, selon l'auteur, le plus beau de la journée. Le premier rayon de l'aube, «la lumière naissante» (VA, p. 120) est «de l'or à l'état pur» (SW, p. 268). Le début du jour est «sublime» (VA, p. 116) qui suscite l'admiration ou provoque une émotion inexprimable, qui évoque le commencement, l'ouverture ou la naissance: «Le Levant, c'est le pays de la naissance du soleil et de Vénus, le pays de la résurrection, de la jeunesse.»[1] Charles Chenogne ne cache pas son amour pour l'aube, le moment où le jour n'est pas encore paru mais où la nuit se retire. Il ne s'empêche d'exclamer: «Je haïssais l'idée de rater l'aurore, comme si j'avais donné le signe d'une effrayante paresse qui me coûterai l'éternité – ou un peu davantage – pour que le jour m'eût distancé.» (SW, p. 11) Pour lui, le brume au lever du soleil à l'aube transforme l'apparence des choses. C'est «d'une beauté sans nom» (SW, p. 138). Et le protagoniste de *Vie secrète* s'exprime pareillement: «Je connais bien l'aurore. Je ne l'ai jamais manquée.» (VS, p. 178) Dans *Terrasse à Rome*, la quatrième merveille que Meaume montre à son compagnon est un dessin sur lequel on voit des mâts et au loin une tour de mer pâle et encore prise dans «un halo de brume dans le jour tout blanc qui se lève» (TR, p. 31). Il s'agit d'un dessin de paysage de l'aube. Claire, retournée dans son pays d'enfance, marche des mois entiers dans une joie immense. Elle part toujours dans l'obscurité brune, dans la première pâleur du jour, moment où la lumière est incertaine, fabuleuse. L'aube est aussi le moment de prédilection d'Ann Hidden. Elle a l'habitude de quitter l'hôtel entre cinq heures et six heures, dès «les premières lueurs de l'aube» (VA, p. 119). Ann marche sur des sentiers, flâne dans l'herbe et mouille ses pieds dans la rosée de l'aube. Marchant dans «la lumière naissante» (VA, p. 120), elle est curieuse des mœurs des gens dans l'aube. Ann aime le calme, la fraîcheur, les ombres longues et le silence de la fin de la nuit ou du début de la journée. Elle cherche à «se perdre», aime «se perdre», parvient à «se perdre» (VA, pp. 119-120) L'emploi répétitif de l'expression «se perdre» permet de saisir l'état d'âme d'Ann, son désir de s'enfuir dans la nature. Dans la nature, à la lumière de l'aube, elle n'a aucun regret de sa maison de Paris.

[1] Gilbert Durand, *Les structures anthropologiques de l'imaginaire*, Paris: Dunod, 1992, p. 168.

«- Georges, je suis devenue heureuse.

- Mon dieu ! ne dis pas que tu es heureuse.

- Si. Je suis heureuse.

[…]

-Je suis heureuse. Je suis heureuse dans mon île.» (VA, p. 116)

Ann Hidden avoue ainsi à Georges son bonheur retrouvé sur l'île Ischia. Elle lie son bonheur au moment de l'aube, à la ligne de lumière qui soudain se met à luire. Pour Ann, le début du jour est sublime. En revanche, «quand le soleil était là, quand les ruelles et les rues se remplissaient de vie et de hâte, d'odeur de tabac, d'odeur de café au lait, d'odeur d'eau de Cologne» (VA, p. 120), Ann prend un taxi et rentre à l'hôtel. Après le déménagement dans la villa Amalia, elle prend son petit-déjeuner sur la terrasse dans le gris qui précède l'aube. Elle contemple le jour qui se lève, les premiers rayons parfois d'or pâle, parfois blancs dans le silence. Comme d'autres personnages, Ann éprouve beaucoup de «vide», de «détresse», de «désemploi» (VA, p. 160) au haut de la colline. «Chaque l'aube l'attendrissait.» (VA, p. 162) Au lever du soleil, à l'aube, tout le monde devient plus tendre, plus sensible, plus silencieux.

Dans *Terrasse à Rome*, Quignard a fait un portrait de Meaume: «homme âgé, les yeux fermés, à la barbe blanche, la main entre ses jambes, sur une terrasse, à Rome, au crépuscule» (TR, p. 68). Le crépuscule signifie dans cet extrait le temps avant que le soleil soit couché. C'est le moment que le graveur se sent le bonheur d'être libre et de vivre. Dans le rayonnement d'or du dernier soleil, dans «la troisième heure du jour» (TR, p. 68), au crépuscule, Meaume songe dans le moment de silence.

Chez Quignard, apparaît de manière récurrente la description du crépuscule, le temps de repli dans la nuit: «Le jour se retire vers rien. Il s'anéantit. La lumière laisse place à quelque chose de plus fusionnel et confus, obscur puis invisible, heureux, rien, infini» (S, pp. 241-242). Le moment du crépuscule annonce l'entrée dans l'invisible et dans la nuit. Charles Chenogne regarde le grand salon assombri au crépuscule, à la nuit tombée, il ressent une certaine «étreinte» (SW, p. 355) qui marque sa vie. Cette étreinte est de vieilles traces du jadis. Edouard Furfooz ressent aussi dans l'ombre du crépuscule qu'«une espèce de secret absolu» (EC, p. 45) est «à deux pas» de lui.

Dans *La haine de la musique*, Quignard a noté: «Lorsque tombe la nuit il y a un moment de silence.» (HM, p. 134) Le crépuscule est, pour l'auteur, l'instant de la plus grande décroissance sonore. C'est «le point zéro sonore dans l'ordre de la nature.» (HM, p. 134) L'expression «le point zéro sonore» reste énigmatique. Que signifie-t-elle? Dans le même ouvrage, Quignard a continué à affirmer: «C'est l'heure que je préfère. C'est l'heure où, parmi toutes les heures où j'aime être seul, je préfère être seul.» (HM, p. 135) L'emploie répétitif du verbe «préférer» souligne cette heure incomparable du crépuscule, à noter que «dire la préférence, c'est comparer ; comparer c'est chercher à circonscrire l'incomparable»[1].Le crépuscule met en évidence un bord, au-delà duquel la lumière disparaît. Et en même temps, apparaît la nuit comme une trouée sombre dans le reste de la lumière du jour. Il annonce ainsi l'entrée dans la nuit et dans l'invisible. La nuit tombée, tout devient silencieux.

L'aube et le crépuscule signifient respectivement le lever du soleil et la tombée de la nuit. Les deux moments manifestent d'impalpables instants qui produisent l'inconsolable mélancolie et l'espoir à naître. Il s'agit aussi deux moments où les lumières sont relativement faibles. À noter que «terrible est la lumière» (SW, p. 425) qui signifie la naissance, le visible sur terre et la perte du silence. Quignard chante l'aube dans une tonalité rousseauiste. Les personnages romanesques admirent la lueur et le raffinement de l'aube. En même temps, l'auteur note qu'au crépuscule de fin de la journée, «la lumière ne se lève pas» (HM, p. 134) et tout est silencieux.

3.2.2 Le minimum auditif

Dans la nature, à l'aube, l'homme s'éloignant du bruit social reste encore fasciné par la nuit, par ses images séductrices. De l'autre côté, le crépuscule survient «après que les oiseaux se sont tus» et s'étend jusqu'«à ce que les grenouilles commencent à émettre leur chant.» (HM, p. 134) À l'aube et au crépuscule, moments de silence, l'auditif devient plus sensible.

Dans *Tous les matins du monde*, Monsieur de Sainte Colombe et Marin Marais sortent de la maison à la nuit tombante pour récupérer la toile réservée chez le peintre Baugin. Le maître et l'élève rejoignent la Bièvre en aval. Ils perdent la vue à cause

---

[1] Extrait de Michel Deguy, *Actes*, Paris: Gallimard, 1966, pp. 144-155, cité par Pascal Quignard dans *Michel Deguy*, Paris: Seghers, 1975, p. 94.

de la neige qui recouvre toute la campagne et du vent qui siffle fort: «Le vent sifflait ; […] Ils marchaient bruyamment, […], luttant contre le vent qui venait frapper leurs yeux ouverts.» (TMM, p. 39) Ils ne voient rien mais continuent à entendre le bruit de la nature dans l'ombre de la tombée de nuit. Pour Quignard, «les oreilles n'ont pas de paupières» (HM, p. 108). Cette affirmation se base sur un point de vue scientifique selon laquelle l'ouïe est la perception la plus archaïque au cours de l'histoire personnelle, avant même l'odeur, bien avant la vision. Marin Marais entend comment se détache l'aria par rapport à la basse. Et chez Monsieur Baugin, Monsieur de Sainte Colombe demande à Marin Marais d'écouter le son que rend le pinceau du peintre. Les deux musiciens ferment les yeux et écoutent peindre Monsieur Baugin. Sans la vision, les oreilles devenant plus fines, Marin Marais apprend mieux la technique de l'archet dans le silence.

«Le silence ne définit en rien la carence sonore: il définit l'état où l'oreille est le plus en alerte.» (HM, p. 135) Au seuil de la nuit ou du jour, l'oreille fine se représente l'alerte de la proie envers le prédateur ou le danger potentiel. Quand le prédateur s'approche, le silence au maximum de la proie signifie la conscience de la mort. L'oreille devient plus sensible, plus fine dans le silence. C'est à se tenir en alerte envers l'ennemi que consiste la fonction la plus archaïque de l'oreille.

Dans *L'obvie et l'obtus,* Roland Barthes montre le processus de l'évolution de l'écoute. Pour ce faire, il propose deux termes: l'écoute appliquée et l'écoute panique. La première, qui fait référence à «un acte intentionnel d'audition»[1], est proche de l'alerte, c'est-à-dire de l'oreille qui se tend à la recherche d'indices et qui peut les reconnaître. Avant l'écoute appliquée, il y a une écoute primitive où le monde sonore révélait des menaces ou des possibilités de prédation.

L'écoute primitive de Barthes correspond bien à «l'oreille en alerte envers les ennemis» de Quignard. À l'origine, il n'existe pas de différence essentielle entre l'humain et l'animal. Tous les deux se trouvent dans la chaine biologique de la prédation. Ils sont tout le temps en alerte pour se protéger et ouïssent sans un instant de cesse. «Il n'y a pas de sommeil pour l'audition.» (HM, p. 110) Au moment du silence, l'audition devient la plus fine et apparaît à l'homme la fonction originelle de

[1] Roland Barthes, *L'obvie et l'obtus*, *Essais critiques III*, Paris: Seuil, 1982, p. 228.

l'oreille, la même que l'animal.

3.3 Etat de silence

Dans *Vie secrète*, Quignard a noté: «Il y a deux mondes: le social et l'asocial (le culturel et le naturel, l'humanité et l'animalité).» (VS, p. 232) Si les personnages romanesques, comme nous avons déjà démontré, aspirent à une vie silencieuse et abandonnent tout ce qui appartient au social, s'ils choisissent l'asocial, ils font partie de toute évidence du naturel et de l'animalité. Leur décision de s'écarter de tous, leur «choix périphérique surgit dès le premier foyer dans les bandes animales» (OE, p. 156). L'animalité est figurée par la modalité sensitive et émotionnelle de la relation du sujet et le monde extérieur. Dépourvue du langage, elle signifie depuis toujours le silence.

Le philosophe italien, Georgio Agamben indique que «la civilisation occidentale et sa modernité sont étroitement liées à la façon dont l'humanité a pensé sa séparation d'avec l'humanité»[1]. La relation entre l'être humain et le monde animal constitue un des problèmes centraux des réflexions des penseurs. Quignard a fait dans ses œuvres une réévaluation entre humanité et animalité. Selon lui, l'humanité n'est jamais séparée de l'animalité, mais au contraire, elle n'est qu'une version relativement récente de l'animalité. L'homme chez Quignard est placé, au sens plein du terme, parmi les animaux. Et ses œuvres se déploient «dans l'espace de la perte de sens du projet humaniste historique et épistémologique» et se caractérisent par «la reprise en compte de l'animalité comme inhérente à l'humanité»[2].

3.3.1 *L'homme, un animal pulsionnel*

Etymologiquement, «animal» en latin est «anima» qui signifie «souffle de vie». Littéralement, l'animal se définit au sens plus élargi comme être vivant, organisé qui est doué de sensibilité et de mobilité. Selon le sens étymologique, il n'existe pas de différence essentielle entre humain et animal.

Pour Quignard, l'homme n'a jamais connu le détachement du «règne animal» (RS, p. 37). L'auteur s'oppose plutôt à l'hypothèse éthologique de Descartes selon

---

[1] Cité dans Jean-Louis Pautrot, *Pascal Quignard ou le fonds du monde*, Amsterdam-New York: Rodolpo, 2007, p. 186.

[2] Jean-Louis Pautrot, *Pascal Quignard ou le fonds du monde*, Amsterdam-New York: Rodolpo, 2007, p. 186.

laquelle l'animal est dénué de conscience ou de pensée[1]. Il ne sépare pas l'homme et l'animal. Dans ses romans, les personnages se comparent avec des animaux. Ils ont la conscience de retrouver les instincts primaires des animaux en eux-mêmes. «Tout geste social, réflexif ou artistique semble émaner d'un comportement animal.»[2] Dans *Le lecteur*, l'appétit de lecture du héros s'entend «comme une bête a faim»[3]. Apronenia Avitia grave sur ses tablettes que l'amour est à l'espèce «comme le sexe ou les mamelles qui l'accompagnent et qui permettent de la reproduire et qui ne définissent rien de proprement humain» (TBAA, p. 117). Pour Edouard Furfooz, l'amour est aussi comme ce que grave Apronenia Avitia, un «sentiment peu humain» (EC, p. 191). Edouard compare sa passion de collectionneur de jouets à une réflexion de rapace. Pour lui, c'est «l'instinct de fonder et de ravir» (EC, p. 243). Edouard aime les chats parce qu'ils se taisent comme à jamais, comme «définitivement» (EC, p. 284). La mention du côté animal de l'homme faite par les personnages indique que l'animalité est une substance cachée chez l'homme.

De plus, se sentant inapproprié et trop seul, Edouard Furfooz ne parvient pas encore à s'installer dans l'appartement et à y vivre. Il se dit que les hommes sont des «larves» et que les appartements sont des «fourreaux» (EC, p. 307). L'emploi du terme «larve» souligne l'insignifiance et l'absence de valeur de l'humain. Et le «fourreau» montre l'étroitesse de l'appartement de l'homme et la préférence de la nature comme demeure idéal. Charles Chenogne découvre que nous, les humains, avons été «poissons» et «les plus sages d'entre nous sont demeurés, jadis, dans les lacs du carbonifère.» (SW, p. 129) De plus, le chant de Mademoiselle Aubier est comparé par lui comme une scène animale: «Mademoiselle Aubier, la bouche s'ouvrir, la petite 'meute' que nous formions qui se mobilise pour regarder la 'proie' – la proie fût-elle un papillon –, la proie se prenant les pieds et tombant et nos lèvres se retroussant dans le rire, et les chasseurs la dépeçant et la mangeant [...]» (SW, p. 32). L'emploi répétitif du terme «proie» fait songer à la chasse de l'origine de vie. Sur ce

❶ Voir notamment la lettre de Descartes au marquis de Newcastle, 23/11/1646, *Œuvres et lettres*, Paris: Gallimard, 1937, pp. 1255-1257.

❷ Jean-Louis Pautrot, «Humain-animal: l'ultime frontière», dans Irène Fenoglio, Verónica Galíndez-Jorge (dir.), *Pascal Quignard. Littérature hors frontières*, Paris: Hermann, 2014, p. 31.

❸ Pascal Quignard, *Le lecteur*, Paris: Gallimard, 1976, p. 68.

point, Charles Chenogne dit qu'il retrouve le réflexe de la chasse dans les activités sociales ritualisées telles que les concerts: «Nous formons toujours de petits groupes de chasseurs du Quaternaire qui répétons la chasse éternelle.» (SW, p. 32) Marin Marais avoue une conception similaire quand il quitte son amante, Madeleine: «La vie est belle à proportion qu'elle est féroce, comme nos proies.» (TMM, p. 87) Ann Hidden éprouve au terme de sa fugue sociale «la peur souche» (VA, p. 115) et aspire à une solitude radicale. La peur souche et la solitude radicale font partie importante de l'animalité. Dans *Terrasse à Rome*, Monsieur de Sainte Colombe et Meaume visitent «la galerie des ancêtres», faite non de portraits mais d'un vivarium avec «des salamandres, des tritons, des lézards, des tortues, des escargots, des crabes qui s'entredévorent dans des aquariums.» (TR, p. 56) Ces animaux sont les ancêtres de l'être humain. Autrement dit, l'homme provient de l'animal.

«Il y a chez Quignard comme une intuition que le secret des animaux, le secret de la nature, est aussi le secret de l'humain.»[1] Quignard emprunte certaines notions à Heidegger. Aux yeux de notre auteur, l'animal est au cœur de l'humain et l'humanité consiste en une suspension et une désactivation de la fonction animale désirante. Les animaux, la nature et l'humain font un ensemble inséparable.

Pourtant, sous la violence de l'anthropocentrisme, l'homme oublie qu'il est né animal et se sent supérieur à l'animal. A ce phénomène, Quignard garde l'esprit lucide. Il a noté à plusieurs reprises dans ses œuvres que l'homme n'était pas le centre du monde. Selon lui, l'humain n'est qu'une version relativement récente, socialisée de l'animal. Son œuvre propose «une lecture zoologique de la société humaine»[2].

Par la création littéraire, Quignard remonte au monde animal en quête de l'origine de la société humaine et des activités humaines. La chasse aux fauves, en tant qu'étape charnière de la formation de la société humaine, fournit à Quignard ample matière à réflexion. Il s'agit d'une des activités fondamentales de l'homme pour assurer sa survivance. La chasse, cette activité cruelle, est d'abord individuelle et devient finalement collective avec l'apparition des outils. La chasse collective permet

---

[1] Jean-Louis Pautrot, «Humain-animal: l'ultime frontière», dans Irène Fenoglio, Verónica Galíndez-Jorge (dir.), *Pascal Quignard. Littérature hors frontières*, Paris: Hermann, 2014, pp.40-41.

[2] Mireille Calle-Gruber et Anaïs Frantz (dir.), *Dictionnaire sauvagePascal Quignard*, Paris: Hermann, 2016, pp. 111-112.

la naissance de la société humaine et sa division en deux groupes: celui de dominants et de dominés. Ce genre de groupes précède la société humaine et existe dans la nature, dans le monde animal. Et l'homme y ajoute seulement des règlements pour que la société ait l'air plus complexe. Bref, l'animalité est non seulement l'origine de l'humain, elle pousse aussi la formation de la société humaine, ou même elle dirige également des activités humaines. Il ne faut pas donc s'opposer l'humain à l'animal, car l'humain est trempé dans l'animalité, dans la barbarie, dans la brutalité.

L'œuvre de Quignard se déploie «dans l'espace ouvert par la perte de sens du projet moderne occidental et humaniste, qui se fondait sur la différence avec l'animal.»[1] L'auteur lui-même choisit comme emblème personnel le sanglier chinois qui est cher au maître taoïste Tchouang-Tseu. Le sanglier, dont l'étymologie est «*singularis porcus*» signifie «le porc qui préfère être seul» (VS, p. 227). Ce porc qui ne veut pas être «rose» et déteste le«*happy end*» (VS, p. 227). Le sanglier devient le symbole réfractaire du solitaire et l'individualité vivante exemplaire.

«L'Être aux yeux des humains n'a pas encore tout à fait perdu sa zoologie.» (LZ, p. 280) La conception de l'homme-animal de Quignard peut se résumer ainsi: L'animal n'est pas un étranger en nous, car nous sommes nés animaux. L'humanité ne s'émancipe pas de la «bêtise» (SE, p. 205), de l'animal. Ainsi, la nature animale de l'humain est une constante de son œuvre.

3.3.2 Retour au silence animal

Dans les romans de Quignard, des personnages retournent, à la fin de leur vie, à l'état sauvage, à l'animalité. Claire a «une tête d'oiseau rapace. Elle est restée, en vieillissant, comme un roseau. Un vieux roseau» (LSM, p. 106). Elle passe son temps à errer en compagnie des oiseaux de mer et des merles, dans «le trésor invraisemblable, la zone de spontanéité de la nature» (LSM, p. 235), mais c'est aux crabes qu'elle semble le mieux s'assimiler, au point de boire l'eau de la mer. Et Ann devient «un escargot de Bourgogne» et se retranche dans «sa coquille.» (VA, p. 46). Elle se sent que sa vie se fait de plus en plus «intérieure» (VA, p. 281) au fond de son corps. La vie intérieure indique son retour au jadis, son retour de l'humain à l'animal.

[1] Jean-Louis Pautrot, «Humain-animal: l'ultime frontière», dans Irène Fenoglio, Verónica Galíndez-Jorge (dir.), *Pascal Quignard. Littérature hors frontières*, Paris: Hermann, 2014, p.38.

À noter que cette dépersonnalisation constitue un indice du mythe du retour de l'homme.

Dans *Terrasse à Rome*, un chapitre entier est consacré à la description d'une grande galerie. Un groupe d'artistes composé de Monsieur de Sainte Colombe, Abraham Van Berchem, et Meaume s'y rendent visite. La galerie comprend deux longues files de petits aquarium et vivariums remplis de petits animaux qui s'entre-dévorent dans les aquariums. Monsieur de Sainte Colombe estime qu'il s'agissait de la galerie des ancêtres: «Les aïeules sont là, en train de manger encore.» (TR, p. 57) Et leur visite de cette galerie peut être considérée comme un retour à l'animalité.

Chez Quignard, les personnages sont en rupture définitive avec tous les liens sociaux et familiaux. Ils quittent le «clan» plein de bruit et retournent à la nature pour une vie silencieuse. Ils mènent leur nouvelle vie parmi les animaux, dans les «bandes animales.» (OE, p. 156). Ils se passent pour les animaux.

Les personnages quignardiens retournent ainsi au monde où il n'y a pas de langage, au monde où il n'y a pas de distinction entre l'humain et l'animal, au monde «d'avant la terre émergée, le temps, les prêles, les langues» (PTI, p. 21). À la fin de *Carus*, l'auteur fait dire Recroît: «Nous sommes des hommes tissus de langues et de tissus.» (C, p. 368) Selon Quignard, «[…] il faut ôter la peau de l'homme, la page de l'homme, le dévêtir de l'humanité.»[1] Dévêtir de l'humanité, c'est de retrouver l'animalité, car la nudité du corps humain représente sa primitive parenté avec la forme animale.

Ce qu'a écrit Quignard sur l'animalité immanente à l'anthropomorphose nous fait penser à l'anthropogenèse de Heidegger. Pour le philosophe allemand, à qui Quignard a emprunté des notions importantes, l'animal est au cœur de l'humain et l'animalité est inhérente à la société humaine. L'humanité consiste en «une suspension» et «une désactivation»[2] de la fonction animale désirante.

«Quignard rejoint le réexamen de l'anthropocentrisme qui se poursuit de nos jours et qui, depuis Darwin, est passé par Heidegger, les surréalistes, Bataille, et

---

[1] Chantal Lapeyre-Desmaison, *Mémoires de l'origine, un essai sur Pascal Quignard*, [Paris: les Flohic, 2001] Paris: Galilée, 2006, p. 45.

[2] Cité dans Jean-Louis Pautrot, *Pascal Quignard ou le fonds du monde*, Amsterdam-New York: Rodolpo, 2007, p. 186.

l'anthropologie structurale.»[1] Cette remarque faite par Jean-Louis Pautrot dans son ouvrage peut être considérée comme une parfaite conclusion en ce qui concerne les idées sur l'humain et l'animal de l'auteur.

[1] Jean-Louis Pautrot, *Pascal Quignard*, Paris: Gallimard, 2013, p. 74.

Conclusion de la première partie

Quignard est averti de son époque. À l'instar de Joyce, pour qui l'idée du paradis, d'un monde de silence est désormais impossible au XXe et au XXIe siècle, il constate également qu'un tel monde a depuis longtemps disparu. Il va quand même en construire un dans son univers romanesque.

Dans les romans de Quignard, les personnages semblent partager un air de famille. Ils aiment le silence et choisissent le silence en qualité du choix de mode de vie. Le silence témoigne d'une volonté de rester hors du monde social, garanti notamment par l'usage de la parole. Les personnages romanesques exemplifient un mode de vie marginale ou périphérique qui fait partie de la conséquence d'un idéal non social. Dans ce sens, il a même une dimension «politique»[1]. Les personnages veulent vivre hors de la *polis* et être indifférent au social et à ses lois que véhicule le langage.

Lors de l'entretien avec Catherine Argand, Pascal Quignard a avoué qu'il ne prônait pas la splendeur de la vie isolée, car on ne pouvait jamais se débarrasser de la langue qu'on avait apprise enfant, que l'on ne pouvait non plus se soustraire au temps et à la société dans laquelle on vivait et sans lesquels on n'était rien. En revanche, il prônait le vouloir d'être le plus individualisé possible, le plus imprévisible possible. Il a éclairci davantage son point de vue: «Au plus près, au plus profond de ce que je ressens, entre l'animalité dont je suis issu et la société où je me trouve. Pour moi, ça passe par le retrait, le silence.»[2]

Pour l'auteur, «nous sommes tous des vestiges de l'ombre»[3]. Le silence s'associe dans ce sens à l'origine de la vie de l'homme. Pourtant, dès la naissance, l'homme

---

[1] Chantal Lapeyre-Desmaison, *Mémoires de l'origine, un essai sur Pascal Quignard*, [Paris: les Flohic, 2001] Paris: Galilée, 2006, p. 41.

[2] Catherine Argand, «Pascal Quignard», *Lire*, février 1998, p. 86.

[3] Entretien télévisuel avec Guillaume Durand, émission *Esprits libres*, France 2, le 7 octobre 2007, lors de la parution de *La nuit sexuelle*.

se sépare du silence originaire et entre dans le vacarme social. Il connaît sans cesse exils, douleurs, trahisons, mort, etc. De plus, la vanité des occupations mondaines, la futilité du bavardage quotidien détourne l'homme de la recherche la plus importante.

Les personnages quignardiens vivent dans une société de crises dans tous les domaines et voient l'aspect inquiétant social. Pourtant, ils ne s'y enfoncent pas. Vis-à-vis au vacarme social, ils gardent le sang-froid et sont conscients que le silence constitue un élément nécessaire pour méditer, créer, pour être le plus individualisé, le plus imprévisible.

Par dégoût pour le bruit social et par aspiration d'une vie silencieuse, les personnages se décident à échapper définitivement au social. Ils éprouvent un refus catégorique envers les identités sociales et familiales, choisissent la solitude absolue et l'amour interdit.

Les personnages retournent finalement à la nature et y mènent une vie silencieuse à l'abri des valeurs d'échange, du pouvoir et du discours. Ils s'installent dans des maisons cachées dans la nature avec un jardin clos et un cours d'eau. Ils n'ont plus besoin de respecter l'horaire social. Et dans le silence, ils font un ensemble avec la nature, avec le paysage, avec les animaux dont ils sont issus. Il s'agit d'une union, d'une harmonie «aisée et naturelle» (EC, p. 358).

En pleine nature, en pleine liberté, une nouvelle vie s'ouvre et les personnages se dédient à la musique ou à l'écriture, art de solitude qui provoque la désocialisation. La désocialisation signifie se retirer du monde, se mettre à l'abri, se tenir à l'écart, la sécession. Un vœu de silence qui frappe la parole est donc censé tourner vers une conversation intérieure, vers la création artistique.

〉〉〉

Deuxième partie: Musique et silence

〈〈〈

Introduction

Fin des années 70 du siècle dernier, le philosophe-musicologue Vladimir Jankélévitch constate qu'en France chez les poètes et intellectuels, l'amour de la musique n'est pas reçu comme une évidence mais considéré plutôt comme «une anomalie»[1]. Avec Pascal Quignard, cette «anomalie» a définitivement changé. Le parcours de vie personnelle ou de carrière de l'auteur a été associé à la musique[2]. Ce qui importe surtout, c'est que ses œuvres en témoignent, voire y contribuent.

La musique constitue un élément primordial et constant dans l'ensemble des œuvres de Quignard, tant dans ses romans que dans ses essais. De son affirmation paradoxale quant au rapport entre l'écriture et la musique, – «il n'y a aucune différence entre écrire un livre silencieux et faire de la musique»[3]–, se voit la place importante de la musique dans l'œuvre de Quignard.

L'auteur a fait des réflexions approfondies sur la musique. La musique constitue une source importante de l'inspiration de son écriture. D'une part, les romans sont peuplés de musiciens ou compositeur[4] et les histoires se déroulent autour d'eux. D'autre part, à travers les œuvres qui gravitent autour de figures de musiciens, Quignard préserve une précieuse mémoire musicale et propose une vision particulière de la musique. Pour la musique, Quignard éprouve une fascination et ne cesse d'y revenir. Il a confié dans des entretiens qu'un morceau musical accompagnait toujours l'écriture de chacun de ses livres et qu'à chaque projet de livre correspondait une

---

❶ Vladimir Jankélévitch et Béatrice Berlowitz,*Quelque part dans l'inachevé*, Paris: Gallimard, 1978, p. 246.

❷ À noter que la branche familiale paternelle de Quignard forme une lignée de musiciens, organistes de génération en génération depuis le XVIIe siècle, principalement en Alsace et dans le Wurtemberg. Enfant, l'auteur a appris le piano et l'orgue, puis le violon et l'alto. Devenu père, il a étudié le violoncelle pour jouer avec son fils. Quignard a tenu en été 1968, durant une brève durée l'orgue d'Ancenis et a présidé durant des années le Festival international de l'art baroque de Versailles.

❸ Catherine Argand, «Pascal Quignard», *Lire*, février 1998, p. 89.

❹ Il y a notamment Charles Chenogne dans *Le salon de Wurtemberg*, Monsieur de Sainte Colombe et Marin Marais dans *Tous les matins du monde*, Ann Hidden dans *Villa Amalia*.

ritournelle qu'il inventait et qu'il pouvait jouer.

Comme ce qu'a noté Vladimir Jankélévitch dans sa *Musique et l'ineffable*, la musique pour Quignard, est «une espèce de silence[...], le mélodieux silence»[1]. Autrement dit, le charme de la musique réside dans le silence, puisque la mélodie n'est possible que par des pauses silencieuses qui entourent le son. La musique est de cette manière un travail du silence, plus que toute autre forme artistique. Elle est née et se nourrit du silence. À noter que depuis toujours, le silence est un terme et un signe de musique. Il désigne l'interruption du son, la pause ou le soupir[2]. Dans la musique, à travers ses personnages-musiciens de ses romans, Quignard vise à imaginer une musique qui vaut notamment par le silence expressif. Pour lui, ce qui compte dans une mélodie, ce ne sont plus les notes musicales, mais le silence que ces dernières permettent de percevoir.

La vision musicale de Quignard nous fait penser à une pièce musicale pour piano créée en 1952 par John Cage[3]. Dans cette pièce intitulé *4'33"*, le pianiste reste silencieux pendant toute la durée, soit quatre minutes trente-trois secondes. Le public n'entend que les bruits imprévisibles de l'environnement. Les recherches expérimentales de Cage réussissent à libérer la musique des notes et montrent que c'est le rien ou le silence qui engendre la musique.

Le silence est ainsi l'origine de la musique. Autrement dit, la musique est née du silence. Et sa nature réside en l'inaudible, l'indicible et l'invisible. Elle est capable de dire les douleurs ou les pertes inexprimables par paroles. Mais dans la société

---

❶ Vladimir Jankélévitch, *La musique et l'ineffable*, Paris: Seuil, 1983, p. 172.

❷ En musique, quand un silence dure un temps, on l'appelle un «**soupir**» qui dit bien la valeur expressive du silence musical, car dans la vie courante, le soupire exprime l'émotion que, pour une raison ou une autre, «le locuteur décide de ne pas énoncer. C'est le soupir d'agacement qui ne se traduit pas par des mots afin de ne pas engendrer le conflit, ou c'est le soupir de la rêverie amoureuse qui ne veut pas se trahir par des aveux.» (Marion Coste, «Pascal Quignard. Entre le refus du langage et l'impossibilité de se taire, le silence musical», dans *VOX & SILENTIUM Études de linguistique et littérature romanes*, Gina Maria Schneider, Maria Chiara Janner, Bénédicte Élie (éds.), Bern: Peter Lang, 2015, pp. 101-111.)

❸ John Cage (1912-1992), compositeur américain et l'élève de Schönberg qui décèle en lui un «inventeur de génie». Sa production, devenue fluviale (plus de 60 partitions de 1987 à 1992), a ouvert la voie à toutes les innovations de la fin du XXe siècle en matière musicale. En 1952, Cage a créé la pièce silencieuse *4'33"* et cette année est considérée comme l'année charnière du compositeur.

moderne, la musique se multiplie à tout niveau et s'éloigne de son origine. Elle perd peu à peu sa valeur artistique et devient du bruit insupportable, voire une forme de terreur ou pollution.

Vis-à-vis de ce phénomène, Quignard signale que quand la musique devient repoussante, c'est le silence qui constitue «le vertige moderne» et «un luxe exceptionnel» (HM, p. 254). Il donne une «leçon de musique»[1] à la recherche d'une musique silencieuse. Sa leçon peut être résumée ainsi: la vraie musique n'est liée ni à l'instrument, ni à la technique, mais au sentiment.

Quignard a fait dire Monsieur de Sainte Colombe dans *Tous les matins du monde* que les sanglots de la douleur étaient «plus près de la musique» (TMM, p. 46) que les gammes. Cela correspond à ce qu'a pensé le musicien Claude Debussy de la vraie musique: «Seul un cœur destiné à la musique fait les plus belles découvertes.»[2] La vraie musique est faite par le cœur, par les sentiments au fond du cœur.

Faisant écho à sa leçon de musique, Quignard a inventé des expressions oxymoriques comme «le piano silencieux», «le concert silencieux», ou «l'interprétation à la muette». Il a écrit que dans l'enseignement de la musique, ce qui compte, ce n'était point la technique mais «l'attention elle-même» (VS, p. 66). Et l'attention, c'est la possibilité de concentration et de «jaillissement irrépressible» (VS, p. 66) au sein du silence.

Pour Quignard, la musique réveille chez l'auditeur le monde pré-natal ou pré-linguistique. Elle illustre la détresse originaire. À travers ses personnages-musiciens, l'auteur vise à refonder ou rétablir la musique de silence dans la nature sur les trois principes présentés ci-dessus.

Dans cette partie, nous allons consacrer le premier chapitre à l'analyse de

---

[1] Il s'agit du titre d'un ouvrage de Pascal Quignard. (Pascal Quignard, *La leçon de musique*, Paris: Gallimard, 1987.)

[2] Claude Debussy, «M. Claude Debussy et Le Martyre de Saint Sébastien (Interview par Henry Malherbe)», *Monsieur Croche*, Gallimard: Paris, 1987, p. 325.

la nature de la musique, de la fonction musicale et de «la haine de la musique»[1] moderne. Nous voulons d'abord mettre en lumière le silence comme l'origine de musique. La musique originaire joue le rôle de dire les douleurs inexprimables. Avec le développement social, la musique devient de plus en plus insupportable. Nous essaierons d'éclaircir le processus du changement de la musique. Et le traitement de la nature de la musique sera mis en accent dans ce chapitre.

Le deuxième chapitre sera consacré à l'étude de la leçon de musique de Quignard. La teneur de la leçon peut se résumer ainsi: L'instrument n'est pas la musique ; la technique ne l'est non plus ; la musique réside en expression des sentiments, en lamentation du perdu. Dans ses œuvres, Quignard a de l'estime pour la musique habitée par le silence, au lieu de celle qui est foisonnante, pleine de notes.

Dans le troisième chapitre, nous ferons une analyse de la musique de silence dans la nature. On la nomme la musique naturelle non seulement parce qu'elle est créée en pleine nature, mais qu'elle indique la musique dont la signification est absente. Grâce à la musique naturelle, l'homme peut retourner à son état originaire de l'Entendre pur d'un côté. De l'autre côté, il réalise finalement le désenchantement de la musique par deux voies principales: composer une musique de plus en plus simple ou s'adonner à l'écriture.

Chez Quignard, la musique est une ouverture à la source originaire dans un au-delà du langage et de l'homme. C'est la pulsation secrète et inaudible du cosmos. C'est aussi ce que dit Lao-tseu, fondateur du taoïsme chinois qui inspire Quignard: «La Grande musique a le son le moins audible.»[2]

---

❶ Il s'agit du titre d'un essai théorique publié en 1996 de Pascal Quignard. (Pascal Quignard, *La haine de la musique* [1996], Paris: Gallimard, 1997) Dans cet ouvrage, Quignard vise à interroger les liens que la musique entretient avec la souffrance sonore. L'expression «la haine de» est reprise du titre de Georges Bataille pour qui Quignard ne cache pas son admiration. Bataille avait voulu intituler son essai *L'impossible* «La haine de la poésie». Il a écrit: «Il me semblait qu'à la poésie véritable accédait seule la haine. La poésie n'avait de sens puissant que dans la violence de la révolte. Mais la poésie n'atteint cette violence qu'évoquant *l'impossible*.» (Préface de *L'impossible*, cité dans Mireille Calle-Gruber et Anaïs Frantz (dir.), *Dictionnaire sauvagePascal Quignard*, Paris: Hermann, 2016, p. 249.)

❷ Lao Tseu, *Tao Te king*, traduit et commenté par Marcel Conche, Paris: PUF, 2003, p. 230.

Chapitre I La musique: du silence à la haine

La musique est universelle chez l'homme. Le qualificatif «universel» a double sens. La musique est présente presque dans toutes les cultures d'une part. D'autre part, elle apparaît «spontanément à un stade précoce du développement ontogénétique de l'être humain»[1]. Cet art universel, ainsi que ses origines et son évolution attirent de plus en plus le regard des écrivains qui l'abordent et le traitent sous de différents angles. Claude Dauphin, dans sa présentation de *Dictionnaire de musique de Rousseau*, a signalé que le sujet de la musique a même été traité comme allégorie esthétique. Sur la liste des noms d'auteurs, tels que «E. T. A. Hoffmann, Stendhal, Nietzsche, Gide, Jankélévitch»[2], apparaît aussi le nom de Quignard.

Quignard compte l'un des écrivains contemporains qui écrivent le plus souvent la musique. D'abord, la plupart de ses personnages romanesques sont des musiciens (virtuose de la viole de gambe, violoncelliste, pianiste, compositeur, etc.). Par la narration de leur vie et de leurs activités musicales, l'auteur a exprimé de manière implicite ses visions de la musique. Ensuite, Quignard a publié parallèlement des ouvrages dont la musique est le thème central. Parmi les ouvrages traitant de la musique, deux essais *La leçon de musique* et *La haine de la musique* qui sont publiés respectivement en 1987 et 1997 restent en qualité d'ouvrages de référence dans l'ensemble des œuvres quignardiennes. À noter que la première partie de *La leçon de musique* intitulée «Un épisode tiré de la vie de Marin Marais» joue le rôle de prélude à *Tous les matins du monde*. Les réflexions de la musique dans les deux essais se complètent celles dans les romans. Du point de vue général, la pensée musicale de Quignard se concentre notamment sur la nature de cet art.

---

❶ Irène Deliège, Olivia Ladinig et Oliver Vitouch, *Musique et évolution: Les origines et l'évolution de la musique*, Bruxelles: Pierre Mardaga Editeur, 2013, p. 3.

❷ Jean-Jacques Rousseau, *Dictionnaire de musique*, édition préparée et présentée par Claude Dauphin, Paris: Actes Sud, 2007, p. XI.

1.1 Qu'est-ce que la musique

«Qu'est-ce que la musique?» est une question posée par Gabriel Fauré, compositeur souvent sous-estimé à la charnière de deux siècles du romantisme finissant au premier XXe siècle, dans ses *Lettres intimes*[1]. La nature de la musique, sa définition et ses frontières restent depuis toujours un sujet polémique au cours de l'histoire de la musique occidentale.

Georges Steiner est un célèbre critique littéraire américain. Il éprouve, comme les personnages quignardiens, un refus catégorique à toutes identités sociales et se définit simplement comme «maître de lecture». Steiner a indiqué clairement dans son *Langage et silence*: «Je m'oppose souvent à la surestimation du pouvoir de l'analyse musicale qui va inéluctablement vers ce que je repousse: cette dernière envisage toujours de faire connaître de quelle manière se façonne la musique. Toutefois, c'est en quoi consiste la musique que je compte transmettre.»[2] Alors, en quoi consiste la musique?

Au terme de *Tous les matins du monde*, le roman «où se donne le mieux à lire le geste du musicien»[3], durant le dialogue final entre le maître et le disciple, Monsieur de Sainte Colombe affirme que la musique n'est ni tout à fait humaine ni pour le roi. Marin Marais propose que la musique soit pour «Dieu», «l'oreille», «l'or», «la gloire», «le silence», «les musiciens rivaux», «l'amour», «le regret de l'amour» (TMM, p. 78), etc. Pourtant toutes ses propositions sont niées et rejetées par son maître.

«(Marin Marais) – [...] Je crois qu'il faut laisser un verre aux morts…
(Monsieur de Sainte Colombe) – Aussi brûlez-vous.
(Monsieur de Sainte Colombe) – Un petit abreuvoir pour ceux que le langage a désertés. Pour l'ombre des enfants. Pour les coups de marteaux des cordonniers. Pour les états qui précèdent l'enfance. Quand on était sans

1 Gabriel Fauré, *Lettres intimes*, présentées par Philippe Fauré-Frémiet, Paris: La Colombe, 1951.

2 (美) 乔治·斯坦纳:《语言与沉默：论语言、文学与非人道》，李小均译，上海：上海人民出版社，2013，第 145 页。"我经常反对过高估计音乐分析的力量，因为它必然走向我一向抗拒的东西：它总是想告诉人们音乐是怎样做出来的，而我一直在想告诉人们音乐是什么?" (C' est nous qui traduisons du chinois.)

3 Jean-Louis Pautrot, «La musique de Pascal Quignard», *Études françaises*, *Pascal Quignard, ou le noyau incommunicable*, vol. 40, n° 2, 2004, p. 56.

souffle. Quand on était sans lumière.» (TMM, pp. 78-79)

Monsieur de Sainte Colombe passe à Marin Marais le secret musical qui demeure toujours énigmatique. Cette énigme nous servira comme point de départ pour mettre en lumière la nature de la musique.

1.1.1 La musique est l'inaudible

Dans *Tous les matins du monde*, engagé à la cour et chassé par son maître de chez lui, Marin Marais, par peur de ne pas entendre les airs les plus beaux du monde, se rend tard chaque soir en cachette à la cabane de Monsieur de Sainte Colombe et écoute avec l'oreille collée à la paroi de planche son maître jouer de la musique. Il fait ainsi non sans courir le risque d'être découvert et d'être donné «des coups de pied» (TMM, p. 49), mais la musique le fascine. Le verbe «fasciner» renvoie au terme *fascinare* qui vient de *fascis*, *faisceau*, *fagot* ou *fascinum* dont le sens originel est celui du lien par lequel les éléments d'un fagot sont ligotés. «Être fasciné» évoque la soumission d'un sujet à ce qui le fascine et un détachement de la conscience, sorte de division ou d'oubli du moi. «Être fasciné par la musique», ce genre de scène nous fait penser à un ouvrage publié en 2008 sur la musique de Quignard. La source de l'ouvrage intitulé *Boutès*[1] fait référence au quatrième chant des *Argonautiques* d'Apollonios de Rhodes[2]. Et le passage grec du combat entre les héros homériques et

[1] À noter que Pascal Quignard annonce le sujet de l'ouvrage de manière mélancolique: «Pendant juste un instant, le temps d'un livre, le temps d'un petit livre, le temps d'un dernier petit livre voué à la musique, je veux faire porter l'attention sur la figure beaucoup plus méconnue qui est celle de Boutès.» (Pascal Quignard, *Boutès*, Paris: Galilée, 2008, pp. 15-16.) Sur l'évocation des figures méconnues dans les romans quignardiens, nous en traiterons dans la troisième partie du présent travail.

[2] Voilà le fragment du texte grec en entier: «Bientôt ils aperçurent une île, la belle Ile-aux-fleurs (Anthémoessa), où les mélodieuses Sirènes, filles d'Achélôos, faisaient périr de leurs doux chants ensorceleurs quiconque jetait l'amarre auprès d'elles [...] Pour les héros aussi, sans vergogne, leur bouche faisait entendre une voix de cristal et, de la nef, ils s'apprêtaient déjà à jeter les amarres sur la grève, si le fils d'Oiagros, Orphée le Thrace, n'avait tendu de ses mains sa cithare bistonienne ; il entonna sur un rythme rapide un air allègre pour brouiller leur chant en assourdissant les oreilles sous les coups du plectre: la force de la cithare triompha de la voix virginale. Le navire était emporté à la fois par Zéphyr et la vague sonore qui s'enflait du côté de la poupe: les Sirènes ne laissaient plus entendre que des sons indistincts. Néanmoins, le noble fils de Téléon, seul de ses compagnons, devançant tout le monde, avait déjà sauté de son banc poli dans la mer ; Boutès, le cœur envoûté par la voix mélodieuse des Sirènes, nageait à travers les flots bouillonnants pour aborder, le malheureux !» (Apollonios de Rhodes, *Argonautiques*, tome III, chant IV, texte établi et commenté par Francis Vian, traduit par Émile Delage et Francis Vian, Paris: Les belles lettres, 1981, pp. 108-109.)

les Sirènes constituent la matière fondamentale à nombreuses réflexions, dont celles de Quignard. À l'incipit de *Boutès*, Quignard a écrit:

> «Ils (les rameurs) rament. Le vaisseau s'approche de l'île aux oiseaux à tête de femme qui sont nommés en grec Sirènes. Tout à coup une voix féminine et merveilleuse s'élève. [...] Elle provient de l'île. Aussitôt ils veulent s'arrêter ; [...] entendre ce chant [...].» (B, p. 9)

Dans le passage cité, les rameurs, comme Marin Marais émerveillé par la musique de Monsieur de Sainte Colombe, sont fascinés par le chant de Sirènes. Au risque de la vie, ils lâchent les rames et veulent rejoindre le rivage de l'île.

Quignard éprouve depuis toujours la volonté d'«intérioriser le mythe caractéristique du XXe siècle»[1] pour reprendre l'expression employée dans une analyse sur Kafka. Dans *La haine de la musique*, surtout dans le cinquième traité qui s'intitule «Le chant des Sirènes»[2], Quignard reprend le passage homérique pour interroger l'origine de la musique. Il découvre quelque chose d'inconséquent: «Quand **le silence** est revenu sur la mer, ce sont vraisemblablement les marins [...] qui entendent l'éloignement du chant des Sirènes.» (HM, p. 166, c'est nous qui soulignons) Quignard se conclut que les marins dont les deux oreilles sont bouchées, entendent «le silence» (HM, p. 167).

Le phénomène ou la découverte que les marins entendent le silence fait coïncidence avec ce qu'écoute Marin Marais sous la cabane. Monsieur de Sainte Colombe ne fait que sonner «à vide» (TMM, p. 76) les cordes de sa viole. Il produit seulement quelques traits «mélancoliques» (TMM, p. 76) à l'archet. C'est ce vide, ce trait mélancolique qui attire sans cesse Marin Marais qui n'écoute que «le silence» (TMM, p. 66) De manière similaire, le charme du chant des Sirènes réside dans

[1] Sylvie Parizet, «Quand Kafka relit un vieux mythe biblique... Les métamorphoses de Babel», dans Philippe Zard (dir.), *Sillage de Kafka*, Paris: le Manuscrit, 2007, p. 119.

[2] Il s'agit aussi du titre de la première partie du *Livre à venir* de Maurice Blanchot, où il est question d'interpréter la ruse d'Ulysse dans sa rencontre avec les Sirènes comme la naissance du roman. (Maurice Blanchot, *Le livre à venir*, Paris: Gallimard, 1959.) Quignard, pour sa part, reprend le sous-titre «Le chant des Sirènes» de Blanchot dans le cinquième traité de *La haine de la musique*, sans pour autant renvoyer de manière explicite à son prédécesseur.

l'écoute du silence, ou même dans le silence. Cela nous fait penser à la musique de Carlo Gesualdo[1]. Son œuvre se distingue particulièrement par sa virtuosité du genre madrigalesque et par sa production de silence en intégrant la violence au sein de la forme[2]. C'est également le cas de la musique d'Ann Hidden dans laquelle il n'y a pas de fin, mais un brusque silence. Et c'est la brusquerie, le silence de ses conséquences qu'on lui reproche souvent. Ce silence imprépáré surgit au «pire moment», au moment «le plus douloureux», au moment où «on attendait le plus la suite» (VA, p. 269). L'emploi de ces trois superlatifs souligne que ce silence est l'apogée évidente du morceau.

Pour Quignard, le silence n'appartient pas «au vivant»[3]. Il n'est pas non plus un «'attribut' de la mort» (PTI, p. 96). Il ne naît pas et ne périt pas. Le silence est de cette manière un chant «carencé» (HM, p. 26) dans lequel tout son peut se produire. Il éveille en l'homme le désir d'écouter, d'écouter l'inaudible. La musique est donc liée à l'inaudible, au silence.

1.1.2 La musique est l'indicible

À la dernière scène de *Tous les matins du monde*, lors de la «première leçon» (TMM, p. 77), Monsieur de Sainte Colombe parle d'une voix sourde à son élève Marin Marais: «La musique est simplement là pour parler ce dont la parole ne peut parler.» (TMM, p. 78) Cette affirmation laconique peut être considérée comme un résumé par excellence de ce que fait le maître de la viole. Étant le plus souvent taciturne, Monsieur de Sainte Colombe exprime rarement ses émotions. Il n'a guère d'attachement pour le langage et ne prend pas de plaisir dans «la compagnie des gens» (TMM, p. 12), ni dans «celle des livres et des discours» (TMM, p. 12), même chose pour «les poésies», pour «la peinture», pour «l'architecture,» ou «la sculpture», ou «les arts mécaniques», ou «la religion» (TMM, p. 12). Derrière cette

---

[1] Carlo Gesualdo (1561-1613), prince de Venosa, est compositeur et luthiste d'exception italien. Il est reconnu comme l'un des plus grands madrigalistes de son époque Sa musique marque la fin de l'art polyphonique de la Renaissance tout en annonçant la naissance d'une nouvelle esthétique entièrement tournée vers la représentation des passions. Par l'apparente modernité, elle continue à surprendre l'auditeur contemporain.

[2] A consulter Denis Arnold, *Gesualdo*, Arles: Actes Sud, 1987.

[3] Pascal Quignard, *Petits traités* (1981-1984), Tomes I et II , Paris: Gallimard, 1997, p. 96.

longue liste de séparations du langage, se trouve son amour inexprimable, sa tristesse indéfinissable en mots: «La parole ne peut jamais dire ce dont je veux parler et je ne sais comment le dire.» (TMM, p. 53) Et l'indicible s'écoule lentement dans sa musique, dans ses mélodies belles mais mélancoliques.

La musique de Monsieur de Sainte Colombe peut être considérée comme du «narratif vide» (LM, p. 62). On entend là comme un écho lévi-straussien. Claude Lévi-Strauss a indiqué dans ses *Mythologiques*:

> «Sans doute la musique parle-t-elle aussi ; mais ce ne peut être qu'en raison de son rapport négatif à la langue et parce qu'en se séparer d'elle, la musique a conservé l'empreinte en creux de sa structure formelle et de sa fonction sémiotique [...] La musique c'est le langage moins le sens.»[1]

Le rapport négatif entre la musique et la langue, c'est que la musique se séparant de la langue, la musique étant le langage moins le sens, tout cela nourrit la pensée quignardienne de la musique. Lors d'un entretien avec Argand, Quignard a affirmé l'influence reçue de Lévi-Strauss: «J'aime bien la théorie de Claude Lévi-Strauss. Pour lui, la musique, qui suppose le langage chez l'homme, le détruit. Pourquoi? parce qu'elle est un langage dépourvu de signification.»[2] En effet, dans la conception quignardienne, la musique n'est pas «ce qui suit la vie mais ce qui la précède» (LM, p.107). Elle «entretient en nous un état d'avant le langage»[3] ou elle est un langage privé de signification, c'est-à-dire qu'il y a l'antériorité de la musique par rapport au langage.La musique entre par conséquent dans un rapport négatif avec «la langue maternelle et orale»[4]. Blanchot a également affirmé, dans «Le chant des Sirènes», la relation négative entre chant et parole: «chant de l'abîme qui [...] ouvrait dans chaque parole un abîme»[5]. Quignard a repris des thèses de Blanchot[6] pour parler, dans ses

---

❶ Claude Lévi-Strauss, *Mythologiques IV: L'homme nu*, Paris: Plon, 1971, pp. 578-579.

❷ Catherine Argand, «Pascal Quignard», *Lire*, février 1998, p. 89.

❸ Dominique Rabaté, *Pascal Quignard. Etude de l'œuvre*,Paris: Bordas, 2008, p. 64.

❹ Jean-Louis Pautrot, «La musique de Pascal Quignard», *Études françaises*, *Pascal Quignard, ou le noyau incommunicable*, vol. 40, n° 2, 2004, p. 68.

❺ Maurice Blanchot, *Le livre à venir*, Paris: Gallimard, 1959, p. 10.

❻ Maurice Blanchot, «Naissance de l'art», *L'Amitié*, Paris: Gallimard, 1971.

écrits, de l'art au sens général. Il a indiqué que l'art n'appartenait jamais au «langage acquis»[1]. Ne pas appartenir au langage signifie que la musique est non sémantique.

Le rapport négatif entre la musique et la langue peut aussi s'employer à expliquer pourquoi les musiciens sont des habitants de la défaillance du langage. Dans *Les escaliers de Chambord*, Laurence, l'ami d'Edouard Furfooz, lui explique pourquoi elle fait de la musique: «Je n'aime pas beaucoup parler. Je suis tout à fait à l'intérieur de moi quand je ne parle pas.» (EC, p. 97). Pour Quignard, les musiciens, comme les enfants, sont non-parlant. Ils sont les habitants de ce défaut du langage.

De plus, biologiquement, l'origine de la musique remonte à l'expérience intra-utérine où le fœtus entend la voix maternelle à travers la peau vibrante du corps porteur. Ce que nous entendons dans le ventre maternel est une «étrange sonate» (B, p. 85) qui n'est pas encore le langage et que l'expérience de la musique fait retourner en nous. Autrement dit, pour Quignard, la musique nous plonge dans le monde d'avant le langage: «La musique est la nostalgie, après l'apprentissage des langues collectives, de l'état antérieur de la phonation, du souffle, de l'animation» (B, p. 85). L'expérience musicale renvoie aux premiers percepts auditifs qui affectent l'homme avant la naissance. «L'oreille a précédé la voix. [...] Le gazouillis, le chantonnement, le cri, la voix sont venus sur nous [...] avant la langue articulée et à peu près sensé.» (LM, p. 27) La musique est donc en rapport avec le premier monde, le monde prénatal. Il y a «un ici mystérieux»[2] dans la musique qui n'existe pas dans le langage. La musique précède le langage et se tient avant la langue articulée.

1.1.3 La musique est l'invisible

Dans ses romans, Quignard évoque souvent des figures de mythes gréco-latins parmi lesquelles Orphée se met au premier rang. Dans *Le salon de Wurtemberg*, retourné à Bergheim, Charles Chenogne se passe pour Orphée:

> «J'arrivai à la porte du bas. [...] J'entrai dans le parc. [...] J'étais **Orphée**. J'étais dans les Enfers [...] Puis je débouchai sur la pelouse et vis en haut la maison, [...]. C'était comme Eurydice. C'était en effet comme le visage

---

❶ Pascal Quignard, *Sur le jadis* (2002), (*Dernier Royaume, Tome II*), Paris: Gallimard, 2004, p. 70.

❷ Catherine Argand, «Pascal Quignard», *Lire*, février 1998, p. 89.

de maman.» (SW, p. 261, c'est nous qui soulignons.)

Le retour au pays d'enfance signifie pour notre protagoniste le retour au premier monde. Charles Chenogne arrive à la porte du bas pour se souvenir de sa mère comme Orphée qui descend à l'enfer à la recherche Eurydice.

De tous les personnages romanesques, c'est Monsieur de Sainte Colombe qui interprète le mieux Orphée. Dans le roman, le maître-musicien rêve qu'il s'enfonce dans «l'eau obscure» (TMM, p. 24) et qu'il y «séjournait» (TMM, p. 24). «S'enfoncer dans l'eau obscure et y séjourner» manifeste que Monsieur de Sainte Colombe fait un voyage vers le pays des morts, vers les Enfers obscurs. Après son séjour dans l'eau obscure, Monsieur de Sainte Colombe revient vers sa solitaire cabane de musique et se met à jouer «le Tombeau des regrets» avec sa viole de gambe. «Tandis que le chant montait, près de la porte, une femme très pâle apparut qui lui souriait tout en posant le doigt sur son sourire en signe qu'elle ne parlerait pas.» (TMM, p. 25) La musique, composée dans le plus vif de la douleur du deuil, est dotée du pouvoir de faire revenir sa femme morte.

Dans le mythe grec, Orphée obtient de sa lyre le pouvoir d'endormir le Cerbère et d'aller jusqu'aux Enfers pour chercher Eurydice. Il la retrouve, pourtant la perd à jamais à cause de son impatience à la voir, à se retourner trop vite vers elle. Orphée, déprimé par la perte ou la re-perte, est déchiré, écorché «pour aller derrière le visage. Parce que la musique s'introduit inexplicablement, invisiblement, aussitôt, derrière la surface» (VS, p. 334). Il est démembré parce que dans la musique, il n'y a pas de «visage ni d'humanité» (VS, p. 335). «Aller derrière le visage» ou «ne pas avoir de visage» manifeste le refus du visible de la musique.

Et le refus du visible signifie qu'à l'origine, Adam et *Ève*ne voient rien, parce qu'à la première vue de la nudité, ils se sentent honteux et humiliés. Et apparaissent par cette raison les habits, les conventions, les interdictions, la morale et la loi, ainsi que toutes les criminations. Rien de cela n'existe quand Adam et *Ève* ne peuvent pas voir.

La musique est le seul art qui vienne de plus loin que le monde, le seul art qui touche le premier monde. C'est quelque chose d'avant la naissance. «Le premier art pour l'émotion bouleversée de notre corps, c'est dans le premier monde, c'est l'audition de la musique, l'audition des sons.»[1] Et pour écouter réellement de la musique, il faut fermer les yeux. Cela permet de ne pas être dérangé par la vision, par les images, de se débarrasser du visible.

Quignard a noté que «depuis l'aube des temps, le visible luttait contre l'invisible» (OA, p. 67) et que «seule la victoire du visible brillait» (OA, p. 67). Pour lui, dans la société commerciale, bien que le produit neuf doive être «mis en valeur», «montré à tous», «mis en pleine lumière» (OA, p. 67) pour être vendu, il y a toujours un monde qui appartient à la rive «obscure», à la rive de «l'ombre» (OA, p. 67), à l'invisible. C'est le monde invisible que la musique est capable d'atteindre.

1.2 Fonction de la musique: dire les douleurs inexprimables

Pour Quignard, la musique est «l'art par excellence», «l'art premier, prélinguistique», «l'art où la surface se déchire, saigne et se traverse comme si le corps individuel ou les fausses peaux des fantômes collectifs n'étaient que des frontières de conventions» (VS, p. 334).

De la définition quignardienne de la musique, peut se tirer la conclusion que le silence constitue non seulement l'origine mais aussi la caractéristique essentielle de la musique. Il ne serait pas étonnant de constater que dans ses romans, Quignard oppose souvent la musique pleine de notes à celle de silence. Marin Marais, «le musicqueur du roy» (TMM, p. 48), joue de la musique sans être musicien. Sa musique est faite des jeux de virtuosité et de mélodies sans véritable sentiment. En revanche, la musique de Monsieur de Sainte Colombe se nourrit de douleurs profondes et est habitée par le silence. Elle est faite dans une cabane qui «branle» (TMM, p. 49) dans un mûrier. La musique de Monsieur de Sainte Colombe n'est pas pour plaire et fait partie de la musique de silence.

Pour l'auteur, la vraie musique, comme la vie, est liée au silence et le rend expressif. Elle correspond d'ailleurs au choix de mode de vie silencieuse des personnages qui connaissent toujours des séparations, des deuils, des abandons, des pertes.Étant aérée, la musique de silence est capable de véhiculer la douleur,

[1] Pascal Quignard, «Rencontre des étudiants du Master des Métiers de l'écriture avec Pascal Quignard», *Littératures*, 69 | 2013, p.156.

la passion causée par des pertes. Chaque musique a quelque chose à voir avec ce que nous avons «perdu» (B, p. 81). Le geste musical chez Quignard est ainsi celui de la lamentation d'un perdu. Et la conscience du perdu est probablement la seule connaissance transmissible.

1.2.1 La voix perdue: une des pertes immortelles

Les romans de Quignard relatent toujours des pertes vécues par ses personnages, voire dès l'incipit, apparaît déjà un déséquilibre, une douleur ou une perte: la perte du langage dans *Carus*, la fin de l'empire évoquée dans *Les tablettes de buis d'Apronenia Avitia*, une molaire «inférieure, et gauche» (SW, p. 12) arrachée dans *Le salon de Wurtemberg*, quelque chose d'extrêmement important «oublié» (EC, p. 29) comme un nom propre sur le bout de la langue dans *Les escaliers de Chambord*, la mort de Madame de Sainte Colombe dans *Tous les matins du monde*, l'occupation à Meung dans *L'occupation américaine*, le visage entièrement «brûlé» (TR, p. 9) dans *Terrasse à Rome*, la trahison du compagnondans *Villa Amalia*, le «comportement étrange» (LSM, p. 14) et le silence de l'aubergiste dans *Les solidarités mystérieuses*.

Il y a une autre perte qui est aussi irrémédiable que la disparition d'un être aimé. C'est la mue, la perte de la voix d'enfant. Pour Lacan, la voix apparaît également comme un objet perdu. La mue constitue un lien entre la souffrance physique et la souffrance sonore. Dans le premier traité de *La leçon de musique* intitulé «Un épisode tiré de la vie de Marin Marais», Quignard traite de la mue humaine: «Au sein de la voix humaine masculine il y a une cloison qui sépare de l'enfance. Quelque chose de tout à coup plus bas [...] dans leur gorge, dans leur palais, [...] qui les sépare de l'empreinte indestructible de tout ce qui les affecta lors de la première lumière.» (LM, pp. 12-13) La mue est une division de l'être que rien ne peut réparer. Les musiciens, comme tous les mâles humains, sont séparés d'eux-mêmes à jamais par la mue vocale survenue lors de l'adolescence.

Chez Quignard, ce phénomène physique a surtout été configuré par Marin Marais qui est une figure récurrente dans *Tous les matins du monde* et *La leçon de musique*. Marin Marais a été recruté dans la chantrerie appartenant au roi à l'âge de six ans à cause de sa voix. Puis, quand sa voix «s'était brisée, il avait été rejeté à la rue.» (TMM, p. 29) Marin Marais se sent honteux et humilié. Ce genre d'expérience a lieu aussi sur le narrateur de *Vie secrète*. «Ma voix est soudre.» (VS, p. 71) À cause de la mue «désastreuse», il est rejeté des «deux chorals» (VS, p. 71) qui faisaient sa joie et le «bannit à jamais non seulement de tous les chants mais même de tous les fredonnements» (VS, p. 71). L'emploi successif du verbe «bannir» et des expressions «à jamais», «non seulement… mais» soulignent le résultat insupportable dû à la mue. Tant pour le narrateur que pour Marin Marais, «la voix perdue»[1] ou la mue lui est le symbole d'une blessure immortelle, une perte inconsolable.

La mue ne touche que les garçons. Elle leur survient vers treize ou quatorze ans. C'est-à-dire qu'à la puberté, la voix mue et change comme la peau de serpent qui se détache. La mue signifie le changement de timbre vocal, «une basse de voix qui sépare les hommes à jamais du soprano» (LM, p. 12). D'une part, les garçons sont obligés de renoncer à sa première voix, sa voix d'enfance et n'ont plus à disposition qu'un registre grave, sourd et limité. D'autre part, la mue s'attaque de manière directe à l'intégrité corporelle et marque le début d'une autre étape de vie. La mue ou la perte de la voix d'enfance, est une expérience fondatrice, car elle signale la première expérience existentielle du temps. La mue marque le moment où le temps entre soudain dans le corps des jeunes garçons et aussi le moment d'un exil irrémédiable. À partir du moment de la mue, les garçons entrent non seulement d'un coup dans le temps, mais aussi dans la sexuation et dans le langage.

L'expérience de la mue constitue une épreuve tragique et se hisse au rang de tragédie. «Tragique» veut dire en grec «la voix muante et rauque du bouc mis à mort» (HM, p. 74). Aristote subit aussi le même tragique à l'époque où, de Macédoine, il descend à Athènes pour aller à l'école de Platon. Dans son *Histoire des animaux*, pour décrire cette blessure qu'est la mue, Aristote emploie le verbe «*tragizein*» qui signifie «bêler comme un bouc». Le verbe a la même racine et quasiment le même sens que le mot «tragédie».

Avec la mue, les garçons deviennent des êtres à voix sombre, ceux dont les voix ont mué. La perte de la voix leur signifie une blessure immortelle. La voix se brise et demeure «étouffée et perdue» (HM, p. 154). Et les garçons errent sans cesse jusqu'à

[1] Il s'agit du titre d'un article de Pascal Quignard. (Pascal Quignard, «La voix perdue», dans Adriano Marchetti (dir.), *Pascal Quignard: La mise au silence*, précédé de «La voix perdue» par Pascal Quignard, Actes du colloque de Bologne, 1998, Seyssel: Champ Vallon, 2000, pp. 7-35.)

la mort à la recherche d'«une petite voix aiguë d'enfant qui a quitté la gorge» (LM, p. 9).

Pour conjurer la perte de la petite voix d'enfance, Quignard avance dans *La leçon de musique* que s'offrent aux hommes deux possibilités. La première possibilité est la castration. Pour l'auteur, la mue est une maladie sonore que seule «la castration guérit» (LM, p. 30). Avec la castration, «leur voix d'enfant persiste. Leurs bourses sont coupées. Sacrifice et règne étrange» (LM, p. 30). Et la deuxième possibilité réside dans la musique. Ceux qui font de la musique, compositeurs ou musiciens, peuvent tenter travailler «une voix qui ne les trahira pas» (LM, p. 34).En comparaison avec la castration qui semble peu faisable, la musique constitue le premier choix des hommes dont la voix est perdue.

Quignard indique précisément qu'il y a un lien direct entre la musique et la mue. La voix d'enfance comme figure du perdu est un lien commun des personnages romanesques. Pour Marin Marais, l'assombrissement de sa voix est constitutif de son expérience musicale. La voix muée, étant chassé de la chantrerie de Saint-Germain-l'Auxerrois, soit après l'expulsion de son premier jardin édénique, Marin Marais se rend chez Monsieur de Sainte Colombe. Pour se venger de la voix perdue, il veut devenir musicien, «un violiste renommé» (TMM, p. 30). Marin Marais vise à devenir un virtuose de la viole parce que cet instrument, surtout avec l'ajout d'une corde basse par Monsieur de Sainte Colombe, est capable de couvrir toutes les possibilités de la voix humaine, celle de l'enfant, de la femme, de l'homme «brisée, et aggravée» (TMM, p. 31) comme lui.

1.2.2 La musique instrumentale pour rappeler des pertes

«La souffrance humaine est liée à la musique.» (LM, p. 60). Les pertes irracontables et informulables, les déchirements fondamentaux, successifs ou répétés, constituent les origines des compositions musicales. Dans de telles circonstances, les musiciens font de la musique. Monsieur de Sainte Colombe s'enferme chez lui et se consacre à la musique parce que «[...] Madame de Sainte Colombe mourut» (TMM, p. 7), qu'il «l'aimait» (TMM, p. 7). Florence dans *Les escaliers de Chambord* apprend à jouer du piano à cause de la mort accidentelle de son petit frère. Patrick fait de la musique parce que l'enfance est d'un coup terminée. Pour lui, voir jouer du jazz est une «illumination» (OA, p. 52) et découvrir le jazz improvisé, vivant, quotidien une expérience extraordinaire. Cette expérience paraît à Patrick incommunicable. Il ne parvient pas à l'exprimer même à Marie-José, la femme qu'il aime depuis l'enfance. Les personnages ont recours aux instruments musicaux pour rappeler les êtres aimés ou l'enfance passée qui font partie des pertes.

De plus, la mue en tant que perte irrémédiable, «redouble la séparation avec le corps premier» (LM, p. 38) – corps de l'enfant non mué, corps de l'infans non encore linguistique, corps de la mère qui est la première maison. Elle institue une coupure dans le déroulement de la vie. La mue est «l'empreinte physique matérialisant la nostalgie» (LM, p. 39). Et la nostalgie de la voix perdue est non seulement cuisante, indéfectible, mais aussi l'aggravation de la nostalgie initiale, celle du monde pré-natal, celle du temps de l'indistinction entre enfant et mère.

Chez Quignard, la musique est conçue comme commémoration de ce temps originel et «devenir musicien, c'est sans doute chercher à mettre la main sur les sons, chercher à éduquer leur violence, à apaiser la vielle souffrance sonore» (SW, p. 119). Les musiciens se chargent du travail d'«apaiser la vielle souffrance sonore» et de réparer la nostalgie inoubliable. Les compositeurs sont de cette manière ceux qui composent avec la perte de la voix.

C'est le choix de Marin Marais qui consacre le reste de sa vie à la musique. Marin Marais ne tarde pas à s'apercevoir qu'il ne réussit jamais ni à revenir à sa voix d'enfant ni à maîtriser sa nouvelle voix sexuée. Pourtant, le passé intournable oriente son destin. Marin Marais mobilise toute son énergie d'instrumentaliste et de compositeur pout obtenir les mêmes timbres et les mêmes *coloriture* avec la viole. Il s'ensevelit passionnément dans la musique instrumentale.

Dans la musique baroque, dont Monsieur de Sainte Colombe et Marin Marais sont virtuoses, le registre musical de l'instrument est très large et peut représenter les sentiments humains. Pour Quignard, l'instrument musical joue un rôle plus important que le chant. «Les instruments aux cordes multiples favorisent les complications polyphoniques et flattent le goût de la variété rythmique et du coloris instrumental»[1], a ainsi noté Vladimir Jankélévitch dans sa *musique et l'ineffable*. Dans les romans

[1] Vladimir Jankélévitch, *La musique et l'ineffable*, Paris: Seuil, 1983, p. 16.

de Quignard, la plupart des personnages-musiciens sont des interprétateurs instrumentaux et jouent d'un instrument musical: la viole pour Monsieur de Sainte Colombe et Marin Marais, le violoncelle pour Charles Chenogne, le piano pour Ann Hidden, Claire et Laurence.

Pour Quignard, la composition de la musique et l'attrait que la musique exerce reposent sur la recherche sans terme au fond de soi d'une voix perdue, d'une tonalité perdue, d'une tonique perdue. La musique reste largement le fait que les hommes, ayant perdu leur voix d'enfant lors de la mue, tiennent à retraverser la voix perdue grâce aux sons instrumentaux. La viole qui arrive à imiter «toutes les inflexions de la voix humaine» (TMM, p. 9) constitue un bel exemple. En principe, la métamorphose du grave à l'aigu n'est pas possible, ou au moins n'est pas corporellement possible. Avec les instruments musicaux, elle serait possible. Les compositeurs ou instrumentistes tentent de muer la mue, de «remuer la mue même» (LM, p. 34) pour retrouver la voix perdue, la voix soprano. Dans ce processus de recherche, la musique instrumentale devient un meilleur moyen.

1.3 *La haine de la musique*

Pour Quignard, la musique est probablement «l'art le plus ancien» (VS, p. 83). Elle est l'art qui précède toutes les autres formes artistiques. Elle donne l'impression d'être «très amoureuse» (VA, p. 169) et est dotée du pouvoir d'ouvrir le monde intérieur, de «quitter la terre, quitter l'espace externe» (VA, p. 169). Et parfois, à un moment du morceau, il y a une «beauté intense» (VA, p. 172). Dans la musique, le vide s'éloigne et on se fond à «quelque chose de plus continu» (EC, p. 98). Toute musique paraît paradisiaque. Cependant, il arrive que la musique se détache de certains personnages quignardiens sans savoir à quel moment précis. Toute chose sonore soudain, leur laisse le cœur sans goût. À peine les personnages s'approchent-t-ils par routine des instruments, ou pour leur beauté visible, à peine ouvrent-ils une partition, ils se trouvent que naît seulement la lassitude en eux. Ils n'éprouvent point le désir d'aucun chant. Les personnages romanesques témoignent de la mauvaise volonté ou même de la répugnance pour la musique. Ils ne veulent plus écouter ou faire de la musique. Tout cela, la passion, le changement d'état de lieu, pousse Quignard à faire des réflexions sérieuses et approfondies sur cet art.

En 1996, Quignard a publié *La haine de la musique*. Le titre de l'ouvrage est pour traduire la transformation de l'amour de la musique en «haine». Et les personnages romanesques qui se sont passionnés pour la musique éprouvent à un certain moment de la détestation profonde envers cet art. Dans le grand entretien avec Chantal Lapeyre-Desmaison, en parlant de ce titre choquant, Quignard a avoué: «Bataille avait cédé. Il s'était résigné à renoncer à son titre *La Haine de la poésie* [...] Je n'ai pas voulu me résigner.»[1] «Ne pas vouloir se résigner» indique son attitude résolue envers la question de la musique.

Certes, le terme «haine» chez Quignard se distingue de son sens propre. Pourtant, le brusque changement sentimental de l'auteur, soit de la passion à la profonde aversion pour la musique, nous semble non seulement brusque mais étonnant. Pourquoi Quignard éprouve-t-il de la «haine» pour la musique?

1.3.1 La musique: collaborateur de l'extermination

Quignard vise, avec *La haine de la musique*, à interroger et à éclairer la face sombre, la forme de la terreur de la musique. À l'incipit du VIIe traité qui porte le même titre de l'ouvrage, Quignard a écrit:

> «La musique est **le seul**, de tous les arts, qui ait collaboré à l'extermination des Juifs organisée par les Allemands de 1933 à 1945. Elle est **le seul art** qui ait été requis comme tel par l'administration des *Konzentrationlager*. Il faut souligner, au détriment de cet art, qu'elle est **le seul art** qui ai pu s'arranger de l'organisation des camps, de la faim, du dénuement, du travail, de la douleur, de l'humiliation, et de la mort.» (HM, p. 197, c'est nous qui soulignons.)

Dans cet extrait, avec un ton incontestable, l'auteur emploie trois fois le superlatif «le seul» pour mettre l'accent sur le rôle collaboratif joué par la musique dans les camps de concentrations pendant la Seconde Guerre mondiale. L'affirmation de Quignard nous fait rappeler ce qu'a noté Friedrich Nietzsche dans son essai *La*

[1] Chantal Lapeyre-Desmaison, *Pascal Quignard le solitaire: rencontre avec Chantal Lapeyre-Desmaison*, Paris: Galilée, 2006, p. 137.

naissance de la tragédie parue pour la première fois en 1872: «Seule la musique est capable de nous faire connaître la joie de l'extermination de l'individu.»[1] Et cette joie de l'extermination de l'individu atteint le point culminent dans les camps de concentration, dans l'extermination des juifs par les nazis.

Pour justifier son point de vue, Quignard a évoqué Simon Laks en faisant une brève biographie de ce «pianiste, violoniste, compositeur» (HM, p.198). Pendant la Seconde Guerre mondiale, Simon Laks est devenu le chef d'orchestre au camp d'Auschwitz II-Birkenau. En 1948, il a publié son premier livre intitulé *Musiques d'un autre monde* précédé d'une préface écrite par Georges Duhamel[2] pour affirmer la portée de la musique dans l'espace concentrationnaire. Trente ans plus tard, le deuxième livre de Laks *Mélodies d'Auschwitz* a été publié. Dans la préface à la traduction française de ce récit, Pierre Vidal-Naquet a remarqué: «la grave question qu' [Simon Laks] pose est celle de la place d'un art, la musique, dans ce lieu de mort»[3].Tant *Musiques d'un autre monde* que *Mélodies d'Auschwitz* constitue une poignante interrogation sur le rôle de la musique dans les camps de la mort, dans l'infernale entreprise d'extermination[4]. Par son écriture, Quignard a pu récupérer les deux ouvrages de Simon Laks pour qu'ils ne tombent dans l'oubli. L'auteur a notamment prolongé et élargi les réflexions de Simon Laks sur le rôle de la musique.

La musique est considérée depuis toujours comme un «art sacrifié» (LSM, p. 130), ou une des expressions les plus sublimes de l'âme humaine et devrait donc être capable d'encourager et de soutenir l'homme de retirer de la situation désespérée et mortelle. Comment la musique a-t-elle activement précipité les prisonniers vers leur fin? Pourquoi devient-elle collaborateur de l'extermination?

Pour Vladimir Jankélévitch, la musique tient plus de la magie que de la science démonstrative. Elle est capable d'agir sur l'homme, sur le système nerveux

---

[1] [德] 尼采:《悲剧的诞生》, 刘崎译, 北京: 作家出版社, 1986年, 第90页。"唯有音乐才让我们了解个体消灭时所感到的快乐。" (C'est nous qui traduisons du chinois.)

[2] Simon Laks et René Coudy, *Musiques d'un autre monde*, préface de Gorges Duhamel, Paris: Mercure de France, 1948.

[3] Ibid., p. 19.

[4] «Des hommes qui sont capables de pleurer en écoutant de la musique peuvent-ils être capables de commettre tant de cruautés sur le reste de l'humanité? Il est des réalités auxquelles on ne peut croire. Et pourtant...» (Simon Laks, *Mélodies d'Auschwitz*, préface de Pierre Vidal-Naquet, traduction de Laurence Dyèvre, Paris: Les Éditions du Cerf, 1991, quatrième de couverture.)

de l'homme et même sur ses fonctions vitales. Le philosophe-musicologue a cité Platon pour justifier son point de vue: «Elle (la musique) pénètre à l'intérieur de l'âme.»[1]La musique enveloppe le corps humain. «La musique nous enveloppe et c'est ainsi qu'elle nous pénètre car elle est vaste et infinie» (B, p. 76) L'emploi du verbe «envelopper» signale que nous portons une enveloppe originaire de musique. La musique a le pouvoir ou la magie de pénétrer partout et de saisir l'âme de l'homme. Mais cette enveloppe est détruite par la culture. Il n'est pas alors surprenant que la musique joue un rôle définitif et extrême dans l'assujettissement du corps des condamnés et par extension dans l'entreprise d'extermination des juifs.

De plus, Quignard a proposé une étrange opinion. Il a lié l'écoute de la musique à l'obéissance des juifs dans les camps de concentration. Autrement dit, pour lui, «ouïr, c'est obéir» (HM, p. 108). Etymologiquement, en latin, écouter se dit «*obaudire*». «*Obaudire*» a dérivé en français sous la forme obéir. «L'audition, l'*audientia*, est une *obaudientia*, est une obéissance.» (HM, p. 108)La musique s'introduit dans le corps humain jusqu'à ses moindres parcelles et provoque un choc au corps: «La musique viole le corps humain. Elle met debout.» (HM, p. 202) Les rythmes musicaux fascinent les rythmes corporels et font obéir les hommes. La musique entretient ainsi un lien silencieux avec la domination, la terreur et la mort. «La musique, étant un pouvoir, s'associe de ce fait à tout pouvoir.» (HM, p.202) La musique exerce sur l'homme un pouvoir, par la fascination de ce pouvoir, l'homme qui écoute perd complètement sa résistance. La négation se saisit de la musique et «tout ce qui dans le sonore révélait une utopie fondatrice de l'humain bascule dans une constellation irréfléchie, violente, arrogante»[2].La musique, en qualité d'un art souverain, un art qui promet la jouissance esthétique, transmet simultanément des normes de comportements violents, «une apologie de l'aliénation»[3]. Dans ce sens, l'art n'est pas le contraire de la «barbarie» (HM, p. 220), ni le contraire de la violence. Et Tolstoï a raison d'affirmer que «là où on veut avoir des esclaves, il faut

[1] Cité dans Vladimir Jankélévitch, *La musique et l'ineffable*, Paris: Seuil, 1983, p. 12.

[2] Danielle Cohen-Levinas, «Les icônes de la voix», dans *Pascal Quignard, figures d'un lettré*, Actes du Colloques tenu à Cerisy-la-Salle du 10 au 17 juillet 2004, Philippe Bonnefis et Dolorès Lyotard (dir.), Paris: Galilée, 2005, p. 195.

[3] Ibid.

le plus de musique possible» (HM, p. 226). Il ne serait pas étonnant de voir que la musique devient un outil, un collaborateur de l'extermination des Juifs.

1.3.2 Le déchirement sonore

Cela constitue un exemple extrême que la musique joue le rôle de collaborateur de l'extermination des Juifs. La «haine» de la musique chez Quignard ne se limite pas à ce phénomène, au contraire, elle s'étend sur la plupart des personnages-musiciens.

En tant que musicien et violoncelliste connu, Charles Chenogne ne supporte pas d'écouter de la musique et ses amis voient là «une affectation qui n'est pas particulièrement heureuse» (SW, p. 120). Il donne des leçons à l'école de musique seulement une journée par semaine et ne va jamais à l'Opéra ou dans les églises. Il ne possède à la maison qu'une discothèque «pauvre et piètre» (SW, p. 120) et n'écoute pas France-Musique. Il exclame que «tout le malheur pour moi est sonore» (SW, p.120). Lier la musique au malheur, aux souffrances manifeste sa détestation intense pour la musique. Le dégoût envers la musique apparaît aussi chez Edouard Furfooz qui déteste les sons et qui «haïssait jusqu'à l'idée de musique» (EC, p. 14). La haine que la musique inspire à Edouard «embrassait tous les instruments de la musique comme les flûtes traversières, comme les robinets qui goutent, comme les viols, comme les poids lourds» (EC, p. 49). Edouard doit son aversion pour l'univers sonore à tante Otti, la sœur aînée de son père. Tante Otti ne peut être rebutée que par le chant et ses épanchements. Elle veut même dans sa maison les oiseaux qui ne chantent pas. Étant un pianiste de génie, Ann Hidden renonce depuis longtemps aux concerts. Elle s'éclipse des années plus tôt des festivals comme des circuits de concert. En même temps, elle déteste enseigner et jouer devant des caméras de télévision ou même dans la pénombre d'un studio à la radio. Elle commence à avoir peur de la musique et d'elle-même.

Quignard a remarqué qu'entre les deux grandes guerres du siècle dernier, l'électrification des églises, la reproduction mécanique du disque ou de la cassette ou d'autres techniques ont brusquement éteint la musique improvisée et la préparation des pièces. «Hymnes nationaux, fanfares municipales, cantiques religieux, chants familiaux, [...] Indélimitable et invisible, la musique paraît être la voix de **tous**.» (HM, pp. 121-122, c'est nous qui soulignons) Être la voix de tous signale que la musique cesse d'être l'art restreint et qu'elle est devenue peu à peu un son non désiré, «une *noise*» (HM, p. 252).

> «Quand la musique était rare, sa convocation était bouleversante comme sa séduction vertigineuse. Quand la convocation est incessante, la musique repousse.» (HM, p. 254)

Dans cet extrait, Quignard a décrit en deux lignes la transformation de la musique. Pour l'auteur, comme pour Schönberg dans les années trente du siècle dernier, la musique est entrée à «l'époque de la reproductibilité technique»[1]. À cette époque, pour citer Walter Benjamin qui a décrit non sans profondeur le bouleversement causé par la musique, «la cathédrale quitte son emplacement réel pour venir prendre place dans le studio d'un amateur»[2] et «le mélomane peut écouter à domicile le chœur exécuté dans une salle de concert ou en plein air»[3]. Tout cela mène vers l'oubli du silence, l'origine de la musique.Et l'écoute se déchire par la saturation et les oreilles ne cessent d'entendre.

La musique devient la pièce majeure dans le chaos sonore de la vie. Les Sirènes, les êtres fabuleux de chant mélodieux perdent peu à peu leur majuscule. Le terme «sirène» signifie au XXe et au XIIe siècle l'appareil qui sert à produire le signal sonore très puissant et qui s'utilise comme moyen d'appel ou d'alerte. Les sirènes d'alarme, les sirènes d'usine, ou d'autres sirènes hurlent tout le temps, jour et nuit

[1] Il s'agit du titre d'un ouvrage de Walter Benjamin. L'essai annonce, dès son titre, le tournant opéré par la modernité. Benjamin montre dans cet ouvrage fondamental que l'avènement de la photographie, du cinéma, ou d'autres inventions techniques, n'est pas l'apparition d'une simple technique nouvelle, mais qu'il bouleverse complètement le statut de l'œuvre d'art, en lui faisant disparaître ce que Benjamin nomme son «aura». Cet essai lumineux met au jour les conséquences de cette révolution, au-delà du domaine artistique, dans tout le champ social et politique. Nous supposons que la vision de la musique moderne de Quignard est influencée par ce texte fondamental dont les échos ne cessent de se prolonger chez les savants contemporains. (Walter Benjamin, «L'œuvre d'art à l'époque de sa reproductibilité technique» [la dernière version date de 1939], *Œuvres III*, traduit de l'allemand par Maurice de Gandillac, Rainer Rochlitz et Pierre Rusch, Paris: Gallimard, 2000.)

[2] Walter Benjamin, «L'œuvre d'art à l'époque de sa reproductibilité technique» (la dernière version date de 1939), *Œuvres III*, traduit de l'allemand par Maurice de Gandillac, Rainer Rochlitz et Pierre Rusch, Paris: Gallimard, 2000, p. 275.

[3] Ibid.

et produisent des appels aussi criards qu'effrayants. Le chant des sirènes devient le signal assourdissant, le déchirement de l'appel sonore. Il est le synonyme des souffrances sonores, du hurlement de la vie collective et du signal de la mort pour les hommes dans la société moderne. Le marché mondial de musique se dévoue universellement à «la variété grégaire, communautaire, nationale, religieuse ([...] chansons populaires, papatriotes, pieupieuse)» (VA, pp. 275-276). La musique «moderne» est donc déchirante.

En même temps, une des importantes conséquences de la déchirante musique réside dans la puissance des sons qui ne cesse d'augmenter, même d'une vitesse surprenante. La musique est souvent mise à plein volume. Avec sa puissance d'émission, la musique est proche de la douleur. Du point de vue statistique, le docteur Alfred Tomatis a indiqué des chiffres importants[1] à travers lesquels, on peut conclure que la musique dans le monde moderne empêche d'écouter le silence, surtout quand l'intensité sonore augmente et que l'effroi du silence renforce.

Ce phénomène inopportun n'a pas pu être amélioré. En revanche, il s'aggrave avec l'invention et le développement des nouvelles techniques. Notamment, à partir du moment où l'enregistrement sonore devient possible, apparaît dans le monde moderne une révolution musicale qui est comparable à celle de l'imprimerie. De nombreuses œuvres anciennes musicales sont enregistrées. La musique est reproduite sans cesse et installe progressivement une saturation sociale du sonore. Les espaces publics et privés sont donc envahis par la répétition des mélodies.

Pour Barthes, l'écoute est un travail de sélection. Mais quand la musique remplit tout espace humain et que l'espace sonore devient saturé, ce genre de sélection n'est plus possible. Aussi l'écoute devient-elle forcée. Il en résulte un autre phénomène plus inquiétant. Barthes le nomme la «pollution sonore»[2]. En général, la pollution désigne souvent l'air atmosphérique pollué qui est néfaste pour la respiration ou l'eau impropre à la consommation dans laquelle il y a des agents toxiques qui détruisent la

---

[1] Alfred Tomatis a noté dans son livre que «- en 1957, les Beatles utilisaient trois amplificateurs de 30 W ; /- en 1969, un orchestre psychédélique s'exprimait avec 300 W ; /- en 1970, les Pink Floyd inaugurent les 1000 W ; /- à partir de là, l'augmentation devient délirante. Elle atteint 120 000 W avec Bob Dylan ; / - et l'on parle actuellement d'utiliser 60 fois 40 000 W !» (Alfred Tomatis, *Écouter l'univers. Du Big Bang à Mozart, à la découverte de l'univers où tout est son*, Paris: Robert Laffont, 1996, p. 155.)

[2] Roland Barthes, *L'obvie et l'obtus, Essais critiques III*, Paris: Seuil, 1982, p. 221.

faune et la flore. À travers cette métaphore, l'auteur du *Plaisir du texte* et *Mythologies* montre que la pollution sonore empêche d'«écouter»[1]. De plus, la pollution sonore est nuisible pour l'ouïe ou même peut la détruire lentement, comme l'air pollué pour la respiration ou l'eau pour le cycle écologique.

Quant à Quignard, il approuve l'avis de Barthes et va même plus loin, plus radicalement que ce dernier. Pour lui, la musique est non seulement associée à la pollution sonore, mais son usage est devenu à la fois «prégnant et répugnant.» (HM, p. 199), surtout avec l'invention de l'électricité et la multiplication de la technologie. Incessante, la musique agresse à tout moment et en tout lieu[2]. Elle devient ainsi la violence des sons.

Il semble que Quignard a écrit dans *Vie secrète* en son nom: «Je doute d'avoir autant aimé le silence que je n'ai effectivement été enivré par la musique. Mais je suis de plus en plus attiré par le silence.» (VS, p. 361) C'est le désir de silence qui s'affirme de plus en plus. Le silence, qui est l'origine de la musique, vis-à-vis de la violence des sons, devient une rareté dans la société moderne, se transforme en luxe «exceptionnel» et vertige «moderne» (HM, p. 254). L'emploi des deux adjectifs indique que la musique devenant la violence des sons est aussi un phénomène «exceptionnel» et «moderne».

Pourtant, le refus ou la «haine» pour la musique des personnages quignardiens ne semble pas absolu. S'ils n'assistent pas à des concerts, les personnages ne détestent pas l'audition elle-même, mais l'audition collective, agroupée et sociale. Et ils ne refusent que la «reproduction électrifiée» (HM, p. 139) ou les «gestes de convention» (HM, p. 140). Les personnages s'éloignent de la société pour quêter la musique et s'engloutissent dans le silence pour faire entendre ce qui est devenu inaudible, ce qui appartient à la musique. Parmi eux, il y a quelques-uns qui écoutent et jouent avec plaisir, quelques instants, de «cette chose» (HM, p. 252) exceptionnelle et fascinante. Cette chose a pour nom la «musique» et elle a besoin d'une leçon.

---

[1] Roland Barthes, *L'obvie et l'obtus*, *Essais critiques III*, Paris: Seuil, 1982, p. 221.

[2] A ce point, Quignard a établi une liste de lieux où la musique est saturée: «[...] dans les rues marchandes des centres-villes, dans les galeries, dans les passages, dans les grands magasins, dans les librairies, dans les édicules des banques étrangères où l'on retire de l'argent, même dans les piscines, même sur le bord des plages, dans les appartements privés, dans les restaurants, dans les taxis, dans le métro, dans les aéroports» (HM, p. 199).

Chapitre II *La leçon de musique*

Comme nous avons mentionné dans l'introduction de la deuxième partie de notre présent travail, «la leçon de musique» est le titre d'un essai de Quignard publié en 1987. L'auteur y a réuni une partie importante de ses réflexions de la musique. Nous voulons reprendre cette expression comme le titre du chapitre afin de mettre en lumière la quête de la musique de silence de Quignard. Vis-à-vis de la transformation du silence à la pollution sonore de la musique, par le biais de la description des gestes de ses personnages-musiciens, l'auteur nous dessine le profil d'une musique idéale, de sa musique.

Monsieur de Sainte Colombe s'enferme seul dans sa cabane de planche et se consacre à la musique. Ce qu'il joue, ce sont «de longues plaintes arpégées» (TMM, p. 63) La singularité des pièces d'Ann Hidden réside dans leur interruption subite et ce silence brusque peut être comparé à l'absence de la fin de la narration à la fin de la nuit de Schéhérazade dans *Les mille et une nuits*. Pour Quignard, Monsieur de Sainte Colombe et Ann Hidden sont deux vrais musiciens et leur musique la vraie musique car la musique est un geste solitaire et un travail de silence.

À travers les expériences musicales de Némie Satler, professeur-pianiste dans *Vie secrète*, Quignard a défini «le piano silencieux», c'est également le titre du chapitre III de *Vie secrète*. Il a écrit que dans la musique, «il n'y avait ni moi, ni corps, ni instrument. Ni même l'auteur» (VS, p. 58). L'emploi de la forme négative «ne…ni…ni…», surtout la répétition de quatre fois de «ni», met l'accent sur le silence de la musique qui est un moyen expressif ou même qui passe avant toute autre chose.

2.1 *Un instrument n'est pas la musique*

Pour Charles Chenogne, qui travaille beaucoup sur la musique (enregistrer, jouer régulièrement à l'étranger, travailler la viole de gambe six heures par jour, etc.), vis-à-vis du «grief d'enregistrer en studio, avec montage, fausse réverbération» (SW, p.217), il ne pense pas que chaque époque ait toujours à sa disposition les instruments qui conviennent le mieux à la musique qui lui est propre. Il ajoute que les instruments ne sont que des «accessoires» (SW, p. 217) et que seule «la musique» (SW, p. 217) est une chose merveilleuse. Et chaque morceau musical hèle un instrument qui n'existe pas. À la façon similaire du narrateur de *Vie secrète*, Charles Chenogne réclame que la musique est un «rêve» (SW, p. 217) pour l'oreille et «ne réside ni dans les sons, ni dans les instruments, ni dans les partitions, ni dans les interprètes» (SW, p. 217). La musique étant un rêve pour l'oreille et l'emploi négatif «ne…ni…ni…ni» signalent que la musique ne peut être configurée en rien. L'instrument n'est au plus qu'un outil, qu'un accessoire.

Dans *Tous les matins du monde*, lors de la première visite chez Monsieur de Sainte Colombe, Marin Marais, l'ancien enfant de chœur de Saint-Germain-l'Auxerrois, «confus et rouge» (TMM, p. 31) n'osant pas ouvrir sa bouche, s'est accoutumé «rapidement à la taille de l'instrument» (TMM, p. 31), l'a accordé et a joué une suite. Après la première écoute, Monsieur de Sainte Colombe refuse de l'admettre parmi ses élèves. À la demande de Toinette, Marin Marais est autorisé de jouer une deuxième fois. Il s'est penché sur la viole pour l'accorder plus soigneusement qu'il n'avait fait pour la première fois et a joué «le Badinage en si» (TMM, p. 32). Une fois de plus, Monsieur de Sainte Colombe ne le prend pas comme élève. De plus, il ne le considère pas comme musicien.

À noter qu'entre Monsieur de Sainte Colombe et Marin Marais, a lieu une scène violente après que ce dernier a joué de la musique devant le roi. Furieux, le maître pousse Marin Marais hors de la cabane et appelle en criant ses filles. L'atmosphère devient extrêmement tendue comme une corde sur le point de rompre. Monsieur de Sainte Colombe, l'air courroucé, demande à Marin Marais de jouer tandis que ce dernier, sans s'en soucier, explique à Madeleine ce qui se passe la veille. Monsieur de Sainte Colombe hurle entre ses dents et commande à son élève de jouer. Ayant remarqué que Marin Marais continue à expliquer à Madeleine, le maître court à travers la salle et lui arrache la viole, la dresse en l'air et la fracasse sur le manteau de pierre de la cheminée. Monsieur de Sainte Colombe jette le reste de la viole à terre et saute dessus avec ses bottes à «entonnoir» (TMM, p. 45). Il dit de manière directe, ferme et claire à son élève concernant la fonction d'un instrument dans la musique: «Qu'est-ce qu'un instrument? Un instrument n'est pas la musique.» (TMM, p. 46) Cette question-réponse peut être considérée comme la première leçon de musique de Quignard.

Casser l'instrument musical de l'élève, ce genre d'intrigue se passe également dans *La leçon de musique* au troisième traité intitulé «La dernière leçon de musique de Tch'eng Lien». Il s'agit effectivement d'une vieille légende chinoise. Quignard a l'amplifiée et a inventé «les dialogues, les souvenir» (LM, p. 99). L'auteur a relaté dans son traité que Po Ya, à qui les anciens lettrés chinois ont donné plus tard le nom-titre de «Plus-Grand-Musicien-du-Monde» (LM, p. 99), avait déjà étudié durant des années le luth et la guitare à trois cordes avant de devenir l'élève de Tch'eng Lien pour recevoir son enseignement. Un matin, dans la salle aux instruments, Tch'eng Lien brandit d'abord le luth de Po Ya au-dessus de sa tête et l'écrase «par terre» (LM, p. 101). Ensuite, il pose la guitare de Po Ya devant lui, se met debout, saute sur la guitare et marche longuement dessus. Ayant cassé le luth et la guitare de Po Ya, Tch'eng Lien apprend à Po Ya que la musique ne se trouve pas dans l'instrument avec lequel se joue la musique. Un mois plus tard, Tch'eng Lien demande à Po Ya de chercher un réparateur de l'instrument de musique: «[...] allez trouver [...] le réparateur de musique. Demandez-lui une guitare à trois cordes cassée et tant bien que mal réparée. Demandez-lui un luth éventré et tant bien que mal rafistolé.» (LM, p. 109) Avec l'emploi de deux reprises de l'expression «tant bien que mal», le maître apprend à son élève l'absence de l'importance de l'instrument musical. Il lui dit de prendre les plus simples des instruments et de s'exercer de nouveau à la musique. De plus, en parlant des instruments, Tch'eng Lien ajoute que les instruments de musique «les plus appropriés à la musique sont ceux qui touchent sans doute, mais dont on peut perdre l'usage, comme les corps qui enveloppent les hommes» (LM, p. 111). L'emploi de l'expression «sans doute» explique l'attitude sceptique du maître envers l'usage des instruments dont l'usage peut être s'en passer.

Les deux maîtres de musique veulent faire savoir à leurs élèves, à travers l'acte de briser les instruments musicaux, que la musique ne se trouve pas dans l'instrument qui rend possible la musique. L'instrument dont le trait primordial est la musicalité n'est que l'outil de jouer la musique et qu'il ne constitue pas son élément-clé.

Rydell dans *L'occupation américaine* joue bien du piano. C'est un «ancien piano droit» (OA, p. 70) qui avait appartenu à l'école communale. Et le revêtement d'ivoire sur les touches est tombé. Les instituteurs de l'école le lui ont cédé. C'est sur ce piano que Rydell a appris à jouer et qu'il devient un joueur excellent. À noter que Rydell est capable de plaquer l'accord «le plus violent» et de faire refluer chaque spectateur dans la solitude et dans l'angoisse jusqu'au fond de son âme, voire «jusqu'aux remparts de la peau et de l'apparence» (OA, p. 53).

Quant à Ann Hidden, ayant vidé toute sa maison, elle se souvient des dix-sept années vécues ensemble avec Thomas et des quarante-sept années de vie. Le souvenir lui fait naître l'envie de jouer de la musique. Pourtant, ce n'est pas sur le grand piano à queue Steingraeber qu'elle joue, mais sur le petit piano d'étude, sur le piano le plus petit parmi ses trois pianos, sur le petit piano droit sans aucune qualité. Sur un tel piano, Ann impose sur «un vieil air sanskrit» (VA, p. 94) qu'elle a édité autrefois. Cela est toujours «le seul secours» (VA, p. 94). «Le seul» indique l'importance de ce vieil air. Ayant joué le seul secours sur le petit piano sans qualité, Ann a pu finalement se calmer. Elle se dit que «tout cela» (VA, p. 94) est peut-être «indifférent» (VA, p. 94). Dans ce «tout cela» qui semble incompréhensible et énigmatique, il y a au moins un sens qui indique l'indifférence des pianos, car tout de suite, Ann ajoute qu'«on trouvait partout des pianos» (VA, p. 94).

Chez Georges, au soir tombé, à la demande de ce dernier, «je voudrais que tu me joues quelque chose maintenant» (VA, p. 78), Ann joue brièvement ce qui lui hante sur le piano «très étroit, très pâle, presque jaune, fragile, au toucher extrêmement léger» (VA, p. 79) qui a besoin d'être réaccordé. Un simple instrument n'empêche pas Ann et Georges d'être touchés par la musique. Quand Ann termine de jouer, les deux n'osent pas se regarder et ont des larmes sur «le bord des paupières» (VA, p. 79). En eux, il ne reste que le silence.

> «La musique se compose en moi sans instrument, [...] Tout ce qui est composé devant un instrument, ou à l'aide d'un instrument, ou en direction d'un instrument, obéit à ce que cela peut donner sur l'instrument, va vers lui et ce n'est plus de la musique. [...] Tout instrument égare.» (VA, p. 278)

L'emploi répétitif du mot «instrument» nous indique avec netteté que la musique ne dépend pas de l'instrument. La musique peut être joué sur l'instrument le plus petit, le plus simple. Elle vient au-dessus de la tête et réside dans l'infini, dans l'illimité. Dans ce sens, un vrai musicien ne se limite jamais à l'outil. Autrement dit, l'instrument est incapable d'accéder à l'essentiel de la musique.

2.2 Entouré de musique sans être musicien

Dans *Tous les matins du monde*, après deux écoutes de la musique jouée par Marin Marais, Monsieur de Sainte Colombe dit des propos similaires:

> «Vous faites de la musique, Monsieur. Vous n'êtes pas musicien.» (TMM, p. 32)
>
> «Vous vivrez entouré de musique mais vous ne serez pas musicien» (TMM, p. 36).

Dans la première citation, c'est le présent indicatif pour indiquer le fait que faire de la musique ne signifie pas être musicien. Et dans la deuxième, l'emploi du futur simple, «vous vivrez» et «vous ne serez pas», peut être considéré comme condamnation définitive de l'avenir de Marin Marais, qui, pour le maître, entouré de musique, ne sera jamais musicien. Pourquoi Monsieur de Sainte Colombe peut-il énoncer un tel jugement?

À ses yeux, Marin Marais connaît effectivement la position du corps, son jeu ne manque pas de sentiment et ses gestes de jouer sont tout corrects. Son archet est «léger et bondit» (TMM, p. 35) et ses ornements sont «ingénieux et parfois charmants» (TMM, p. 35). De plus, Marin Marais joue de la viole avec beaucoup «d'aisance et de virtuosité» (TMM, p. 31). C'est dans l'aisance et la virtuosité que réside la raison pour laquelle Monsieur de Sainte Colombe dit qu'il n'a pas entendu de musique. Le maître revendique tout le temps le côté expressif de l'art en dépit des techniques. Autrement dit, la musique pleine de techniques s'oppose à la musique de silence.

Monsieur de Sainte Colombe, de manière affirmative en employant toujours le futur simple, conclut: «Vous (Marin Marais) pourrez aider à danser les gens qui dansent. Vous pourrez accompagner les acteurs qui chantent sur scène. Vous gagnerez votre vie.» (TMM, p. 36) C'est en cela que consiste l'opposition de la musique de Monsieur de Sainte Colombe et de celle de Marin Marais. Dans *Tous les matins du monde*, Quignard établit une structure antithétique où deux systèmes de valeurs s'excluent: «D'un côté, la sphère de la création authentique, qui refuse toute inféodation ; de l'autre, le cercle détestable et mesquin des conventions.»[1] Monsieur de Sainte Colombe appartient au premier univers tandis que son élève Marin Marais au deuxième. Ce dernier, qui est engagé à la cour comme «Ordinaire de la Chambre» (TMM, p. 67), s'amuse en grattant sans âme de jolies mélodies et se sert de sa technique comme d'un cheval de cirque pour «pirouetter» (TMM, p. 46) devant le roi, devant la cour, pour se faire une place à Versailles. Pour Monsieur de Sainte Colombe, Marin Marais est «un grand bateleur», «un petit musicien [...]de la taille d'une prune ou bien d'un hanneton» (TMM, p. 46). Le contraste des deux adjectifs «grand» et «petit» souligne le manque de valeur de la musique de Marin Marais. Son art s'accommode du public qui lui dicte le ton et se satisfait des piécettes qu'on lui jette pour boire. Dans ce sens, jouer de la musique à Versailles ne se distingue pas de celui sur le Pont-Neuf. Il s'agit d'un acte de mendier, tant l'un que l'autre. De plus, Marin Marais n'a pas d'idée de ce à quoi peuvent servir les sons quand il ne s'agit plus de «danser» ni de «réjouir les oreilles du roi» (TMM, p. 36). Et Monsieur de Sainte Colombe compose une musique aérée, où les notes permettent de conférer au silence toute sa valeur pour qu'il exprime la douleur causée par la mort de ses êtres chers (son épouse et sa fille Madeleine). Il refuse à plusieurs reprises l'invitation de Versailles, le pouvoir et la gloriole de la cour. Monsieur de Sainte Colombe se décide à confier sa vie à des «planches de bois grise» (TMM, p. 18) dans un mûrier, aux «sons des sept cordes» (TMM, p. 18) d'une viole. Il veut se replier parmi les poules et les oies.

De plus, Marin Marais publie des compositions habiles tandis que Monsieur de Sainte Colombe ne publie pas les airs qu'il joue. Cela nous fait penser à l'attitude du refus d'être publié de Froberger, musicien allemand du XVIIe siècle. Monsieur de Sainte Colombe vise à jouer à discrétion. Il dit même qu'il ne compose pas et qu'il

---

[1] Gaëtan Brulotte, «Les mondes opposés de Pascal Quignard», *Oui ou non*, Volume 37, numéro 3 (219), juin 1995, p. 145.

n'a «jamais rien écrit» (TMM, p. 50). Le maître affirme à son élève Marin Marais et à sa fille que ce sont «des offrandes d'eau, des lentilles d'eau, de l'armoise, des petites chenilles vivantes» (TMM, p. 50) qu'il invente parfois en se souvenant d'un nom et des plaisirs.

Le père d'Ann Hidden dit que la musique permet de «mangeotter» (VA, p. 258) partout. L'emploi du verbe familier «mangeotter» signale son mépris envers ce genre de musique. Le père d'Ann gagne sa vie en jouant de la musique aux funérailles ou aux noces. Il peut même «mendier des sous accroupis sur n'importe quel pont de la terre» (VA, p. 258). Il conclut que ce qu'il fait est de la «muzak» (VA, p. 256) et qu'Ann fait de la musique. L'opposition entre la musique du père et celle d'Ann s'apparente à celle de deux mondes musicaux de Monsieur de Sainte Colombe et de Marin Marais.

En musique, Ann Hidden va peut-être encore plus loin. Elle n'apprécie jamais les «créateurs», ni les «interprètes», ni les «critiques», ni «les musicologues» (VA, p. 124). Ann ne complique jamais sa vie de leur rencontre. Elle ne lit pas les «biographies», ni les «correspondances», ni «les avis de décès» (VA, p. 124). Elle n'aime que les œuvres et des morceaux dans les œuvres. En tant que pianiste-compositrice, Ann Hidden n'interprète pas et réimprovise seulement ce qu'elle a lu ou ce qu'elle a bien voulu retenir pour quêter le thème perdu et rechercher l'essence du thème dans «une harmonie minimale» (VA, p. 221). Elle étudie des partitions anciennes, les réduits et les simplifie pour en fournir «un brusque résumé tournoyant» (VA, p. 218). Sa musique est donc simple. Pourtant, «les musicologues écrivaient des études très complexes sur ses œuvres si brèves et si précaires» (VA, p. 276). L'effort des musicologues se révèle vain. Le suffixe «logue» du terme «musicologue» signifie «logos» ou explication. Les musicologues font des études complexes alors que la musique d'Ann est brève et simple, simplement marquée par la douleur, par une douleur très simple, et dépourvue de toute technique. La musique d'Ann n'a pas de fin et produit un silence brusque. Le silence dans sa musique n'est pas la négation du son mais un moyen d'expression plus fine et plus précise que les notes. Il est différent du silence ordinaire et nourrit le désir de connaître la suite. Dans ce sens, le silence n'est pas l'absence de bruit, mais une attention.

À travers l'exemple de la musique de Monsieur de Sainte Colombe et de celle d’Ann Hidden, il n’est pas difficile de trouver que la musique est un révélateur de silence. Le silence n’est pas une simple absence de bruit mais et peut être construit par la musique. La musique de silence est sans technique et n’est pas pour plaire, ni pour trouver une place d’un bon rapport, ni pour gagner la vie, ni pour être publié. Elle est donc plus expressive. La musique de silence est capable d’exprimer les sentiments singuliers et le désir indicible parce qu’elle se nourrit de sentiments.

2.3 La musique est un petit morceau du cœur vivant

Où se trouve la musique, si elle n’est ni dans l’instrument ni dans un effort purement technique?

Ayant su que Marin Marais a joué de la musique devant le roi, Monsieur de Sainte Colombe devient furieux. Il ne peut que chercher à soupirer des «Ah ! Ah !» (TMM, p. 45) de douleur. Son silence est plein de colère inexprimable. Finalement, il se décide à donner de l’argent à Marin Marais pour le chasser de chez lui. Il jette la bourse aux pieds de Marin Marais et se retire.

S’étant rendu compte de la résolution inébranlable de son père, Madeleine, la fille aînée de Monsieur de Sainte Colombe, pleure et les sanglots font «frissonner son dos» (TMM, p. 46). Monsieur de Sainte Colombe compare la musique de Marin Marais avec les sanglots de Madeleine: «Ecoutez, Monsieur, les sanglots que la douleur arrache à ma fille: ils sont plus près de la musique que vos gammes.» (TMM, p. 46) Il se conclut que Marin Marais n’a pas un cœur pour sentir et que dans sa musique, il manque de sentiments, tandis que lui-même, il fait de la musique en se souvenant d’un nom et des plaisirs. Ce qu’il fait, ce n’est que la discipline d’une vie sans un seul jour férié. Monsieur de Sainte Colombe se conclut que «quand [il] tire [s]on archet, c’est un petit morceau de [s]on cœur vivant qu’[il] déchire» (TMM, p. 50).

Tch’eng Lien, dans le troisième traité de *La leçon de musique*, dit quasiment la même chose à Po Ya. Ce dernier apprend déjà depuis neuf ans la musique mais n’arrive pas à saisir l’essentiel. Il va trouver Tch’eng Lien qui l’écoute et le reçoit parmi ses élèves. Tch’eng Lien s’aperçoit que Po Ya, ayant étudié pendant trois ans la musique sous sa direction, s’attache trop à la perfection de la technique de la musique et que ses sentiments ne sont pas assez «concentrés» (LM, p. 109). Malgré son jeu habile, il n’y a pas de sentiment dans la musique de Po Ya. S’en étant rendu, le maître dit finalement à son élève: «Maintenant, mettez plus de sentiment dans votre façon de jouer la musique !» (LM, p. 101) L'emploi de «maintenant» signale d'un ton affirmatif que quelque chose va commencer à partir de l'acte de mettre plus de sentiment.

Dans *Villa Amalia*, des fanatiques s'intéressent à la musique d'Ann Hidden parce qu'ils sont touchés au cœur. Pour Quignard, la musique d'Ann peut toucher au cœur parce qu'elle est faite du cœur. Ce qui compte dans la musique, ce n'est ni l'instrument, ni la technique, ni les notes, ni la haute place sociale, ni l'argent, ni la gloire, mais les sentiments.

2.3.1 La musique est née du sentiment

À l'incipit de *Tous les matins du monde*, Quignard a noté l'origine de la composition du «Tombeau des Regrets»: «Monsieur de Sainte Colombe ne se consola pas de la mort de son épouse. C'est à cette occasion qu'il composa Tombeau des Regrets.» (TMM, p. 7) Le maître réputé de la viole, après la mort de son épouse qu'il aime, se perd et s'abîme dans la douleur irrémédiable. Le souvenir de son épouse est intact en lui. «Au bout de trois ans, son apparence était toujours dans ses yeux. An bout de cinq ans, sa voix chuchotait toujours dans ses oreilles.» (TMM, p. 8) Et «douze ans ont passé, mais les draps de [leur] lit ne sont pas encore froids» (TMM, p. 53). Eprouvant un amour profond, un amour que rien ne diminue, et un regret pour sa femme, Monsieur de Sainte Colombe se consacre entièrement à la musique et ajoute même une corde à la viole afin d'avoir «un tour plus mélancolique» (TMM, p. 9). Son art est nourri de visions intérieures, de douleurs profondes jusqu'aux limites de la folie. Au contraire de Marin Marais, Monsieur de Sainte Colombe, à qui plaire ne convient pas, refuse le pouvoir et la vanité des palais, investit à la musique le sens de sa vie. Il mène une vie passionnée et considère la musique comme son destin. La passion ou les sentiments profonds constituent l'origine de sa musique.

L'ultime leçon que Némie Salter dans *Vie secrète*, donne à son élève ne porte pas non plus sur les techniques, ni sur la lecture ou la compréhension de la musique, mais sur la concentration des sentiments. «Némie disait qu'on ne devait pas jouer ce qu'on n'aurait pas désiré violemment écrire. [...] c'était la force qui avait possédé le compositeur qui devait être exhumée.» (VS, p. 57) C'est-à-dire que l'essence du geste musical ne réside pas dans la lettre de la partition, ni même dans l'esprit de l'œuvre-même, mais dans les sentiments sans lesquels, celui qui fait de la musique ne serait jamais un musicien, ou un vrai musicien.

Dans *Boutès*, Quignard cite Aristote qui a dit que «la *psyché* – en latin l'*anima*, en français le souffle – est comme une tablette où la souffrance s'écrit» (B, p. 84). À la citation, l'auteur ajoute que «la musique vient y lire» (B, p. 84). C'est-à-dire que la musique est faite de souffrances, de sentiments, des airs au fond de soi. D'ailleurs, dans l'ancienne pensée chinoise à laquelle Pascal Quignard s'intéresse depuis toujours, Xunzi, un des penseurs à la fin de l'antiquité, exprime dans ses écrits quasiment le même point de vue: «Quant à la musique, elle signifie la réjouissance qui est indispensable dans les sentiments humains. Et la vie humaine ne peut pas se passer de la musique.»[1] Le musicologue chinois souligne également que la musique vient de l'expression des sentiments.

2.3.2 La musique est une plainte exprimée

Ann Hidden compose des chants pleins de longs silences en saccades rythmique et tristes. Avant qu'elle joue du piano, Ann, toute concentrée, reste assise, lève ses mains et fait longtemps silence. «Brusquement elle était en train de jouer.» (VA, p. 285) L'emploi de l'adverbe «brusquement» indique la façon d'Ann de jouer de la musique. Et la beauté de sa musique, ou de la musique vraie est liée à la souffrance abyssale qui l'envahit. En effet, jouer de la musique, c'est, grâce à des rythmes et des sons, «faire jaillir […] une émotion que les mots ne peuvent traduire»[2].

Marin Marais est rejeté de la chantrerie lorsque sa voix mue. C'est à la voix brisée que consiste sa douleur qui le pousse à devenir musicien, à se venger de la voix qui l'abandonne, à devenir un violiste renommé. Marin Marais fait de la musique pour panser l'affection de la voix humaine. Lors de sa deuxième visite, Monsieur de Sainte Colombe accepte de le prendre pour élève. Le maître lui donne sa raison: «Cependant votre voix brisée m'a ému. Je vous garde pour votre douleur, non pour

[1] 荀子,《荀子》, 方勇、李波译注, 北京: 中华书局, 2010年, 第27页。“夫乐者, 乐也, 人情之所必不免也, 故人不能无乐。” (C'est nous qui traduisons du chinois.)

[2] Stella Spriet, «La voix mutique de Pascal Quignard», in *Pascal Quignard ou la littérature démembrée par les muses*, Mireille Calle-Gruber, Gilles Declercq, Stella Spriet (éds), Paris: Presses de la Sorbonne Nouvelle, 2011, p. 189.

votre art.» (TMM, p. 36) Nous avons déjà analysé l'opposition de l'art de Monsieur de Sainte Colombe à celui Marin Marais. Il n'est pas surprenant que l'art de Marin Marais ne puisse pas toucher Monsieur de Sainte Colombe. En revanche, le maître est affecté par sa douleur, par sa douleur due à une perte irrémédiable.

Tch'eng Lien remarque aussi la voix de Po Ya a changé. Il l'écoute se plaindre et entend dans le chevrotement de la voix quelque chose d'un chant. La voix perdue produit chez les garçons la nostalgie. C'est ce sentiment nostalgique qui les pousse à faire de la musique. Dans ce sens, la musique est un moyen d'exprimer leur regret, leur plainte.

Monsieur de Sainte Colombe «ne pouvait contenir le regret de ne pas avoir été présent quand sa femme avait rendu l'âme» (TMM, p. 8). Il s'enferme volontairement chez lui et se consacre entièrement à la musique dans la cabane. Monsieur de Sainte Colombe crée «le Tombeau des regrets» et fait souvent «quelques traits mélancoliques à l'archet» (TMM, p. 76). À travers le titre, on peut s'apercevoir au moins une partie de l'essentiel de ce morceau musical ou même de la musique du maître de la viole: le regret.

Tch'eng Lien dit à Po Ya qu'il ne peut plus rien lui apprendre, tandis que son maître Fang Tseu-tch'ouen sait «faire naître l'émotion dans l'oreille humaine» (LM, p. 121) Le maître Fang habite dans la mer de l'Est. Tch'eng Lien et Po Ya décident de partir pour lui rendre visite. A leur arrivée à la mer de l'Est, Tch'eng Lien demande à Po Ya de rester au pied de la montagne. Lui, il part mais sans retour. Po Ya ne commence réellement à savoir faire de la musique que lorsqu'il pleure de l'absence de son maître Tch'eng Lien qui disparaît en mer: «[…] il pleura au fond de son cœur et seuls les sons étaient des larmes» (LM, p. 122). Po Ya pleure de la disparition de son maître et exprime son regret par les sons.

À la fin de *Tous les matins du monde*, Monsieur de Sainte Colombe ouvre finalement sa porte à Marin Marais, le musicien du roi, lorsque ce dernier annonce qu'il cherche les «regrets» et les «pleurs» (TMM, p. 77). Le regret, la plainte, c'est le teneur de la vraie musique.

Chez Quignard, «*dolos*» et «*melos*» (HM, p. 273) se dépendent l'un de l'autre. La musique qui sait «se perdre» (B, p. 19) n'a pas peur de la douleur. Au contraire, elle est capable d'aller au fond de la douleur parce qu'elle «gît» (B, p. 19). L'auteur conclut que la musique a le courage de se rendre au bout du monde de la tristesse et qu'elle sublime la douleur. À cet égard, Jean-Louis Pautrot, ayant analysé *La leçon de musique* et *Tous les matins du monde*, a proposé une interprétation générale de la musique de Quignard. Pour lui, «la musique quignardienne est une élégie, un cri de deuil lancé en direction d'une perte irracontable et informulable autrement. La musique est le son d'un manque, la trace sonore d'un déchirement»[1]. La musique est une plainte exprimée et un appel vers la mort, vers le perdu. Elle est le territoire sonore de la perte et peut remémorer sans les mots.

2.3.3 La musique est là pour héler le perdu

Chez Quignard, les musiciens sont des hommes qui cherchent les regrets et les pleurs, qui cherchent à remédier à la séparation, à étreindre «l'exil» (LM, p. 37) et «le plus ancien résonateur» (LM, p. 57). La musique est capable de lier la nuit au jour, de lier ceux qui vivent à ceux qui sont morts.

Dans le XIVe chapitre de *Tous les matins du monde*, Quignard nous relate une scène où Monsieur de Sainte Colombe découvre Marin Marais et Madeleine qui se cachent et guettent sa musique sous la cabane. Monsieur de Sainte Colombe dit à sa fille et à son élève que pour lui, il y a quelque chose de plus que «l'art», de plus que «les doigts», de plus que «l'oreille», de plus que «l 'invention». Ce qu'est quelque chose, c'est «la vie passionnée» (TMM, p. 49) qu'il mène. Ayant prononcé ces mots, il continue. Pour cette fois, ses mots ne visent qu'à Marin Marais: «Monsieur, vous plaisez à un roi visible. Plaire ne m'a pas convenu. Je **hèle**, je vous le jure, je hèle avec ma main une chose invisible.» (TMM, p. 50, c'est nous qui soulignons.) Pour Monsieur de Sainte Colombe, aucun instrument ne répare, ne compense. De plus, peu importe qu'on exerce son art «dans un grand palais de pierre à cent chambres ou dans une cabane qui branle dans un mûrier» (TMM, p. 49), peu n'importe non plus qu'il publie ses airs joués, ce ne sont que «des noires et des blanches sur du papier» (TTM, p. 50). Ce qui importe, c'est qu'il hèle. Le maître de la viole hèle une chose invisible. Cette chose invisible est son épouse morte qu'il aime, le souvenir, le temps passé, la voix perdue, etc. Dans ce sens, la musique matérialise l'absence et commémore le

---

[1] Jean-Louis Pautrot, *Pascal Quignard ou le fonds du monde*, Amsterdam-New York: Rodolpo, 2007, p. 82.

perdu. Et le musicien est celui qui s'est fait une spécialité de ce verbe, «héler» (LM, p. 56).

Et la musique de Marin Marais peut aussi être résumée par le verbe «héler». Elle interpelle un auditeur qui est pour toujours perdu: l'enfant submergé après la mue. Le temps du corps masculin est nostalgique: il garde la trace de la perte, de l'exil définitif de l'enfance, de la pomme d'Adam.

Avec ses compositions difficiles et son chant de plus en plus singulier, Ann Hidden hèle aussi «ses perdus» (VA, p. 277) À l'instar de Magdalena von Kurzböck qui a transmis Haydn, elle aime transmettre ce qui «fut» (VA, p. 277) oublié. L'emploi brusque du passé simple indique ce qui est oublié paraît comme un événement historique. Ann vise à héler les oubliés dans l'Histoire.

La musique, pour Quignard, se présente comme «un appel qui dresse, une sommation temporelle, un dynamisme qui ébranle, qui fait se déplacer, qui fait se lever et se diriger vers la source sonore» (B, p. 13). Dans ce sens, on ne joue pas de la musique, en revanche, on cherche quelque chose de perdu. Et le perdu, c'est la pièce-même. La musique rappelle donc des origines et de la blessure immortelle. Elle est la nostalgie énigmatique, l'appel aux morts, aux perdus intimes. Elle est une ouverture à la source originaire dans un au-delà «du langage et du sujet, voire de l'espèce»[1].

Le verbe «héler» que Pascal Quignard affectionne et utilise avec une fréquence remarquable, désigne bien un effet particulier «de traction exercée par une cause hors de portée»[2]. La vision de la musique de Quignard peut donc se résumer à «trois temps»[3].Ces trois temps correspondent à «autant de séparations, de pertes, [...] et dont le modèle primordial remonte à la naissance»[4]. Les trois temps ou trois pertes que la musique met en jeu, font un itinéraire régressif: la voix perdue lors de la mue adolescente, la perte de l'être prélinguistique et de la fusion totale avec la mère dans le monde pré-natal. Les musiciens se méprennent sur leur propre silence et cherchent à héler jusque dans le silence le perdu qui les décide à la musique instrumentale ou à

---

❶ Jean-Louis Pautrot, «La musique de Pascal Quignard», *Études françaises, Pascal Quignard, ou le noyau incommunicable*, vol. 40, n° 2, 2004, p. 75.

❷ Dominique Rabaté, *Pascal Quignard. Etude de l'œuvre*,Paris: Bordas, 2008, p. 32.

❸ Jean-Louis Pautrot, «La musique de Pascal Quignard», *Études françaises, Pascal Quignard, ou le noyau incommunicable*, vol. 40, n° 2, 2004, pp. 57.

❹ Ibid.

la composition de la musique. Le verbe «héler» a l'avantage de décrire précisément les gestes des musiciens, son appel agressif, son appel vers l'origine qu'aucun appel ne peut ressaisir.

Ainsi, la musique n'est associée ni à l'instrument, ni à l'analyse, ni à la technique.Elle est née des sentiments et peut exprimer des regrets, des plaintes. La musique est de cette manière tendue vers ce qui précède, vers un autre temps. Elle est «puissance de souvenir d'un état qui est à la fois présent et à jamais disparu. Elle est la trace d'une perte qui ne s'oublie pas»[1]. La musique est là pour héler le perdu. Pour Quignard, jouer de la musique est un geste qui doit porter sur le corps, sur l'intérieur du corps, sur le silence. Dans les romans, les personnages-musiciens cherchent et reconstruisent la musique de silence dans la nature.

---

❶ Dominique Rabaté, *Pascal Quignard. Etude de l'œuvre*,Paris: Bordas, 2008, p. 63.

Chapitre III La musique de silence dans la nature

Tout au long de l'histoire de la musique, la contemplation du paysage naturel ne cesse d'être une importante source d'inspiration pour les compositeurs. Lors de l'entretien avec Henry Malherbe, Debussy a confié que le secret de la composition musicale, c'est la nature:

> «Le bruit de la mer, la courbe d'un horizon, le vent dans les feuilles, le cri d'un oiseau déposent en nous de multiples impressions. Et, tout à coup, sans que l'on y consente le moins du monde, l'un de ces souvenirs s'exprime en langage musical. Il porte en lui-même son harmonie. Quelque effort que l'on fasse, on n'en pourra trouver de plus juste, ni de plus sincère.»[1]

Cet extrait correspond à la conception musicale de Quignard: «[…] tout dans la nature, les oiseaux, les marées, les fleurs, les nuages, le vent, les heures des étoiles, dit au temps son temps.» (VA, p. 179). Il fait dire Tch'eng Lien dans *La leçon de musique*: «La musique[…] est l'orage» (LM, p. 107). Pour l'auteur, il n'existe pas de séparation entre la nature et la musique mais la musique est la nature elle-même. Autrement dit, la musique appartient à la nature et la musique humaine n'est que la mimésis des sons naturels.Dans les romans, par dégoût du bruit social, les personnages-musiciens retournent à la nature et visent à faire une musique de silence. Leur musique tend à faire naître un silence d'une qualité particulière, un silence expressif et désirant.

3.1 La musique naturelle

En retraçant l'évolution de la musique, Quignard a noté dans *Boutès* que la

[1] Claude Debussy, «M. Claude Debussy et Le Martyre de Saint Sébastien (Interview par Henry Malherbe)», *Monsieur Croche*, Paris: Gallimard, Paris, 1987, p. 325.

musique «grecque puis romaine puis chrétienne puis occidentale se fit de plus en plus orphique et conjuratoire» (B, pp. 30-31). À la musique «de plus en plus orphique et conjuratoire», l'auteur oppose sa musique naturelle.

La musique naturelle désigne d'abord la musique «merveilleuse et difficile» (TMM, p. 19) qui est composée dans un tel lieu **en pleine nature**. Monsieur de Sainte Colombe vit avec ses deux filles dans une maison avec un jardin à l'écart de Paris, à l'écart de la cour. Pour mieux faire de la musique, il fait construire une cabane dans un mûrier. Cette cabane décolle du sol à une hauteur de quatre marches qui la dérobe au monde. Il s'y enferme et s'adonne à la musique. Il confie sa vie à «des planches de bois grises qui sont dans un murier» (TMM, p. 18) Sa cour, ce sont «les saules», «l'eau qui court», «les chevesnes», «les goujons et les fleurs du sureau» (TMM, p. 18). C'est comme par magie que le chant montant, sa femme défunte apparaît à plusieurs reprises près de la porte.

Quignard a cité dans sa *Haine de la musique* un dicton du *Rêve dans le pavillon rouge* de Cao Xueqin où se définissent les conditions nécessaires de jouer de la cithare horizontale à sept cordes. Parmi ces conditions, c'est le lieu qui est exigé au premier rang. Selon l'auteur du plus grand roman au sens propre du terme de l'histoire littéraire de Chine, le lieu idéal de jouer de la cithare est un cabinet isolé sur une terrasse élevée ou au haut d'un pavillon à étages, soit un lieu retiré dans un bois, au sommet d'une montagne, ou au bord d'une vaste étendue d'eau. Quelle coïncidence entre la cabane de Monsieur de Sainte Colombe et le cabinet isolé du joueur chinois !

Lors de l'unique fois où Marin Marais voit son maître au-dehors de chez lui, les deux rejoignent la Bièvre en aval. En pleine nature, ils se taisent et entendent comment «se détache l'aria par rapport à la basse» (TMM, p. 39). Dans l'atelier du peintre Baugin, Monsieur de Sainte Colombe souffle dans l'oreille de Marin Marais et lui demande d'écouter le son du pinceau du peintre pour apprendre la technique de l'archet. Ayant salué Monsieur Baugin, en chemin de retour, Monsieur de Sainte Colombe et Marin Marais voient un petit garçon qui descend ses chausses et pisse en faisant un trou dans la neige. Par le bruit de l'urine chaude qui crève la neige et qui se mêle au bruit des cristaux de la neige, Monsieur de Sainte Colombe apprend à l'élève que le détaché des ornements et la descente chromatique ne peuvent se trouver que dans la nature.

Dans «La dernière leçon de musique de Tch'eng Lien», Po Ya relate à Tch'eng Lien qu'un des événements qui l'ont décidé à la musique: «ç'avait été près de Nankin [...] il était en train de suivre la route [...] quand l'orage l'avait surpris» (LM, p.105). À l'extrême violence de l'orage et aux bruits de la nature, Po Ya oppose un son «très proche du silence» (LM, p. 106) qui traduit la force de l'événement. Le son est capable de peindre «cette plaine ruisselante et neuve, ces couleurs jamais vues» (LM, p. 106). L'expression «très proche du silence» nous fait penser à la sublime hiérarchie de la nature et au pouvoir limité de l'art pour faire de l'émotion générale une émotion artistique.

Sur ses CD, Ann Hidden choisit toujours «des fragments magnifiques de ciels d'orage» (VA, p. 35) qui correspondent aux morceaux musicaux qu'elle compose. Dans Villa Amalia, sur l'île, sur la terrasse, elle fait écouter à Lena «le printemps», «le bruit des premiers feuillages», «le son des oiseaux fêtant le soleil», «le vent de la nuit», «les voix lointaines», «le ressac sourd au-dessous de la falaise» (VA, p. 179). Tout cela pour elle appartient à la musique naturelle.

En 2019, Quignard a publié *Dans ce jardin qu'on aimait*. Il s'agit de l'histoire de Simeon Pease Cheney. Cheney, en souvenir de sa femme disparue, se réfugie dans le jardin de sa cure où la nature prend toute la place. Il note les chants d'oiseaux, les bruits qu'il entend dans le jardin entourant son presbytère et compose de la musique. C'est, effectivement le premier compositeur moderne qui ait noté au cours de son ministère durant les années 1860-1880, tous les chants des oiseaux qu'il avait entendus. Cheney fait un recueil particulier qui s'intitule «Wood Notes Wild». C'est un recueil de chants sauvages, contenu de toute la musique de la forêt sauvage.

Mais ce recueil est repoussé partout et refusé par les maisons d'éditions parce qu'on trouve que les chants sauvages du vent, des oiseaux, des roseaux, des gouttent de l'averse sur les arbres n'ont pas de sens. Pour Quignard, ce que Cheney compose fait partie de la musique naturelle dont la deuxième caractéristique est **l'absence de signification**. La musique est dans ce sens «un système de signes sonore qui ne signifie plus»[1]. Elle est le point extrême du langage humain. Dans la musique, à vrai

---

[1] Chantal Lapeyre-Desmaison, *Pascal Quignard Le Solitaire, Rencontre avec Chantal Lapeyre-Desmaison*, Paris: Galilée, 2006, p. 44.

dire, on ne cherche pas «un nom, un prénom, un visage ou une personne qu'on aurait oublié mais un état que le langage avait divisé et qu'il ne pourrait pas reconnaître» (VS, p. 67). Ce qu'on cherche, c'est «une idée perdue» (VS, p. 67). Et cette idée se cache toujours derrière le langage. À noter que l'homme cherche tout le temps un sens révélé par le langage en négligeant le nœud indicible.

La musique naturelle signifie également les concerts de nature. «La musique fait mugir, elle fait braire, elle fait barrir. / Elle hennit.» (HM, p. 79) Les verbes «mugir», «braire», «barrir», «hennir»font du champ lexique du cri poussé par des animaux. Dans ce sens, la musique naturelle «n'est pas tout à fait humaine» (TMM, p. 78). Elle n'est pas un chant spécifique de «l'espèce *Homo*» (HM, p. 78). Le chant spécifique humain est la «langue» (HM, p. 78). La musique est une imitation des langages enseignés par «les proies lors de la reproduction du chant des proies à l'heures de leur reproduction» (HM, pp. 78-79).

La musique naturelle est faite dans la nature, se passe de langage et n'appartient pas à l'humain. Autrement dit, elle représente les sons de la nature qui ne peuvent pas être saisis sans silence. Elle ne se limite pas à un seul sens ni à l'humain.

La nature constitue une source d'inspiration de la création artistique. Hugo Wolf, célèbre compositeur autrichien a noté sur ses partitions que même une promenade ordinaire surgit en lui les poussées de création. Pour Quignard, il n'y a pas de séparation entre la nature et l'art.

La musique est au moins essentiellement liée à la nature. Ce point de vue est déjà exprimé par Jean-Jacques Rousseau, le célèbre écrivain-musicologue du XVIIIe siècle, dans son *Essai sur l'origine des langues*[1] où il a parlé de la mélodie et de l'imitation musicale. L'auteur des *Confessions* fait de la musique son modèle privilégié. Pour comprendre la musique, il retourne à sa matrice, soit les langues. Ayant analysé le phénomène du mimétisme phonétique en première phase de l'apprentissage du langage, Rousseau conclut que la musique est essentiellement inséparable de la nature, ou qu'elle est la nature elle-même.

La nature est toujours silencieuse. Elle est «plus profonde que tous les dieux qui par milliers sont nés d'elle autrefois» (DCJA, p. 120). La nature se tient «au fond de

[1] Jean-Jacques Rousseau, *Essai sur l'origine des langues*, Paris: A. G. Nizet, 1992.

Dieu» (DCJA, p. 120). Elle est notre source qui est capable de nous consoler quand nous la contemplons.

Dans la culture chinoise qui attire depuis toujours l'attention de Pascal Quignard, la musique est décrite comme un art né de la nature. L'auteur de *Printemps et automnes de Lü Buwei* note que la musique est essentiellement issue de «Taiyi»[1], qui est le tao (la voie), une conception-clé du Taoïsme.

La musique se cache dans la nature. Quignard a évoqué ce que dit Cheney: «Même les choses inanimées ont leur musique. Veuillez prêter l'oreille à l'eau du robinet qui goutte dans le seau à demi plein.» (DCJA, p.14) Au moment de découvrir cet extrait, Quignard avait les larmes aux yeux. La vraie musique et la nature se fusionnent. Il faut écouter avec attention, avec «un Entendre pur» (VS, p. 59).

3.2 Un Entendre pur

Quignard a cité deux arguments d'Eckhart le Thurgien, le commentateur de saint Augustin:

> «'Pour que la voix se fasse entendre et crie dans l'oreille de ton cœur, fais-toi au cœur de toi le désert où elle crie. Deviens désert. Ecoute le désert du son.'
>
> […]
>
> 'Entendre suppose le temps. Si entendre suppose le temps, alors entendre Dieu, c'est n'entendre rien.
>
> N'entends rien.
>
> Sépare-toi de la musique.'» (HM, p. 244)

Devenir désert, écouter le désert du son, c'est de ne rien entendre ou écouter le silence. Chez Quignard, la musique est depuis toujours associée à l'ouïe. Le silence constitue un élément indispensable à celui qui écoute de la musique. Il permet le geste d'écouter.

[1] 《吕氏春秋》，陆玖译注，北京：中华书局，2011 年，第 132 页。"音乐之所由来者远矣，生于度量，本于太一。太一出两仪，两仪出阴阳，阴阳变化，合而成章。"(C'est nous qui traduisons du chinois.)

3.2.1 Ecouter le silence

Dans *Tous les matins du monde*, Marin Marais, ayant été nommé Ordinaire de la Chambre du roi et chef d'orchestre de la cour, quitte tous les soirs Versailles, se rend à la Bièvre et glisse sous la cabane de son maître. Il écoute avec l'oreille collée à la paroi de planches. Pourtant, Monsieur de Sainte Colombe joue rarement. Et ce que Marin Marais entend, ce sont souvent de longs silences. Il entend seulement des mots qu'il ne comprend pas, des mots dépourvus de sens et des soupirs.

Pourquoi les airs jamais entendus de Monsieur de Sainte Colombe fascinent Marin Marais? Ou plus généralement, pourquoi la musique peut-elle fasciner? Pour Quignard, cette fascination est en rapport avec le premier royaume. L'auteur a noté que «la cloison sonore» (LM, p. 25) était première dans l'ordre du temps. Avant que l'homme soit enveloppé de sa «propre chaire» (LM, p. 25), il est dans «la cloison tégumentaire d'un ventre autre» (LM, p. 25). Ce ventre autre, c'est le ventre maternel.

Sous la cabane de son maître, l'oreille de Marin Marais est collée au bois et son corps accroupi. En faisant ainsi, Marin Marais écoute son maître jouer de la viole et sans qu'il le sache, il répète une position plus ancienne, la position fœtale. Cette scène était «une grossesse» (LM, p. 29) et devient «un enfantement» (LM, p. 29). Elle évoque «une autre cloison» (LM, p. 29) ou une autre avidité auditive» (LM, p. 29).

La musique naturelle renvoie alors aux premiers percepts auditifs qui affectent l'homme avant qu'il soit né au monde, quand il est un fœtus. Pour Quignard, l'ouïe précède la naissance: «La martyre sonore était le premier des martyres. [...] Pour ce qui le concernait, cela avait commencé dès le 22e jour après [l]a fécondation.» (EC, pp. 91-92) C'est-à-dire que le fœtus entend dès l'origine, dans l'ontogenèse, à l'intérieur du ventre maternel, dans le monde amniotique dont la présence du sonore est incontestable. Il entend «derrière la peau et l'eau» (B, p. 85), l'étrange sonate de ce qui sera «sa langue maternelle» (B, p. 85). Autrement dit, quand on est encore fœtus, on n'a pas le souffle, on ne respire pas et vit dans l'eau obscure. Ce qu'on entend en tant que fœtus n'est pas encore le langage. L'auteur s'est conclu que généalogiquement, le chant dont le fœtus n'entendait que l'émotion était «antérieure» (B, p. 85) à la voix articulée. Quignard a noté dans le même livre que «la musique est la nostalgie, après l'apprentissage des langues collectives, de l'état antérieur de la phonation, du souffle, de l'animation» (B, 85). Pour Quignard, l'expérience de la musique fait retourner en nous le silence du monde pré-natal et nous plonge dans le monde d'avant le langage:

Le chant antérieur à la voix articulée ne peut plus être entendu dans le monde moderne à cause du bruit omniprésent. En effet, étant borné à son époque, Benjamin n'a pas pu prévoir le phénomène de la saturation musicale qui assaille l'homme du monde moderne. Mais dans son ouvrage, il a décrit le processus de la sécularisation de l'art et a déclaré son inquiétude au sujet de l'art de masses. Benjamin s'est conclu que les masses cherchaient à se distraire, alors que l'art exigeait «le recueillement»[1]. L'inquiétude de Benjamin se révèle raisonnable. Il est de moins en moins possible de se recueillir dans l'art sonore. Pour Quignard, l'art sonore devient finalement une distraction et fait tomber la vraie musique dans l'oubli. Pour retrouver la musique, il faut s'éloigner des bruits de la société, s'engloutir dans le silence et la pureté du crépuscule pour entendre ce qui est inaudible.

L'écoute de la musique, pour l'auteur, doit être solitaire et obéir à une recherche asociale et marginale. Et il faut écouter le silence de la musique, qui est plus silencieux que l'âme, que la mort, que «toutes les choses les plus silencieuses»[2]. Dans ce sens, une bonne interprétation musicale doit donner l'impression «d'un texte originaire» (VS, p. 58). Et la musique naturelle quignardienne est capable de rappeler l'origine et de réveiller chez l'auditeur le monde pré-natal ou le monde originaire. L'interprétation de la musique ferait surgir non pas comme «entendu» (VS, p. 59) mais comme «entendre» (VS, p. 59) car un beau morceau de musique «s'entend» (VS, p. 59) avant de «sonner» (VS, p. 59).

3.2.2 On chante avec son oreille

Quignard a noté dans son ouvrage qu'il n'y avait «pas de sommeil pour l'audition» (HM, p. 110). L'emploi de «pas de sommeil pour l'audition» veut dire qu'avant la naissance jusqu'à l'ultime moment de mort, l'homme ne cesse d'ouïr. Pour être plus précis, l'audition demeure tout le temps active car elle précède la

---

[1] Walter Benjamin, «L'œuvre d'art à l'époque de sa reproductibilité technique» (la dernière version date de 1939), *Œuvres III*, Paris: Gallimard, 2000, p. 311.

[2] Vladimir Jankélévitch, *La musique et l'ineffable*, Paris: Seuil, 1983, p. 164.

naissance, la venue en ce monde de l'homme. Il est possible à l'homme de se taire et impossible d'arrêter d'entendre.

Dans la perspective de l'ontogenèse, l'oreille fonctionne déjà dans l'utérus. Le docteur Alfred Tomatis, qui, en tant que thérapeute de la voix, s'intéresse à cet organe. Il a affirmé dans son ouvrage que l'oreille est «le premier organe sensoriel mis en place»[1]. Tomatis a ajouté que dès le cinquième mois de la vie embryo-fœtale, l'oreille était déjà un organe adulte, achevé, qui sait «emmagasiner l'information»[2] et de plus engrammer l'information reçue. Ce qui est indiscutable, c'est que l'oreille précède la vision et garde toujours l'empreinte du perdu, des ombres, de ce qui précède l'existence de l'homme.

Pour Quignard, l'oreille humaine est «préterrestre» et «préatmosphérique» (LM, p. 52). Le préfixe «pré» des deux adjectifs est issu du «prae» du latin et signifie «avant» ou «devant». Il s'utilise pour marquer l'antériorité temporelle. L'emploi des adjectifs «préterrestre» et «préatmosphérique» indique qu'avant la naissance, avant le souffle, avant le cri qui le déclenche, deux oreilles baignent pendant deux à trois saisons dans le monde pré-natal, dans «le sac de l'amnios» (LM, p. 52), «le résonateur d'un ventre» (LM, p. 52). Toute perception sonore est «une reconnaissance» et l'organisation de cette reconnaissance est «la musique» (LM, p. 52).La musique est capable d'éveiller quelque chose d'originaire car avant le langage, dans le silence, il y a déjà l'ouï.

La musique apparaît comme le fond ancestral de l'homme. Elle est pour Quignard l'art le plus ancien, l'art qui précède tous les arts. La musique joue «des rythmes décalés du cœur» (VS, p. 83) et «ensanglante la chair et des poumons» (VS, p. 83). Quignard a indiqué qu'il n'écrivait pas d'abord avec sa main ou avec son esprit, mais comme un compositeur avec son oreille. Pour lui, écouter c'est avant tout se taire. Quand on parle, tout disparaît.

Pour Quignard, le silence ne définit en rien «la carence sonore» (HM, p. 135). Il définit l'état où l'oreille est «le plus en alerte» (HM, p. 135). L'emploi du superlatif met l'accent sur la primauté de l'audition. La source de la musique n'est pas dans «la

[1] Alfred Tomatis, *L'oreille et la voix*, Paris: Laffont, 1987, pp. 128-129.
[2] Ibid.

production sonore» (VS, p. 59) Elle est dans cet «entendre absolu» (VS, p. 59) qui la précède dans la création. Chaque expérience présente un glissement vers l'auditif. Quignard a pu conclure que c'était à partir de l'oreille que le monde allait acquérir sa signification. Et le geste musical tend à une pure audition de soi-même, à la tentative de faire écho à une impression indicible et infigurable, de trouver une consonnance avec le pressentiment d'un inconnu intime.

En 1989, lors d'un entretien, en parlant l'écriture des *Escaliers de Chambord*, Quignard a affirmé qu'il travaillait à l'oreille, dans l'extrême silence. Pour lui, il s'agit d'une très fine oreille «sans théorie», «sans volonté arrêtée», «sans présupposé idéologique»[1]. Cette oreille ne retient que l'attention. Dans un autre entretien, à la question posée par Jean-Louis Pautrot[2], Quignard a répondu similairement. Il a dit que pour ce qui lui concernait, il obéissait et qu'il faisait «tout à l'oreille»[3]. Pour lui, il faut que ça sonne bien «aux oreilles»[4]. Quignard a déclaré: «J'écris pour le premier royaume. J'écris *in aurem*.»[5]Un tel chant de l'oreille est le fait des personnages artistes des romans de Pascal Quignard, Monsieur de Sainte Colombe, Marin Marais, Ann Hidden, et même Meaume le graveur dans *Terrasse à Rome*.

3.3 Désenchanter la musique dans la nature

«Désenchanter» est effectivement le titre du neuvième traité de *La haine de la musique*. Dès le début, Quignard a posé la question: «Que veut dire désenchanter?» (HM, p. 255) C'est peu après la question posée qu'il a donné la réponse ou la définition de ce verbe énigmatique. Pour lui, désenchanter, à la différence de la

---

[1] «La déprogrammation de la littérature. Entretien avec Pascal Quignard», *Le Débat*, No. 54, Gallimard, Paris, mars-avril 1989, p. 82.

[2] Pour être plus clair et plus raisonnable, on cite la question de Jean-Louis Pautrot: «pour aller plus loin, adoptez-vous dans vos livres certaines stratégies que vous qualifieriez de 'musicales', d'autant plus que l'écriture trouve pour vous un référent utérin, qui est aussi à l'œuvre dans la musique?» (Jean-Louis Pautrot, «Dix questions à Pascal Quignard», *Études françaises*, *Pascal Quignard, ou le noyau incommunicable*, vol. 40, n° 2, 2004, p. 89.)

[3] Jean-Louis Pautrot, «Dix questions à Pascal Quignard», *Études françaises*, *Pascal Quignard, ou le noyau incommunicable*, vol. 40, n° 2, 2004, p. 89.

[4] Ibid.

[5] Ibid.

définition donnée par les dictionnaires[1], c'est «faire mal au mal» (HM, p. 255) et «faire venir l'esprit dehors» (HM, p. 255). L'auteur a ajouté que désenchanter, c'était de fixer l'esprit sur «autre chose» (HM, p. 255). Dans ce sens, «désenchanter la musique» veut dire éloigner de la musique non désirée, repoussante, poursuivre un silence solennel par la musique naturelle.

3.3.1 *Villa Amalia*: un fragment de nature

D'une certaine manière, Ann Hidden est un être désenchanté. Son nom Hidden signifie «cacher», d'où se voit explicitement son parcours de vie, qui se construit à travers une série de renoncements, et se dégage peu à peu de ce «*circulus*», voire ce «*circus*»[2]social, pour trouver sa voix singulière qui serait celle d'une musique exigeante et dépouillée, à l'image de son existence.

> «Tout ce qu'elle avait composé aurait tenu dans un petit recueil. Elle jouait très peu. Tout ce qu'elle avait pu écrire avait été enregistré. Elle n'appréciait jamais les créateurs. **Ni** les interprètes. **Ni** les critiques. **Ni** les musicologues. Elle ne compliquait jamais sa vie de leur rencontre.» (VA, pp. 123-124, c'est nous qui soulignons.)

C'est la description sur la création musicale d'Ann Hidden. Dans cet extrait, l'emploi des formes négatives «ne… jamais» et «ne… ni… ni» met l'accent sur la particularité de la musique ou de la façon particulière de faire de la musique d'Ann. La particularité de la musique d'Ann réside non seulement dans la petite quantité de sa création, mais et notamment dans l'invisible. Cette musique invisible correspond au mode de vie choisi d'Ann, car personne ne connaît son visage. De plus, Ann a renoncé depuis une quinzaine d'années «aux concerts» (VA, p. 145). Elle n'est

---

[1] Citons pour mémoire la définition du *Littré*: rompre un charme, un enchantement ; celle du *TLFi*: faire cesser une illusion, faire perdre à un objet son caractère illusoire ou le charme, l'attrait, le mystère qui peuvent lui être prêtés.

[2] Isabelle Soraru, «Le difficile *vœu de silence* de Pascal Quignard», dans *Écriture et silence au XXe siècle* [en ligne], Michèle Finck et Yves-Michel Ergal (dir.), Strasbourg: PUS, 2010 (généré le 06 avril 2020), p. 52. Disponible sur Internet: <http://books.openedition.org/pus/2406>. ISBN: 9791034404971. DOI: https://doi.org/ 10.4000/books.pus.2406.

jamais sûre d'avoir assez d'angoisse pour rester suffisamment concentrée pendant deux heures et pour être capable de jouer avec toute la violence qu'elle souhaite voir resurgir dans l'art. Elle souhaite toujours interpréter les pièces qu'elle a composées pour piano – du moins pour la première version, et les enregistrer elle-même pour en donner le tempo et le caractère. De plus, Ann déteste enseigner et jouer «devant des caméras de télévision» (VA, p. 145) ou même «dans la pénombre d'un studio à la radio» (VA, p. 145). Les concerts, les caméras de télévision, la pénombre du studio à la radio, tout cela, pour elle, fait partie du social. Pourtant, ce qu'elle veut, c'est du naturel, c'est rester capable d'interpréter les pièces qu'elle a composées pour le piano et les enregistrer elle-même pour en donner le tempo et le caractère.

Ayant quitté la capitale, après un périple à travers presque toute l'Europe, Ann Hidden vient se terrer sur l'île d'Ischia, dans la baie de Naples. Ischia est un nom de lieu récurrent dans les œuvres de Pascal Quignard. Pour l'auteur, c'est un symbole du paradis, une des *paradisiaques*, pour reprendre le titre d'un de ses ouvrages[1].

Pour Ann, la villa Amalia sur l'île d'Ischia est une maison qui l'appelle à la rejoindre, comme le chant des Sirènes qui l'appelle à rejoindre le monde interne, à rejoindre le silence. Ann s'attache véritablement et profondément à cette île qui lui donne l'impression de vivre au cœur de la mer. Elle soigne «ce fragment de nature» (VA, p. 162) où Ann peut vivre une vie intime, une vie interne et donc une vie silencieuse. Elle reprend dans le silence, sa carrière de compositrice. Sa nouvelle musique devient «plus irrépressible, géniale et douloureuse»[2] et est colorée par le deuil. À la fin du roman, quatorze ans plus tard, Ann vit dans la maison de Georges au bord de l'Yonne. Elle est entourée du souvenir des morts et de la nostalgie du paradis perdu d'Ischia. L'auteur a noté que la souffrance, l'amour, la musique avaient fait d'elle «une femme intense» (VA, p. 300). Les chants d'Ann deviennent de plus en plus singuliers, de plus en plus bizarres, de plus en plus brefs, pleins de «longs silences en saccades rythmiques» (VA, p. 277). De plus, il y a dans ses chants une

---

❶ Dans *Les paradisiaques*, Quignard a évoqué Ischia en qualité du paradis: «Mantegna rencontra Rogier Van der Weyden à la cour de Ferrare. Ils commentent ensemble la toile qui représente Adam et Eve chassés du paradis terrestre. J'ai lu que Rogier der Weyden de retour de Beaume se rendit à Ischia où il peignit une madone bleue.» (LP, p. 186.)

❷ Jean-Louis Pautrot, «Transmettre ce qui fut oublié: *Villa Amalia* et l'expérience romanesque de Pascal Quignard», *Contemporary French and Francophone Studies*,vol. 12, no.3, Aug. 2008, p. 377.

espèce de sauvagerie mélangée d'une tristesse, une espèce de douleur irrépressible. La musique d'Ann Hidden fait partie de ce qui est lointain, du jadis.

3.3.2 *Le salon du Wurtemberg*: de la musique à l'écriture

À l'ouverture du *Salon du Wurtemberg*, dans la première rencontre, Charles Chenogne se présente à Florent Seinecé qu'il est violoncelliste. Pourtant, de façon ininterrompue et pour être plus précis: «Je me repris: 'Du moins, dans le civil, je suis violoncelliste.' Je me repris encore: 'J'étais violoncelliste.'» (SW, p. 16) Ses propos impliquent son rejet ou au moins l'absence de son intérêt pour la musique. En fait, Charles Chenogne se définit comme musicien autant qu'il s'agit de «jouer de la musique» (SW, p. 70). Il avoue que comme beaucoup de musiciens, il répugne à écouter de la musique parce que «cela émeut toujours trop, et puis cela émeut en vain.» (SW, p. 29). Charles Chenogne plonge souvent dans le dépit de «ne pouvoir rivaliser avec l'interprète» (SW, p. 29) qu'on est en train d'écouter ou emplit de «colère devant la nullité, l'imposture» (SW, p. 29). Ce qu'il aime un peu, c'est seulement la musique lue. En somme, l'audition lui est insupportable.

La haine de la musique de Charles Chenogne est due à la technologie de la reproduction des *melos* dans la société moderne. Auparavant, la musique était une rareté. Et la rareté devient une fréquence insupportable, comme le chant de Mademoiselle Aubier de tous les dimanches après-midi. Ce qui a aggravé la situation, c'est que dans la société moderne, la musique tonale et orchestrale devient le *tonos* social plus que les langues «vernaculaires» (HM, p. 251). Et l'homme est incapable de ne pas devenir un «assailli» (HM, p. 250) ou «assiégé» (HM, p. 250) de la musique.

De plus, pour Charles Chenogne, le choix du violoncelle ou celui des gambes lui semble être «destin» ou «métier» (SW, p. 52). Le violoncelle lui est«'teutoniquement' attribué par papa» (SW, p.52). Et la musique est non seulement une obligation parentale, mais elle est aussi symbolisée par l'orgue familial ancré dans l'église de Bergheim. Autrement dit, ce n'est pas par sa passion, par son choix volontaire, mais par obligation, par puissance de la coutume qui «vouait les hommes de la famille à un orgue dont ils étaient les titulaires» (SW, p. 52). D'autre part, bien que le violoncelle, des gambes, les instruments à cordes, pour lui, soient capables de la plainte, ils ne peuvent pas exprimer le principal de l'émotion humaine, le râle et les glapissements.

Et l'orgue ne lui paraît jamais tout à fait s'adresser aux hommes ni tout à fait convenir à la musique. Il s'adresse plus au lieu ou à Dieu qu'à l'auditeur. De cette manière, Charles Chenogne préfère «le son d'une corde à vide à la voix d'un être humain» (SW, p. 71), mais en même temps il préfère «le regard d'un chat au son d'une corde à vide par le silence» (SW, p. 71).

Comme Ann Hidden, Charles Chenogne répugne de plus en plus à se montrer en public, même dans des studios de télévision. Et après la mort de son intime ami Florent Seinecé dans un accident d'automobile, il éprouve un profond besoin de revenir s'installer dans la propriété paternelle au Wurtemberg, à Bergheim. C'est une petite ville allemande cachée qui se situe dans une vallée, «au milieu des champs de vigne, de blé, de houblon, à mi-distance de Bad-Friedrichshall et de Neuenstadt.» (SW, p. 57) Quand il retourne à Bergheim, Charles Chenogne croit rejoindre le site «le plus vieux du monde» (SW, p. 397). Là, les rêves «à la Wieland» (SW, p. 399) se sont saisis de nouveau de son esprit. En comparaison de ce qui est «public, autoritaire, politique, familial, civique, religieux» (SW, p. 399), les rêves sont «de placidité, de douceur, d'indépendance, de vie privée, de défiance» (SW, p. 399).

À Bergheim, Charles Chenogne rompt avec son destin de musicien et ne fait plus de musique. «Je n'interprétais pas un morceau. Je suis le morceau. J'ai transcrit ma vie.» (SW, p. 424) Il ne fait ni l'interprétation ni la traduction. Il se tait. Pour que rien – les visages, les petites scènes connus dans sa vie – ne sombre dans l'oubli, Charles Chenogne décide de se consacrer à l'écriture. Il commence à prêter toute son attention au bruit léger et doux du crayon à papier sur des bouts d'enveloppe, des bandes de journaux, «le revers de programmes de concert» (SW, p. 423). Il écrit, et respire avec «[s]a langue, les poumons de [s]a langue» (SW, p. 427). Écrire au fond lui permet de distraire de la tristesse et le pousse à évoquer des souvenir. C'est dans l'écriture que Charles Chenogne a pu se retrouver dans son propre corps.

Dans le silence de la campagne, de la nature, Charles Chenogne écrit. Il note «des détails», voit «des lumières» et entend «des sons» (SW, p. 433). Il note et rêve:

> «Je note, je note et je me dis avec acharnement qu'il faut à ce souffle un corps, à ce regard des larmes, à ces lèvres une espèce de plainte, à ce rêve aussi, […] une sorte de dormeur.» (SW, p. 433)

Conclusion de la deuxième partie

Pour Giovanni Bogliolo, dans le cadre des écrits sur les rapports que la littérature du XXe siècle a noués avec la musique,il revient à Pascal Quignard, pour la première partie du siècle, «un rôle d'une importance capitale, égal et [...] même supérieur à un Proust, à un Gide, à un Rolland, à un Jouve, ou en Italie, à un Barilli ou à un Savinio»[1]. Le nom de Quignard a été mis sur le même rang avec des noms connus grâce à ses réflexions sur la musique. L'auteur aurait été un excellent musicien. Dès l'aube de sa vie, il a reçu un héritage musical de la famille ainsi qu'une formation sévère et professionnelle de la musique. Bien qu'il ait choisi la carrière d'écriture, Quignard n'a jamais cessé de spéculer sur le problème de la musique et a visé à construire un dialogue avec la musique. Lire les livres de Quignard nous fait penser tout de suite à la musique, l'art qui lui est un moyen de «faire reposer la création littéraire sur une vision du monde»[2]. Et les œuvres quignardiennes peuvent être considérées comme le modèle musical du contemporain.

La musique, pour Quignard, est l'art qui lève les émotions les plus intenses. Elle est un élément constitutif de ses œuvres. À travers les personnages-musiciens et des scènes musicales créés dans ses romans, l'auteur ne cesse de réfléchir sur la nature, l'exécution et l'écoute de la musique.

Quignard a lié la musique au mythe, à l'histoire de la voix, du langage, de l'homme. Pour lui, la musique est le plus ancien des arts. Sa nature réside dans l'inaudible, l'indicible et l'invisible. Et sa vérité n'est pas «une puissance réelle»[3].

---

❶ Giovanni Bogliolo, «Musique et silence», dans Adriano Marchetti (dir.), *Pascal Quignard: La mise au silence*, précédé de «La voix perdue» par Pascal Quignard, Actes du colloque de Bologne, 1998, Seyssel: Champ Vallon, 2000, p. 111.

❷ Timothée Picard, «La littérature contemporaine a-t-elle retrouvé un modèle musical? Le cas de Pascal Quignard», *Europe, Pascal Quignard*, N° 976-977, août-septembre 2010, p. 52.

❸ Dominique Rabaté, *Pascal Quignard. Etude de l'œuvre*,Paris: Bordas, 2008, p. 63.

La musique communique avec l'autre monde. Elle est «le seul lien»[1] entre le perdu et le retrouvé. Elle matérialise l'absence et commémore le perdu, l'entente primordiale de l'enfant-mère dans le ventre maternel. Autrement dit, la musique met en scène «un fantôme de voix»[2] et donne à entendre «la voix d'un fantôme»[3]. Elle est «un son entendu»[4] dans l'autre monde. Et la vocation du musicien insiste à le faire revenir. Pour Quignard, la vraie musique est habitée par le silence. Elle ne signifie quelque chose qu'à travers le silence. Sur l'écoute de la musique, l'auteur a lancé par conséquent son opinion qui semblait toute particulière et qui résidait dans l'écoute du silence.

La musique, qui est l'art le plus ancien, ou même le plus sacré des arts, possède en même temps une force dangereuse et manipulable. Étant donné cela, Quignard a noté qu'il fallait se défier de la musique notamment quand sa présence était devenue obsessionnelle. Dans la société moderne ou à l'ère de la reproduction, la musique a des liens étroits avec la «souffrance sonore» (HM, p. 32). Tout espace humain est saturé par la musique qui a définitivement franchi la frontière qui opposait le silence au «bruit» (HM, p. 251). Par sa puissance sonore, la musique est de plus en plus proche de la douleur et même de la destruction de l'ouïe.Et ce phénomène se développe jusqu'à la pollution sonore dont les conséquences sont néfastes. Il en résulte que les musiciens commencent à un moment imprécis à éprouver du dégoût, de la lassitude ou même de la haine pour la musique.

Par sa leçon de musique, Quignard a indiqué que la musique de silence était le seul moyen à lutter contre la musique «repoussante» (HM, p. 254). Pour lui, la musique de silence n'est liée ni à l'instrument, ni à la technique, mais au cœur. Dans les romans, les personnages musiciens vont à la nature en quête de ce genre de musique. À la fin, soit ils composent de la musique de plus en plus simple, de plus en plus proche du silence, soit ils cessent définitivement de composer, d'interpréter, ou

---

[1] Nadine Sautel, «Pascal Quignard, la nostalgie du perdu», *Le magazine littéraire*, n°412, septembre 2002, p. 100.

[2] Jean-Louis Pautrot, *Pascal Quignard ou le fonds du monde*, Amsterdam-New York: Rodolpo, 2007, p. 84.

[3] Ibid.

[4] Nadine Sautel, «Pascal Quignard, la nostalgie du perdu», *Le magazine littéraire*, n°412, septembre 2002, p. 100.

même d'écouter de la musique et se consacrent à l'écriture, un autre chant silencieux.

Il y a, pour Quignard, une parenté entre le geste musical et le geste d'écrire. Comme la musique, l'écriture remet en jeu une voix dissociée d'une personne physique. Quignard fait effectivement partie des écrivains qui ramènent à eux un fantôme de voix sans qu'ils puissent prononcer cette voix. La musique et l'écriture sont par conséquent deux ante-langues. Que ce soit dans la musique ou dans l'écriture, on pénètre dans le monde de silence.

〉〉〉

Troisième partie: Silence et écriture

〈〈〈

Introduction

Pascal Quignard aurait pu être un excellent musicien ou un interprète professionnel, mais il a choisi finalement et définitivement une autre voie en qualité de carrière: celle de l'écrivain.

«Pourquoi ne pas avoir choisi la musique plutôt que la littérature?»[1] Lors d'un entretien en 1998, à la question posée par Catherine Argand, Quignard a répondu: «J'ai joué du piano, de l'orgue, du violon, de l'alto, du violoncelle, mais je n'étais pas assez doué. Je continue, il m'arrive même d'écrire des opéras.» [2] Probablement nul n'est bon juge dans sa propre cause. La réponse de Quignard n'a pas pu éclairer la question, en revanche, elle a demeuré même plus énigmatique que la question.

Pour Jean-Louis Pautrot, l'objet ultime de la quête de la littérature de Quignard réside dans le lieu originel. Il apporterait «l'extase, la mise au repos intellectuelle dans une sensorialité totale et une indifférenciation subjective, l'être-au-monde animal, une sorte de retotalisation des expériences.»[3]L'extase, la mise au repos intellectuelle, l'être-au-monde animal..., tout cela appartient à un monde dépourvu du langage, un monde de silence. La remarque de Pautrot nous semble une réponse plus convaincante et plus pertinente à la question du choix de carrière que celle de l'auteur lui-même. À noter que dans la littérature, il y a quelque chose qui résonne dans un autre monde, ou dans «l'angle mort du monde» (OE, p. 62). Ce «quelque chose» est donc issu du secret, du silence. À cet égard, notre hypothèse est celle-ci: C'est la relation entre le silence et l'écriture qui décide le choix de Quignard.

L'invention de l'écriture se révèle pour Quignard plus importante que «la découverte du feu» ou même elle est la «révolution humaine»[4] au sens le plus strict.

---

1. Catherine Argand, «Pascal Quignard», *Lire*, février 1998, p. 88.
2. Ibid., p. 89.
3. Jean-Louis Pautrot, *Pascal Quignard ou le fonds du monde*, Amsterdam-New York: Rodolpo, 2007, p. 96.
4. Pascal Quignard, «Le mot littérature est sans origine», dans Doumet, Christian, Ogawa, Midori, (dir.), *Pascal Quignard. La littérature à son Orient*, Actes du colloque de Tokyo, 16-17 novembre 2013, Paris: Presses universitaires de Vincennes, 2015, p. 17.

Comme la musique est une façon pour l'homme de prolonger, de retrouver sa voix d'enfant perdue lors de la mue, cette «révolution humaine» permettrait de changer la nature des mots par rapport à la voix. L'écriture est par conséquent, à l'instar de la musique, une autre façon de «composer avec le silence»[1], d'honorer le vœu de silence de l'auteur. Puisqu'elle n'est pas faite pour être récitée, ni pour être oralisée, l'écriture est cette possibilité de dire en silence, de déjouer le défaut du langage. Elle devient finalement une forme du silence: «La littérature est cet engagement [...] dans le silence.» (VS, p. 222) En un mot, l'écriture quignardienne est intimement liée au silence.

Écrire, pour Marguerite Duras, c'est «ne pas parler», «se taire» et «hurler sans bruit»[2]. Cette opinion correspond à celle de Quignard, selon qui, écrire est «la seule façon de parler en se taisant» (NSBL, p. 62).Peut-on se taire en parlant? Peut-on parler en se taisant? «Parler en se taisant» veut dire d'abord qu'entre parler et se taire, il existe une troisième voie, écrire. C'est une manière de parler en même temps de garder le silence, de faire garder le silence au lecteur, de parler en silence. Ensuite, cette expression qui semble paradoxale signifie aussi «ouvrir la bouche sans ouvrir la bouche» (VDS, p. 28), «ne pas desserrer les lèvres» (VDS, p. 28), surtout s'enfoncer dans le silence tout en demeurant dans le langage. «Non pas parler, non pas entendre, non pas lire, seul écrire révolutionne la langue en faisant un objet (*ob-jectus* veut dire quelque chose de jeté-devant).»[3]Écrire, à la différence de parler, s'arrête en silence sur le langage devenu un objet taciturne sous les yeux individuels. Quand quelqu'un écrit, il n'ouvre pas la bouche et on reste muet. Il écrit dans le silence total du langage, dans la nudité du langage. Cependant, toute la langue lui est «présente» (VDS, p. 24), même plus que dans le fait de parler. Celui qui écrit cherche les mots qui «défaillent, bondissent, fuient, perdent sens» (LBS, p. 7).

Les œuvres de Quignard apparaissent comme une nébuleuse de textes, un ensemble disparate et complexe, dont la forme est éclatée et témoigne du refus de la règle littéraire. L'auteur affirme que son écriture ne répond à aucun système

---

[1] Dominique Rabaté, *Pascal Quignard. Etude de l'œuvre*,Paris: Bordas, 2008, p. 65.

[2] Marguerite Duras, *Écrire*, Paris: Gallimard, 1995, p. 28.

[3] Pascal Quignard, «Le mot littérature est sans origine», dans Doumet, Christian, Ogawa, Midori, (dir.), *Pascal Quignard. La littérature à son Orient*, Actes du colloque de Tokyo, 16-17 novembre 2013, Paris: Presses universitaires de Vincennes, 2015, p. 17.

préalablement établi. Et son «insoumission à la règle»[1] réside en premier lieu dans le choix de l'écriture fragmentaire. La fragmentation de «pensées disjointes, de notations discontinues»[2] s'oppose au désir de liaison, de continuité et constitue une manière par excellence de manifester le silence.

Le fragment représente depuis longtemps une figure de l'activité de l'esprit ou du mode de penser. Autrement dit, la pensée humaine n'est ni structurée ni organisée, mais fragmentaire et discontinue. D'autre part, l'œuvre de Quignard est considérée comme geste vers les origines et comme collection des œuvres du passé. Pour l'auteur, écrire est de se rappeler, de retrouver, de réorganiser la réalité à forme fragmentaire du passé inscrite dans la conscience. Et la mémoire qui organise l'œuvre quignardienne est caractérisée aussi par la fortuité et la discontinuité.

De plus, la forme fragmentaire permet aussi à l'auteur d'exprimer son rejet du genre et du système. Dans son projet littéraire mûrement réfléchi, Quignard ne se limite jamais à un seul genre et il vise au contraire la dissolution des frontières génériques. Il a confié à Salgas lors d'un entretien qu'il n'affectionnait pas un genre. Il a ajouté que la seule chose qu'il cherchait, c'était «le non-genre qui permette l'intégration de la noétique, de l'affectif»[3]. Il veut non seulement le non-genre mais aussi l'absence de liaison et de système préétabli dans sa création.

L'écriture fragmentaire de Quignard est liée à son geste asocial. Comme ses personnages, l'auteur revendique l'individuation et la séparation de la communauté des hommes. Il refuse catégoriquement toute identité sociale et se nomme «*litteratus*» ou «lettré»[4]. Le «*litteratus*» ou le «lettré» est celui qui est capable du «*litteratum otium*»[5]. C'est-à-dire celui qui va du vide, du silence que requiert la lecture, et celui qui «sépare les lettres jusqu'au vide qu'il distend dans l'affairement social et jusqu'au

---

[1] Jean-Louis Pautrot, *Pascal Quignard ou le fonds du monde*, Amsterdam-New York: Rodolpo, 2007, p. 8.

[2] Dominique Rabaté, *Pascal Quignard. Etude de l'œuvre*,Paris: Bordas, 2008, p. 92.

[3] Jean-Pierre Salgas, «Pascal Quignard: 'Écrire n'est pas un choix mais un symptôme'», *La quinzaine littéraire*, n° 565, 1er novembre 1990: http://www.quinzainelitteraire.presse.fr/articles/entretiens/pascal-quignard-ecrire-n-est-pas-un-choix-mais-un-symptome.php, dernière consultation novembre 2010.

[4] Pascal Quignard, «Le mot littérature est sans origine», dans Doumet, Christian, Ogawa, Midori, (dir.), *Pascal Quignard. La littérature à son Orient*, Actes du colloque de Tokyo, 16-17 novembre 2013, Paris: Presses universitaires de Vincennes, 2015, p.16.

[5] Ibid.

vide qu'il impose dans le dialogue oral»[1]. Dans ce sens, le «*litteratus*» ou le «lettré» est lié à l'homme libre. Pour l'auteur, l'homme libre est capable de l'étude, du loisir studieux, du plaisir de lire seul, dans son murmure ou son silence. Quignard vise à devenir cet homme libre qui lit à l'écart des autres hommes dans le silence. Et le lecteur est la seule identité qu'il ne refuse jamais. Quignard lit des Anciens, revisite les mortels et écrit ou réécrit l'histoire ou l'Histoire silencieuse.

D'une façon générale, l'origine de l'écriture de Quignard se trouve dans le rapport qu'entretient l'auteur avec le langage. Il ne cesse de faire des réflexions profondes sur le problème du langage d'un côté. De l'autre côté, le langage qui est «à la source de tout» (PTI, p. 577), se situe au cœur tant de la forme que de l'écriture.

La dernière partie de notre étude se divisera également en trois chapitres. Nous traiterons dans cette partie de la relation entre le silence et l'écriture.

Le premier chapitre se consacrera à l'étude de la forme fragmentaire de l'écriture de Quignard. L'auteur ne respecte pas le modèle traditionnel de narration et brise souvent le récit en fragments. Il a même essayé de théoriser ses réflexions sur les fragments avec la publication d'un essai intitulé *Une Gêne technique à l'égard des fragments*. Dans ce chapitre, nous ferons d'abord un bref parcours de l'écriture fragmentaire. Nous allons essayer de préciser du point de vue théorique les caractéristiques de cette écriture au lieu de faire une histoire polémique de sa définition ou de sa raison d'être. Ensuite, nous procèderons une analyse de l'écriture fragmentaire de Quignard sous forme de deux aspects: discontinuité (de pensée et de mémoire) et fragmentation (textuelle et corporelle). Avec la pratique de l'écriture fragmentaire, Quignard a pu changer l'expectative du lecteur et lui laisser des blancs, des vides à remplir.

Dans le deuxième chapitre, nous ferons une analyse de la (ré)écriture de l'Histoire de Quignard. Nous mettrons d'abord en lumière la signification du «*litteratus*». Pour Quignard, le «*litteratus*» ou le littéraire, c'est celui qui lit au loin et en même temps celui qui écrit au secret. Il est avant tout un lecteur qui lit dans le silence. Le lecteur se plonge dans la profonde solitude et acquiert un complet retrait de soi et du monde.

[1] Pascal Quignard, «Le mot littérature est sans origine», dans Doumet, Christian, Ogawa, Midori, (dir.), *Pascal Quignard. La littérature à son Orient*, Actes du colloque de Tokyo, 16-17 novembre 2013, Paris: Presses universitaires de Vincennes, 2015, p.16.

Depuis toujours, la poétique de Quignard est fondée sur l'idée que lire consiste à se mettre à l'écoute d'une voix silencieuse. La capacité d'écoute d'une voix inaudible est constitutive de son travail en tant qu'auteur. Quignard lit les Anciens et devient le lecteur qui se perd dans la lecture pour mieux renaître dans l'écriture, dans la (ré)écriture de l'histoire. La (ré)écriture de l'histoire ou la réécriture active d'une mémoire méprisée fait une partie importante de sa mise au silence du langage. La (ré) écriture de l'histoire de Quignard se focalise à trois temps anciens, à des héros oubliés et à un monde de rêve, du lointain au plus près, du visible à l'invisible, du nommable à l'innommable. Pour Quignard, écrire est «une négociation avec l'irreprésentable»[1], une remontée, de livre en livre, vers le plus originaire.

Le troisième chapitre sera consacré à l'analyse des réflexions du langage et de la littérature de Quignard. En effet, l'auteur réfléchit tout le temps sur le problème du langage. Ses réflexions ou spéculations du langage occupent une place particulière dans sa poétique. L'attitude générale de l'auteur envers le langage est plutôt sceptique et négative. Pour lui, les hommes ne sont pas dans le langage. Ou autrement dit, le langage n'est pas la nature de l'humain. Il`n'est pas inné et son utilité est absente. Il en résulte que le langage en qualité de pur acquis est défaillant et qu'il peut nous quitter à tout moment. Vis-à-vis de la défaillance du langage, Quignard a recours au parler mutique ou l'écriture de silence. Par le parler mutique, l'auteur a pu chercher les mots qui faisaient défaut et méditer autre chose que de parler ou que de signifier. Il a médité des voies possibles après l'épuisement de la littérature de l'après-guerre, de la littérature contemporaine et a posé la notion de la déprogrammation de la littérature. Le principe de cette notion réside dans l'absence du projet de la littérature contemporaine et du genre, dans l'indécidabilité du récit. Dans ce chapitre, notre analyse sera focalisée sur la conception du langage de Quignard.

[1] Chantal Lapeyre-Desmaison, *Mémoires de l'origine, un essai sur Pascal Quignard*, [Paris: les Flohic, 2001] Paris: Galilée, 2006, p. 313.

Chapitre I L'écriture fragmentaire

L'écriture de Quignard n'est ni l'image ni même la transcription de la voix, mais consiste en ce qui met fin de la voix ou ce qui impose un silence. De cette manière, elle peut être considérée comme une écriture de silence.

L'écriture de silence de Quignard se libère de contraintes sociales, de modes littéraires et de genres cloisonnés. Elle se présente éclatée et témoigne un refus à la règle littéraire. Il en résulte que ses lecteurs sont engagés dans «une aventure de pensée» et dans «une approche exigeante de l'impossible»[1]. Pour eux, le déchiffrement des visées exactes des œuvres, ou même des romans de Quignard se révèle un travail extrêmement difficile. Dans l'Introduction des Actes de colloque de 1998, Adriano Marchetti a noté: «Il n'est pas facile de parler de Pascal Quignard. Une chose est sûre: on ne sort pas indemne de la lecture de ses textes.»[2]

Quignard a affirmé que son écriture ne répondait à aucun système préalablement établi, à aucun modèle traditionnel de narration, à aucune pensée formée. Par contre, l'écriture quignardienne s'arrête à «des embarras», à «des images malencontreuses», à «des courts-circuits» (LM, p. 15). Et pour conforter cette position, l'auteur a toujours couru à l'absence de liaison, à l'absence de système et aux «fulgurations contradictoires» (SJ, p. 168). Il a finalement essayé de pratiquer une écriture fragmentaire. L'écriture fragmentaire avait été effectivement mise en place chez Quignard depuis ses premiers textes, et peu à peu elle a pris toute sa valeur.

Quignard brise son récit en fragments. Et les fragments sont considérés par l'auteur comme «gêne technique», ce qui est explicite à travers le titre d'un de ses essais. Par le biais de cette «gêne technique», Quignard s'oriente dès lors à une écriture qui rompt avec la continuité narrative et qui s'approche d'une parole balbutiante et d'une forme de fragments discontinus. A savoir que les fragments

---

[1] Dominique Rabaté, *Pascal Quignard. Etude de l'œuvre*,Paris: Bordas, 2008, p. 7.

[2] Adriano Marchetti, «Introduction», dans *Pascal Quignard: la mise au silence*, précédé de «La voix perdue» par Pascal Quignard, Adriano Marchetti (dir.), Seyssel: Champ Vallon, 2000, p. 40.

permettent de multiplier les suspens, les silences et les ellipses. La création littéraire quignardienne s'élabore ainsi dans une certaine discontinuité qui prend en compte le silence.

Quignard a traité le problème des fragments dans son livre intitulé *Une Gêne technique à l'égard des fragments*[1],publié en 1984 dans la revue *Furor*, repris aux éditions Fata Morgana en 1986 et sa version définitive s'est trouvée finalement en 2005 aux éditions Galilée. Comme ce qu'indique le sous-titre, c'est un essai sur Jean de La Bruyère. À l'incipit, Quignard a noté que Jean de la Bruyère était considéré comme «le premier à avoir composé de façon systématique un livre sous forme fragmentaire» (GT, p. 16). Et l'année 1688, année de la première publication des *Caractères* de la Bruyère, est signalée par Quignard, comme date inaugurant «une nouvelle manière d'écrire» (GT, p. 22). Ce qui importe, c'est que Quignard a dénoncé dans le livre sa propre poétique fragmentaire.

Alors en quoi consiste cette nouvelle forme d'écrire? Avant de répondre à cette question, nous allons mettre en lumière le développement de la fragmentation.

1.1 Vers le fragment et l'écriture fragmentaire

> «Les mots latins de fragmen, de fragmentum viennent de frango, briser, rompre, fracasser, mettre en pièces, en poudre, en miettes, anéantir. En grec le fragment, c'est le klasma, l'poklasma, l'apospasma, le morceau détaché par fracture, l'extrait, quelque chose d'arraché, de tiré violemment.» (GT, pp. 38-39)

Quignard a souvent recours à l'étymologie afin de redonner à un mot ancien «sa force signifiante», «son pouvoir de sidération», de créer «un effet de surprise et de rupture»[2]. Selon sa définition donnée au fragment dans *Une gêne technique*

[1] Pascal Quignard, *Une Gêne technique à l'égard des fragments*, Paris: Galilée, 2005. La première édition en tant que livre était en 1986 chez Fata Morgana.Le sous-titre de l'ouvrage est «essai sur Jean de La Bruyère». Jean de La Bruyère est auteur-moraliste et membre de l'Académie française du XVIIe siècle.

[2] Dominique Rabaté, *Pascal Quignard. Etude de l'œuvre*,Paris: Bordas, 2008, p. 23.

à l'égard des fragments, nous pouvons savoir que le mot «fragment» signifie étymologiquement «éclat», «débris» et «brisure», soit morceau ou reste d'une chose cassée ou brisée en éclats au sens propre et ce qui subsiste d'«un texte disparu»[1]au sens figuré.

Plus concrètement, le fragment «littéraire» a été envisagé comme les bribes des œuvres qui sont parvenues jusqu'au présent dans un état de morceaux, en raison d'«une destruction partielle»[2] ou de «la perte du texte connu uniquement par citations et extraits comme les fragments des présocratiques»[3]. Ce genre de fragment se caractérise par l'impossible recomposition de son original. Il y a un autre genre de fragments qui à la forme brève, est le reflet d'unité ou le projet d'une unité. Cette pratique textuelle inaugurée par les premiers romantiques est souvent considérée comme une conséquence de l'esprit moderne. Au fur et à mesure du temps, le fragment ne se limite plus aux bribes des œuvres des Anciens ni aux formes brèves inventées par le premier romantisme.

Après la Seconde Guerre mondiale, surtout après «les Trente Glorieuses»[4], le monde a révolu et ne demeure plus être une unité mais des fragments d'une part. D'autre part, il est entré dans «l'ère de soupçon», pour reprendre l'expression de Nathalie Sarraute. Et le monde littéraire ne fait pas une exception. Le postmodernisme soupçonne la valeur littéraire. Les critères et les méthodes traditionnels de la création littéraire ont été mis en question. Selon Quignard, les écrivains s'étêtent, se séparent et se cachent dans «la haine de l'unité à laquelle chaque monde prétend» (PTI, p. 62). La haine de l'unité pousse en même temps les écrivains à chercher un nouveau modèle d'écriture autre que le texte linéaire. A savoir que le texte linéaire est conçu pour développer un enchaînement rationnel ou narratif. Pour les écrivains qui quêtent

---

❶ «Fragmentaire» est l'adjectif dérivé du nom «fragment» que Montandon définit «comme le morceau d'une chose brisée, en éclats, et par extension le terme désigne une œuvre incomplète morcelée. Il y a, comme l'origine étymologique le confirme, brisure, et l'on pourrait parler de bris de clôture de texte. La fragmentation est d'abord une violence subie, une désagrégation intolérable.» (Alain Montandon, *Les formes brèves*, Paris: Hachette, 1992, p. 77).

❷ Alain Montandon, *Les Formes brèves*, Paris: Hachette, 1992, p. 77.

❸ Ibid.

❹ Il s'agit de la période d'après-guerre aux années soixante-dix, soit la période de 1945 à 1974. Durant ces trente ans, la France a connu une grande croissance dans tous les domaines de la société. Elle est entrée dans une société d'abondance et de la consommation de masse.

le nouveau modèle, l'écriture fragmentaire est capable de briser l'ordre du discours, de mette en cause le déroulement ou le développement plutôt prévisible du linéaire.

Les fragments décousent le développement linéaire du récit, mais n'atténuent pas forcément sa puissance. Ils proposent ainsi un autre ordonnancement et un autre pacte de lecture car entre eux, se crée tout le temps un vide ou un abîme. Le vide, l'abîme ou le silence offre au lecteur plus que le «dit» de l'auteur. Le lecteur s'intéresse toujours au «non-dit», à ce qui cache entre les fragments. Autrement dit, avec l'ordonnance des fragments, l'enchaînement logique du récit ne disparaît pas. En revanche, c'est le silence entre les fragments qui permet au lecteur de saisir l'essentiel de l'ouvrage. Le silence peut être considéré comme lieu d'expression. Ou il est même plus expressif que le «dit», que les grands mots.

Du point de vue général, c'est le théoricien américain Fredric Jameson qui a lancé pour la première fois la notion systématique de l'écriture fragmentaire. La notion a apparu probablement pour la première fois dans son ouvrage théorique du postmodernisme intitulé *Le postmodernisme ou la logique culturelle du capitalisme tardif*[1]. Dans le livre, Jameson y a d'abord déterminé ce qui ramenait l'écriture à une pratique fragmentaire. Pour lui, à l'époque du modernisme, le langage de la vie sociale est devenu fragmentaire. Ce phénomène est propice à l'apparition et au développement d'une multitude de jargons spécialisés. De plus, la vulgarisation du discours médiatique prend de l'ampleur et détruit les normes linguistiques. Il en résulte que l'écriture ne peut effectivement aboutir à autre chose qu'«à des tas de fragments et à une pratique de l'hétérogène, du fragmentaire arbitraire et de l'aléatoire»[2]. C'est-à-dire que la volonté d'une écriture fragmentaire est liée à une sensibilité postmoderne. Pour Jameson, la culture postmoderniste se caractérise de prime abord par la discontinuité, par le fragmentaire. Le fragmentaire passe pour même un symbole important de la modernité et une rupture par excellence avec le traditionnel. On échappe ainsi peu à peu à la forme classique dans la création des romans qui perdent comme résultat la continuité, la causalité et la chronologique.

---

[1] Fredric Jameson, *Lepostmodernisme ou la logique culturelle du capitalisme tardif*, traduit par Florence Nevoltry, Paris: Beaux-arts de Paris, 2011. Ce livre a été publié pour la première fois en 1992 chez l'éditeur Verso Books.

[2] Ibid., p. 68.

En France, à partir des années 1960, l'écriture fragmentaire s'impose de plus en plus dans la production littéraire. De nombreux auteurs et critiques littéraires commencent à s'intéresser à la forme fragmentaire.

Maurice Blanchot a publié en 1969 son essai théorique *L'entretien infini*. Dans le livre, il a parlé de l'exigence d'écriture fragmentaire et a considéré l'écriture fragmentaire comme une esthétique nécessaire. Blanchot a indiqué que «la parole de fragment ignore la suffisance [...]. Mais elle ne se compose pas davantage avec les autres fragments pour former une pensée plus complète,[...]. Le fragmentaire [...] se dit en dehors du tout et après lui»[1] et que c'était une écriture qu'on pourrait dire «hors discours, hors langage»[2]. Le propre de l'écriture fragmentaire, pour l'auteur de *L'espace littéraire*, c'est «l'interruption de l'incessant»[3]. C'est-à-dire que l'essentiel du texte se cache dans l'interruption, dans le silence. Blanchot ne s'est limité pas à un théoricien de l'écriture fragmentaire, au contraire, il a mis largement en pratique sa théorie de ce domaine. Dans ses deux romans *L'attente, l'oubli* et *Le pas au-delà*, publiés respectivement en 1962 et 1973, le récit et la voix de narration sont souvent interrompus. C'est en cela que réside une grande caractéristique de l'écriture fragmentaire en tant que nouveau modèle d'écriture.

Quand on parle de l'écriture fragmentaire en France, on ne peut pas oublier Roland Barthes. Il a publié comme Blanchot, dans les années 1970, ses *Fragments d'un discours amoureux*[4]. Le titre laisse déjà voir la place des fragments dans le livre. Pour Barthes, l'achèvement est un défaut, une réduction ou destruction du plaisir car achever un texte signifie l'anéantir. Au contraire, le fragment permet la relance du désir. Barthes a résumé les raisons d'écrire des fragments: «autant de fragments, autant de débuts, autant de plaisirs»[5]. Il défend à l'instar de Blanchot le fragmentaire. L'écriture fragmentaire, pour eux, est une source de plaisirs et un éloignement de toute dépendance à une globalité.

---

❶ Maurice Blanchot, *L'entretien infini*, Paris: Gallimard, 1969, p. 229.

❷ Ibid., Quatrième de couverture.

❸ Cité dans Mickael Dubuis, *Pascal Quignard et la mécanique du retour*, Paris: L'Harmattan, 2010, p. 235.

❹ Roland Barthes, *Fragments d'un discours amoureux*, Paris: Seuil, 1977.

❺ Roland Barthes, *Roland Barthes par Roland Barthes*, *Œuvres complètes*, tome III, 1974-1980. Paris: Seuil, 1995, p. 166. Quignard partage le même goût de Barthes dans son *Lycophron et Zétès* (LEZ, pp. 201-202).

Dès lors, la France voit se multiplier les productions fragmentaires des écrivains du nouveau roman à l'extrême contemporain. Dans *Les Georgiques* publiés en 1981 de Claude Simon, a disparu complètement la linéarité chronologique et causale. Deux ans plus tard, Nathalie Sarraute a publié son *Enfance*. Dans ce livre écrit sous la forme particulière d'un dialogue entre Nathalie Sarraute elle-même et son double, la romancière a mis en question la représentabilité d'une seule voix énonciative dans un récit linéaire. D'autres romans publiés de cette époque montrent la tendance aux formes brèves et se caractérisent souvent par la fragmentation.

En tant qu'écrivain contemporain, Quignard vise dès le début de sa carrière, une possibilité de pluralité de l'histoire littéraire. Il a beaucoup réfléchi sur l'écriture fragmentaire et a éprouvé un besoin ou une volonté interne de mettre ses réflexions en pratique.

1.2 La fragmentation de Quignard: taire le plus vital

Par le déclenchement d'une écriture inhabituelle, la création de Quignard semble écartelée et comprend des pensées disjointes et des notations discontinues. Dans l'ensemble, ses romans sont toujours frappés par l'inachèvement et l'émiettement dus à une distribution fragmentaire permanente. Ils sont toujours sous une forme instable, marquée par la dispersion ou les fragments. Cela permet à l'auteur de parvenir à une densité, une intensité impossible à atteindre d'une autre manière.

Quignard a publié en 1976 son premier récit *Le lecteur*. Si cet ouvrage assez abstrait et presque impossible à résumer est considéré comme le «véritable commencement»[1]ou «l'acte de naissance»[2] de l'œuvre quignardienne, nous pouvons dire que comme Blanchot et Barthes, l'auteur a aussi entamé l'écriture fragmentaire dans les années 1970 car au sein du texte se trouvaient partout des «éclats poétiques»[3]. Ici les éclats sont le synonyme de fragments.

Depuis *Le lecteur*, l'auteur a poursuivi sa pratique et ses réflexions de l'écriture

---

❶ Chantal Lapeyre-Desmaison, «Genèses de l'écriture», dans *Pascal Quignard, figures d'un lettré*, Actes du Colloque tenu à Cerisy-la-Salle du 10 au 17 juillet 2004, Philippe Bonnefis et Dolorès Lyotard (dirs.), Paris: Galilée, 2005, p. 329.

❷ Chantal Lapeyre-Desmaison, *Mémoires de l'origine, un essai sur Pascal Quignard*, [Paris: les Flohic, 2001] Paris: Galilée, 2006, p. 11.

❸ Dominique Rabaté, *Pascal Quignard. Etude de l'œuvre*,Paris: Bordas, 2008, p. 18.

fragmentaire, et en a témoigné, huit années plus tard, la publication de l'essai sur les fragments dont nous avons mentionné. Pour les critiques, *Une gêne technique à l'égard des fragments* est un livre curieux et frappant, qui effectue comme d'autres livres de Quignard plusieurs choses à la fois. En plus d'une biographie et une étude de Jean de La Bruyère, cet ouvrage se réunit l'analyse et les réflexions de l'innovation formelle de cet auteur du XVIIe siècle, soit de la forme morcelée, des fragments.À noter que l'œuvre de Jean de La Bruyère, *Les caractères*, se composent effectivement des textes brefs, tantôt sous la forme d'une remarque, tantôt sous celle d'un portrait. Quignard a aussi accompli une généalogie française de l'écriture fragmentaire en évoquant d'autres auteurs illustres du Grand siècle et de l'époque moderne de Mallarmé à Blanchot. L'auteur a pu conclure les bienfaits du fragment:

> «En d'autres termes, les bienfaits du fragment sont au nombre de deux.
> L'un de ces bénéfices n'est que personnel ; l'autre est purement littéraire:
> le fragment permet de renouveler sans cesse 1) la posture du narrateur, 2)
> l'éclat bouleversant de l'attaque» (GT, pp. 61-62)

Le fragment est capable d'assurer la discontinuité et l'hétérogénéité du texte. Il devient pour Quignard, après *Une gêne technique*, un symptôme assumé. L'auteur pratique la fragmentation même jusque dans les formes traditionnellement vouées à la continuité, comme les romans. La mise en pratique de l'écriture fragmentaire permet à l'absence et au silence de devenir constitutifs de l'œuvre de Quignard et de tenir une place plus centrale que les mots.

1.2.1 Le discontinu, le continu

Depuis toujours, le roman traditionnel est voué par nécessité à la continuité et offre à lire des narrations continues. Il est conçu pour développer un enchaînement rationnel ou narratif et sa structure se présente la continuité ou la linéarité. Quignard éprouve dès son entrée dans l'univers littéraire un besoin interne d'insoumission à la tradition et aux règles. Le discontinu le fascine et il ne veut plus conquérir le liant, le lié continu de l'art romanesque du roman depuis le XIXe siècle. Ses romans ou au moins une grande partie mettent en œuvre de diverses formes de fragmentations, de discontinuité pour «briser un espace-temps stable»[1]. L'écriture quignardienne rêve de trouée, de silence et de «trouer la trame» selon l'expression de Bruno Blanckeman.

Pour Quignard, «une liberté de pur contenu n'est rien si sa forme ne la prouve pas» (GT, 54). Il n'est pas étonnant de constater que dans ses romans, Quignard s'attache moins au récit qu'à sa structure. Quignard ne tente pas effectivement de restituer la quintessence du réel à travers la description linéaire d'un récit, mais fait recours à une écriture fragmentaire érigée en système. La structure fragmentaire met en cause le déroulement prévisible et peut disloquer la continuité. Et le fragment prend «un relief rhétorique extraordinaire» (GT, p. 61) et «un rythme extrêmement violent et divers» (GT, p. 61). L'écriture fragmentaire est donc capable de ménager «l'inattendu»[2] et de dénoter la discontinuité du texte. Sous cette forme instable et fragmentaire, les romans quignardiens sont frappés par l'inachèvement. Ils n'ont plus pour le seul but de narrer un récit. Ce qui importe, c'est que les romans deviennent le lieu d'expérimentation et d'apprentissage d'autres savoirs.

Du point de vue général, Quignard a mis en œuvre de diverses formes de fragmentations, de discontinuités.

Carus, le premier roman du corpus quignardien, porte un titre énigmatique d'origine latine. C'est un livre composé dans une stratégie singulière et se présente sous la forme d'un journal à la première personne, avec des dates précises suivant l'ordre de jour-date-mois.L'histoire a lieu à Paris de nos jours. Un musicien nommé A. est tourmenté au point qu'il est incapable de rien dire. Il souffre de silence, de l'insignifiance. Ses amis – un vieux collectionneur de livres, un grammairien puriste, un marchand d'antiquités chinoises, un professeur de philologie, une analyste musicienne – forment un petit groupe et s'efforcent de le remettre d'aplomb. Dans ce roman, il y a la description des rencontres, des soirées, des séances de musique en trios et quatuors avec des entrées datées au passé simple. À l'égard du mécanisme narratif, chaque mot peut produire une abondance de répliques, une recherche minutieuse au travers des chemins du langage. Tout cela manque une lisible logique et crée un effet de discontinuité. La fin du roman reste ouverte.

---

[1] Jean-Louis Pautrot, «La fragmentation romanesque chez Pascal Quignard», *Contemporary French and Francophone Studies*, 2014, 18: 3, p. 252.

[2] Ibid.

Les tablettes de buis d'Apronenia Avitia a une forme fragmentaire plus singulière que *Carus*. Les premiers mots du titre«les tablettes» nous indiquent déjà le style fragmentaire du roman car elles désignent les petites planchettes de bois sur lesquelles on peut écrire les choses dont on veut se souvenir. Selon Dominique Rabaté, le point de départ du roman, est le «stratagème fictionnel»[1]: Quignard a imaginé qu'il avait retrouvé, dans de vieux recueils du XVIe et du XVIIe siècle, les textes écrits par une patricienne vieillissante à la fin du quatrième siècle et de la décadence romaine. La forme de ce roman ne ressemble à aucune autre et tient à la personnalité étonnante d'Apronenia Avitia. Le roman se compose de deux parties: vie d'Apronenia Avitia et ses tablettes de buis. Et les deux parties sont différentes sur le plan de la forme, du contenu et du style d'écriture. La première partie est une pseudo-notice historique. Et le corps principal réside dans la deuxième partie éponyme qui est composée de huit chapitres ou de *folio* 482 rO*à folio 524 r*O de «la réédition parisienne du recueil de FR. Juret, Orrian, 1604» (TBAA, p. 37). Il est mélangé de journal intime ou d'agada aux notations lapidaires. Sur les tablettes de buis, Apronenia Avitia grave des idées les plus disparates ou des notations brèves les plus décousues. Ces fragments hétéroclites mêlent des listes de choses à faire, des souvenirs, des préférences, des rêves, des événements de sa vie, des pensées sur la naissance.

Les romans postérieurs, à la publication des *Tablettes de buis d'Apronenia Avitia*, notamment *Le salon du Wurtemberg*, *Les escaliers de Chambord* et *Tous les matins du monde* sont composés de narrations plus continues, au moins dans leur disposition typographique. Ils se divisent en parties ou en chapitres. Mais à partir de la publication de *L'occupation américaine*, est revenue la fragmentation textuelle. Divisé comme les romans avec narrations continues en parties, *L'occupation américaine* se présente par un espace blanc relativement grand sans aucune remarque typographique et les paragraphes se séparent par des blancs matérialisés par une étoile ou un astérisque. De plus, entre les paragraphes, il manque souvent des liaisons nécessaires. Et *Terrasse à Rome* est présenté en gros caractères, très aérés. Il y a plus de vide et d'espace que de plein dans le texte.

---

[1] Dominique Rabaté, *Pascal Quignard. Etude de l'œuvre*,Paris: Bordas, 2008, p. 98.

Au sein des romans quignardiens dont les récits suivent une certaine linéarité, il y a des chapitres qui sont destinés au récit, des chapitres à des pensées théoriques et des chapitres aux descriptions. Dans *Les tablettes de buis d'Apronenia Avitia*, Quignard, ayant la volonté fragmentaire, a produit des passages dont la longueur ne se limite qu'à une seule ligne. Pour Jean-Pierre Richard, l'un des points d'intérêt de ce roman réside dans sa fragmentation extrême du discours qui est capable d'aboutir à traiter «la négativité comme une forme»[1]. Et comme *Les tablettes de buis d'Apronenia Avitia*, d'autres romans de Quignard, tels que *Terrasse à Rome*, ou *Tous les matins du monde*, se divisent souvent en des chapitres très courts. Entre les chapitres, il manque souvent de liaison, de lien nécessaire les uns avec les autres. Le modèle de passer d'un fragment à un autre permet de produire des interruptions, de ruptures et de destructions de la structure du texte.

De plus, au sein d'un seul chapitre, il manque toujours de sens unitaire. Le chapitre XXVI de *Tous les matins du monde* en fait un bon exemple. Il commence par la sentence: «Tous les matins du monde sont sans retour.»[2] Et le reste du chapitre n'entretient aucun rapport avec la phrase liminaire qui mérite une mention toute particulière. Dans *Terrasse à Rome*, il arrive qu'un seul paragraphe prenne toute la place, isolé sur une page. Aucune règle quantitative n'est respectée. Quignard cherche, par ce genre de distribution fragmentaire à mieux creuser la rupture du même chapitre ou entre chapitres et engendrer la complexité de lecture.

Chez Quignard, des intrigues se présentent également sous la forme fragmentaire, en de simples séquences. L'ordre chronologique n'est pas respecté et le déploiement de l'histoire est disloqué ou fragmenté. Il ne demeure que des morceaux isolés, des tranches de vie qui représentent le chaos d'une existence.Dans une même intrigue, le changement de la voix narrative produit comme effet des ruptures et des discontinuités. Et l'emploi de différents modes narratifs et discursifs préserve un silence. Dans *L'occupation américaine*, la voix narrative est remarquable par la fréquence et le ton de ses intrusions. Le roman s'ouvre par une question qui s'adresse à tout humain: «Quand cesse la guerre?» (OA, p. 9) Dans le même paragraphe, ce

[1] Jean-Pierre Richard, «Sensation, dépression, écriture», *L'état des choses*, Paris: Gallimard, 1990, p. 48.

[2] Il s'agit d'une sentence de prédilection de Quignard. Elle est présente à trois reprises respectivement dans *Tous les matins du monde* (TMM, p. 74), *Petits traités* et *La barque silencieuse*.

sens de tout humain est renforcé par l'emploi des articles définis «**le** regard de **la** femme», «***les*** frères» (OA, p. 9, c'est nous qui soulignons). Ensuite, il y a la répétition de l'expression «le but de **nos** efforts» (OA, p. 9, c'est nous qui soulignons). Avec ce «nous» implicite, la voix narrative change de ton, de tout humain illimité à «nous», à «Jeanne d'Arc» (OA, p. 9) jusqu'à «un homme» (OA, p. 10). Le changement de la voix narrative dans un roman se développe jusqu'à ce que le dernier roman quignardien *Les solidarités mystérieuses* soit narrée de quatorze voix différentes. Le roman est divisé en cinq parties. Les premiers quatre parties sont respectivement sous-intitulées par le prénom des principaux personnages et la dernière parties sous-titrée «Voix sur la lande» est mélangée de diverses opinions sur la protagoniste. En lisant le texte, on se sent des voix différentes qui viennent de toutes les directions parlent en même temps. La voix assourdissante produit en revanche un effet de silence.

Un autre aspect lié à la fragmentation de l'écriture dans les romans quignardiens, est l'absence de subordination des phrases. Et cela permet au lecteur de choisir et d'établir les relations qui sont montrées dans le texte. Et ce genre de manque, d'absence fractionne l'écriture, brise le langage rationnel, enfreint ses règles de fonctionnement.

C'est surtout par «sa concision gnomique», «ses énumérations» et «l'usage parfait qu'il faisait de l'asyndète»[1]que se caractérise l'écriture fragmentaire de Quignard. Tout cela dépend de l'usage particulier du langage, notamment des mots anciens ou des langues mortes. Tous les textes quignardiens s'imprègnent profondément son amour des langues qui ne se parlent plus au temps moderne, tels que le grec, le latin. Pour l'auteur, les langues mortes sont peu mortes. Elles sont anciennes. «Les langoustes nécrophages, qui comptent plus de millénaires que les homards… ont plus de saveur.»[2] Par cette comparaison, l'auteur a souligné que de même, l'ancienneté donne du goût aux langues. Et les langues mortes réservent «le

---

❶ Laurent Nunez, «Un auteur autoritaire?», dans Fabienne Durand-Bogaert et Yves Hersant (dir.), *Critique, Pascal Quignard*, t. LXIII, No. 721-722, juin-juillet 2007, Avec Pascal Quignard, «Qu'est-ce qu'un littéraire?», p. 433.

❷ Yves Hersant, «Le latin sur le bout de la langue», dans Fabienne Durand-Bogaert et Yves Hersant (dir.), *Critique, Pascal Quignard*, t. LXIII, No. 721-722, juin-juillet 2007, Avec Pascal Quignard, «Qu'est-ce qu'un littéraire?», p. 455.

plus de vivacité et de surprise» (PTI, p. 156). Nombreux passages dans ses romans sont écrits en latin ou en grec. Et des personnages quignardiens sont des amoureux des langues mortes et possèdent «sur le bout du doigt de nombreuses langues anciennes» (SW, p. 20). Lors d'un dialogue avec Valère Novarina, Quignard a confié que chaque fois qu'il pouvait, il dépliait le nom et le donnait une étymologie, pas pour obtenir «un effet de vérité» mais «pour qu'on soit perdu complètement et qu'il y ait un effet de vide qui naisse du mot lui-même»[1]. Autrement dit, l'auteur a recours à l'étymologie pour avoir un effet de vide, un effet fragmentaire. Ce n'est pas comme chez Heidegger pour qui l'étymologie est le garant d'une signification plus «authentique»[2]. L'étymologie quignardienne fonctionne comme «une anamnèse», c'est-à-dire «une descente par la mémoire dans le flux du temps»[3]. C'est un temps individuel et à la fois collectif.

D'ailleurs, en qualité de langues mortes, le grec et le latin résonnent sans faire de bruit. Ils se libèrent de l'oralité et se privent de correspondance sonore dans le corps qui le lit. Ils tendent vers «la *mutitas* des choses inanimées ou vers le *silentium* de saint Jérôme»[4]. Le grec et le latin sont non véhiculaire, non communicative. Pourtant, ils sont capables de nourrir un rapport avec les morts. Ils ont donc le double mérite d'être anciens et silencieux.

Selon Quignard, les langues mortes contribuent efficacement à une poétique du fragmentaire. Pour lui, les langues mortes sont capables de rejoindre «un rythme, une attaca, une violence assertive, une fragmentation massécrée, bruta, brusca» (S, p. 161) et d'être liés avec la violence originaire et avec la poussée vivante qui la précède.

À l'incipit d'*Une gêne technique à l'égard des fragments*, Quignard a noté: «Jean de La Bruyère avait une prédilection marquée par la couleur verte» (GT, p. 9). De la phrase étrange, se voit une attaque surprenante. L'attaque est une des

---

[1] Pascal Quignard et Valère Novarina, «De l'espace», dans Mireille Calle-Gruber, Gilles Declercq, Stella Spriet (dir.), *Pascal Quignard ou la littérature démembrée par les muses*, Actes du colloque de la Sorbonne, 17-19 juin 2010, Paris: Presses Sorbonne Nouvelle, 2011, pp. 213-214.

[2] Dominique Rabaté, *Pascal Quignard. Etude de l'œuvre*,Paris: Bordas, 2008, p. 23.

[3] Ibid.

[4] Yves Hersant, «Le latin sur le bout de la langue», dans Fabienne Durand-Bogaert et Yves Hersant (dir.), *Critique, Pascal Quignard*, t. LXIII, No. 721-722, juin-juillet 2007, Avec Pascal Quignard, «Qu'est-ce qu'un littéraire?», p. 455.

caractéristiques de l'écriture fragmentaire en général et aussi de celle de Quignard en particulier. Elle laisse un vertige au lecteur et crée des intervalles ou des vides que ce dernier prendrait la charge de remplir. Ceci dit, le fragmentaire est lié à la discontinuité et à l'inachèvement, mais en gardant toujours un rapport à la continuité dont le lecteur est le principal complice.

Selon Jaqueline Risset, l'écriture fragmentaire se compose de trois éléments: «affirmation précise, information dont l'origine demeure innommée, détail qui acquiert par sa place un relief énigmatique»[1]. Dotée de ces trois éléments, l'écriture fragmentaire quignardienne est capable de multiplier l'hétérogénéité du texte, d'assurer le brassage des savoirs, de passer de la première à la troisième personne, de l'anecdote à l'histoire, de la pensée hypothétique au conte.

De plus, dans l'écriture fragmentaire, s'inscrit un genre de tentation du silence qui surgit entre fragment et fragment. Il faut entendre quelque chose qui passe entre le langage ou hors du langage, entendre ce que le langage *«inter-dit»*[2] pour reprendre l'expression de Dominique Rabaté. Il serait injuste de dire que cet *«inter-dit»* est plus important que le déjà-écrit, le déjà-dit, mais au moins ce que le langage indique entre les lignes ou ce qu'il empêche de prononcer joue le même rôle que le texte même, en font une partie constituante. Autrement dit, le sens est fondé non seulement sur ce qui est dit, mais aussi sur ce qui n'est pas dit. C'est un silence du corps du texte, du corps de la parole muette. Pour Blanchot, les fragments s'écrivent comme «des séparations inaccomplies»[3]. Ils sont destinés en partie «au blanc»[4] qui les sépare, et trouvent en «cet écart non pas ce qui les termine, mais ce qui les prolonge [...], les faisant persister de par leur inachèvement»[5]. Autrement dit, les fragments se situent du côté de l'inachèvement, du prolongement et du silence.

Pour Quignard, l'écriture fragmentaire appartient à la tradition moraliste française. Les écrits des auteurs classiques que Quignard préfère, tels que Montaigne,

---

[1] Jacqueline Risset, «Petit fragments de paradis», dans Fabienne Durand-Bogaert et Yves Hersant (dir.), *Critique, Pascal Quignard*, t. LXIII, No. 721-722, juin-juillet 2007, Avec Pascal Quignard, «Qu'est-ce qu'un littéraire?», p. 450.

[2] Dominique Rabaté, *Pascal Quignard. Etude de l'œuvre*,Paris: Bordas, 2008, p. 149.

[3] Maurice Blanchot, *L'écriture du désastre*, Paris: Gallimard, 1980, p. 96.

[4] Ibid.

[5] Ibid.

Pascal et La Rochefoucauld, illustrent les traits principaux du fragment:

> «- le relatif inachèvement [...] ou l'absence de développement discursif [...];
> - la variété et le mélange des objets [...];
> - l'unité de l'ensemble, [...] comme constituée en quelque sorte hors de l'œuvre, [...].»[1]

Ces trois traits cités se servent de base de l'écriture fragmentaire de Quignard. Du point de vue générale, le fragment brise le systématique et produit l'effet de la disjonction. Il signifie la rupture, l'arrachement ou la fracture. Il peut créer un effet de surprise ou de brisure. C'est une image de l'activité de l'esprit et un mode de la pensée.

Le fragment résiste à devenir une forme close. Quignard a fait la construction d'un nouvel ordre dans la discontinuité: «Une succession d'irréconciliables fait un ordre.» (GT, p. 64) L'emploi du fragment indique un exil de la continuité narrative et il serait ainsi la forme littéraire du deuil ou un symbole insistant dans «le deuil natif où tout baigne» (GT, p. 45). Quignard propose un discours continu, celui du narrateur, ce qui favorise d'ailleurs la coexistence continuité/discontinuité. «[L]e décousu est toujours aussi en train de se coudre»[2], a écrit Jean-Pierre Richard.Et le fragment ponctue, par un surgissement discontinu, le flux de la continuité narrative. Il apparaît ainsi au plus près de la pensée comme fulguration.

1.2.2 Le fragment, le tout

Un critique littéraire a constaté que dans *Une gêne technique à l'égard des fragments*, à aucun endroit la «gêne technique» du titre n'a pas réapparu dans le texte[3]. Ce genre de phénomène n'est pas une rareté dans les romans de Quignard. L'expression de «tous les matins du monde» n'apparaît qu'une seule fois dans *Tous les matins du monde*. Chez Quignard, du titre, de la phrase liminaire au texte, le mot-

---

[1] Irena Kristeva, *Pascal Quignard, La fascination du fragmentaire*, Paris: L'Harmattan, 2008, p. 35.

[2] Jean-Pierre Richard, *Proust et le monde sensible*, Paris: Seuil, 1974, p. 202.

[3] Jonathan Degenève et Sylvain Santi, «Poétique (s) du fragment chez Pascal Quignard», dans Mireille Calle-Gruber, Gilles Declercq, Stella Spriet (dir.), *Pascal Quignard ou la littérature démembrée par les muses*, Actes du colloque de la Sorbonne, 17-19 juin 2010, Paris: Presses Sorbonne Nouvelle, 2011, p. 224.

clé est souvent sauté ou repris par un autre. Mais quelque chose comme le blanc reste tout le temps. Il ne s'agit pas d'une espèce de blanc sans rapport, mais d'un blanc paradigmatique dans les œuvres quignardiennes. Il implique un effet absent, énigmatique, ou de silence.

Le processus de l'écriture de Quignard est très particulier. Lors des entretiens, l'auteur a avoué que couper lui est une joie «sans nom», «sadique», «merveilleuse»[1]. Il a dit qu'il commençait toujours par écrire trop et puis il coupait. Il en résulte qu'aucun de ses livres n'excède trois cents pages. Cela pourrait être mis en parallèle avec le cas de Pierre Michon. L'auteur de *Vies minuscules* ne publie que des récits, des fictions qui ne dépassent presque jamais une centaine de pages. Quignard a souvent coupé le texte en différentes séquences narratives, généralement de longueur inégale. Ces fragments narratifs dus à son travail de «marqueterie»[2] donnent toujours à son style quelque chose de brusque, d'acharné.

Les fragments narratifs correspondent au postulat de Quignard lancé dans *Une gêne technique à l'égard des fragments*. Selon ce postulat, la pensée n'est ni structurée ni organisée mais «structurellement fragmentaire» (GT, p. 27). Il est difficile de le récuser car l'expérience de chaque homme suffit à en témoigner. La pensée humaine n'obéit à aucune règle, ne suit aucune forme. L'homme peut passer librement d'une pensée à une autre sans aucun plan établi. Quignard vise à représenter la liberté de la pensée dans sa création littéraire. Et dans ses écrits, il utilise de manière fréquente des ponctuations, comme points de suspensions, tirets, pour souligner que la pensée ou l'idéologie ne peut pas être que fragmentaires. La représentation romanesque de la pensée n'est pas identique au réel, ni à l'ordre du monde, mais elle procède au possible, à l'infini et à l'illimité, où aucune frontière ne serait respectée.

L'élection de l'écriture fragmentaire est une manifestation du refus du genre et de la totalité de l'auteur. Quignard a affirmé dans les œuvres et les entretiens qu'il ne croyait pas qu'il affectionnait un genre. Il a souligné que la seule chose qu'il

---

❶ Pascal Quignard, Bruno Blanckeman, Bénédicte Gorrillot, Chantal Lapeyre-Desmaison & Jean-Louis Pautrot, Table Ronde «Sur la poétique du fragment chez Pascal Quignard», samedi le 30 mars 2013, *Contemporary French and Francophone Studies*, 2014, 18: 3, p. 274.

❷ Catherine Argand, «Pascal Quignard, Goncourt 2002», *Lire*, septembre 2002, p. 104.

cherchait, c'était probablement la dissolution des frontières génériques ou le non-genre. Et le non-genre implique une véritable unité. Le tout se cache dans chacun des fragments qui le composent.

Pour Richard Ripoll, l'écriture fragmentaire est une négation «d'un univers fixe, d'une cohérence artificielle, voire d'un anthropocentrisme inacceptable»[1] et son choix vise «cette utopie sans limites de recréation d'un paradis des mots, et impose un texte 'visible et intelligible en tant que forme-sens'»[2]. C'est-à dire que le fragmentaire nie tout équilibre et toute cohérence en faveur d'une instabilité lisible. Derrière cette instabilité, se cache une certaine unité cautionnée par un minutieux travail du langage. Dans ce sens, l'écriture fragmentaire pourrait être significatiue et expressiue.

L'écriture fragmentaire résulte ainsi d'un choix littéraire de Quignard. D'une part, il n'est pas possible de tout dire sur tout. D'autre part, comme le dicible pâlit en regard de l'indicible, le montrable en regard de l'infigurable, l'écriture fragmentaire s'impose pour instaurer un certain rapport à la totalité inconnue, à l'état avant le déchirement de la naissance.

Techniquement, syntaxiquement, poser un fragment, c'est présupposer «un tout dont cette pièce se détache, ce lambeau se déchire, ce membre s'arrache, etc.»[3] Les fragments dans les romans de Quignard impliquent toujours une origine indépassable, quand on fait un tout, un seul corps avec la mère. Ils portent les traces du tout originaire disparu et intotalisable. Les «*fragmenta* emprisonnent une part du perdu» (VS, p. 146). Autrement dit, les fragments jouent le rôle qui est en continuité avec la mythologie d'un premier royaume et d'un dernier royaume. Ils réfèrent le tout originaire, car «le plus petit morceau est encore le tout» (OE, p. 71). Dans cette perspective, le morcellement formel et la question du corps en tant qu'unité perdue se rapproche. Cette unité perdue ou ce vide initial, primordial fonde ontologiquement l'homme. Dans ce sens, Quignard devient par le biais de son écriture un infatigable

---

[1] Richard Ripoll, *L'écriture fragmentaire: théories et pratiques*, Actes du Ier Congrès International du Groupe de Recherches sur les écritures subversives Barcelone, le 21-23 Juin 2001, p. 362.

[2] Ibid.

[3] Jonathan Degenève et Sylvain Santi, «Poétique (s) du fragment chez Pascal Quignard», dans Mireille Calle-Gruber, Gilles Declercq, Stella Spriet (dir.), *Pascal Quignard ou la littérature démembrée par les muses*, Actes du colloque de la Sorbonne, 17-19 juin 2010, Paris: Presses Sorbonne Nouvelle, 2011, p. 224.

chercheur de cette unité et chacue de ses livres est une stratégie nouvelle pour désigner ou remplir ce vide. Jean-Pierre Richard a bien montré dans *L'état des choses* la persistance de la nécessité de combler ce désir de «boucher un trou, masquer un blanc»[1] des personnages quignardiens.

D'ailleurs, Quignard témoigne une profonde appréciation pour l'écriture fragmentaire de Claude Simon. Pour lui, les œuvres de Simon représentent «une *véritable* fragmentation»et ses fragments sont de «*vrais* fragments»[2]. Les vrais fragments désignent les «pièces détachées que rien n'attend – que seul le vide attend, ou surgir» ou «que seul le contraste attend»[3]. De plus, entre les vrais fragments, il n'y a aucune liaison ou seulement «le noir»[4]. Le vide ou le noir nous fait rappeler à la nuit originaire, au silence. Dans ce sens, le fragment désigne l'existence déchirée due à la naissance et l'indice d'un tout disparu.

Barthes a énoncé que «le corps passe d'une certaine façon dans l'écriture»[5]. Dans ce sens, l'écriture et le corps peuvent être intimement liés. Et l'écriture fragmentaire est l'image d'un corps fragmenté. Le corps du texte et le corps du sujet en tant que fragment du corps social sont deux corps qui se correspondent.

L'ensemble des œuvres de Quignard peut être considéré comme un morceau d'infini, le fragment d'une pensée à qui l'auteur donne une chance d'exister. Par l'écriture fragmentaire, l'auteur ne vise pas seulement à créer un pur jeu formel. Pour lui, une des qualités ou la valeur de l'écriture fragmentaire consiste à dénoter l'hétérogénéité de la pensée. Et l'hétérogénéité naturelle, originaire s'oppose à l'homogénéité culturelle, historique. Si la vie «intérieure, familiale, linguistique» devient de plus en plus «homogène, civilisée, collective», si l'homogénéité est «le destin de l'homme», la fragmentation est plutôt toute «l'âme de l'art» (OE, p. 62).

L'emploi des fragments assure que l'absence et le silence sont constitutifs de l'écrit, qu'ils tiennent une place à la limite plus centrale, ontologiquement, que les

---

[1] Jean-Pierre Richard, «Sensation, dépression, écriture», *L'état des choses*, Paris: Gallimard, 1990, p. 50.

[2] Pascal Quignard, «Ce que vous a apporté Claude Simon», *Les Tryptiques de Claude Simon ou l'art du montage*, Ed. Mireille Calle-Gruber, Paris: Presses Sorbonne-Nouvelle, Paris: Galilée, 2008, p. 207.

[3] Ibid.

[4] Ibid.

[5] Roland Barthes et Maurice Nadeau, *Sur la littérature*, Grenoble: Presses Universitaires de Grenoble, 1980, p. 22.

mots. Pour Quignard, tout expliquer, tout montrer, tout dire, c'est restreindre, c'est annuler le contrat imaginaire. Avec les fragments, l'auteur peut laisser des blancs, des vides au lecteur à imaginer, à remplir. Paul Ricoeur a remarqué, dans son *Temps et récit*, que des récits tendaient à dissimuler un sens plus qu'à le dévoiler[1]. Ce genre de phénomène a apparu chez Quignard. Dns ses romans, «ce qui échappe à la saisie linguistique dépasse ce qui s'y dit et s'y voit»[2]. De ce sens, ce qui tait et cache est le plus vital.

Le fragment est indissociable de l'histoire d'un individu de plus en plus autonome, de plus en plus séparé des autres. Le fragment est un révélateur chez Quignard. Il révèle l'insaisissable et permet de filtrer les poussières de temps prisonnières des agrégats sociaux, tels que le langage, la famille ou l'éducation. Dans ce sens, l'écriture fragmentaire est liée au geste asocial de l'auteur, c'est-à-dire à l'individuation, au refus de la communauté des hommes, du mythe collectif, au rejet du langage collectif ou social. Quignard vise à une activité de «penser fragmentairement, vivre individuellement»[3]. Par l'écriture, il a pu finalement accomplir le démembrement du corps social, se définir comme un littéraire et mettre des lettres bout à bout pour faire des mots qui aient un peu de sens.

À la fin d'*Une gêne technique à l'égard des fragments*, Quignard a poursuivi sa description fascinée de Jean de la Bruyère, qui était pour lui, le premier et seul véritable auteur d'un livre à caractère fragmenté, et l'a imaginé comme une sorte de scribe assyrien. Il a considéré Jean de la Bruyère comme une figure qui contenait une puissance de vie, qui était capable de «s'asseoir dans un fauteuil», de «lire», de «concevoir une pensée en lisant», d'«être astreint tout à coup à la noter avec précision» (GT, pp. 81-82). Inspiré par cette «minuscule scène» (GT, p. 82), Quignard reste assis aussi dans un fauteuil, prête l'oreille à un son qui vient très loin dans le temps, et lit. Pour lui, la puissance de vie ou le vrai silence ne peut être retrouvée que par la lecture, l'écriture ou la réécriture.

---

[1] Paul Ricoeur, *Temps et récit*, Paris: Seuil, 1985, vol. I, p. 115.

[2] Jean-Louis Pautrot, «La fragmentation romanesque chez Pascal Quignard», *Contemporary French and Francophone Studies*, 2014, 18: 3, p. 256

[3] Chantal Lapeyre-Desmaison, *Pascal Quignard le solitaire: rencontre avec Chantal Lapeyre-Desmaison*, Paris: Galilée, 2006, p. 164.

Chapitre II Lecture et (ré)écriture historiques

Lors d'un entretien, Quignard a affirmé qu'il tenait toujours les mots à distance et que les mots ne lui servaient que d'«un matériau»[1]. Il a ajouté qu'il espérait «ne pas [s]e laisser avoir par les mots»[2]. Ne pas se laisser avoir par les mots explique son refus conscient du langage ou son choix volontaire du silence:

> «Ce silence, c'est sans doute ce qui m'a décidé à écrire, à faire cette transaction: être dans le langage en me taisant. Ce que le langage oral ne peut dire, voilà le sujet de la littérature. La lecture aussi, c'est être dans le langage en se taisant.»[3]

Considérant les mots comme un matériau, ayant la volonté d'être dans le langage en se taisant, Quignard a pu finalement se focaliser sur l'écriture littéraire et la lecture. L'écriture et la lecture vont en deçà de la communauté parlante et se distancient du langage oral et socialisé. Elles constituent la voie par excellence à la fois d'être dans le langage et de se taire.

L'écriture littéraire réside dans la thématique de la voix silencieuse. Ses sources peuvent être trouvées chez Blanchot, notamment dans son image d'une «parole muette»[4]. Aussi Quignard a noté-t-il que le livre était «un morceau de silence» (PTI, p. 87) dans les mains du lecteur. Il a ajouté que celui qui écrivait «se tait» et que celui qui lisait «ne rompt pas le silence» (PTI, p. 87). C'est pourquoi, Quignard, celui qui ne parle pas ou parle en se taisant, ce qui crée l'œuvre d'art, est aussi, ou même avant

---

[1] Catherine Argand, «Pascal Quignard», *Lire*, février 1998, p. 88.

[2] Ibid.

[3] Ibid.

[4] Maurice Blanchot, *L'écriture du désastre*, Paris: Gallimard, 1980, p. 95. Cette expression est également reprise par Rancière comme titre principal d'un de ses ouvrages. (Jacques Rancière, *La parole muette. Essai sur les contradictions de la littérature*, Paris: Hachette Littératures, 1998, p. 87.)

tout, celui qui lit. Il lit les Anciens et écrit ou réécrit ce qui est lointain, ce qui est oublié par l'Histoire.

2.1 Le littéraire: un déclamateur silencieux

Le silence s'oppose depuis toujours à la parole orale et passe pour une vertu naturelle de l'écriture. Voltaire a écrit dans son *Dictionnaire philosophique* publié pour la première fois en 1764: «Les gens de lettres [...], sont les lettres isolées, les vrais savants renfermés dans leur cabinet, qui n'ont ni argumenté sur les bancs des universités, ni dit les choses à moitié dans les académies [...]»[1]. «Isolé», «renfermé» dans le cabinet, ne pas occuper une place à l'université ou à l'académie, tout cela est le portrait des personnages quignardiens et de Quignard lui-même qui a fait écho, plus de deux siècles plus tard, à ce qu'avait dit le grand philosophe-penseur des Lumières.

Quignard ne se considère pas comme écrivain ou l'état d'écrivain, de statut social ne l'intéresse point. Il se définit comme «*litteratus*», ou «lettré». Il lit et prête son oreille à un son qui est loin dans le temps. En même temps, il écrit au secret, «sépare les séparants, inlassablement, et sait que seuls les mots voient ce qui n'est pas caché»[2]. En lisant et en écrivant, Quignard devient celui qui se voue à la lettre, à la passion de la lettre et celui qui écrit le «silence qui parle» et «se tait en parlant» (VDS, p. 26).

2.1.1 Lire et écrire: se taire en parlant

«Depuis avril 1994, je ne fais plus que **lire** et **écrire**.»[3] Par cette formule laconique, Quignard met l'accent sur ses principales activités de vie: lire et écrire.

---

❶ Cité dans Pierre Lepape, «Il était une fois», dans *Pascal Quignard, figures d'un lettré*, Actes du Colloque tenu à Cerisy-la-Salle du 10 au 17 juillet 2004, Philippe Bonnefis et Dolorès Lyotard (dirs.), Paris: Galilée, 2005, p. 167.

❷ Mireille Calle-Gruber, «Les écritures apocryphes de Pascal Quignard», dans *Pascal Quignard, figures d'un lettré*, Actes du Colloque tenu à Cerisy-la-Salle du 10 au 17 juillet 2004, Philippe Bonnefis et Dolorès Lyotard (dirs.), Paris: Galilée, 2005, p. 49.

❸ Pascal Quignard, «Pascal Quignard par lui-même», dans Adriano Marchetti (dir.), *Pascal Quignard: La mise au silence*, précédé de «La voix perdue» par Pascal Quignard, Actes du colloque de Bologne, 1998, Seyssel: Champ Vallon, 2000, p.191, c'est nous qui soulignons. De plus, c'est en 1994 que Quignard a donné sa démission à Gallimard. Cette démission est considérée par l'auteur comme sa grande rupture, son silence personnel avec le monde social.

Il se consacre entièrement à la lecture et à l'écriture, à l'exclusion de toute autre activité.

Irène Fenoglio, dans sa contribution aux Actes du Colloque tenu à Cerisy-la-Salle consacré à Quignard, a défini respectivement «écrire» et «lire». Selon elle, écrire, c'est d'abord «laisser des traces, pour les autres, de la pensée humaine»[1]. Ensuite, c'est «passer le présent d'une pensée vivace à l'acte de la mémoire»[2]. Et lire, c'est «transférer une pensée passée à l'acte du présent»[3]. Laisser des traces de la pensée humaine par mémoire et transférer une pensée passée, écrire et lire se dirigent tous les deux vers le passé et la pensée du passé plonge celui qui écrit et lit dans la mer du silence. Lire et écrire se font sans parler et désobéissent aux attentes sociales. Autrement dit, le silence constitue une caractéristique commune des deux activités.

Quignard lit et écrit. Chez lui, la distinction entre lire et écrire est absente.Dans la vie, il ne fait que ces deux activités. La lecture lui est aussi importante que l'écriture. «L'acte d'écrire suppose une découverte préalable de la littérature, basée elle-même sur un autre acte, l'acte de lire.»[4] Tous ses ouvrages sont configurés par l'injonction d'écrire en lisant. La lecture et l'écriture constituent pour l'auteur les deux pôles d'une même démarche tant dans sa vie que dans sa carrière. Et son rêve consiste à se perdre dans la lecture jusqu'à reproduire cette perte dans l'écriture. À l'instar d'Alonso Quijano, personnage principal de *Don Quichotte de* Cervantes, qui croit à tout ce qu'il lit et sort de chez lui pour transformer ses lectures en réalité, Quignard écrit afin de ramener au monde la substance des heures passées dans la compagnie des livres. Ce qui importe, c'est que la lecture et l'écriture deviennent un tout en Quignard. Cela nous fait rappeler Sartre. Ce grand écrivain-philosophe existentialiste constate que la lecture et l'écriture sont inséparables. Et son ouvrage autobiographique *Les mots* est divisé en deux grandes parties qui s'intitulent non-gratuitement «Lire» et «Écrire». Lire et écrire se disposent donc dans un rapport de continuité.

---

❶ Irène Fenoglio, «L'*hic et nunc* de l'écrire immémorial», dans *Pascal Quignard, figures d'un lettré*, Actes du Colloque tenu à Cerisy-la-Salle du 10 au 17 juillet 2004, Philippe Bonnefis et Dolorès Lyotard (dirs.), Paris: Galilée, 2005, p. 355.

❷ Ibid., p.356.

❸ Ibid.

❹ Georges Boulet, préface de *Marcel Proust, critique littéraire* de René de Chantal, Montréal: Presse universitaire de Montréal, 1967, p. VII.

Quant à Quignard, il va sans doute encore plus loin que Sartre. Il a élargi le domaine de la lecture. Pour lui, tout est lecture: lecture de livre, interprétation, reformulation, ce qui fait trace, ce qui a le pouvoir d'«identifier l'absence, la perte, l'éclatement originaire»[1] dans toute chose. Même les premiers cris d'enfants «lisent déjà en les criant des traces plus anciennes et terribles que les plus anciennes écritures attestées» (L, p.82). De plus, Quignard fait de lire et écrire une seule réalité. Lire et écrire deviennent les «clés»[2] de son œuvre. D'une part, à plusieurs reprises, il a établi, pour caractériser son expérience, une équivalence entre vivre, lire et écrire. Quignard considère l'ensemble de lire et d'écrire comme un besoin aussi essentiel et interne pour sa survie que l'amour, la nourriture et la sécurité. Il lit et écrit pour survivre. D'autre part, pour Quignard, lire est sa «vraie joie» et l'écriture se fait «par carence de lecture»[3]. Écrire, c'est écrire de la lecture. L'écriture est sous cet angle, une expérience de la lecture, voire la lecture elle-même. Autrement dit, c'est le désir de lire qui suscite celui d'écrire. L'écriture est née et alimentée de la lecture.

En tant que «lecteur écrivain»[4], Quignard considère l'écriture comme l'une des modalités de la lecture. Pour Quignard, un écrivain est avant tout un lecteur. On ne peut écrire qu'à partir d'un savoir conquis dans d'autres livres. Et on écrit en vue de la lecture de ces «petites lettres silencieuses»[5]. L'écriture est de cette manière subordonnée à la lecture. Pour justifier son point de vue, Quignard a cité Clément Marot, «le prince des poëtes françoys»: «Ung homme ne peult bien escrire / S'il n'est quelque peu bon lisart.»[6] C'est-à-dire que l'écriture est dépendante de la lecture. Elle

[1] Laurence Werner David, «La mémoire la plus lointaine», dans Fabienne Durand-Bogaert et Yves Hersant (dir.), *Critique, Pascal Quignard*, t. LXIII, No. 721-722, juin-juillet 2007, Avec Pascal Quignard, «Qu'est-ce qu'un littéraire?», p. 516.

[2] Il s'agit du titre «Lire et écrire: les clés d'une œuvre» du chapitre un d'une monographie de Jean-Louis Pautrot. (Jean-Louis Pautrot, *Pascal Quignard ou le fonds du monde*, Amsterdam-New York: Rodolpo, 2007.)

[3] Marianne Payot, «Pascal Quignard, spécialiste de rien», *Lire*, juillet-août 1997, p. 25.

[4] Irène Fenoglio, «L'*hic et nunc* de l'écrire immémorial», dans *Pascal Quignard, figures d'un lettré*, Actes du Colloque tenu à Cerisy-la-Salle du 10 au 17 juillet 2004, Philippe Bonnefis et Dolorès Lyotard (dirs.), Paris: Galilée, 2005, p. 356.

[5] Anne Thiercy et Martin Belskis, «Entretien», dans *Scherzo*, dossier «Pascal Quignard», Richard Robert (dir.), N° 9, septembre-novembre 1999, p. 6.

[6] Clément Marot, *Œuvres satiriques*, édition critique par C. A. Mayer, Londres: The Athlone Press, 1962, p. 102.

fonctionne comme une réaction aux effets de la lecture. Quignard a beaucoup insisté sur la lecture, sur l'accumulation des richesses culturelles et spirituelles.

Dès son entrée dans le monde littéraire, Quignard a déjà énoncé directement son opinion sur le primat de la lecture sur l'écriture. Il emploie la métaphore de l'«esprit d'escalier»[1] pour indiquer la lecture. Pour Quignard, la lecture est même beaucoup plus importante que le fait d'écrire. Elle est plus profonde que la conscience. La lecture permet de «voyager dans d'autres expériences, dans d'autres temps, dans d'autres civilisations»[2]. Elle est «le voyage temporel par excellence»[3]. Il faut ajouter que la lecture est capable de garantir infiniment les ressources de l'écriture.

En 1999, dans un entretien accordé à *Scherzo*, Quignard a placé avec netteté l'écriture sous la dépendance de la lecture. Il a voué qu'il ne se sentait pas écrivain, et qu'il se définissait toujours comme lecteur. Pour lui, c'était l'expérience de lecture qui faisait le fond de sa vie. De cette manière, lire lui est plus passionnant que toute autre chose. Dans le même entretien, il s'est conclu que la lecture était «l'expérience humaine pour laquelle on écrit»[4] et qu'on écrivait à la suite de la lecture. L'écriture est la lecture «qui se dérègle» (L, p. 36) et l'attention provoquée par la lecture du livre «s'émancipe du livre» (L, p. 36). L'écriture est donc un moment de la lecture. Elle est fondée sur la lecture.

2.1.2 La lecture: l'errance silencieuse

Pour Borges, la lecture est une forme de bonheur, une forme de gaieté, de vraie joie. Ce point de vue vient de Montaigne, pour l'auteur des *Essais*, la lecture obligatoire n'existe pas. La lecture signifie dans une certaine mesure l'«extase» (TR, p. 29), pour reprendre le terme de Meaume dans *Terrasse à Rome*. Elle symbolise ainsi le désir dc savoir et de voir. C'est l'état d'âme d'un individu qui quitte le social et qui cherche dans tout l'univers «le repos» (OE, p. 58). Il le trouve nulle part ailleurs que dans la lecture. Et c'est en lisant, le bonheur monte.

---

[1] Entretien avec Jacques Malaterre, «A Mi-mots: Pascal Quignard», film documentaire, DVD, Paris: MK2, 2004.

[2] Ibid.

[3] Ibid.

[4] Anne Thiercy et Martin Belskis, «Entretien avec Pascal Quignard», *Scherzo, Revue de littérature*, n°9, Paris: PUF, octobre 1999, p. 6.

De plus, par la lecture, l’homme peut accéder à un autre monde et rien ne semble plus exister en dehors du livre. Autrement dit, la fonction centrale de la lecture consiste à sortir de soi, voyager, fabriquer un chant qui est capable de mener dans l’autre monde. La lecture est dans ce sens un voyage, un vagabondage, une errance. Le quatrième de couverture des *Ombres errantes*, peut être lu comme un manifeste de Quignard à l’égard de la lecture: «Il y a dans lire une attente qui ne cherche pas à aboutir. Lire est errer. La lecture est l’errance.» (OE, le quatrième de couverture) La lecture est ce qui arrache le langage au dialogue, à la réciprocité orale et sociale. C’est l’errance silencieuse.

Quignard inverse l’image du «rat de bibliothèque: le clerc ne dévore pas les livres mais est rongé par eux»[❶]. Dans tous ses entretiens, il a affirmé sa passion intacte pour la lecture, son incroyable boulimie de lecteur. La lecture est sa première respiration. Elle lui est vitale. Ou au sens strict, c’est la lecture qui lui a permis de ne pas étouffer, de surnager, de survivre. L’auteur a prêté la passion de lecture à de nombreux personnages de ses romans. Edouard Furfooz est un grand lecteur. Madame de Pont-Carré est un personnage récurrent dans *Terrasse à Rome* et *Tous les matins du monde*. Elle est non seulement un joueur par excellence de luth et de théorbe mais aussi une grande lectrice qui aime les livres. Quant à Charles Chenogne, un autre personnage qui apparaît aussi dans deux romans[❷], aime la lecture. incapable de la moindre confidence, il trouve que la lecture est «la seule conversation à laquelle on peut couper court à tout instant, et dans l’instant» (SW, p. 70). Et son royaume est «chaque livre de sa bibliothèque» (VA, p. 215). Aux yeux de son amie Juliette, Charles Chenogne est cet homme «qui lisait et qui, pour se reposer de la lecture, lisait encore» (VA, p. 200). Son ami intime, Florent Seinecé lit beaucoup – «avec cette voracité et cette passion d’appliquer sans cesse les situations, les personnages, les descriptions qu’il lisait aux scènes les plus ordinaires qu’il vivait» (SW, p. 35) – et vit entouré de livres, de revues. Ann Hidden a «des cartons remplis de livres et de partitions» (VA, p. 240). Elle aime lire et lit la nuit quand elle n’arrive pas à s’endormir.

❶ Bruno Blanckeman, *Les récits indécidables: Jean Echenoz, Hervé Guibert, Pascal Quignard*, Paris: PUS, 2000, p. 193.

❷ Il s’agit du *Salon du Wurtemberg* en tant que narrateur-protagoniste et *Villa Amalia* où Charles Chenogne apparaît dans la troisième partie en tant que personnage secondaire.

Madame Carrion, la mère de Patrick, aime les livres et aménage une chambre en bibliothèque pour lire «la plupart des revues qui paraissaient à Paris» (OA, p. 11).

Comme pour ses personnages romanesques, la lecture est, pour Quignard, inséparable de sa vie et de son travail. L'auteur a effectivement débuté très tôt la lecture. Dès l'aube de sa vie, il est profondément passionné et encouragé par la lecture. Quignard demeure tout le temps un lecteur actif et la lecture est une activité profondément ancrée dans son corps. Dans presque tous les entretiens, Quignard rappelle sa passion intacte pour la lecture, son incroyable «boulimie de lecteur»[1]. Il indique d'ailleurs avec un ton indubitable qu'il est un intellectuel qui aime lire: «J'étais ainsi. Je suis ainsi. Je serai ainsi.»[2] De plus, Quignard lit de façon animale, comme «une bête a faim» (L, p. 68). L'emploi «avoir faim» signifie que la lecture lui est un besoin essentiel, une nécessité intérieure, une expérience fondamentale. «C'est la lecture qui est pour moi vitale.»[3] L'adjectif «vital» signifie quelque chose qui est essentiel pour la vie et qui est nécessaire pour l'existence. Autrement dit, la lecture touche à l'essentiel de sa vie. Elle lui permet de survivre.

«Tous les lecteurs des livres vivent dans des angles.» (TR, p. 9) «Vivre dans des angles» indique que la lecture est associée au choix de mode de vie. Dans un article, par un petit autoportrait – «j'ai vécu dans un coin avec mon livre»[4] – Quignard a exprimé son opinion similairement. Il a poursuivi en ajoutant une locution en latin «*In angulo cum libro*» («à la marge du siècle, sans adhésion, sans révérence, sans obéissance, sans courtisanerie»)[5]. Les lecteurs formulent un vœu de solitude et de silence. Ils préfèrent lire dans un coin. Un angle de mur, une rencoignure de salon ou de bibliothèque, un coin de salle d'aéroport, etc., sont leurs lieux privilégiés. En lisant, les lecteurs renoncent à la langue, au langage, à l'espace social. Ils s'isolent de la famille, de la maison, du groupe social et de leur valeur. La défection (taciturnité,

---

❶ Dominique Rabaté, *Pascal Quignard. Etude de l'œuvre*,Paris: Bordas, 2008, p. 16.

❷ Chantal Lapeyre-Desmaison, *Pascal Quignard Le Solitaire, Rencontre avec Chantal Lapeyre-Desmaison*, Paris: Galilée, 2006, p. 67.

❸ Jean-Louis Pautrot, «Dix questions à Pascal Quignard», *Études françaises*, *Pascal Quignard, ou le noyau incommunicable*, vol. 40, n° 2, 2004, p. 87.

❹ Pascal Quignard, «Qu'est-ce qu'un littéraire?», dans Fabienne Durand-Bogaert et Yves Hersant (dir.), *Critique, Pascal Quignard*, t. LXIII, No. 721-722, juin-juillet 2007, Avec Pascal Quignard, «Qu'est-ce qu'un littéraire?», p. 431.

❺ Ibid.

absence) du lecteur au monde illustre la notion de silence de Quignard: se préserver de soi et s'abriter du monde. Les lecteurs sont réduits au silence et n'ont plus d'oreille pour les bruits de ce monde. Ils lisent et vivent dans une société secrète. Dans cette société secrète, «imaginaire et réel se scindaient» et «intime et social se séparaient» (VS, p. 217), ce qui correspond par excellence aux buts de se solidariser du groupe et de se récupérer soi-même de l'exercice de la lecture de Quignard.

Quignard a avoué que la lecture était «dans le langage en se taisant»[1]. La lecture se fait en silence. Étant un geste passif, elle est capable d'offrir des espaces de suspension, de solitude et de ressusciter des temps anciens ou la part non parlante de soi. Dans la lecture, on est plongé dans la plus profonde solitude et acquiert un complet retrait de soi et du monde. Dans *Les ombres errantes*, Quignard a évoqué la figure de Monsieur de Pontchâteau. L'auteur a noté en latin:

> «*In omnibus requiem quaesivi et nusqyam inveni nisi in angulo cum livro.*
> (J'ai cherché dans tout l'univers le repos et je ne l'ai trouvé nulle part ailleurs que dans un coin avec un livre.)» (OE, p. 58)

«Ce coin avec un livre» signifie un monde de silence. C'est dans ce monde de silence, dans ce coin, que le bonheur monte: «**Je** lisais. Le bonheur **me** dévorait. **Je** lus tout l'été. Le bonheur **le** dévora tout l'été.» (OE, p. 81, c'est nous qui soulignons) Quignard a affirmé que la lecture lui procurait toujours le bonheur ou la joie. Le changement de l'emploi du temps (de l'imparfait au passé simple) et du pronom personnel (de «me» à «le») implique que le bonheur ou la joie de la lecture peut être généralisé à tout moment et à tout homme. La joie de la lecture est une joie «constante qui ne peut pas être amoindrie»[2]. Pour Quignard, rien n'emporte comme la lecture vers «la certitude»[3] qu'un autre monde existe. En lisant, on comprend des choses «extraordinaires de profondeur»[4] et se retrouve de connivence avec

---

❶ Catherine Argand, «Pascal Quignard», *Lire*, février 1998, p. 88.

❷ Ibid.

❸ Laurence Werner David, «La mémoire la plus lointaine», dans Fabienne Durand-Bogaert et Yves Hersant (dir.), *Critique, Pascal Quignard*, t. LXIII, No. 721-722, juin-juillet 2007, Avec Pascal Quignard, «Qu'est-ce qu'un littéraire?», p. 516.

❹ Ibid.

«des civilisations très lointaines»[1]. Quignard produit et reproduit ces choses, ou ces «civilisations très lointaines» de la lecture, de la lecture du passé dans son écriture.

2.2 (Ré)Écriture comme effacement de l'infamie de l'Histoire

En lisant les romans, on peut constater que Quignard s'attache à des œuvres rares et incline pour des textes et des personnages peu connus. Il passe son temps à défendre «des causes perdues, des âmes en peine, des œuvres oubliées, des territoires compliqués, etc.»[2] Pour Quignard, le lettré ou le littéraire«relit siècle après siècle les Anciens»[3]. Il erre ou voyage dans le temps. Lire, c'est chercher «des yeux au travers des siècles l'unique flèche décochée à partir du fond des âges» (RS, p. 63). La lecture signifie une descente dans une autre temporalité, où le temps est brusquement aboli.

En tant que «figure un peu anachronique, qui témoigne d'un refus inflexible de se plier à la norme sociale»[4], Quignard se préoccupe de la reprise en charge de la lecture de l'histoire. Il s'est déclaré que son esthétique était celle des Romains, celle des anciens Chinois. Quignard se plonge alors dans la lecture pour mieux renaître dans l'écriture, dans la réécriture des textes du passé. Pour lui, l'histoire est «une pauvre construction orientée dans le temps pour rassurer les gens»[5], une construction narrative homogène, univoque, dégageant *à posteriori* des causalités. Et Quignard envisage de réécrire de manière différente l'histoire, d'accomplir une réécriture active de la mémoire méprisée. Chacun de ses livres invective plus ou moins ouvertement l'histoire.

En 2002, dans son ouvrage, Quignard a énoncé de manière rétrospective son projet d'envergure:

«Je vais effacer un peu l'infamie de l'Histoire, réparer l'erreur, apaiser

---

[1] Laurence Werner David, «La mémoire la plus lointaine», dans Fabienne Durand-Bogaert et Yves Hersant (dir.), *Critique, Pascal Quignard*, t. LXIII, No. 721-722, juin-juillet 2007, Avec Pascal Quignard, «Qu'est-ce qu'un littéraire?», p. 516.

[2] Chantal Lapeyre-Desmaison, *Pascal Quignard Le Solitaire, Rencontre avec Chantal Lapeyre-Desmaison*, Paris: Galilée, 2006, p. 122.

[3] Cité dans *Pascal Quignard, figures d'un lettré*, Actes du Colloques tenu à Cerisy-la-Salle du 10 au 17 juillet 2004, Philippe Bonnefis et Dolorès Lyotard (dir.), Paris: Galilée, 2005, p. 381.

[4] Dominique Rabaté, *Pascal Quignard. Etude de l'œuvre*,Paris: Bordas, 2008, p. 21.

[5] Catherine Argand, «Pascal Quignard, Goncourt 2002», *Lire*, septembre 2002, p. 101.

l'errance, arracher le langage à son destin de calomnies, de bégueuleries, de paix, de chantonnement aigre, de gémissement tremblant, assourdi, chevrotant.» (SJ, p. 280)

Selon la tradition de l'*inventio* latine, toute parole est l'écho d'une parole antérieure. Les œuvres quignardiennes se nourrissent sous cet angle de ce que le temps a délaissé. Elles magnifient des déchets culturels afin d'en tirer, en retour, une force singulière.

2.2.1 Réécrire des temps lointains et silencieux

Chez Quignard, un univers de références récurrentes ou même obsessionnelles se compose de quelques époques d'élection, qui sont des époques antiques et lointains, et qui forment le paysage mental et affectif de l'auteur.

Pour Quignard, le passé attaque et le temps déjà passé «mord le présent» (VS, p. 121). L'emploi du verbe «mordre» indique le contrôle violent du passé sur le présent. Le passé continue à laisser des empreintes au présent. Il est même plus présent, plus agissant. Le passé est «l'actuel à l'exclusion du moderne» (VS, p. 151). Et des textes anciens, en particulier grecs et médiévaux, conservent une proximité étroite avec l'actuel. «Leurs modes d'existences et de transmission sont liés au fait qu'ils sont pensés en tant que phénomènes de perception sensorielle.»[1] Comme les abeilles, Quignard butine loin de sa ruche pour produire un miel nouveau. Il revisite l'héritage culturel et transmet ce qui est à l'oubli. Et ce geste de faire du nouveau avec de l'ancien est également celui de l'art. L'art se définit comme «un écho d'un déjà existé qu'on invente» (SJ, p. 43) et rappelle «un ancien» (SJ, p. 43) qu'il crée. Quignard fait souvent appel à l'Antiquité par ses écrits et un trait distinctif de son écriture est fondé sur des parcours inlassables et érudits de textes, d'anecdotes déterrés du passé, du monde antique. Tout cela nourrit sa poétique secrète et reconstitue sa conception tant de l'écriture que de l'existence qui est habitée du désir de rompre avec la vanité du monde moderne, de recréer des liens avec le monde de silence.

[1] Danielle Cohen-Levinas, «Les icônes de la voix», dans *Pascal Quignard, figures d'un lettré*, Actes du Colloque tenu à Cerisy-la-Salle du 10 au 17 juillet 2004, Philippe Bonnefis et Dolorès Lyotard (dirs.), Paris: Galilée, 2005, p. 186.

Lors d'un entretien, Quignard a indiqué que ce qui a beaucoup compté pour lui, c'est «la destruction de l'idée d'humanité»[1] durant la Seconde Guerre mondiale. Dans sa lettre à Dominique Rabaté, l'auteur a indiqué qu'il était né dans «l'incroyable Moyen Âge»[2].L'expression de l'incroyable Moyen Âge accentue la violence voire la barbarie des actes du nazisme. C'est à cause du nazisme et de ses effets à longue durée que Quignard est remonté à des périodes anciennes, violentes voire instables et qu'il s'est mis à travailler sur le monde antique.

Quignard enquête les temps lointains tant de l'Europe que de l'Orient: le monde latin et le monde romain antique, le monde chinois de la vielle culture mandarinale, le XVIIe siècle baroque et janséniste. Ces époques distantes fournissent des modèles que notre temps doit apprendre à se reconnaître.

Le monde latin chez Quignard se révèle dans sa face marginale. Le qualificatif marginal veut dire une face loin de celle traditionnelle. C'est un monde tourné vers la représentation du sexe, pressentant le déclin d'une culture qui ploie sous sa richesse accumulée. Dans *Les tablettes de buis d'Apronenia Avitia*, la patricienne Apronenia Avitia nous présente une latinité tardive qui prend congé d'elle-même. Et le monde romain sous la plume de Quignard est aussi autre de son image traditionnelle. C'est un monde sentimental et mélancolique, hanté par la crainte et le tremblement, «où la tiédeur du linge se mélange à l'odeur du sexe, où les songes traversent la fraîcheur campagnarde pour atteindre à la prescience d'une catastrophe»[3]Dans la plupart des écrits qui évoquent l'antiquité romaine, Quignard conduit ses personnages vers une frontière où ils doivent succomber au silence et à l'amnésie. Les personnages subissent presque tous une défaillance de la parole et une perte de mémoire.

Le monde chinois de la vieille culture est souvent mis en scène dans les œuvres de Quignard. Ce monde différent et éloigné attire depuis toujours l'attention de l'auteur et cela n'est pas seulement dû à son exotisme facile. Le monde chinois antique est souvent évoqué dans des anecdotes, des aphorismes énigmatiques, des histoires

---

[1] Catherine Argand, «Pascal Quignard», *Lire*, février 1998, p. 89.

[2] Pascal Quignard, «Lettre à Dominique Rabaté», *Europe, Pascal Quignard*, No. 976-977, août-septembre 2010, p. 10, c'est nous qui soulignons.

[3] Yue ZHUO, «Le monde romain est notre mélancolie L'objet perdu de Pascal Quignard», *French Forum* summer/fall 2016, vol. 41, nos. 1-2, p. 127.

édifiantes qui s'ouvrent sur une révélation vide. Dans *Le salon de Wurtemberg*, Quignard a évoqué une légende chinoise qui racontait que «le vieux Li Po se contentait de sourire sans répondre quand on lui demandait pourquoi il se retirait dans les montagnes bleues» (SW, p. 211). Le retrait dans les montagnes de Li Po, qui compte parmi les plus grands poètes de la Chine antique, correspond au mode de vie idéal de l'auteur. Quignard a même choisi comme emblème personnel le sanglier qui est cher au maître taoïste Tchouang-Tseu. Le sanglier, dont l'étymologie est «*singularis porcus*» signifie «le porc qui préfère être seul» (VS, p. 227). La solitude, le retrait du monde social sont probablement ce que la littérature exige de Quignard. De plus, l'auteur a mis «treize ans à voir le jour depuis sa commande par Emmanuel Hocquard»[1] pour présenter, traduire et annoter *Kong-souen Long. Sur le doigt qui montre cela* de Tche-wou Louen. Il a aussi préfacé *Notes de Li Yi-chan*, inventeur des tsa-ts'ouan, à la fin de l'époque des Tang. La traduction et la préface lui ont permis d'approfondir ses connaissances sur la culture ancienne chinoise. De plus, Quignard a avoué à plusieurs reprises que les pensées de l'Antique Chine lui ont donné de profondes influences. Il a résumé son choix existentiel en opposant les deux philosophies chinoises: le confucianisme et le taoïsme. Quignard a affirmé son changement de confucéen en taoïste. Il a dit que durant toute une première partie de sa vie, il avait cherché à «[s]e contraindre et à tenter de faire tout ce qui [lui] coûtait d'origine»[2]. Au bout de vingt-cinq années, il a démissionné de tout et vit en qualité d'un taoïste.

Le fait que Quignard a recours comme références à la culture chinoise ou à la culture orientale correspond à ce qu'écrit Roland Barthes dans son *Empire des signes*: «Ce qui peut être visé, dans la considération de l'Orient, ce ne sont pas d'autres symboles, une autre métaphysique, une autre sagesse[...] ; c'est la possibilité d'une différence, d'une mutation, d'une révolution dans la propriété des systèmes symboliques.»[3] Dans la considération d'un Orient réel ou rêvé, c'est cette possibilité d'une différence, d'une mutation, d'une révolution que Quignard met habilement

[1] Jean-Pierre Salgas, «Pascal Quignard: 'Écrire n'est pas un choix mais un symptôme'», *La quinzaine littéraire*, n°565, 1er novembre 1990: http://www.quinzainelitteraire.presse.fr/articles/entretiens/pascal-quignard-ecrire-n-est-pas-un-choix-mais-un-symptome.php, dernière consultation novembre 2010.

[2] Chantal Lapeyre-Desmaison, *Pascal Quignard le solitaire: rencontre avec Chantal Lapeyre-Desmaison*, Paris: Galilée, 2006, p. 120.

[3] Roland Barthes, *L'empire des signes*, dans *Œuvres complètes*, t. II, Paris: Seuil, 1994, p. 747.

dans le corps de ses œuvres.

Dans les romans de Quignard, la troisième grande période de prédilection est le XVIIe siècle, soit le Grand siècle français. L'auteur a formulé à deux reprises son vœu d'«être lu en 1640»[1]. Le cadre temporel de récit de *Tous les matins du monde* et *Terrasse à Rome* se situe au XVIIe siècle. Dans d'autres romans plus contemporain, tels que *Villa Amalia*, *Le salon de Wurtemberg* ou *L'occupation américaine*, cette période historique est souvent évoquée. Pourtant, ce que Quignard met en scène, ce n'est pas l'extrême gloire sous le règne du Roi Soleil, mais le versant moins glorieux moins lumineux, le pan plus tourmenté du XVIIe siècle. Dans les romans, il y a la musique mélancolique de Monsieur de Sainte Colombe ou de Marin Marais, la peinture claire-obscure de Georges de La Tour, la gravure à la manière noire. Tout cela constitue des modèles typiques d'un univers sombre. Au XVIIe siècle quignardien, les lettrés réfléchissent sur les fonctions et les pouvoirs de la littérature tandis que les artistes sont attirés par «une nuit essentielle», travaillé par «une ambition irréalisable»[2].

Quignard s'est nommé un barbare qui surgissait au XXe siècle. Il ne cherche pas être actuel, être moderne. Pour lui, ce qui est pire ou plus violent que la guerre au sens strict, c'est la ruine de l'humanisme, la faillite des idéaux occidentaux et le désastre d'une civilisation. À noter que, pour lui, «les civilisations sont moins solides que les hommes» (SW, p. 35), ou même que «le monde peut s'interrompre à tout moment» (SW, p. 35). Il affiche délibérément son goût pour des époques distantes pour que notre temps puisse apprendre à se connaître comme dans «un miroir déformant et dépaysant»[3].

2.2.2 *Ouvrir la porte d'un livre à des héros délaissés*

Dans les romans de Quignard, les personnages s'intéressent toujours à des lettrés

---

[1] D'abord dans le quatorzième des *Petits traités*, intitulé «Noèsis» (Pascal Quignard, *Petits traités I*, Paris: Gallimard, 1990, p. 282.) ; puis dans *La Frontière* (Pascal Quignard, *La Frontière,* Paris: Chandeigne, 2003.) sous la forme plus complète: «En 1979, j'ai écrit que j'espérais être lu en 1640.» (Cité dans Dominique Rabaté, *Pascal Quignard. Etude de l'œuvre*,Paris: Bordas, 2008, p. 8.) Quignard a fait effectivement cette formule selon celle qui avait reprise en l'inversant un vœu célèbre de Stendhal.

[2] Dominique Rabaté, *Pascal Quignard. Etude de l'œuvre*,Paris: Bordas, 2008, p. 9.

[3] Ibid., p. 8.

ou artistes dont les traces sont enfouies au fond des bibliothèques et de la mémoire culturelle. Florent Seinecé fait «les Chartes». Il est «archiviste-paléographe» et finit la thèse «aux dépôts de Beaume et d'Epervans» (SW, p. 16). Charles Chenogne enregistre des musiciens «peu connus sur des disques peu vendables» (SW, pp. 119-120) et rédige leur biographie. Quant à Ann Hidden, elle aime bien «transmettre ce qui fut oublié» (VA, p. 277).

Selon Laurent Margantin, Quignard est comme «un redoutable lecteur» car il saisit toujours ce qui «reste trace et demeure irrécupérable par la grande raison historique»[1]. L'auteur s'intéresse à des auteurs méconnus ou oubliés par l'Histoire. Il a avoué qu'il ne retenait que ce qui du temps était «rejeté par l'Histoire tandis qu'elle prétendait écrire sa grande narration mensongère» (PTI, quatrième de couverture) et qu'il ne retenait des livres des Anciens que ce que «la Norme expulsait des littératures du passé pour asseoir son autorité collective et académique» (PTI, quatrième de couverture). Quignard s'est conclu que «le trésor qui reste du monde humain est peut-être ce qu'il a rebuté» (PTI, quatrième de couverture). Il a toujours aimé les choses désavouées, «c'est presque devenu une seconde nature» (PTI, quatrième de couverture), et a éprouvé le besoin de «céder un peu d'eau pure», «un peu de langue écrite» (B, p. 29) aux vieux noms qu'on ne prononçait plus, de faire revivre les oubliés et d'en tirer une part de leur énergie. «Tel est le *double-bind* du nom du lettré» (OE, p. 14), a affirmé-t-il ainsi dans son ouvrage.

En 1974, Quignard a publié son premier livre[2]. Depuis ce livre qui porte sur Maurice Scève, faire revivre les disparus de l'histoire reste un souci constant de notre écrivain. Dès lors, Quignard cherche toujours à faire venir du monde «des ombres des figures dédaignées, difficiles, facinantes, ombrageuses, butées, splendides» (SJ, p. 280) pour «effacer un peu l'infamie de L'Histoire, réparer l'erreur, apaiser l'errance, arracher le langage à son destin» (SJ, p. 280). Lors d'un un entretien, Quignard a dit qu'il était un mélancolique et que les mélancoliques comme lui avaient besoin de «ce fond de nuit [...] qu'il ne s'agit plus que de compléter»[3]. Il s'intéresse à des vies

---

[1] Laurent Margantin, «Ultime nostalgie: à propos de Pascal Quignard», *La Revue des ressources*, mercredi 6 août 2003: http://www.larevuedesressources.org/article.php3?id_article=912.

[2] Pascal Quignard, *La Parole de la Délie: essai sur Maurice Scève*, Paris: Mercure de France, 1974.

[3] Chrystelle Claude, «Les Stèles du recueillement: un dialogue avec Pascal Quignard», *L'Esprit créateur*, 52, n° 1, 2012, pp. 5-6.

et des œuvres marginales à l'extrême périphérie de la mémoire cultuelle. Dans ses ouvrages, Quignard a redonné la vie à des noms qui n'étaient pas des maîtres ou des figures de renoms, mais des figures obscures, des noms oubliés aujourd'hui.

Parmi les ombres que Quignard fait revenir, il y a une figure du mythe grec qui s'appelle Boutès. En 2008, ce nom est devenu le titre d'un ouvrage sur la musique dans la lignée des traités. À l'incipit, Quignard a annoncé de manière directe et mélancolique le sujet du livre:

> «Pendant juste un instant, le temps d'un livre, le temps d'un petit livre, le temps d'un dernier petit livre voué à la musique, je veux faire porter l'attention sur la figure beaucoup plus méconnue qui est celle de Boutès.» (B, pp. 15-16)

Depuis longtemps, la figure de Boutès est peu mentionnée dans les textes. Il y a une brève et épisodique présentation de Boutès dans les *Fables* de Hygin. Hygin compte parmi les auteurs latins peu connus. Dans son ouvrage, il a noté: «Boutès, fils de Téléon, bien que les chants et la cithare d'Orphée l'en détournassent, fut pourtant vaincu par le charme des Sirènes, et se jeta à l'eau pour nager vers elles.»[1] Nous pouvons en saisir quelques simples éléments sur Boutès: fils de Téléon, s'étant jeté à l'eau par le charme des Sirènes. A part d'un nombre très limité de mentions aussi brèves et éparpillées que celle de Hygin, le nom de Boutès reste inconnu par le grand public. Quignard a réussi à le tirer de l'ombre et à faire résonner sa voix à nouveau. Chez l'auteur, face à la rencontre des Sirènes, Boutès quitte sa rame, monte sur le pont et saute. Son portrait est celui d'un homme qui «a démissionné de son poste», «a quitté son rang» (B, p. 27). En quittant le groupe, Boutès se marginalise et affirme le pouvoir de l'appel animal. Tout cela résonne par excellence le choix du mode de vie, de la forme de la musique des personnages romanesques et même de l'auteur lui-même.

Il y a encore une autre figure historique que Quignard a évoquée dans ses ouvrages. C'est Monsieur de Sainte Colombe, le maître de la viole du XVIIe siècle.

---

[1] Hygin, *Fables*, texte établi et traduit par Jean-Yves Boriaud, Paris: Les belles lettres, 1997, p. 24.

Bien que son élève Marin Marais soit engagé en tant qu'Ordinaire de la Chambre du roi et travaille la composition avec Monsieur Lully, Monsieur de Sainte Colombe demeure durant des siècles un musicien peu connu ou un virtuose de la musique baroque oublié. Jusqu'à présent, son prénom est encore une énigme. Avant 1966, l'année de la redécouverte de sa musique, aucune mention n'a pu être trouvée ni dans *Le Petit Robert*, ni dans les ouvrages de l'histoire de la musique. En effet, Quignard a développé un récit très bref d'Evrard Titon du Tillet dans *Le Parnasse français*. Ce récit relate une anecdote de la musique épiée par Marin Marais sous la cabane où son maître joue ses airs les plus secrets. Quignard a fait retrouver à Charles Chenogne les «*Suites Lugubres, Epouvantables et Humaines inspirées de Monsieur de Sainte Colombe*» (SW, p. 255) et enregistrer l'intégrale de ses œuvres pour viole. On a attendu seulement cinq ans à voir que ce maître-musicien réputé à l'époque est devenu un protagoniste incontestable avec la publication du roman *Tous les matins du monde* et du film sous le même titre. A savoir que le film qui a fait un grand retentissement en 1991 est tiré par Alain Corneau et que Quignard lui-même a écrit le scénario et les dialogues. De plus, Monsieur de Sainte Colombe est aussi une ombre revenante dans *Terrasse à Rome* avec qui Meaume visite la grande galerie. La découverte de ce maître réputé-oublié permet celle de la musique baroque de la fin du XVIIe siècle et l'enchantement des pièces écrites pour la viole.

Il ne faut pas oublier Georges de la Tour, un peintre baroque du XVIIe siècle. Georges de la Tour est peu connu à cause de la rareté de ses peintures. Quignard a précisé dans son essai consacré au peintre que «sur une production qui devait compter entre quatre cents et cinq cents toiles, restèrent vingt-trois originaux, trois gravures et deux lettres»[1]. En plus de cet essai, on doit aussi mentionner que l'auteur a créé dans ses romans des circonstances claires-obscures avec une faible lumière d'une bougie. Tout cela fait rappeler aux tableaux de Georges de la Tour, lesquelles sont marquées du sceau du jansénisme.

Quignard a aussi découvert Pierre Nicole: «Je venais de le (Pierre Nicole) découvrir. [...] Il avait été [le] professeur de latin [de Racine]. L'histoire n'a pas retenu son nom mais la mémoire additionne, chez les vivants, la haine et la peur.» (PTI,

---

[1] Pascal Quignard, *La nuit et le silence. Georges de La Tour*, Paris: Flohic, 1995, p. 68.

p. 17) D'ailleurs, comme La Bruyère qui a voulu imiter Théophraste ou Baudelaire qui a tenté de faire quelque chose d'analogue au *Gaspard de la nuit* d'Aloysius Bertrand, Quignard s'est trouvé dans Pierre Nicole un prédécesseur de l'écriture fragmentaire.

Pour Quignard, il y a toujours «des oubliés au souvenir du monde» (B, p. 29). Il écrit par peur que tout sombre dans l'oubli. De plus, pendant des siècles, «on défendait plutôt les nobles, les puissants qui nous payaient»[1]. Dans ce sens, l'art n'est pas pour défendre ce qui est «omis, perdu, oublié»[2]. Pourtant, Quignard s'est nourri de la conscience de faire revenir par le recours à l'écriture des vieux noms oubliés. Il lui est nécessaire de «se pencher et exhumer les tombes qui se sont perdus dans [...] les siècles [...]» et d'«ouvrir un instant la porte d'un livre à ces héros de la vie légendaire ou à ces fantômes de la vie historique qui ont été délaissés» (B, pp. 29-30). Au début d'un dialogue avec Jordi Savall[3], Quignard s'est posé la question: «Pour quelles raisons des artistes de notre temps ont-ils consacré leur vie à défendre l'oublié?»[4] L'auteur vise à montrer au monde moderne des exemples qui sont contraires à la reproduction sociale et des modèles qui méprisent «les choix esthétiques les plus populaires» (B, p. 30). Pour atteindre son but, il a dialogué avec d'autres voix, d'autres figures peu connues ou oubliées. Quignard s'attache par ses livres à faire revenir les oubliés, «les atypiques, les asociaux, les féroces, les précoces, les fauves pour former un paradis, un parc à bêtes sauvage»[5]. Il a pris volontairement en charge de réveiller quelque chose d'oublié. Pour lui, c'était une dette à l'égard des morts, une mission fascinante, «sinon la gloire, du moins une gloriette» (SW, p. 256). L'auteur a exposé à la lumière leurs dires oubliés et a tiré de l'énergie d'autres héros,

❶ Pascal Quignard et Jordi Savall, «De l'oubli», dans Mireille Calle-Gruber, Gilles Declercq, Stella Spriet (dir.), *Pascal Quignard ou la littérature démembrée par les muses*, Actes du colloque de la Sorbonne, 17-19 juin 2010, Paris: Presses Sorbonne Nouvelle, 2011, p. 174.

❷ Ibid.

❸ Jordi Savall (1941-) est musicologue, compositeur et joueur de la viole. Il a redécouvert, enregistré et interprété toute l'œuvre musicale de Monsieur de Sainte Colombe et de Marin Marais. Dans le film de *Tous les matins du monde*, il a travaillé en tant que superviseur de l'exécution musicale et interprète de la viole.

❹ Pascal Quignard et Jordi Savall, «De l'oubli», dans Mireille Calle-Gruber, Gilles Declercq, Stella Spriet (dir.), *Pascal Quignard ou la littérature démembrée par les muses*, Actes du colloque de la Sorbonne, 17-19 juin 2010, Paris: Presses Sorbonne Nouvelle, 2011, p. 173.

❺ Catherine Argand, «Pascal Quignard, Goncourt 2002», *Lire*, septembre 2002, p. 103.

éloignés dans le temps et dans l'espace. Il travaille toujours avec des personnes telles que Jordi Savall, Michele Reverdy, Aki Kuroda ou d'autres pour «fouiller dans la saleté»[1] et pour «remonter de grands fantômes des rives des morts»[2]. C'est pour cette raison que Quignard est qualifié comme «historien des oubliés»[3].

Cet «historien des oubliés» a recours de l'espace de l'histoire pour construire son univers. Cet espace historique lui permet de créer de la nouveauté. Quignard a remarqué que des livres qu'il avait écrits ont connu le succès «en déterrant de vieux fantômes morts inconnus qui portaient en eux plus d'avenir que des vivants» (NSBL, p. 61). Il a donc ramenée d'outre-tombe une étrange vigueur et une voix silencieuse.

Pour Quignard, ce sont des figures oubliées qui refusent de participer au concert collectif. Les évoquer par les écrits permet à l'auteur de venger «l'isolement [qu'il a] connu au sein de [sa] famille»[4] et en même temps d'esquisser sa parenté avec eux. Quignard vise, en quelque sorte, à être «un grand écrivain anonyme»[5].

La découverte des héros délaissés le pousse à la quête de l'origine. A ce faire, Quignard a eu recours à son imagination, à «une densité qui fait son propre»[6]. Cette densité ne peut être trouvée que dans un monde hallucinatoire, un monde de rêve.

2.2.3 Création d'un monde de rêve

Pour Quignard, il n'y a que l'imagination qui peut combler le manque de moyens de vérifier les époques distantes et les figures oubliées ou peu connues. Tout ce qui manque, désire ou pense, rêve et «hallucine»[7]. Et ce sont les rêves qui ont

---

[1] Jean-Pierre Salgas, «Pascal Quignard: 'Écrire n'est pas un choix mais un symptôme'», *La quinzaine littéraire*, n°565, 1er novembre 1990: http://www.quinzainelitteraire.presse.fr/articles/entretiens/pascal-quignard-ecrire-n-est-pas-un-choix-mais-un-symptome.php, dernière consultation novembre 2010.

[2] Ibid.

[3] Irène Fenoglio, «L'*hic et nunc* de l'écrire immémorial», dans *Pascal Quignard, figures d'un lettré*, Actes du Colloque tenu à Cerisy-la-Salle du 10 au 17 juillet 2004, Philippe Bonnefis et Dolorès Lyotard (dirs.), Paris: Galilée, 2005, p. 355.

[4] Catherine Argand, «Entretien», *Lire*, 2002, p. 103.

[5] Jean-Louis Pautrot, *Pascal Quignard ou le fonds du monde*, Amsterdam-New York: Rodolpo, 2007, p. 10.

[6] Pascal Quignard et Marie-Laure Picot, «Un entretien», *Cahier Critique de Poésie*, N°10, Marseille: Farrago, 2005, p. 9.

[7] Jacques Esprit, *De la fausseté des vertus humaines*, «Traité sur Esprit», préface de Pascal Quignard, Paris: Aubier, 1996, p. 10.

créé «les premières séquences d'images»[1] capables de faire ressentir les expériences fondamentales. De plus, le roman est le genre par excellence qui permet de tout rêver de l'expérience humaine. Par le truchement de l'écriture ou la réécriture romanesque, l'auteur cherche à rejoindre «le Temps du Rêve» (VA, p. 284). Et ses personnages romanesques quêtent toujours l'absence ou le perdu. Ils hallucinent ou rêvent. Leurs souvenirs sont évoqués par des objets ou des lieux anciens, par des morts qui revisitent le monde des vivants. C'est le songe ou le rêve qui joue le rôle du «miroir biologique où les morts se reflètent» (LBS, p. 26).

Dans *Tous les matins du monde*, Quignard nous a relaté que Monsieur de Sainte Colombe s'abandonnait souvent à des rêveries dans lesquelles il pénétrait dans l'eau obscure. Il s'agit d'un voyage vers les Enfers pleins de nuits, vers un monde irréel ou hallucinatoire. C'est le sens symbolique du rêve. Le plus romanesque du roman réside dans des scènes où le maître de la musique, sorti du songe, parvient, en jouant de la viole, à convoquer le spectre de sa femme défunte qui écoute sa musique et mange un bout de gaufrette ou boit un peu de vin. Les gaufrettes ou le vin désignent quelque offrande faite aux morts. Se mélangent ainsi l'hallucination de Monsieur de Sainte Colombe et l'irréel fictionnel.

Pour Quignard, nous sommes «une espèce, [...], soumise au rêve»[2]. Dans *Le Salon du Wurtemberg*, il y a une scène que par un songe, Mademoiselle Aubier défunte fait son retour dans la vie de Charles Chenogne. Ce songe est évoqué par la sensation d'un bouquet de tulipes rosées et jaunes, par le toucher du velours satiné des pétales. Pour Charles Chenogne, il faut en général mettre beaucoup de temps à comprendre cette scène qui lui fait appeler le désir de la noter, comme Irène Fenoglio a remarqué dans son article que Baudelaire faisait entendre «sons, couleurs et formes, [...], par le toucher de l'œil qui lit, par ce regard de l'arrière des yeux»[3].

Écrire, pour l'auteur, c'est ouvrir la porte «aux morts» (LBS, p. 54). L'écriture, comme une forme de mise au silence, est dotée du pouvoir de susciter le songe et

[1] Catherine Argand, «Pascal Quignard, Goncourt 2002», *Lire*, septembre 2002, p. 104.

[2] «La déprogrammation de la littérature. Entretien avec Pascal Quignard», *Le Débat*, No. 54, Gallimard, Paris, mars-avril 1989, p. 78.

[3] Irène Fenoglio, «L'*hic et nunc* de l'écrire immémorial», dans *Pascal Quignard, figures d'un lettré*, Actes du Colloque tenu à Cerisy-la-Salle du 10 au 17 juillet 2004, Philippe Bonnefis et Dolorès Lyotard (dirs.), Paris: Galilée, 2005, p. 357.

de faire revenir des disparus. Elle est capable de transformer les disparus en songe. Écrire, c'est «prendre le temps du perdu, prendre le temps du retour, s'associer au retour du perdu» (NSBL, p. 97).

Par le biais de l'écriture, Quignard aborde librement le temps, les souvenirs et met l'accent sur la dimension onirique de l'activité romanesque.Quignard s'intéresse depuis toujours au rêve et à la théorie de la psychanalyse de Freud qui constitue une des importances ressources de sa création. Lors d'un entretien, l'auteur a affirmé: «Ce que Freud appelle halluciner. Car notre pensée vient du rêve. Elle procède de cet halluciner du nourrisson.»[1]Pour lui, le langage n'est jamais plus proche de sa vérité que quand il «rêve une hallucination» (NSBL, p. 68). Quignard a ainsi conclu que les romans étaient plus vrais que les discours.

Pour Quignard, dans le discours, on se communique par le langage, le véhicule de l'histoire ou l'«irréalisateur»»[2] qui a des effets réels. Et «toutes les langues naturelles – qui dérivent des rêves qu'inventèrent les hallucinations[...] – créèrent les fictions»[3]. Les romans ne sont donc pas dans le langage.

«Personne ne ment tout à fait en mentant.» (TR, p. 146) L'écriture ou la réécriture de l'histoire quignardienne constitue un mélange d'historique et de fictif, d'attesté et de fantasmé. Quignard travaille avant que «le rêve s'absente de l'obscurité» (RS, p. 206). Il travaille dans le monde de rêve où «les animaux sans langage rêvent» (RS, p. 207). Le rêve n'est jamais dans le langage. De cette manière, le monde de rêve est un monde de silence.

Quignard témoigne un intérêt vif pour le silence de l'archaïque, pour la (ré) écriture historique.À l'instar d'Edouard Furfooz qui guette passionnément «des brindilles, des plumes, des feuilles sèches, des paquets de cigarettes vides, des trésors abandonnés par mégarde» (EC, p. 287), l'auteur s'est lancé dans la collection de ce qui est lointain, oublié. Pour Quignard, l'écriture est la seule manière de faire parler le silence, de lutter contre l'oubli. La passion pour l'archaïque le fait toujours refuser d'entretenir des rapports ou affinités avec d'autres écrivains contemporains ou post-modernes. «Nous ne sommes pas postmodernes. Nous sommes préoriginaires, [...]

---

[1] Entretien avec Machèle Gazier, *Télérama*, n°2747, 7 sep. 2002.

[2] Pascal Quignard, «La métayère de Rodez», *Études françaises*, vol. 40, n° 2, 2004, p. 10.

[3] Ibid.

même que nous sommes antéarchaïques»[1], a-t-il ainsi déclaré lors du grand entretien avec Chantal Lapeyre-Desmaison. La littérature de Quignard est vouée à écrire une histoire autre, contestataire et revendicatrice. Elle est tournée vers une recherche de l'origine. Paradoxalement, c'est par sa recherche de l'origine que l'auteur appartient exemplairement à son temps, au temps moderne.

[1] Chantal Lapeyre-Desmaison, *Pascal Quignard le solitaire: rencontre avec Chantal Lapeyre-Desmaison*, Paris: Galilée, 2006, p. 93.

Chapitre III Défaillance du langage, déprogrammation de la littérature

En 1968, Quignard a décidé de renoncer définitivement à la rédaction de sa thèse sous la direction du célèbre professeur Emmanuel Levinas. Cette décision signale son refus catégorique de l'enseignement et de l'Université. L'auteur a repris pour un certain moment l'orgue familial d'Ancenis et a effectué quelques traductions de textes grecs. Son retour à la musique, l'activité de son père et des autres ascendants de la lignée paternelle, ou sa traduction des voix anciennes, c'est déjà une forme d'éloignement social, un geste pour rompre, pour aller au plus près du silence. Mais cela n'a duré que pour peu de temps. Encouragé par Louis-René Des Forêts, Quignard a choisi finalement l'écriture, un chemin encore plus près du silence.

Quignard reconnaît l'étendue de la dette à Des Forêts: «Je dois tout à Louis-René Des Forêts.»[1] De cet écrivain secret et discret, qui appartient à une génération éloignée et à un monde différent, Quignard est notamment fasciné par le soupçon porté contre le langage.

Le langage est depuis toujours un élément constitutif du centre d'intérêt de Quignard. L'auteur a reçu de la famille, notamment des parents du côté de sa mère, qui étaient des linguistes reconnus de l'entre-deux-guerres, une formation sévère et systématique de la linguistique. Ses expériences personnelles du mutisme l'ont fait aussi à réfléchir sur la nature du langage. Le titre envisagé de sa thèse[2] abandonnée a témoigné aussi les préoccupations que Quignard avait attachées au problème du langage. Entré dans le monde littéraire, il n'a cessé de parler du langage à partir de

---

❶ Pascal Quignard, *Leçons de solfège et de piano*, Paris: Arléa, 2013, cité dans Mireille Calle-Gruber et Anaïs Frantz (dir.), *Dictionnaire sauvagePascal Quignard*, Paris: Hermann, 2016, p. 152.

❷ Quignard a commencé à rédiger une thèse doctorale à l'université de Nanterre sous la direction du célèbre professeur de philosophie Emmanuel Levinas, sur «le statut du langage dans la pensée de Henri Bergson». Cette thèse n'a pas abouti jusqu'au bout à cause des événements de Mai 68.

ses premiers essais[1]. Le langage où réside la question essentielle ou originaire est incontestablement une image récurrente dans l'ensemble de ses œuvres.

Dans ses ouvrages, Chantal Lapeyre-Desmaison a noté que le souci du langage était au cœur de l'ensemble des œuvres de Quignard. L'auteur lui-même a affirmé à plusieurs reprises que le langage lui était toujours problématique. Si le langage constitue la question fondamentale, qu'est-ce que le langage pour Quignard?

3.1 Qu'est-ce que le langage pour Quignard

Les ouvrages quignardiens sont effectivement pullulés de commentaires et de réflexions sur le langage.

> «Le langage, qui est à la source de tout, n'est pas à sa source.» (PTI, p. 577)
> «La vie humaine s'appuie sur le langage comme la flèche sur le vent.» (RS, p. 64)
> «Le langage aussi est un médiateur. Le langage aussi est un peigne, un chapeau, un gant, une flûte, un propulseur, un arc, un bateau.» (VS, p. 211)
> «La langue n'est pas une plante adventice. Elle n'est pas un organe supplémentaire.» (C, p. 79)

L'auteur a même cité Lao-tseu: «Le nom qu'il faut prononcer n'est pas un nom.» (EC, p. 361) Il a avancé ses réflexions sur le langage jusqu'à avoir affirmé que le langage était son «adversaire personnel» (VS, p. 77):

> «Le langage devint mon adversaire personnel à supposer qu'il ne l'eût pas été dès que je l'eus reconnu dans l'air atmosphérique sous la forme d'ondes détestables. On ne fait pas de la musique puis de la littérature les passions de sa vie par caprice.» (VS, pp. 77-78)

Pourquoi le langage est-il envisagé par Quignard, qui écrit, qui fait le travail du

[1] Il s'agit d'études des œuvres de Sacher-Masoch (*L'être du balbutiement*, Paris: Mercure de France, 1969), de Maurice Scève (*La parole de la Délie*, Paris: Mercure de France, 1974), et de Michel Deguy (*Michel Deguy*, Paris: Seghers, 1975).

langage, qui vise à «connaître l'arme pour mieux la retourner» (PTI, p. 50), comme adversaire? Ou pour lui, en quoi consiste l'origine du langage?

3.1.1 Le langage, un pur acquis

En effet, l'origine du langage demeure jusqu'à nos jours une énigme. Le langage ne peut pas «se tourner en arrière» (PTI, p. 465). Sous cet angle, il est même impossible de se retourner pour montrer la vérité du langage car les premières expériences du langage sont absentes à l'homme d'une part et d'autre part, qu'on ne sait pas de manière précise et concrète quand et comment le langage est né et surgit chez l'homme.

Faisant partie de la génération qui atteint l'âge de vingt ans autour de l'année 1968, Quignard ne pourrait pas être hors d'influence des nouvelles théories de la linguistique émergées au début du XXe siècle. La linguistique a connu à cette époque un rapide développement. L'essor de la linguistique a réussi à déclencher un intérêt irréprimable et une curiosité insatiable pour le langage, notamment pour l'origine du langage. De plus, la recherche et l'étude du langage ont été incorporées dans celles des sciences humaines, linguistique évidemment, anthropologie, philosophie, psychologie ou d'autres disciplines. Tout cela permet à Quignard d'ouvrir de nouvelles perspectives en linguistique, d'élargir et enrichir ses réflexions sur le langage, sur sa nature et son origine.

Sur l'origine du langage, existent en général deux grandes hypothèses: innéiste due notamment à Noam Chomsky, pour qui le langage constitue une faculté physique de l'homme que la grammaire universelle existe dans le langage humain[1], et culturelle, selon laquelle le langage est un produit social et sa nature réside dans l'acte social[2]. Vis-à-vis de ces deux hypothèses, Quignard a envisagé de supposer ou

---

[1] Dans ses *Réflexions sur le langage*, Chomsky a exposé sa théorie basée sur une grammaire universelle, définie «comme le système des principes, des conditions et des règles qui sont des éléments ou des propriétés de toutes les langues humaines, pas simplement par accident, mais par nécessité – nécessité biologique et non logique, évidemment» (Noam Chomsky, *Réflexions sur le langage*, Paris: François Maspero, 1977, p. 40). Cette grammaire universelle ne change pas selon les individus et sa mise en fonction permet de maîtriser toute langue.

[2] Walter Benjamin indique: «On peut déjà défendre, d'une façon tout à fait générale, le principe que la naissance du langage articulé lui-même fut impossible avant le passage de l'humanité au travail productif avec l'aide d'outils artificiels.» (Walter Benjamin, «Problèmes de sociologie du langage», *Œuvres, III*, Paris: Gallimard, 2000, p. 19.)

d'imaginer quelque chose de nouveau, quelque chose d'originaire.

Depuis toujours, Quignard s'oppose aux discours argumentatifs et s'intéresse plutôt au «savoir incertain» (RS, p.117). Il a déclaré dans son ouvrage qu'il ne disait «rien qui soit sûr» (ABI, p. 108) et qu'il laissait le langage «où [il est] né avancer ses vestiges» (ABI, p. 108). Et les vestiges du langage se mêlent aux lectures et aux rêves. Si la lecture et le rêve font partie des activités post-natales, est-ce que nous pourrions supposer que le langage, pour Quignard, n'indique pas un pouvoir universel de l'homme et qu'il est un acquis comme l'écriture et l'art?

Peut-être pourrait-on trouver la réponse dans son livre publié en 1993. Ce livre intitulé *Le nom sur le bout de la langue* se compose de deux parties dont la première est le conte qui porte le titre du livre en son entier.

Le conte est situé à la fin du IXe siècle après Jésus-Christ dans le duché de Normandie. Colbrune, une jeune brodeuse, tombe amoureuse de son voisin, un jeune tailleur qui s'appelle Björn et dont le nom se prononce Jeûne. Colbrune désire ardemment épouser Jeûne, mais celui-ci lui impose une épreuve: broder une ceinture pareille à celle, délicieusement historiée, qu'il lui remet. Colbrune accepte le défi, mais elle est incapable de parvenir à accomplir sa mission. Elle fait appel à son insu au Diable, qui se présente sous l'apparence magnifique d'un seigneur. Le seigneur entend l'histoire de Colbrune, comprend son chagrin et lui offre précisément la ceinture qu'elle doit broder. Il faut, cependant, qu'en échange de ce don, Colbrune se souvient de son nom, qui est Heidebic de Hel. Si elle oublie son nom au moment où il reviendra un an plus tard, elle sera obligée de le suivre. Munie de la précieuse ceinture, Colbrune peut épouser Jeûne. Neuf mois après, Colbrune se souvient du Seigneur et de sa promesse:

> «**Le nom était sur le bout de sa langue** mais elle ne parvenait pas à le retrouver. Le nom flottait autour de ses lèvres, il était tout près d'elle, elle le sentait, mais elle n'arrivait pas à se saisir de lui, à le remettre dans sa bouche, à le prononcer.» (NSBL, p.33, c'est nous qui soulignons)

«Le nom sur le bout de la langue» réapparaît dans *Les escaliers du Chambord*. Au long du déploiement du roman, Edouard Furfooz a l'impression qu'il fait une quête sans nom. Au fond de sa bouche, il n'arrive pas à s'assouvir la nostalgie de prononcer un nom perdu. Edouard Furfooz est tout le temps empli de fureur. Il ne se souvient pas du nom de la petite fille fantôme qui le hante tout le temps, de la petite sirène qui l'appelle sans cesse. Il a le nom de la seule femme qu'il ait aimé sur le bout de la langue.

Le nom sur le bout de la langue constitue, d'une certaine manière, le fondement de toute la conception du langage de Quignard. L'auteur a indiqué que le langage n'était pas en nous «un acte réflexe» (RS, p. 57) et qu'il n'était pas «nôtre» (LP, p. 100). Le langage n'est pas inné mais «quelque chose d'acquis»[1].

Pour Quignard, «à l'instant du coït», «dans la conception», «dans l'embryogenèse», «dans la fœtalisation», «dans la parturition», «dans l'*infantia*», «dans la nuit et les rêves», «dans la souffrance extrême», «dans le plaisir génital et ses râles», «dans la mort et son expiration»[2], dans aucune circonstance énumérée ci-dessus, le langage n'est pas toujours là. Par conséquent, l'homme ne peut pas se définir comme un être qui possède le langage. Il n'est pas «du parlant à qui il arriverait incidemment de se taire»[3]. Il est plutôt «du non-parlant qui parle»[4]. Le nom qui fait défaut, le nom sur le bout de la langue, peut être interprété comme une preuve de l'homme étant un être défaillant du langage acquis.

Il est indéniable que la vision du langage ou la réflexion sur l'origine du langage de Quignard est inséparable de ses expériences personnelles. Dans les œuvres ou entretiens, l'auteur a parlé de ses deux pertes du langage, dont l'une a eu lieu à l'âge de dix-huit mois et l'autre dans l'adolescence. Son premier récit, avec un titre faussement fade, *Le lecteur*, est né de l'épreuve de sa perte du langage.Quignard a avoué dans des entretiens qu'il lui était encore impossible de relire et même de rééditer ce livre qui a marqué son entrée véritable dans le monde littéraire, car le retrouver, c'était retrouver les circonstances qu'il redoutait encore terriblement. Les expériences vécues du mutisme lui ont pesé lourd sur la construction et la maturation

---

[1] Pascal Quignard, «Rencontre des étudiants du Master des Métiers de l'écriture avec Pascal Quignard», *Littératures*, 69 | 2013, p. 156.

[2] Chantal Lapeyre-Desmaison, *Pascal Quignard le solitaire: rencontre avec Chantal Lapeyre-Desmaison*, Paris: Galilée, 2006, p. 101.

[3] Ibid., p. 102.

[4] Ibid.

de ses réflexions sur l'origine du langage. Ou au moins elles lui ont fait rendre compte que l'homme était capable de vivre en dehors du langage. Être capable de vivre sans langage signale que l'homme n'est pas dans le langage comme «la lumière luit dans le soleil» (VDS, page non-numérotée: Prière d'insérer). Le langage n'est pas sa patrie. Il est trop tard venu sur l'homme. Le langage n'est ni «au centre de notre corps» comme le sexe, ni «dans notre mâchoire» (VDS, page non-numérotée: Prière d'insérer) comme la faim.

Pour Quignard, le langage s'emploie d'abord à nommer l'effroi de l'homme causé par le dressement involontaire du sexe dans le sommeil. Ensuite, l'apparition du langage est liée à la chasse. Le langage est «né pour faire signe mystérieusement lors de la prédation des fauves, dans le dessein de leur extermination, les dépouille déjà de leur existence» (LP, p. 149). C'est-à-dire que l'origine du langage est due à la préparation de la prédation. La chasse peut être considérée comme un acte du langage. Lors de la chasse, l'homme imite le cri du fauve et son cri originaire devient progressivement le langage. En revanche, le langage porte les premières traces de chasse et constitue une meilleure façon de toucher le perdu ou même «la seule résurrection pour ce qui a disparu» (SJ, p. 28). D'ailleurs, la chasse désigne celle des fauves pour assurer la survivance de l'homme. Peu à peu, notamment avec le temps et le développement social, la chasse aux fauves se transforme en la chasse entre hommes, en guerre. Dans ce sens, la guerre est aussi liée au langage. Elle signifie non seulement l'occupation géographique mais l'invasion du langage. En témoignent de nombreuses insertions des mots et des expressions anglais dans *L'occupation américaine*. Étant donné que le processus de la naissance du langage est irréversible, la réponse à la question «quand cesse la guerre» à l'incipit du roman serait probablement négative.

En plus, apprendre une langue, pour l'auteur, signifie aussi que l'homme ne parle pas toujours ou que le langage n'est pas la nature de l'homme. Si le langage n'est pas la nature de l'homme, en quoi consiste-t-elle ou comment la définir?À cette question, dans la préface de la version française de son *Enfance et histoire*, Giorgio Agamben, le philosophe renommé italien, a noté que l'homme ne se bornait ni à «savoir» ni à «parler» et qu'il n'était ni «*homo sapiens*» ni «*homo loquens*», mais «*homo sapiens loquendi*» [1]. Quignard partage l'avis d'Agamben. Il a même rejoint «le réexamen de l'anthropocentrisme qui se poursuit de nos jours et qui depuis Darwin, est passé par Heidegger, les surréalistes, Bataille et l'anthropologie structurale» [2]. Pour Quignard, si l'homme n'étant ni «*homo sapiens*» ni «*homo loquens*», la nature de l'homme ne réside pas en linguistique mais en animalité. La nature animale de l'homme prouve d'un autre côté que le langage est un pur acquis.

3.1.2 Le langage, quelque inutilité

Depuis la fin du XIXe siècle, dans le champ littéraire, la vertu ou l'utilité des mots est déjà mise en doute. Le langage est considéré comme un obstacle à l'expression. Il perd peu à peu le rapport au monde et au sens. Et le rapport entre l'homme et le langage est aussi mise en question. De nombreux penseurs ou écrivains ont entrepris de mettre en cause les facultés du langage.

Faisant partie de ces écrivains, Quignard, «loin de toute perspective apologétique» [3], a pris l'exact contre-pied des discours «pleins de déférence à l'égard du génie de la langue» [4]. Quignard a éprouvé toujours du scepticisme en regard de la portée du langage. «Pauvreté de notre langue quand elle doit dire un objet qui n'est pas exactement un objet. Tout objet ou toute scène n'est pas indifférent ni même égal pour qui nomme.» (SW, p. 144) Pour lui, le langage est non seulement acquis mais aussi pauvre ou même inutile. Et dans la société, bien que le langage du groupe soit antérieur à l'existence de l'homme, dans l'humain, le langage n'est pas tout le temps là.

De plus, pour Quignard, les sons du langage sont «les plus futiles» (PTI, p. 598) et «les plus pernicieux» (PTI, p. 598) de tous les sons du monde. L'emploi de deux qualificatifs au superlatif a exprimé le mépris ou même le refus de l'auteur envers la valeur du langage. Le langage est néfaste parce qu'il joue le rôle d'un mal irrémédiable. Il invente un mot pour désigner un objet, mais souvent ce mot, qui obéit à des règles internes (grammaticales et lexicales) et à des lois externes (historiques

---

[1] Giorgio Agamben, *Enfance et histoire. Destruction de l'expérience et origine de l'histoire*, traduit de l'italien par Yves Hersant, Paris: Payot, 2002, p. 14.

[2] Jean-Louis Pautrot, *Pascal Quignard*, Paris: Gallimard, 2013, p. 74.

[3] Chantal Lapeyre-Desmaison, *Résonnances du réel – De Balzac à Pascal Quignard*, Paris: L'Hermattan, 2015, p. 131.

[4] Ibid.

et culturelles), ne peut pas correspondre à son objet. Autrement dit, le langage laisse croire qu'il va donner du sens à ce monde. Mais ce qu'il fournit n'est qu'une illusion de sens qui est souvent soutenue par le poids de l'usage, de la culture. Cette illusion du sens manque du réel. Dans ce sens, si le langage produit du sens au monde, ce ne serait pas un sens certain ou défini, mais un excès du sens, un non-sens.

Quignard avance sans cesse ses pas dans la quête pour cerner ce qu'est le langage. Il a indiqué que le langage était «inanimé» et qu'il ne connaissait «ni croissance ni déclin», «ni renaissance ni décadence» (PTI, p. 149). D'une part, l'emploi négatif «ni...ni» souligne le fait qu'on répète les mêmes paroles de génération à génération. Le langage acquis n'est pas de nature vitale. Il «ne revitalise pas, ne dévitalise pas» (PTI, p. 149). D'autre part, bien qu'il ne soit pas un organisme vivant et qu'il soit inanimé, le langage a un pouvoirsur l'individu. L'homme entretient avec le langage un rapport de soumission. Le langage est capable de rendre l'homme prisonnier. L'homme est toujours obligé de choisir entre le masculin et le féminin, de marquer son rapport à l'autre en employant «tu» ou «vous». Le langage implique par conséquent une relation fatale d'aliénation. Roland Barthes a pu conclure: «Parler, et à plus forte raison discourir, ce n'est pas communiquer, [...] c'est **assujettir**.»[1]Quignard partage l'avis de Barthes. Pour lui, le langage suppose aussi la pratique de se nommer, de nommer le monde et répond à une communication illusoire, à une non-communication. «Parler, c'est assujettir» signale que non seulement le langage exerce sur celui qui en use un pouvoir, ou une violence terrifiée, mais il trompe. Le langage transporte «un paysage mensonger» (PTI, p. 484). Il est «un mentir» (OE, p. 52), car ce qu'il représente n'est qu'une tromperie radicale.

Le langage jette ainsi l'homme, sinon entier, au moins en partie, hors du reste du monde. Il le sépare de toutes les autres formes d'existence. Dans *L'extase matérielle*, Le Clézio a exprimé son point de vue envers les limites du langage:

> «Pourquoi d'ailleurs l'intelligence se manifesterait-elle seulement par les paroles? Mis à part le rôle analytique du langage, qui permet la psychologie, n'y a-t-il pas pour l'homme d'autres moyens d'accéder à la

---

[1] Roland Barthes, *Leçon* (1978), Paris: Seuil, 1989, p. 13, c'est nous qui soulignons.

synthèse finale? N'existe-t-il pas d'autres possibilités d'entrer directement en rapport avec le monde, sans l'exprimer, [...]»[1]

L'avis de Le Clézio correspond à celle de Quignard. Pour notre auteur, le langage est comme une sorte de voile qui recouvre la réalité sensible, ou un intermédiaire qui empêche l'individu d'entretenir un contact direct avec le monde. On est envahi par le langage. La nouveauté du monde disparaît avec le langage acquis.

Dans ses romans, il a y de nombreux personnages qui sont tourmentés par le langage. A. dans *Carus* souffre d'un accès de néantisation, de dépression. Charles Chenogne est pris entre deux langues et se perd momentanément dans le mutisme. Après la mort accidentelle de Flora, la petite compagne d'enfance, Edouard Furfooz a préféré la maladie, le silence. Néanmoins, l'absence du langage ne les empêche pas de vivre, de survivre, de créer, de quêter le perdu. Ils continuent leur vie sans langage. Aristote avait écrit que «la voix est un luxe sans lequel la vie est possible» (PTI, p. 151). Le «luxe» veut dire quelque chose de superflu ou inutile. Il ne répond pas à un besoin de première nécessité. Le langage ne peut jamais suffisamment restituer l'homme au réel, «au simple éclat de la lumière» (SW, p. 249) et aux simples satisfactions des désirs ou besoins. «Tout l'exprimable est sans rapport à ce que suppose la survie d'une espèce.» (PTI, p. 151) Le langage, le luxe ou l'exprimable entretien aucun rapport à la vie, à la survie. Le langage n'est pas lié à la vie. Étant donné de cela, Quignard a pu finalement conclure que le langage était «quelque inutile» (PTI, p. 585).

D'autre part, le langage est inutile parce que son usage «ne remplit pas une fonction» (PTI, p. 151). Il représente l'absence de fonction ou de besoin. Le langage dit plus qu'il n'est besoin qu'on dise. On peut conclure que le fait de parler n'est pas un acte nécessaire. Quand nous parlons, ce n'est pas «la source» (VS, p. 78) qui parle. Parler est un «acte étrange» (VS, p. 78) ou «la 'faute capitale'» (VDS, p. 51). Parler ne répare ni «l'infirmité de nos êtres» ni «la nullité des vies puériles» (VDS, p. 51). C'est un acte qui rompt le silence. En regard de «la puissance prestigieuse et redoutable» (VDS, p. 51) du silence, le langage est vain et inutile.

---

[1] J.M.G. Le Clézio, *L'extase matérielle*, Paris: Gallimard, 1967, pp. 115-116.

3.2 *Nous sommes un défaillir du langage acquis*

S'il est acquis, si son utilité est absente et qu'il est trompeur ou néfaste, est-ce que le langage demeure encore «la maison de l'Être»[1]? Quelle relation entretient l'homme avec le langage, ou à l'inverse?

«Celui qui est chez la parole ne sait pas parler. (Ne parle ni contre ni avec la langue, – la loi qu'elle porte, qui est violence terrifiée.» Cet extrait de *Hiem*[2], selon Marie-Laure Picot, fonde l'œuvre de Pascal Quignard. L'homme ne sait pas parler au moment de la naissance. Autrement dit, le langage n'est pas un constitutif de la vie. En revanche, pour Quignard, le langage est un excès ou la maison pour «tout ce qui n'est plus» (SJ, p. 47).

Dans son ouvrage, Quignard a décrit les circonstances de la naissance du français comme langue officielle: «le 14 février 842,[...], sur le bord de l'Ill, dans un froid terrible, sur les lèvres [...], une étrange brume se lève. On a appelé cette brume le 'français'.»[3]De cet extrait, quelques éléments peuvent être tirés: eau, froid, brume, le français. Le langage lié à l'eau a réaffirmé son rapport au ventre maternel. «La bouche dans le langage ouvre l'hiver dans le monde»[4] ou «celui qui est chez la parole est dans l'hiver»[5]. Le langage, c'est le froid, «l'enfer»[6]. L'auteur a lié ainsi la naissance du langage au froid, à l'enfer, au paradis perdu. L'acquisition du langage ne signifie pas dans ce sens une acquisition absolue, mais elle est liée à une perte.

3.2.1 Le langage acquis: une perte acquise, une acquisition perdue

Dans le premier chapitre de la première partie du présent travail, nous avons

[1] Martin Heidegger, *Lettre sur l'humanisme*, traduit et présenté par Roger Munier, Paris: Aubier-Montaigne, 1983, p. 85. Selon Heidegger, l'essence du langage est associée à celle de l'homme, l'une peut abrite de l'autre. Il explique ainsi cette position: «Mais l'homme n'est pas seulement un vivant qui, en plus d'autres capacités, posséderait le langage. Le langage est bien plutôt la maison de l'Être en laquelle l'homme habite et de la sorte *eksiste*, en appartenant à la vérité de l'Être sur laquelle il veille.» (Ibid.)

[2] Pascal Quignard, *Hiems*, Paris: Orange Export Ltd, 1977. Repris dans *Écrits de l'éphémère*, avec des dessins de Valerio Adami, Paris: Galilée, 2005.

[3] Pascal Quignard, *Les larmes,* Paris: Grasset, 2016, p. 122.

[4] Pascal Quignard et Marie-Laure Picot, «Un entretien», *Cahier Critique de Poésie*, N°10, Marseille: Farrago, 2005, p. 6.

[5] Pascal Quignard, *Écrits de l'éphémère*, Paris: Galilée, 2005, p. 167.

[6] Ibid.

parlé du thème récurrent de «naître, c'est perdre» chez Quignard. Dès la naissance, l'homme se sépare du corps maternel. Et la séparation signifie la perte du premier royaume. D'ailleurs, l'unité enfant-mère est brisée et se produisent des fragments qui correspondent à des fragments dans l'écriture quignardienne.

Pour Quignard, l'état pré-natal ne signifie pas l'absence complète ou absolue du langage. L'homme est entré en contact avec le langage «avant d'être envahi par le souffle» (SJ, p. 25). Pendant des mois dans le ventre maternel, avant d'échouer dans «la lumière impensable du jour» (PTI, p. 585), l'homme, en qualité d'un fœtus entend le langage, la voix maternelle.

Quignard parle souvent de la voix maternelle dans les œuvres. Lors d'un entretien avec Catherine Argand, Quignard a indiqué directement qu'il était invraisemblable que des enfants soient capables d'«apprendre sur les lèvres de leur mère»[1] par pur amour «une chose aussi compliquée qu'une langue»[2]. Apprendre une langue sur les lèvres de leur mère veut dire que la voix maternelle est «la première projection»[3] que l'enfant identifie avant l'acquisition de la langue maternelle. L'acquisition du langage est effectivement l'implantation insensible de la voix maternelle à l'intérieur du corps de l'enfant.

Cette implantation de la voix maternelle implique une éternité. L'enfant ne peut jamais se détacher de la voix maternelle. Pour Quignard, «si la naissance peut être comparée à une page blanche, c'est la voix de l'autre qui écrit ses symptômes sur cette page en donnant un nom, des traits, des adjectifs, des qualités, des interdits, voire une destinée»[4]. Le langage qui nous parle est «la langue-mère non choisie par l'enfant»[5]. La langue maternelle indique une chose difficile à comprendre. Elle est «intrinsèquement méchante, impénétrable et sévère» (SW, p. 249) De plus, la langue maternelle est «indéchiffrable, lointaine, intimidante et intraitable, d'une exigence sans fin» (SW, p. 249). L'emploi de l'adjectif «maternel» explique que cette langue

[1] Catherine Argand, «Pascal Quignard», *Lire*, février 1998, p. 87.

[2] Ibid.

[3] Danielle Cohen-Levinas, «Les icônes de la voix *La haine de la musique*», dans *Pascal Quignard, figures d'un lettré*, Actes du Colloque tenu à Cerisy-la-Salle du 10 au 17 juillet 2004, Philippe Bonnefis et Dolorès Lyotard (dirs.), Paris: Galilée, 2005, p. 191.

[4] Camilo Bogoya González, «Pascal Quignard: musique et poétique de la défaillance», thèse doctorale, soutenue le 14 janvier 2011, p. 41.

[5] Bénédicte Gorrillot, «L'auteur Pascal Quignard», *Littérature*, 2009/3 n° 155, p. 70.

est «la langue de personne»[1]. Être «la langue de personne» veut dire que le langage, en tant qu'acquis pur, ne peut jamais se débarrasser du langage de l'autre.

Le langage de l'autre implique qu'à travers des mots composants, il y a aussi la formation reçue, la vie privée, le statut social de quelqu'un. C'est-à-dire que dans le langage acquis, en plus de la voix maternelle, se voit aussi ce que le langage a créé: identité, ego, désir, etc. Quand les enfants sont imprégnés du langage, tout «le pronominal», «le social», «le généalogique»[2], se sont installés en eux. Il leur est extrêmement difficile de s'en séparer.

Dans ce sens, l'acquisition du langage ne désigne pas une simple acquisition. Le langage ne vient pas seul, mais avec tout ce qu'il a inventé, avec tout ce qu'il a créé. Et «le moi» (LP, p. 96) de chaque homme n'est pas seulement incertain, il est séparé et emprunté. Ce «dividuum» ou cet «ego» qui est sorti du «sexe d'une femme» (LP, p. 96) n'est qu'«un écho de la langue» (LP, p. 96). Le langage est «la seule société» (RS, p. 22) de l'homme. Une fois qu'il est à demeure, dans l'instant de conscience – écho du langage du groupe, il semble y être à jamais. Personne n'est capable de s'en affranchir.

L'homme est incapable de se séparer du langage qui provient de celui de l'autre, du langage commun. C'est un langage commun à tous, un langage des dictionnaires ou des «malédictionnaires» (IN, p. 25). Le langage est «une collection collective. Il est toujours celui qui est de tous, disponible pour tous, avant d'être soi, s'il l'est jamais» (VS, p. 77). «Collectif», «de tous», «pour tous», tous les qualificatifs à décrire le langage montrent que le langage n'est jamais une création individuelle ou singulière. Avec ce langage commun, de tous, pour tous, il est difficile ou impossible à l'homme de s'exprimer à sa propre façon, d'évoquer la mémoire la plus lointaine de l'origine. Ce langage joue le rôle d'une certaine malédiction et éloigne l'homme de sa propre perception du monde. On est obligé de se compromettre pour être compris, d'admettre de nommer approximativement les objets ou le monde avec les mots communs, les mots de tout le monde. Le langage devient par conséquent un prêt-à-parler qui détruit les sentiments vifs, innés, naturels de l'individu. À noter que le langage est capable de contrôler sévèrement sur l'homme et d'exercer par

[1] Bénédicte Gorrillot, «L'auteur Pascal Quignard», *Littérature*, 2009/3 n° 155, p. 70.

[2] Catherine Argand, «Pascal Quignard», *Lire*, février 1998, p. 87.

conséquent une domination de toutes les dimensions, sociale, culturelle et esthétique. Roland Barthes a nommé le pouvoir puissant, contraignant et étouffant du langage le tout-pouvoir. Avec ce tout-pouvoir, le langage constitue un moyen important de communication et une condition d'acquérir un sens, un sens commun ou social.

Dès que le langage est acquis, l'enfant, l'a-parlant devient parlant, «otage» ou «prisonnier de son maternel qui l'asservit» (IN, p. 24). Il s'intègre à la société et en fait partie. Cela marque le début de la possession d'une identité sociale de l'homme. Et l'acquisition du langage désigne également l'acquisition d'une identité. Mais son identité sociale ne se révèle aucune différence essentielle de celle d'autres personnes de la même société. Selon la théorie du stade du miroir de Jacques Lacan, le «moi» se construit du langage de l'autre[1]. Quignard a établi un rapprochement avec cette théorie. Il a noté que l'identité était «une fable instillée par la famille» (LP, p. 100). L'emploi du verbe «instiller» représente le processus lent et progressif de la construction de l'identité. De plus, l'auteur a comparé l'identité à une fable. Toute saisie identitaire ou toute image de soi peut être de cette manière considérée comme une fiction. Chez l'homme, «son plus privé et profond 'ego'» (PTI, p. 153) n'est précisément qu'«une catégorie propre à la langue qu'il utilise» (PTI, p. 153). Le langage, qui met à mal le sens, lui arrache «ego» qui ne peut plus se dire «ego». Selon Henri Bergson, le langage est encore trop performatif, trop rationnel et trop analytique[2]. Il dépose un voile mensonger ou trompeur sur la réalité. Il semble que Quignard a été profondément inspiré par la notion langagière de Bergson. Pour notre auteur, le langage est encore insatisfaisant. L'origine de l'insatisfaction du langage réside en la particularité de l'homme, qui, lors de l'acquisition du langage, a perdu sa compétence de percevoir le monde comme personne. Ce que l'homme perçoit est lié à l'histoire, à la société, à la collectivité que le langage acquis modélise et caractérise. Il perd sa particularité comme individu et ne peut plus être le maître de sa vie. Dans ce sens, l'acquisition du langage est une perte acquise ou une acquisition perdue.

---

❶ Jacques Lacan, «Le stade du miroir comme formateur de la fonction du Je», *Écrits I*, Paris: Éditions du Seuil, 1966, pp. 89-97.

❷ A ce point, on ne cite que deux œuvres d'Henri Bergson, *La pensée et le mouvement* (Henri Bergson, *La pensée et le mouvement,* Paris: PUF, 1990) et*Matière et mémoire: Essai sur la relation du corps à l'esprit* (Henri Bergson, *Matière et mémoire: Essai sur la relation du corps à l'esprit*, Paris: PUF, 1999).

3.2.2 La défaillance du langage comme source de l'action

Le langage ne se borne pas à une perte acquise ou une acquisition perdue. Il est défaillant. «Nous sommes sous la menace [...] sans cesse possible du langage jamais tout à fait acquis.Nous sommes une langue qui n'est pas installée dans la bouche.»[1] Cela veut dire que l'homme peut connaître tout le temps l'abandon du langage. Quignard a nommé cet abandon la défaillance du langage.

En général, la «défaillance» ne fait pas partie du champ lexical de la linguistique. Dans le langage courant, ce terme signifie amoindrissement ou interruption des fonctions d'une organe, d'un organisme, perte subite et momentanée des forces physiques ou morales, et par extension, le dysfonctionnement d'un système économique, judiciaire, scientifique.

Chez Quignard, la défaillance est dotée d'un autre sens:

> «La défaillance [...] est une expérience commune à tous. Sa particularité tient à ce que, tout en étant indicible, tout en étant l'expérience concrète de l'indicible en nous, tout en étant la difficulté à dire l'acquisition du langage et la mort comme destins, elle n'est jamais vague.» (NSBL, p. 63)

De cet extrait, l'auteur a expliqué la signification de la défaillance du langage sur deux aspects. Premièrement, elle concerne l'être parlant en tant que tel. C'est une expérience de tout homme, une expérience «humaine fondamentale»[2]. «Quel est l'homme qui n'a pas la défaillance du langage pour destin et le silence comme dernier visage?» (NSBL, p. 10) Deuxièmement, la défaillance du langage n'est pas quelque chose de vague. Au contraire, c'est l'expérience concrète de l'indicible de l'humain. Il est possible que le langage quitte en cas d'une aphasie, de l'oubli d'un mot ou de la proximité de la mort. Le langage est si défaillant que lorsqu'on vieillit il «se dissout entre les lèvres»[3]. En somme, la défaillance du langage devient quasiment la

---

[1] Chantal Lapeyre-Desmaison, *Pascal Quignard le solitaire: rencontre avec Chantal Lapeyre-Desmaison*, Paris: Galilée, 2006, p. 102.

[2] Ibid., p. 81.

[3] Pascal Quignard, «Rencontre des étudiants du Master des Métiers de l'écriture avec Pascal Quignard», *Littératures*, 69 | 2013, p. 156.

définition de l’homme en qualité de vide, de manque ou d’abandon.

La défaillance du langage, l’expérience commune à tous ne représente pas une rareté dans la littérature française. Ici, nous voulons mentionner notamment la défaillance du langage relaté dans *Une mémoire démentielle* par Louis-René des Forêts. Dans ce livre, des Forêts a mis en scène un personnage, qui injustement accusé, s’est efforcé de se défendre, mais un mot lui tout à coup lui a fait défaut. Cette scène a sans doute inspiré Quignard. Dans ses romans, la défaillance du langage est d’autant plus récurrente. Dans *Villa Amalia*, un jour, la mère d’Ann a envie de parler et se met à faire des gestes avec son visage, ses cheveux et ses mains. Mais elle renonce finalement à parler parce qu’elle a oublié ce qu’elle voulait dire. L’abbé Montret dans *L’occupation américaine* a l’habitude de se perdre dans les mots au téléphone par l’effroi. Il arrive aussi à plusieurs reprises à Charles Chenogne de ne pas pouvoir parler à cause du regret, du remords. Quant à Edouard Furfooz, vis-à-vis à la curiosité impatiente de Tante Otti, il perd ses mots. Quignard a même comparé l’homme à la défaillance du langage avec la fermière qui s’épuise dans sa baratte de bois à faire lever le lait en beurre. Le mot peut à tout moment manquer ou même plus on désire dire un nom, plus il peut venir à nous manquer.

Toutes ces scènes de la défaillance du langage indiquent explicitement que ce défaut fait partie des préoccupations de Quignard car il fait écho à ses expériences personnelles du mutisme. Biographiquement, l’auteur a perdu deux fois le langage. «A dix-huit mois je me suis tu.» (NSBL, p. 59) Cette dépression d’enfant a eu lieu après que sa famille avait déménagé au Havre. A un moment donné, la mère de Quignard était malade et alitée. La famille a embauché une jeune femme allemande pour s’occuper de lui. Le petit Pascal l’appelait «Mutti» qui signifie mère en allemand. Après que sa Mutti l’a quitté, Quignard est devenu d’un coup mutique. La seconde aphasie a lieu pendant l’adolescence et il a été de nouveau contraint à se taire quand il eut l’âge de seize ans. Il tait la cause et garde toujours le secret.

Dans le mutisme, Quignard se sentait impuissant à «transformer le monde», à «se faire reconnaître et aimer», à «se libérer de ceux [...] qui l’enchaînent»[1]. Il n’avait

[1] Cité dans Chantal Lapeyre-Desmaison, *Mémoires de l’origine, un essai sur Pascal Quignard*, [Paris: les Flohic, 2001] Paris: Galilée, 2006, p. 315.

qu'à se séparer d'eux, qu'à refuser de leur prêter «quelque attention que ce soit»[1], qu'à s'écarter. La perte du langage ou le silence permet à l'auteur de trouver la source dans un moment de dépit, de se libérer des personnes ou des choses de vanité, de faire attention à l'essentiel. Quignard a peu à peu fait de se taire la condition liminaire de la création artistique.

En plus des expériences personnelles du mutisme, Quignard avait le souvenir d'enfance de sa mère qui quêtait un mot perdu, qui souffrait du mot sur le bout de la langue. L'auteur a relaté son souvenir dans la deuxième partie du *Nom sur le bout de la langue* qui s'intitule «Petit traité sur Méduse». Méduse est l'unique déesse des trois Gorgones dont le regard étincelant est mortel. Elle est munie de la magie de changer en pierre tous ceux qui la regardent. Dès le titre, il semble que va apparaître une scène qui frappe de stupeur et d'épouvante:

> «[...], ma mère s'échinant à recouvrer le verbe ancien qui expliquerait tout, ma mère cherchant son mot devenait l'apparence d'elle-même, comme si la recherche, en immobilisant les traits, en fixant le regard, imposait son masque sur le visage – un masque en tout point ressemblant, sinon la vie. La face s'est pétrifiée dans sa concentration.» (NSBL, p. 83)

Dans la scène de la mère cherchant un mot, tout s'arrête et reste immobile. Plus rien n'existe soudain. Le non-vivant envahit le corps de la mère dont le visage absent est devenu inanimé, la bouche ouverte sur le langage perdu et que l'âme est partie dans l'autre monde. Des années plus tard, chaque fois qu'il se souvient de cette scène, Quignard se sent encore pétrifié. Le mot manque. Le visage se dresse, le regard s'éloigne et la main s'avance. Tout prend «le masque de la mort»[2], le silence.

Pour Quignard, la défaillance du langage est la source de l'action. Elle s'applique aux enfants, aux musiciens, et notamment aux écrivains. Comme nous avons déjà expliqué que le mot même d'enfance signifiait le non-parlant. Les enfants séjournent

---

❶ Cité dans Chantal Lapeyre-Desmaison, *Mémoires de l'origine, un essai sur Pascal Quignard*, [Paris: les Flohic, 2001] Paris: Galilée, 2006, p. 315.

❷ Chantal Lapeyre-Desmaison, *Mémoires de l'origine, un essai sur Pascal Quignard*, [Paris: les Flohic, 2001] Paris: Galilée, 2006, p. 47.

durant quelques années dans la défaillance. Quant aux musiciens, comme nous avons montré dans la deuxième partie de notre étude, cherchent tout le temps à se libérer de ce défaut dans le chant. Dans son ouvrage, Quignard a défini les écrivains par le «*stupor*» (NSBL, p. 10) dans la langue. Le «*stupor*» conduit au surplus la plupart des écrivains à être des «interdits de l'oral» (NSBL, p. 10).

La défaillance du langage signifie que toute parole est incomplète, que tout nom manque la chose ou que quelque chose manque au langage. S'étant rendu compte de cette incomplétude et de ce manque du langage, Quignard a érigé, comme Des Forêts ou Blanchot, l'incapacité de dire en principe, en source de son écriture. Il ne cesse de confesser, de convenir dans ses œuvres ou entretiens que c'est la défaillance ou le défaut du langage qu'il cherche en écrivant. L'écriture, pour lui, est comme une meilleure façon de lutter contre le défaut du langage. Dans l'instant où il écrit, l'écriture lui fournit la possibilité de s'absenter de «toute saisie réflexive de [lui]-même par [lui]-même» (NSBL, p. 95), de s'absenter jusqu'au temps où il était absent. Quignard, par le biais de l'écriture, a pu se séparer du langage acquis et quitter définitivement le langage figé des conventions. L'absence ou le silence fourni par l'écriture s'approche du sens réel du monde. En se taisant, en faisant vœu de silence, l'auteur vise à atteindre quelque chose d'originaire.

3.3 Du parler mutique à la littérature déprogrammée

La défaillance du langage est le destin de l'humain dans le moment où la mort s'approche ou dans de multiples situations où le langage l'abandonne. L'abandon du langage nous fait penser à l'abandon de la mère à la naissance. L'abandon lie ainsi le langage à la féminité, à la mère. Le défaut du langage entretient ainsi un rapport avec le monde prénatal, avec l'origine.

Quignard a mis en place «une écriture du retour»[1]. Le retour ne désigne autre que le retour à l'origine. L'origine constitue un des points centraux de l'ensemble des œuvres de l'auteur. D'un côté, c'est un des termes récurrents. De l'autre côté, Quignard s'intéresse notamment au passé. Son mouvement incessant de l'écriture est devenu «la recherche inquiète et infinie de sa source»[2].

---

[1] Mickael Dubuis, *Pascal Quignard et la mécanique du retour*, Paris: L'Harmattan, 2010, p. 15.

[2] Maurice Blanchot, *Le livre à venir*, Paris: Gallimard, 1959, p. 269.

Pour accomplir la quête de la source ou le retour à l'origine dans l'écriture, Quignard a pris comme point de départ, les limites du langage. Il a envisagé de travailler à ce qui le libère, de devenir quelqu'un qui choisisse son langage et qui n'en soit pas dominé. Chez lui, les mots sautent des usages conventionnels et se rapprochent de leur source, voire du préverbal. L'écriture quignardienne peut être considérée comme un certain parler mutique.

3.3.1 Le parler mutique, le dégagement du gage

Quignard a affirmé dans son ouvrage que dans la nature, les langues humaines sont les seuls sons qui sont «prétentieux» (HM, p. 31). L'adjectif «prétentieux» veut dire que celles-là prétendent donner un sens au monde. Mais ce sens donné rend problématique l'univers verbal où les mots répètent les formules des ancêtres. En général, l'homme ne peut refuser ni la vision du monde ni la sémantique sonore créées par le langage «prétentieux». Il est obligé de s'y soumettre. En tant qu'écrivain, par voie du silence, Quignard a visé à toucher à la défaillance du sens acquis.

«Tous les très grands écrivains sont aphasiques d'une certaine manière»[1], lors d'un entretien, a ainsi affirmé Jacques Derrida. L'attribut «aphasique» implique la mise en question ou la révolte des écrivains envers le langage. Nombreux sont les écrivains aphasiques qui ont réécrit ou reconstruit les expériences du silence dans leurs œuvres. Comme eux, Quignard a créé des personnages romanesques, Charles Chenogne, Monsieur de Sainte Colombe, A., etc., qui souffraient du langage. Il a aussi fait la reconstruction de ses propres expériences de mutisme tant dans ses romans que dans d'autres œuvres de différents genres.

Quignard a affirmé que celui qui écrit était un homme «au regard arrêté», «au corps figé», «les mains tendues [...] vers des mots qui le fuient» (NSBL, p. 12). Avec ce genre de geste de silence, celui qui écrit cherche. Il cherche ou exhume le langage qui manque.

Pour Quignard, l'écrivain, celui qui écrit est non seulement celui qui cherche, mais celui qui brise «la voix et le cercle oral» (GT, p. 34). L'écrivain est dans ce

[1] Jacques Derrida, «Contresignatures», Entretien radiophonique avec Jean Daive: http://www.jacquesderrida.com.ar/frances/ponge.htm, dernière consultation novembre, 2010.

sens phonoclaste. La voix ou le cercle oral qu'il brise désigne la voix de tous, la voix qui permet le dialogue et la socialité. Cette voix engage l'homme dans le grand cercle de la représentation sociale et de l'appartenance au groupe. Dans ses livres et entretiens, Quignard a évoqué son désir de briser la voix de tous, d'échapper au discours commun. Il envisage de «s'enfoncer dans le silence tout en demeurant dans le langage» (VDS, p. 28), soit de sortir du langage par le langage. Écrire, guetter le mot qui manque, c'est entre autres choses de «soulever cette peau pour affronter la nudité de la violence et du langage» et de «creuser un abîme dans le corps de tout parleur de langage»[1]. Pour Quignard, celui qui écrit se déprend de la voix et met à bas «l'éloquence d'un monde» (OE, p. 124). Écrire, c'est donc «la seule façon de parler en se taisant» (NSBL, p. 62), de parler en silence. C'est le «parler muet» ou le «parler mutique» (NSBL, p. 62).

C'est sans doute dans le **parler mutique** que consiste l'origine de l'écriture. Cette hypothèse peut être interprétée en trois aspects. Premièrement, l'écriture est fondée sur les lettres. Et les lettres sont au fond muettes et représentent un certain espace de silence. Pour Mireille Calle-Gruber, elles sont «toute[s]s tissé[es] de silence et d'oubli»[2] et n'oublient «l'oubli»[3] pas un instant. Deuxièmement, celui qui écrit ou ce qu'il écrit ne connaît pas celui qui le lit. L'écriture ne produit ni un échange ni une communication mais une certaine rupture. Ou elle s'oppose à la communication et à la communauté. Dernièrement, l'écriture vise à atteindre à un état que le langage commun ou social ne reconnaît pas. Elle a pour l'objectif «la parole sacrée»[4] pour reprendre l'expression de Maurice Blanchot. «La parole sacrée» chez Blanchot est le

---

[1] Yue ZHUO, «Le roman, lieu sans terre», dans Fabienne Durand-Bogaert et Yves Hersant (dir.), *Critique, Pascal Quignard*, t. LXIII, No. 721-722, juin-juillet 2007, Avec Pascal Quignard, «Qu'est-ce qu'un littéraire?», p. 522.

[2] Mireille Calle-Gruber, «Les écritures apocryphes de Pascal Quignard», in *Pascal Quignard, figures d'un lettré*, Actes du Colloque tenu à Cerisy-la-Salle du 10 au 17 juillet 2004, Philippe Bonnefis et Dolorès Lyotard (dirs.), Paris: Galilée, 2005, p. 45.

[3] Ibid.

[4] «Comme **la parole sacrée**, ce qui est écrit vient on ne sait d'où, c'est sans auteur, sans origine et, par-là, renvoie à quelque chose de plus originel. Derrière la parole de l'écrit, personne n'est présent, mais elle donne voix à l'absence, comme dans l'oracle où parle le divin, le dieu lui-même n'est jamais présent en sa parole, et c'est l'absence de dieu qui alors parle. Et l'oracle, pas plus que l'écriture, ne se justifie, ne s'explique, ne se défend: pas de dialogue avec l'écrit et pas de dialogue avec le dieu.» (Maurice Blanchot, *Une voix venue d'ailleurs*, Paris: Gallimard, 2002, p. 53, c'est nous qui soulignons.)

synonyme de «la lettre muette et bavarde»[1] chez Rancière. Tant la parole sacrée de Blanchot que la lette muette et bavarde de Rancière sont quasiment le synonyme du parler mutique de Quignard qui touche le fond de l'écriture. Par le parler mutique, l'auteur avait visé et a finalement pu devenir quelqu'un qui cherche à «dégager le gage», à «désengager le langage» (OE, p. 124), à «rompre le dialogue» (OE, p. 124), à quêter les mots défaillants.

3.3.2 Chercher des mots défaillants

> «Penser, c'est chercher des mots qui font défaut. Notre âme est tout entière langue, mais nous ne sommes pas qu'âme. Nous ne sommes pas qu'occupation culturelle. De l'origine, de l'a-parlance, de l'abîme, du corporel, de l'animal, de l'insublimable persiste en nous.»[2]

De cet extrait du grand entretien avec Chantal Lapeyre-Desmaison, se détachent trois éléments qui sont liés l'un à l'autre ou qui constituent les étapes d'un cycle. D'abord, pour Quignard, comme pour de nombreux grands écrivains, le geste d'écrire est inséparable de celui de penser. Écrire, c'est chercher des mots défaillants. Et puis, à cause de la défaillance du langage, le fond de l'humain ne se trouve pas dans le langage, dans le culturel. Finalement, l'origine de l'humain consiste en silence et ce silence peut être trouvé par le geste de penser ou d'écrire.

L'écriture permet ainsi à l'auteur de s'éloigner du langage oral, du langage socialisé, de la société. Les sociétés humaines (cités, cultures) sont comme le langage acquises. Mais elles ne se coupent pas des données naturelles, physiques et biologiques. Et le littéraire comme Quignard est chargé de remonter de la convention, de l'acquis au «fond biologique» (RS, p. 47) dont la lettre ne s'est jamais séparée. C'est le fond biologique ou l'enracinement naturel de la littérature que l'auteur envisage de quêter. Pour lui, ce fond ou cet enracinement naturel réside en silence.

---

[1] Rancière a défini le roman comme «le genre sans genre qui a véhiculé depuis l'Antiquité les pouvoirs de **la lettre muette et bavarde**». (Jacques Rancière, *La parole muette. Essai sur les contradictions de la littérature*, Paris: Hachette Littératures, 1998, p. 87, c'est nous qui soulignons.)

[2] Chantal Lapeyre-Desmaison, *Pascal Quignard le solitaire: rencontre avec Chantal Lapeyre-Desmaison*, Paris: Galilée, 2006, p. 102.

En taisant, le silence de l'écriture est muni d'un pouvoir de détruire la division établie par le langage. Il est donc «opposé» (LP, p. 99) au langage. Ce mot mis entre guillemets signifie que le silence n'est pas tout hors du langage. Il demeure extérieur ou antérieur du langage. C'est le silence du non-langage, de l'*in-fantia*, de l'état prénatal de l'être, de l'origine.

Nous pouvons remonter à des écrivains du XIXe siècle, notamment à des écrivains d'obédience romantique ou décadente, pour constater que le silence constitue déjà à l'époque le moyen le plus sûr d'atteindre une certaine vérité, un dévoilement et une maîtrise de l'origine[1]. Quignard marche en suivant les traces de ces écrivains. Il a affirmé que dans ce qu'il faisait, ou dans ce qu'il improvisait, tout cherchait à se simplifier jusqu'à réobtenir «l'attaque d'origine» (LZ, p. 207). A ce point, pour Jean-Louis Pautrot, l'objectif de la quête littéraire quignardienne n'est autre que «le lieu originel»[2]. Quignard a noté dans sa «Lettre à Domique Rabaté» que dans ce qu'il a écrit, il y avait effectivement «l'espoir de faire naître bien autre chose que ce qu'il connaissait»[3]. Il a ajouté que cette autre chose était «plus ancienne que les hommes et qui les inclut»[4]. Faire naître et nous ramener cette autre chose de plus ancien signifie le retour à l'origine, au jadis.

L'écriture qui gnardienne s'ouvre ainsi à un lointain appel, à un appel originaire et naturel qui est d'ordinaire évacué par le langage symbolique, à un «noyau incommunicable»[5]. Cet appel, ce noyau ou l'origine ne doit plus rien à «ces béquilles de la langue», à «ces chevilles du discours» (VDS, p. 34). Elle échappe à toutes les règles, aux pouvoirs, au langage, à tous les «jeux de société» (VDS, p. 34). L'origine ou le silence chez Quignard ne possède ni valeur sociale ni échange. Ainsi, l'origine ou le silence est capable de s'écarter des jeux socio-économiques et de rejeter la modernité bruyante. Par le biais de son écriture, Quignard a pu faire écho au Valéry

---

[1] Ce sujet se renvoie à l'ouvrage de Jean de Palacio, *Le silence du texte. Poétique de la décadence*, Louvain: Peeters, 2003.

[2] Jean-Louis Pautrot, *Pascal Quignard ou le fonds du monde*, Amsterdam-New York: Rodolpo, 2007, p. 96.

[3] Pascal Quignard, «Lettre à Domique Rabaté», *Europe, Pascal Quignard*, n° 976-977, août-septembre 2010, p. 10.

[4] Ibid.

[5] Pascal Quignard, «La métayère de Rodez», *Études françaises*, *Pascal Quignard, ou le noyau incommunicable*, vol. 40, n° 2, 2004, p.11.

de *la crise de l'esprit*. Il a indiqué sans faire des détours qu'il ne croyait pas que l'homme ait l'honneur: «Pour peu qu'on y eût jamais cru, ce siècle a démenti.» (PTI, p. 596) Pourtant, Quignard a déclaré publiquement qu'il ne concevait pas de vivre à une autre époque. Il a toujours l'intention d'écrire, d'écrire l'homme et le monde de la fin du deuxième millénaire et du troisième millénaire naissant.

3.3.3 Vers la déprogrammation de la littérature

Il n'est pas difficile de constater que la rupture historique et le refus des rôles sociaux démarquent Quignard de la génération de ses aînés. L'auteur revendique depuis toujours sa particularité, son individualisme ou sa liberté d'écriture. «Au moins ceux qui me lisent sont-ils assurés que jamais ils ne seront entrainés dans une aventure collective, [...], que je n'appartiendrai pas à une académie.»[1] Ne pas appartenir à une académie signale que Quignard s'éloigne à volonté du social, de la sémantique afin d'être le plus libre, le plus individuel.

Pour Quignard, les écrivains qui sont nés avant la guerre comme Blanchot, Des Forêts ou Levinas étaient même trop engagés «dans des causes prophétiques, fascisme, communisme, nation, piété»[2]. Et lui, il vise à devenir l'écrivain qui est un «médium»[3] en ce que «sa vie, son œuvre trahissent sans doute quelque chose mais à condition qu'ils ignorent»[4]. Cela implique une certaine absence de programme. Pour atteindre son but, au lieu d'être salarié ou d'occuper des fonctions, Quignard avait la conscience de pénétrer dans le processus où la littérature a commencé à être de plus en plus indépendante d'un système politique d'une idéologie. Il cherche à déshonorer tous les honneurs, à pulvériser toutes «les manifestations collectives», «les huées unanimes» «les effrayants mots d'ordre»[5] pour prévoir une littérature déprogrammée.

Alain Nadaud a entrevu dans son essai trois catégories d'écrivains: ceux qui «ont privilégié le labourage en profondeur de la langue [...] jusqu'à céder à la tentation de l'illisibilité» ; ceux qui entendent «forcer la littérature à rendre compte de ce monde

---

❶ Pascal Quignard, «Lettre à Dominique Rabaté», *Europe, Pascal Quignard*, No. 976-977, août-septembre, 2010, p. 12.

❷ Ibid.

❸ Jean-Louis Pautrot, *Pascal Quignard*, Paris: Gallimard, 2013, p. 15.

❹ Pascal Quignard, *Écrits de l'éphémère*, Paris: Galilée, 2005, «Prière d'insérer».

❺ Pascal Quignard, «Lettre à Dominique Rabaté», *Europe, Pascal Quignard*, No. 976-977, août-septembre, 2010, p. 10.

dans ce qu'il peut avoir de plus contingent, banal et quotidien» ; et ceux qui inventent la «littérature impassible»[1] et qui risque de ne plus voir la réalité que comme «pur produit de divertissement». Pourtant, ou au moins au sens strict, Quignard est exclu de ces catégories. Bien qu'il ait combattu perpétuellement contre le langage, l'auteur ne tendait pas à l'illisibilité. Il n'a recours ni à la description banale ni au style impassible. Son écriture s'expose «avec témérité dans toutes ses passions»[2], pour reprendre sa propre expression en analysant la poésie de Michel Deguy.

Quignard déploie effectivement un style âpre dans un langage érudit. Son écriture se caractérise par un rejet de toute parole autoritaire, par une critique des institutions. Elle représente plutôt une pluralité de discours. Le rejet, la critique, la pluralité, tout cela rapproche Quignard de nombreux écrivains «contemporain»[3], Pierre Michon, Gérard Macé, Jean Echenoz, Pierre Bergounioux, Hervé Guibert, etc. Dans les livres des écrivains cités, se constate toujours une tendance de l'absence du projet. Dans son ouvrage qui se réunit ses réflexions sur la littérature contemporaine, Dominique Viart a affirmé que cette dernière ne passe pas pour «une littérature projective»[4]. L'hypothèse de Dominique Viart fait écho à la notion de la déprogrammation de la littérature de Quignard qui a été posée publiquement pour la première fois en 1989 lors d'un entretien dans *Le Débat:*

> «Nous avons besoin de cesser de rationaliser, de cesser de s'ordonner ceci, de cesser de s'interdire cela. Ce dont nous avons besoin, c'est qu'un peu de lumière neuve vienne tomber de nouveau [...]. Ce dont nous avons besoin, c'est d'une déprogrammation de la littérature.»[5]

---

[1] Alain Nadaud, «Le roman français contemporain, une crise exemplaire», dans Yves Mabin, *Le roman français contemporain*, Paris: A.D.P.F., 1993, pp. 85-86.

[2] Pascal Quignard, *Michel Deguy*, Paris: Segher, 1975, quatrième de couverture.

[3] Le mot «contemporain» est «issu du bas latin *contemporaneus*, qui signifie **du même temps**». (Lionel Ruffel «Introduction. Qu'est-ce que le contemporain?», *Qu'est-ce que le contemporain?*, textes réunis par Lionel Ruffel, Nantes: Editions Cécile Defaut, 2010, p. 17, c'est nous qui soulignons.)

[4] Dominique Viart, *Quel projet pour la littérature contemporaine?* (1995), publie.net, coll. «Voix critiques», 2008, p. 6.

[5] «La déprogrammation de la littérature. Entretien avec Pascal Quignard», *Le Débat*, No. 54, Gallimard, Paris, mars-avril 1989, p. 88.

En vue que la dépréciation de l'Université et de l'enseignement, l'épuisement de la théorie, le discrédit et l'absence de contrainte de la critique, Quignard a exprimé explicitement dans l'extrait cité son attitude, sa position de la littérature. Il s'oppose à la rationalisation, à la pensée préprogrammée, aux ordonnances et aux interdictions des professeurs, des critiques et de certaines maisons d'édition académiques. Pour lui, tout cela sacrifie au «démon de la théorie» pour reprendre le titre d'un important ouvrage d'Antoine Compagnon[1], et à l'extrême raison dont le langage est l'outil par excellence. En même temps, il a envisagé, par son écriture, d'ajouter quelque chose de neuf à la littérature contemporaine. Cette «lumière neuve» consiste notamment en la déprogrammation de la littérature qui reste «sans achèvement, en perpétuelle mouvance, une quête infini»[2].

À plusieurs reprises, Quignard a affirmé qu'il était simplement un homme qui apprenait sans cesse à «écrire ses lettres, à les déchiffrer, à les transposer»[3], soit un lettré ou un littéraire dont nous avons parlé. De son autodéfinition, se voit l'absence de l'inscription de la littérature dans son programme. En effet, dans les ouvrages de Quignard, romans ou essais, bien que des mots, tels que «livre», «liber», «langage», apparaissent et réapparaissent de manière récurrente, le mot «littérature» se présente une rareté, un défaut ou une défaillance.

D'une certaine manière, le fondement de la déprogrammation de la littérature se trouve dans la défaillance du langage. Dans son article, Christina Alvares a fait une remarque importante de l'œuvre quignardienne. Pour elle, le thème axial des livres de Quignard est effectivement ce qui se passe «lorsque le langage fait défaut, lorsque le nom est sur le bout de la langue»[4].Étant donné de la défaillance du langage, sur le plan de l'écriture, Quignard ne cherche pas à maîtriser sa parole mais à montrer le court-circuit du langage. La déprogrammation est par conséquent capable de libérer les contraintes du langage et d'affirmer une démarche qui se pose apparemment contre la littérature.

---

1. Antoine Compagnon, *Le Démon de la théorie. Littérature et sens commun*, Paris: Seuil, 1998.
2. Jean-Louis Pautrot, *Pascal Quignard*, Paris: Gallimard, 2013, p. 15.
3. Pascal Quignard, «Sur l'image qui manque à nos jours», cité dans Mireille Calle-Gruber et Anaïs Frantz (dir.), *Dictionnaire sauvagePascal Quignard*, Paris: Hermann, 2016, p. 340.
4. Christina Alvares, «Le pensif et l'écriture littéraire: Perceval chez Pascal Quignard»: http://www2.ilch.uminho.pt/sdef/ariane%2003.doc, p. 6, dernière consultation novembre, 2010.

La défaillance du langage provoque la déprogrammation ou la défaillance textuelle qui fait appel au défaut du genre, à l'absence du genre ou le non-genre. Depuis toujours, Quignard s'oppose au classement générique des ouvrages. Sous cet angle, il rejoint le propos de Blanchot du *Livre à venir*:

> «Seul importe le livre, tel qu'il est, loin des genres, en dehors des rubriques, prose, poésie, roman, témoignage, sous lesquelles il refuse de se ranger et auxquelles il dénie le pouvoir de lui fixer sa place et de déterminer sa forme. Un livre n'appartient plus à un genre, tout livre relève de la seule littérature.»[1]

La réflexion de la nature du langage de Quignard permet alors de toucher à l'origine de la littérature. Pour l'auteur, «un véritable écrivain est celui qui se souvient de l'origine»[2]. En tant que «véritable écrivain», Quignard définit l'origine de son écriture comme art de la défaillance du langage, comme déprogrammation de la littérature. Cela rend possible de mieux comprendre les deux mondes qui coexistent en nous: un monde de non-parlance, hors langage, et un autre lié à l'entrée dans le langage de l'homme.

Le vrai langage, pour Quignard, c'est le langage où «le réel est défaillant», le langage où «le mot manque» (NSBL, p. 57). C'est le langage qui est toujours menacé par sa mise au silence et qui plonge l'homme dans un temps originaire, dans l'état originaire d'être hors du langage. Lors d'un entretien, Quignard a confié à Jean-Pierre Salgas qu'il voulait persévérer dans l'art «le silence liquide»[3] du langage écrit. L'image du «silence liquide» peut être liée à une allusion utérine, au monde pré-natal. L'ensemble des œuvres de Quignard est d'une certaine manière hanté par ce monde

---

[1] Maurice Blanchot, *Le livre à venir*, Paris: Gallimard, 1959, pp. 272-273.

[2] Pascal Quignard, «Qu'est-ce qu'un littéraire?», dans Fabienne Durand-Bogaert et Yves Hersant (dir.), *Critique, Pascal Quignard*, t. LXIII, No. 721-722, juin-juillet 2007, Avec Pascal Quignard, «Qu'est-ce qu'un littéraire?», p. 426.

[3] Jean-Pierre Salgas, «Pascal Quignard: 'Écrire n'est pas un choix mais un symptôme'», *La quinzaine littéraire*, n°565, 1er novembre 1990: http://www.quinzainelitteraire.presse.fr/articles/entretiens/pascal-quignard-ecrire-n-est-pas-un-choix-mais-un-symptome.php, dernière consultation novembre 2010.

d'avant le langage.

Bien qu'il soit impossible de défaire complètement les circuits linguistiques car l'acquisition du langage est irréversible, la déprogrammation de la littérature permet de les débrancher au moins un peu. Elle est capable de réduire au silence la parole sociale, de la déconstruire, de la mettre à distance. Avec «tout livre» qui relève de la seule littérature, pour citer Blanchot, nous serions capables de désirer, contempler, jouir, rêver, aimer, … et se taire.

Conclusion de la troisième partie

Au début du XXe siècle ou même dès la fin du XIXe siècle, des écrivains ont commencé à se demander s'il était possible de dire et si dire n'était pas simplement se taire. La relation entre silence et écriture devient en conséquence une question centrale dans le monde littéraire.

«Nul écrivain contemporain n'a, plus que Quignard, placé son écriture au centre d'une poétique du silence.»[1] Le silence constitue un des signes distinctifs de son écriture. Pour notre auteur, l'écriture est «une *infantia*»[2] et celui qui écrit «un *infans*», «un infant dans le royaume des mots»[3]. Dans l'écriture, les mots sont regagnés par le silence premier et le silence se veut de plus en plus affirmé et essentiel. L'écriture entretient donc une relation évidente avec le silence. Elle est le visage muet du langage ou même la mise au silence du langage.

Dans l'écriture, sur le plan de la forme, Quignard n'a pas respecté le modèle traditionnel de narration et a brisé le récit en fragments. L'auteur est parvenu, par le truchement de l'écriture fragmentaire, par la «gêne technique», à créer l'effet de la discontinuité et du fragmentaire, l'effet de silence. Chez Quignard, le fragment est souvent considéré comme état en continuité, en tout avec la mythologie d'un premier royaume utérin et d'un dernier royaume atmosphérique. Le choix de l'écriture fragmentaire est associé au geste asocial de l'auteur.

Quignard, qui refuse la *persona* publique et préfère le retrait du monde social, se définit comme littéraire. Le littéraire a renoncé à toute identité imposée par la

---

[1] Yves-Michel Ergal et Michèle Finck, «Avant-propos», dans Michèle Finck et Yves-Michel Ergal (dir.), *Écriture et silence au XXe siècle* [en ligne], Strasbourg: PUS, 2010 (généré le 06 avril 2020), p. 6.

[2] Pierre Lepape, «Il était une fois», dans *Pascal Quignard, figures d'un lettré*, Actes du Colloque tenu à Cerisy-la-Salle du 10 au 17 juillet 2004, Philippe Bonnefis et Dolorès Lyotard (dirs.), Paris: Galilée, 2005, p. 171.

[3] Ibid.

société et a déchiré «la carte de visite des humains en ce monde»[1]. Dans la vie, «ce vivre-écrire»[2] ne fait que lire et écrire, deux activités de se taire sans s'exempter du langage. Quignard lit et relit les anciens. Il déploie dans ses œuvres un geste régressif et nostalgique. L'auteur est apprécié par sa «reprise en charge de toute l'histoire littéraire, celle de la langue et celle de l'écriture, celle de la lecture. Celle de l'Occident chrétien et celles des autres continents, des autres civilisations»[3]. Il rejoint l'obsession contemporaine de «la Mémoire» et son écriture est avant tout une introspection. Dans ses romans, Quignard a visité les époques lointaines, les héros délaissés par l'Histoire et le monde hallucinatoire afin de pouvoir créer ou réécrire une autre histoire plus individuelle, plus individualisée.

Le souci du langage est depuis toujours au cœur de l'œuvre de Quignard. L'auteur prend l'exact contre-pied des discours souvent pleins de déférence à l'égard du «génie»[4] du langage. Le langage ne nous restitue jamais suffisamment au réel, au simple éclat de lumière, aux simples satisfactions des désirs. Quignard s'est intéressé d'abord à mettre en lumière la nature du langage. Pour lui, le langage n'est pas inné mais acquis et son utilité est absente. Puis, il a considéré l'acquisition du langage comme une perte, une perte acquise ou une acquisition perdue. Enfin, Quignard a indiqué que comme le langage était un pur acquis, il était défaillant. La défaillance du langage signifie que le langage peut quitter à tout moment l'homme. De la défaillance du langage, Quignard a conclu que le langage n'était pas tout et qu'il ne tenait pas exactement. Il y a tout le temps de l'a-parlance. Pour accéder à cette a-parlance qui le hante sans cesse, Quignard a recours au parler mutique grâce auquel il a pu échapper au sens commun et introduire à la fois un suspens, un silence dans l'efflorescence du sens. Le parler mutique ou le silence permettrait ainsi à son écriture vers la déprogrammation de la littérature qui était fondé sur la défaillance du langage.

La déprogrammation de la littérature fait appel à un peu de lumière neuve

---

❶ Pascal Quignard, «Qu'est-ce qu'un littéraire?», dans Fabienne Durand-Bogaert et Yves Hersant (dir.), *Critique, Pascal Quignard*, t. LXIII, No. 721-722, juin-juillet 2007, Avec Pascal Quignard, «Qu'est-ce qu'un littéraire?», p. 421.

❷ Irène Fenoglio, «… ce vivre-écrire que je suis», *Genesis*, n° 27, 2006, p. 98.

❸ Pierre Lepape, «Le retour aux sources», *Le monde des livres*, le 13 janvier 1996, p. 5.

❹ Chantal Lapeyre-Desmaison, *Résonnances du réel – De Balzac à Pascal Quignard*, Paris: L'Hermattan, 2015, p. 131.

qui tombe de nouveau, sur les «sordidissimes» du monde, et au défaut du genre. Elle signale l'absence de projet collectif et se caractérise par la libération des contraintes génériques et l'interrogation sur les origines. La déprogrammation nous fait penser à une esthétique de «l'indécidabilité»[1] pour reprendre l'expression de Bruno Blanckeman. Par le terme «indécidabilité», Blanckeman a voulu indiquer l'ambiguïté de l'écriture contemporaine dans laquelle l'art du bougé est manifeste. Pour les romanciers contemporains, Jean Echenoz, Pierre Michon, Gérard Macé ou Quignard,les positions formelles et sémantiques ne sont jamais fixes mais tout le temps en mouvement et vont jusqu'à la défaillance du genre, à l'état pur de la littérature.

Pour accéder à cet état pur, Quignard a achevé en totalité sa libération sociale et familiale pour chercher quelque chose d'autre que les signes «volants, invisibles, dans le monde linguistique commun»[2]. Son écriture s'est peu à peu séparée de la violence, du pouvoir, des lois que véhicule le langage. Elle demeure «hors de la *polis*»[3] et s'arrête en silence.

---

❶ Dans *Les récits indécidables: Jean Echenoz, Hervé Guibert, Pascal Quignard*, Bruno Blanckeman a indiqué que les trois romanciers contemporains sont solidaires d'une esthétique de l'indécidabilité, où les positions formelles et sémantiques sont en mouvement. Par leurs écritures, ils envisagent de mettre à l'épreuve le romanesque et d'affirmer l'ambiguïté de l'écriture moderne.

❷ Pascal Quignard, «Le mot littérature est sans origine», dans Doumet, Christian, Ogawa, Midori, (dir.), *Pascal Quignard. La littérature à son Orient*, Actes du colloque de Tokyo, 16-17 novembre 2013, Paris: Presses universitaires de Vincennes, 2015, p.19.

❸ Chantal Lapeyre-Desmaison, *Mémoires de l'origine, un essai sur Pascal Quignard*, [Paris: les Flohic, 2001] Paris: Galilée, 2006, p. 41.

Conclusion générale

«Dieu merci on peut se taire.
On peut serrer les poings.
On peut enfouir son visage dans l'ombre.
On peut enfouir sa vie dans l'ombre.» (LZ, p. 308)

Dans la littérature contemporaine, Pascal Quignard aura sa place et ce, grâce à la diversité de ses problématiques comme à la mise en pratique de nouvelles formes énonciatives. Pour Bruno Blanckeman, «le parti-pris esthétique essentiel»[1] de l'œuvre quignardienne, est représenté par «la proscription des unités de genre, de structure, de raisonnement, de ton»[2]. De plus, Quignard fait partie des écrivains de la deuxième moitié du XXe siècle qui poursuivent, interrogent et sondent *l'innommable* comme lieu d'une éventuelle rencontre avec le silence. *L'innommable*, ou par extension, *l'incommunicable*, constitue le propre d'une quête littéraire. Sans doute c'est dans le sillage de cette idée, que la revue littéraire *Études françaises* a consacré un numéro spécial sur Pascal Quignard, qui s'intitule *Pascal Quignard, ou le noyau incommunicable*[3].

Pour Quignard, l'innommable ou l'incommunicable est propice à l'accès à «des rives inexplorées»[4]. Ces rives inexplorées interrogent la relation entre le silence

---

❶ Bruno Blanckeman, *Les récits indécidables: Jean Echenoz, Hervé Guibert, Pascal Quignard*, Paris: PUS, 2000, p. 195.

❷ Ibid.

❸ Jean-Louis Pautrot et Christian Allègre (dirs.), *Études françaises, Pascal Quignard, ou le noyau incommunicable*, Montréal: Presses de l'Université de Montréal, Vol. 40, N° 2, 2004.

❹ Aline Mura-Brunel, *Silence du roman, Balzac et le romanesque contemporain*, Amsterdam / New York: Rodopi, 2004, p. 201.

et son monde, entre le silence et le monde. Quignard a la certitude que l'homme garde pour toujours l'empreinte de quelque chose de perdu et que cette nostalgie est la source de l'art. Il a recours à l'écriture qui est capable de mobiliser avant tout «l'investigation[...] d'un vestige infini» (ABI, p. 118), et d'éclairer la source. Par le biais de sa création littéraire, Quignard vise à retourner à «un monde antérieur au langage oral», à «une sensorialité immédiate [...] du monde utérin», à «une vraie communication»[1], soit un retour à l'origine ou au jadis qui joue le rôle d'une activité sans cesse active.

Dans son ouvrage critique, Irena Kristeva a signalé: «On a noté [...] l'importance que Pascal Quignard assigne au silence qu'il élève au rang d'une véritable figure.»[2] Pour elle, cette véritable figure «possède une aptitude de mise en rapport avec le langage, les arts, les affects et les désirs»[3]. La réflexion de Kriste va nous est particulièrement intéressante puisqu'elle est associée aux trois mouvements de notre étude: vie (affects et désirs), musique (art) et écriture (travail du langage). En premier lieu, Quignard, personnellement, comme tout être humain au début de la vie, était un enfant, un *infans*, un non-parlant. Et dans la vie, ce qui le distingue d'autres personnes, c'est qu'il a éprouvé physiquement le mutisme et a pris la décision définitive de vivre à la marge d'un monde bruyant et bavard. En second lieu, Quignard était musicien et continue à faire de la musique. Pour lui, la vraie musique ne se trouve pas dans les notes. Elle est non sémantique et toujours infantile. En dernier lieu, chez l'auteur, un de ses principes de l'écriture réside dans la taciturnité et la voix est retraite dans un désir de se taire. Les paroles touchent ainsi au silence.

Quignard a mis concrètement tous ses vécus et ses réflexions sur la relation de la vie, de la musique, de l'écriture avec le silence dans ses romans. Si l'homme vient du silence, le silence est indubitablement l'origine de vie. Les personnages quignardiens aspiraient à vivre une vie secrète vis-à-vis d'un monde de plus en plus parlant, de plus en plus bruyant. Ils refusent toute identité sociale et familiale, vivent dans une solitude essentielle et choisissent des amours interdits. Les personnages ont

[1] Nadine Sautel, «Pascal Quignard, la nostalgie du perdu», *Le magazine littéraire*, n° 412, septembre 2002, p. 98.

[2] Irena Kristeva, *Pascal Quignard. La Fascination du fragmentaire*, Paris: L'Harmattan, 2008, p. 272.

[3] Ibid.

pu finalement refonder ou rétablir une vie silencieuse dans la nature. Pour eux, dont la plupart sont des musiciens, l'origine de la musique réside aussi dans le silence. La musique est l'inaudible, l'indicible et l'invisible. Elle parle ce dont la parole ne peut pas parler ou elle parle le silence. La musique n'est liée ni à l'instrument, ni à la technique, mais au sentiment. Elle est au fond un petit morceau du cœur. À la musique pleine de notes, les personnages opposent la musique de silence. Par le biais de la musique de silence, ils accomplissent le désenchantement de la musique par deux voies différentes: la composition d'une musique de plus en plus simple, de plus en plus douloureuse, ou l'écriture qui s'approche davantage du silence. La deuxième voie est le choix de carrière de Quignard lui-même. Le fait que l'écriture constitue la manière plus proche du silence est dû à deux aspects. D'un côté, pour écrire, il faut accepter de vivre dans «l'angle mort du social [...] *in angulo cum libro*» (VS, pp. 219-220). De l'autre côté, le silence se dit le langage écrit. L'écriture est la seule façon de parler en se taisant. Elle met fin à la voix et impose le silence. Ou de manière plus radicale, toute œuvre écrite est un silence qui parle, le «*silentium loquens*» (PTI, p. 32). L'écriture est la mise au silence du langage.

En tant qu'écrivain, celui qui fait le travail du langage, Quignard ne cesse de réfléchir ou spéculer sur le langage. Depuis la fin du XIXe siècle, des moyens d'expression ont été mis en question et la finalité de la parole ne réside plus dans la signification. Si l'image n'est pas ce qu'elle montre, la parole n'est pas ce qu'elle dit. *Ceci n'est pas une pipe*[1] de Michel Foucault en fait une démonstration par excellence. À l'instar des auteurs, Mallarmé, Rimbaud ou des écrivains du Nouveau roman, qui n'avaient plus cru à la vertu des mots ou qui avaient vu dans la langue un obstacle à l'expression, à la signification, Quignard a avancé ses réflexions sur la langue et le langage. N'étant pas inné, le langage est un pur acquis. Et l'absence de son utilité aboutit à la perte de sa relation au monde et au sens.

Le silence quignardien est, pour reprendre l'expression de Chantal Lapeyre-Desmaison, celui «qui précède les langues»[2] et «qui est et 'n'est pas'»[3]. Il s'agit

[1] Michel Foucault, *Ceci n'est pas une pipe*, Paris: Fata Morgana, 1977.

[2] Chantal Lapeyre-Desmaison, *Mémoires de l'origine, un essai sur Pascal Quignard*, [Paris: les Flohic, 2001] Paris: Galilée, 2006, p. 49.

[3] Ibid.

d'un moyen d'expression sans paroles mais plus expressif, plus subtil que les paroles. L'écriture de Quignard garde en elle le silence originel. Elle s'enfonce dans le silence tout en restant dans le langage. Et écrire, pour Quignard, c'est chercher à rendre compte de ce qui est inexprimable du langage, de ce qui est sur le bout de la langue, du silence. Et par le biais de son écriture, de son parler mutique, l'auteur envisage d'atteindre à la déprogrammation de la littérature. Dans ce sens, l'écriture est la mise au silence du langage ou l'envers de la parole.

La spéculation du langage de Quignard, notamment sa prédilection du silence manifestent son rejet ou son désaveu de certains aspects de la modernité à laquelle l'auteur de cesse de réfléchir. Ce qui constitue le «contemporain» lui est une constante préoccupation. En effet, dès ses premiers ouvrages, Quignard a déjà exprimé ses profonds doutes et mépris pour «l'esthétique de rupture», «le diktat du contemporain», «la religion planétaire du bonheur et du négoce»[1] et notamment pour la faillite de l'humanisme. Pour Quignard, l'humanité dans la société moderne n'a jamais été humaine. Son «désensauvagement» (LEZ, p. 151) est plus «féroce» (TMM, p. 87) que la vie primitive. Et la culture est «un surensauvagement» (LEZ, p. 151). L'emploi de «féroce» et de «sauvage» signale la position négative de l'auteur envers la modernité qui lui est trop éloquente, trop bruyante. Le silence devient peu à peu son arme contre tous les bruits du monde moderne.

Le silence quignardien évoque l'idée d'ouverture et d'infini. Il réside effectivement dans la non-présence, l'indicible, l'irreprésentable, l'inaudible ou quelque chose de négatif, quelque chose dans ce qui est à l'inverse du clair, du certain, du défini. Ayant renoncé au sens certain, au lisible facile, à la linéarité et au logos, le silence, cette implication totale, est capable de dire ce qui ne peut pas être dit frontalement, par des mots explicites, par des mots sans silence.

Quignard a inventé une expression «lire-vivre-écrire-désirer-aimer»[2]. Il a expliqué que l'ensemble de ces cinq verbes était au fond de lui et consistait à entrer dans l'angle où «plus personne ne peut vous voir», où «l'identité se perd», et «où

[1] Jean-Louis Pautrot, *Pascal Quignard ou le fonds du monde*, Amsterdam-New York: Rodolpo, 2007, p. 184.

[2] Pascal Quignard, «Lettre à Dominique Rabaté», *Europe, Pascal Quignard*, No. 976-977, août-septembre 2010, p. 9.

la nudité et la liberté commencent»[1]. Quignard préfère le désengagement de la vie publique et choisit la solitude. Le désengagement, la solitude, le silence de vie secrète, de musique naturelle, de lecture et écriture de silence, d'amour, pour lui, tout cela dénoue tout lien et assure la naissance de la liberté. C'est la liberté d'une pensée qui sort des sentiers battus et qui invente «son rythme et sa phrase, son vocabulaire et ses projets»[2] ou la liberté libre, pour reprendre l'expression de Rimbaud. Cette liberté originaire réacquise par le silence, pour Quignard, joue le rôle de l'arme à confronter la valeur ou le *logos* fondé non sur l'humanisme mais sur le marché. L'homme, l'art et la littérature pourront s'exclure du circuit de consommation et de reproduction, subsister en tant qu'ombres et se retirer dans une zone «invisible et mouvante»[3].

Si le silence est «l'aboutissement suprême du langage et de la conscience»[4], il est plus vaste que la mort, et «tout ce que l'on dit ou écrit, tout ce que l'on sait, c'est pour cela, pour cela vraiment: le silence»[5]. En 1997, dans la vie de Quignard, s'est produit un événement dramatique. L'auteur a été hospitalisé d'urgence pour un problème vasculaire. Cette expérience traumatisante lui a fait accepter que toute parole risquerait d'être la dernière. À partir de ce muet effroi de mourir, Quignard a pris une autre importante décision d'inventer dans ses futures œuvres une nouvelle forme de silence où l'hallucination, le vrai, le faux, sont confondus, où tous les genres sont tombés. Cette nouvelle forme a été héritée des *Tablettes de buis d'Apronenia Avitia* et d'autres ouvrages. Grâce à elle, Quignard a pu voir sa re-naissance, payer sa dette toute littéraire, orienter la littérature contemporaine et chercher une autre façon d'être.

---

[1] Pascal Quignard, «Lettre à Dominique Rabaté», *Europe, Pascal Quignard*, No. 976-977, août-septembre 2010, p. 9.

[2] Dominique Rabaté, *Pascal Quignard. Etude de l'œuvre*,Paris: Bordas, 2008, p. 159.

[3] Yue ZHUO, «Le roman, lieu sans terre», dans Fabienne Durand-Bogaert et Yves Hersant (dir.), *Critique, Pascal Quignard*, t. LXIII, No. 721-722, juin-juillet 2007, Avec Pascal Quignard, «Qu'est-ce qu'un littéraire?», p. 525.

[4] J.M.G. Le Clézio, «Le silence», *La Nouvelle Revue Française*, N° 171, le 1er mars 1967, pp. 385-418, cité par Pierre Brunel, «Ritournelle du silence», dans Michèle Finck et Yves-Michel Ergal (dir.), *Écriture et silence au XXe siècle* [en ligne], Strasbourg: PUS, 2010 (généré le 06 avril 2020), p. 13.

[5] Ibid.

Quignard fait partie des plus «modestes» et des plus «orgueilleux»[1] des écrivains contemporains. Dans son écriture, l'auteur donne toujours l'image d'une audace déconcertante et orgueilleuse. En même temps, il redécouvre une humilité ou une modestie qui s'était absentée dans la littérature contemporaine. De cette manière, les deux adjectifs qualificatifs «modestes» et «orgueilleux» ne sont pas opposés, au contraire, ils représentent au moins une partie de l'écriture en mouvance de l'auteur. L'écriture de Quignard témoigne un refus à l'immobilité, à l'enfermement et reste toujours en expansion. Comme Duras ou Blanchot, Quignard est un grand écrivain parce qu'il «ressasse»[2]. Ressasser, chez l'auteur, est aussi la quête des origines (de vie, de musique, d'écriture), la défaillance du langage, la mélancolie du perdu, et le retour à l'origine. Comme il a déclaré dans son ouvrage: «Je ne cesserai d'aller de page en page jusqu'à ce que je trouve ceux que j'ai perdus». (LEZ, p. 259).Et son œuvre s'attache, comme toute grande œuvre littéraire, à repenser la littérature, à repenser la pensée humaine. A ce faire, Quignard exhume des figures oubliées et délaissées par l'Histoire, rejette l'aliénation linguistique et sociale, et quête l'indicible, l'inaudible, l'infigurable par le biais de la création littéraire. Son écriture est habitée du désir de rompre avec la vanité du monde social. Quignard nous engage ainsi dans une aventure de pensée, dans une approche exigeante de l'impossible, dans un silence, ou un non-dit plus expressif que les paroles, que le dit.

Quignard ne cesse d'écrire à un rythme soutenu[3] et son dernier livre[4] a été publié en septembre 2020. On dirait que ce livre marquera le point final de la création en littérature de Quignard. Dès lors, l'auteur se retirera probablement au silence littéraire et portera son chant silencieux ailleurs. À noter que Quignard a souvent reçu des sollicitations pour écrire des textes pour d'autres moyens d'expression, pour des arts plastiques, audiovisuels et chorographiques. Son œuvre a dépassé peu à peu le cadre de la littérature et s'est inscrit dans la culture contemporaine.

---

❶ Catherine Argand, «Pascal Quignard, Goncourt 2002», *Lire*, septembre 2002, p. 97.

❷ Laurent Nunez, «Un auteur autoritaire?», dans Fabienne Durand-Bogaert et Yves Hersant (dir.), *Critique, Pascal Quignard*, t. LXIII, No. 721-722, juin-juillet 2007, Avec Pascal Quignard, «Qu'est-ce qu'un littéraire?», p. 432.

❸ Jusqu'au 31 décembre 2020, Quignard a publié au total 84 ouvrages et 184 articles.

❹ Il s'agit de *L'homme aux trois lettres*. (Pascal Quignard, *L'homme aux trois lettres*,[*Dernier Royaume, Tome XI*], Paris: Grasset, 2020.)

Dans *Les escaliers de Chambord*, Quignard a fait dire la petite Adriana qui a supplié son grand ami Edouard Furfooz de ne pas chanter, de ne pas parler, de se taire, parce qu'il faisait tellement «plus clair quand on ne parle pas» (EC, p. 348). À l'instar d'Adriana, l'auteur a fait vœu de silence et croyait au fond de lui au tout-pouvoir du silence. Il a affirmé qu'il commençait un silence qu'il ne finirait pas. Le silence sera sa «force» (VDS, p. 16) et en même temps il le «protégera» (VDS, p. 16). À la force et à la protection du silence, Quignard a pu accomplir au moins une grande part son but qui réside dans la création d'un objet littéraire vide, d'un silence:

> «Ma vie, eût-elle dépendu du bonheur et de la reconnaissance, eût été privée des seules valeurs que je lui prêtais: l'imprévisibilité des jours, la violence de l'âme, les désirs qui se tiennent à l'écart du monde, le bondissement du langage silencieux, l'indépendance farouche, région plus jalouse, plus susceptible et plus inaccessible encore que la liberté.» (RS, p. 198)

Bibliographie

[1] 波德里亚．消费社会 [M]．刘成富，全志钢，译．南京：南京大学出版社，2001.

[2] 成伯清．走出现代性——当代西方社会学理论的重新定向 [M]．北京：社会科学文献出版社，2006.

[3] 冯寿农．法国文学批评史 [M]．上海：上海教育出版社，2019.

[4] 葛金玲．在历史碎片中寻找战栗的思想——论帕斯卡・基尼亚尔《游荡的影子》中的碎片化叙事 [J]．西安外国语大学学报，2013,4:109-111.

[5] 贡巴尼翁．现代性的五个悖论 [M]．许钧，译．北京：商务印书馆，2013.

[6] 基尼亚尔．游荡的影子 [M]．张新木，译．南京：译林出版社，2007.

[7] 基尼亚尔．阿玛利亚别墅 [M]．曹德明，译．上海：上海文艺出版社，2010.

[8] 基尼亚尔．符腾堡的沙龙 [M]．毕笑，译．上海：上海文艺出版社，2010.

[9] 基尼亚尔．秘密生活 [M]．王海洲，译．上海：上海文艺出版社，2014.

[10] 基尼亚尔．音乐课 [M]．王明睿，译．郑州：河南大学出版社，2018.

[11] 基尼亚尔．罗马阳台 [M]．余中先，译．桂林：广西师范大学出版社，2019.

[12] 基尼亚尔．世间的每一个清晨 [M]．余中先，译．桂林：广西师范大学出版社，2019.

[13] 卡林内斯库．现代性的五副面孔：现代主义、先锋派、颓废、媚俗艺术、后现代主义 [M]．顾爱彬，李瑞华，译．南京：译林出版社，2015.

[14] 雷蒙．叔本华 [M]．宋旸，刘成富，译．上海人民出版社，2009.

[15] 刘娟，王静．基尼亚尔：在音乐和语言之间寻找“原初” [J]．中国海洋大学学报（社会科学版），2018,6:116-121.

[16] 刘娟，王静．古典主义的“历史之镜”——简析基尼亚尔的 17 世纪书写 [J]．东吴学术，2020,5:89-93.

[17] 刘娟．“语言成为我的私敌”：论基尼亚尔的语言思辨法国研究 [J]．2020,

4:42-50.

[18] 吕氏春秋 [M]. 陆玖，译，注. 北京：中华书局，2011.

[19] 马尔库塞. 单向度的人——发达工业社会意识形态研究 [M]. 刘继，译. 上海：上海译文出版社，2005.

[20] 尼采. 悲剧的诞生 [M]. 刘崎，译. 北京：作家出版社，1986.

[21] 斯坦纳. 语言与沉默：论语言、文学与非人道 [M]. 李小均，译. 上海：上海人民出版社，2013.

[22] 叔本华. 作为意志和表象的世界 [M]. 石冲白，译. 北京：商务印书馆，2013.

[23] 叔本华. 叔本华思想随笔 [M]. 韦启昌，译. 上海：上海人民出版社，2008.

[24] 塞尔登. 文学批评理论——从柏拉图到现在 [M]. 刘象愚，陈永国，等，译. 北京：北京大学出版，2003.

[25] 塔迪埃. 20 世纪的文学批评 [M]. 史忠义，译. 天津：百花文艺出版社，1998.

[26] 王明睿. 浅析帕斯卡·基尼亚尔的历史书写 [J]. 外语学刊，2017，1：121-126.

[27] 王明睿. 浅析名、道思想对帕斯卡·基尼亚尔的影响 [J]. 南京师范大学文学院学报，2017,4:133-137.

[28] 王明睿. 音乐之恨——帕斯卡·基尼亚尔作品中的音乐主题研究 [J]. 南京师范大学学报（社会科学版），2018,1:126-132.

[29] 王明睿. 论基尼亚尔作品中塞壬的母亲形象 [J]. 当代外国文学，2019,4:68-74.

[30] 魏柯玲. 帕斯卡·基尼亚尔：异域的文人 [J]. 上海文化，2015,1:98-101.

[31] 韦勒克，沃伦. 文学理论 [M]. 刘象愚，等，译. 南京：江苏教育出版社，2010.

[32] 荀子. 荀子 [M]. 方勇，李波，译著. 北京：中华书局，2010.

[33] ADORNO TW. Introduction à la sociologie de la musique. Douze conférences théoriques [M]. Paris: Contrechamps Éditions, 1994.

[34] AFANASSIEV V. Le silence des sphères : essais sur la musique [M]. Paris: José Corti, 2009.

[35] AGAMBEN G. Enfance et histoire. Destruction de l'expérience et origine de l'histoire [M]. Paris: Payot, 2002.

[36] AGAMBEN G. Qu'est-ce que le contemporain ? [M]. Paris: Rivages poche,

2008.
[37] ALVARES C. Le pensif et l’écriture littéraire : Perceval chez Pascal Quignard [OL]. http://www2.ilch.uminho.pt/sdef/ariane%2003.doc, p. 6, dernière consultation novembre 2010.
[38] ANGOULVENT A-L. L’esprit baroque [M]. Paris: PUF, 1994.
[39] ARGAND C. Pascal Quignard[J]. Lire, février 1998, pp. 85-91.
[40] ARGAND C. Pascal Quignard, Goncourt 2002 [J]. Lire, septembre 2002, pp. 96-105.
[41] ARISTOTE. Poétique [M]. Paris: Les Belles Lettres, 1932.
[42] AUGUSTIN S. Confessions [M]. Paris: Gallimard, 1993.
[43] AUSTER P. L’invention de la solitude [M]. Paris: Babel, 1992.
[44] BACHELARD G. L’eau et les rêves [M]. Paris: José Corti, 1991.
[45] BACHELARD G. La poétique de la rêverie [M]. Paris: PUF, Paris, 2011.
[46] BACKES J-L. Musique et littérature [M]. Paris: PUF, 1994.
[47] BAKHTINE M. Esthétique et théorie du roman [M]. Paris: Gallimard, 1978.
[48] BARTHES R. Le degré zéro de l’écriture, suivi de Nouveaux essais critiques[M]. Paris: Seuil, 1972.
[49] BARTHES R. Fragments d’un discours amoureux [M]. Paris: Seuil, 1977.
[50] BARTHES R et M Nadeau. Sur la littérature [M]. Grenoble: PUG, 1980.
[51] BARTHES R. Le plaisir du texte [M]. Paris: Seuil, 1982.
[52] BARTHES R. L’obvie et l’obtus, Essais critiques III [M]. Paris: Seuil, 1982.
[53] BARTHES R. Le bruissement de la langue, Essais critiques IV [M]. Paris: Seuil, 1984.
[54] BARTHES R. Leçon [M]. Paris: Seuil, 1989.
[55] BARTHES R. L’empire des signes, Œuvres complètes, tome II [M]. Paris: Seuil, 1994.
[56] BARTHES R. Roland Barthes par Roland Barthes, Œuvres complètes, tome III, 1974-1980 [M]. Paris: Seuil, 1995.
[57] BARTHES R. Critique et vérité [M]. Paris: Seuil, 1999.
[58] BEGUIN A. L’âme romantique et le rêve [M]. Genève: Slatkine, 2000.
[59] BENJAMIN W. Œuvres I, II et III [M]. Paris: Gallimard, 2000.
[60] BERGSON H. La pensée et le mouvement [M]. Paris: PUF, 1990.

[61] BERGSON H. Matière et mémoire: Essai sur la relation du corps à l'esprit [M]. Paris: PUF, 1999.
[62] BLANCHOT M. L'instant de ma mort [M]. Paris: Fata Morgana, 1994.
[63] BLANCHOT M. Thomas l'obscur [M]. Paris : Gallimard, 1950.
[64] BLANCHOT M. L'espace littéraire [M]. Paris: Gallimard, 1955.
[65] BLANCHOT M. Le livre à venir [M]. Paris: Gallimard, 1959.
[66] BLANCHOT M. Louis-René des Forêts et le thème du miroir [J]. Tel Quel, n°7, Paris: Seuil, 1961.
[67] BLANCHOT M. L'entretien infini [M]. Paris: Gallimard, 1969.
[68] BLANCHOT M. L'amitié [M]. Paris: Gallimard, 1971.
[69] BLANCHOT M. La folie du jour [M]. Paris: Gallimard, 2002.
[70] BLANCHOT M. L'écriture du désastre [M]. Paris: Gallimard, 1980.
[71] BLANCHOT M. Une voix venue d'ailleurs [M]. Paris: Gallimard, 2002.
[72] BLANCKEMAN B. Les récits indécidables : Jean Echenoz, Hervé Guibert, Pascal Quignard [M]. Paris: PUS, 2000.
[73] BLANCKEMAN B. Pascal Quignard. Une écriture de l'autodiversion, in Écritures de soi : secrets et réticences [M]. Paris: L'Harmattan, 2002, pp. 89-99.
[74] BLANCKEMAN B. Une écriture intraitable [J]. Études françaises. Vol. 40, n°2, 2004, pp. 13-24.
[75] BLANCKEMAN B. J'obéis les yeux fermés à ma propre nuit, in Pascal Quignard, Figures d'un lettré [M]. Paris: Galilée, 2005, pp. 87-97.
[76] BOULARD S. Écrire après Lascaux : Pascal Quignard romancier, in Écrivains de la préhistoire [M]. Mirail: PUM, 2004, pp. 115-126.
[77] BONNEFIS P et D Lyotard. Pascal Quignard, Figures d'un lettré [M]. Paris: Galilée, 2005.
[78] BONNEFIS P. Pascal Quignard, son nom seul [M]. Paris: Galilée, 2001.
[79] BONNEFIS P. Une colère d'orgues. Pascal Quignard et la musique [M]. Paris: Galilée, 2013.
[80] BONNEFIS P. Logique de l'objet. Flaubert, Baudelaire, Malraux, Cendrars, Ponge, Simon, Quignard, Adami [M]. Paris: PUS, 2016.
[81] BOUÉ R. L'éloquence du silence. Celan, Sarraute, Duras et Quignard [M]. Paris: L'Harmattan, 2009.

[82] BOULARD S. Les oiseaux de Pascal Quignard. Écrire, danser, mourir – rêver d'ombre et d'oubli, in Translations et Métamorphoses [M]. Paris: Hermann, 2015, pp. 239-250.

[83] BRULOTTE G. Les mondes opposés de Pascal Quignard [J]. Oui ou non, Volume 37, numéro 3 (219), juin 1995, pp. 143-150.

[84] BRUNEL P. Où va la littérature française aujourd'hui ? [M]. Paris: Vuibert, 2002.

[85] CALLE-GRUBER M, G. Declercq et S Spriet. Pascal Quignard ou la littérature démembrée par les muses [M]. Paris: PSN, 2011.

[86] CALLE-GRUBER M, J. Dugenève et I Fenoglio. Translations et Métamorphoses [M]. Paris: Hermann, 2015.

[87] CALLE-GRUBER M. Pascal Quignard ou Les leçons de ténèbres de la littérature [M]. Paris: Galilée, 2018.

[88] CALLE-GRUBER M. Passages des genres. Stases et extases dans les récits de Pascal Quignard, in Pascal Quignard. Littérature hors frontières [M]. Paris: Hermann, 2014, pp. 91-107.

[89] CALLE-GRUBER M. Au commencement la ruine du commencement, in Les Lieux de Pascal Quignard [M]. Paris: Gallimard, 2014, pp. 69-84.

[90] CALLE-GRUBER M. Écrire avec les mots des morts. Ne rien assagir. Les sagesses de Pascal Quignard, in La littérature à son Orient [M]. Paris: PUV, 2015, pp. 99-116.

[91] CALLE-GRUBER M. Ce que vous a apporté Claude Simon. Traces d'un entretien avec Mireille Calle-Gruber (Sorbonne, le 26 mars 2008), in Les Triptyques de Claude Simon ou l'art du montage [M]. Paris: PSN, 2008, pp. 207-211.

[92] CALLE-GRUBER M et A Frantz. Dictionnaire sauvage, Pascal Quignard [M]. Paris: Hermann, 2016.

[93] CAPRARA G N. Le silence dans le livre La Leçon de musique de Pascal Quignard [J]. non plus, n°4, pp.43-53.

[94] CHARDIN P. Les graveurs ont l'humour noir [J]. Pascal Quignard, Critique, n° 721-722, juin-juillet 2007, pp. 497-507.

[95] CHESTIER A. La littérature du silence, Essai sur Mallarmé, Camus et Beckett

[M]. Paris: L'Harmattan, 2003.

[96] CHOMSKY N. Réflexion sur le langage [M]. Paris: François Maspero, 1977.

[97] COHEN-LEVINAS D. Les icônes de l'écoute. D'après une lecture de Platon et de Hegel, in Musique et philosophie [M]. Paris: L'Harmattan, 2005, pp. 101-121.

[98] COMINA M. Louis-René des Forêts. L'impossible silence [M]. Paris: Champ Vallon, 1998.

[99] COMPAGNON A. La littérature, pour quoi faire ? Leçons inaugurales du Collège de France [M]. Paris: Collège de France / Fayard, 2007.

[100] COMPAGNON A. La seconde main ou le travail de la citation [M]. Paris: Seuil, 1979.

[101] COMPAGNON A. Le démon de la théorie. Littérature et sens commun [M]. Paris: Seuil, 1998.

[102] CORBIN A. Histoire du silence [M]. Paris: Albin Michel, 2016.

[103] COSTE C. Les malheurs d'Orphée. Littérature et musique au XXe siècle [M]. Paris: L'improviste, 2003.

[104] COSTE M. Pascal Quignard. Entre le refus du langage et l'impossibilité de se taire, le silence musical, in VOX & SILENTIUM Études de linguistique et littérature romanes [M]. Bern: Peter Lang, 2015, pp. 101-111.

[105] COUSIN DE RAVEL A. La Lecture, l'étrange visage de l'amour dans l'œuvre de Pascal Quignard [D]. Paris 7 : 2007.

[106] COUSIN DE RAVEL A. Quignard, maître de lecture. Lire, vivre, écrire [M]. Paris: Hermann, 2012.

[107] COUSIN DE RAVEL A, C. Lapeyre-Desmaison et D Rabaté. Les Lieux de Pascal Quignard [M]. Paris: Gallimard, 2014.

[108] COUSIN DE RAVEL A. Pascal Quignard, Vies, Œuvres [M]. Paris: L'Harmattan, 2018.

[109] COUSIN DE RAVEL A. Imaginaires de guerre. Claude Simon et Pascal Quignard [OL]. Carnets [En ligne], Deuxième série - 5 | 2015, mis en ligne le 30 novembre 2015, URL : http://journals.openedition.org/carnets/455.

[110] DAGEN P. La haine de l'art [M]. Paris: Grasset, 1997.

[111] DECLERCQ G. Tous les matins du monde sont sans retour. L'image du Grand

Siècle dans l’œuvre de Pascal Quignard [J]. Littératures classiques, n°76, 2011, pp. 197-212.

[112] DEGENÈVE J et S Santi. Poétique (s) du fragment chez Pascal Quignard, in Pascal Quignard ou la littérature démembrée par les muses [M]. Paris: PUS, 2011, pp. 223-239.

[113] DEGUY M. L’écriture sidérante, in La raison poétique [M]. Paris: Galilée, 2000, pp. 186-207.

[114] DELIÈGE I, O. Ladinig et O Vitouch. Musique et évolution : Les origines et l’évolution de la musique [M]. Bruxelles: Pierre Mardaga Editeur, 2013.

[115] DES FORÊTS L-R. La chambre des enfants [M]. Paris: Gallimard, 2005.

[116] DES FORÊTS L-R. Le bavard [M]. Paris: Gallimard, 2004.

[117] DOUMET C et M Ogawa. Pascal Quignard. La littérature à son Orient [M]. Paris: Presses universitaires de Vincennes, 2015.

[118] DUBUIS M. La Poétique du fragment dans l’œuvre de Pascal Quignard [D]. Amiens : 2007.

[119] DUBUIS M. Pascal Quignard et la mécanique du retour [M]. Paris: L’Harmattan, 2010.

[120] DURAS M. Écrire [M]. Paris: Gallimard, 1995.

[121] DURAND G. Les structures anthropologiques de l’imaginaire [M]. Paris: Dunod, 1992.

[122] ECO U. L’œuvre ouverte [M]. Paris: Seuil, 1979.

[123] ERGAL Y-M et M Finck. Avant-propos, in Écriture et silence au XXe siècle [OB]. Strasbourg : PUS, 2010 (généré le 06 avril 2020).

[124] ESCAL F. Contrepoints. Musique et littérature [M]. Paris: Méridiens Klincksieck, 1990.

[125] EYRIES A. Pascal Quignard : la voix du silence [OL]. Loxias 14, mis en ligne le 13 septembre 2006. http://revel.unice.fr/loxias/index.html?id=1220.

[126] FAURE G. Lettres intimes [M]. Paris: La Colombe, 1951.

[127] FENOGLIO I. Quignard, Pascal, Sur le désir de se jeter à l’eau [M]. Paris: PSN, 2011.

[128] FENOGLIO I et V Galindez-Jorge. Pascal Quignard. Littérature hors frontière [M]. Paris: Hermann, 2014.

[129] FENOGLIO I. ... ce vivre-écrire que je suis [J]. Genesis, n° 27, 2006, pp.97-104.

[130] FISETTE J. Faire parler la musique [J]. Protée, 25-2, automne, 1997, pp. 85-97.

[131] FOREST P. Le Japon, dernier royaume de Pascal Quignard, in Pascal Quignard. Figures d'un lettré[M]. Paris: Galilée, 2005, pp. 173-183.

[132] FOREST P. Le Roman, le Je [M]. Nantes: Pleins Feux, 2001.

[133] FOUCAULT M. Ceci n'est pas une pipe [M]. Paris: Fata Morgana, 1977.

[134] FOUCAULT M. Surveiller et punir. Naissance de la prison [M]. Paris: Gallimard, 1993.

[135] FREUD S. Deuil et mélancolie, in Œuvres complètes, volume VIII [M]. Paris, PUF, 1988, pp. 261-278.

[136] FREUD S. Un souvenir d'enfance de Léonard de Vinci [M]. Paris: Folio, 1991.

[137] FRIEDRICH H. Structure de la poésie moderne [M]. Paris: Le Livre de poche, 1999.

[138] GAUCHET M, P Nora et P Quignard. La déprogrammation de la littérature[J]. Le Débat, n°64, avril 1989, p. 77-88.

[139] GENETTE G. Nouveau discours du récit [M]. Paris: Seuil, 1983.

[140] GENETTE G. Seuils [M]. Paris: Seuil, 1987.

[141] GENETTI S. Fragments de vie, de corps, de langue: Littré et Pascal Quignard, littéraires [J]. Contemporary French and Francophone Studies, 18:3, pp. 234-241.

[142] GORRILLOT B. L'auteur Pascal Quignard [J]. Littérature, 2009/3 n° 155, pp. 68-81.

[143] HANSLICK E, COHEN G. The Beautiful in Music: A Contribution to The Revisal of Musical Aesthetics [M]. London : Andesite, 2015.

[144] HEIDEGGER M. Lettre sur l'humanisme [M]. Paris: Aubier-Montaigne, 1983.

[145] HYGIN. Fables [M]. Paris: Les belles lettres, 1997.

[146] JAMESON F. Le postmodernisme ou la logique culturelle du capitalisme tardif [M]. Paris: Beaux-arts de Paris, 2011.

[147] JANKELEVITCH V et B Berlowitz, Quelque part dans l'inachevé [M]. Paris: Gallimard, 1978.

[148] JANKELEVITCH V. La musique et l'ineffable [M]. Paris: Seuil, 1983.
[149] KAFKA F. La muraille de Chine [M]. Paris: Gallimard, 1975.
[150] KAFKA F. La métamorphose [M]. Paris: Folio, 2015.
[151] KUNDRA M. L'art du roman [M]. Paris: Folio, 2003.
[152] KUNDRA M. Les testaments trahis [M]. Paris: Folio, 2000.
[153] LACOUE-LABARTHE P et J-L Nancy. L'absolu littéraire : Théorie de la littérature du romantisme allemand [M]. Paris: Seuil, 1978.
[154] LACAN J. Écrits I [M]. Paris: Seuil, 1966.
[155] LAKS S et R Coudy. Musiques d'un autre monde [M]. Paris: Mercure de France, 1948.
[156] LAKS S. Mélodies d'Auschwitz [M]. Paris: Cerf, 1991.
[157] LAOTSEU. Tao Te King [M]. Paris: PUF, 2003.
[158] LECARME J. Origine et évolution de la notion d'autofiction, in Le roman français au tournant du XXIe siècle[M]. Paris: PSN, 2004, pp. 13-23.
[159] LEJEUNE P. Le pacte autobiographique [M]. Paris: Seuil, 1975.
[160] LE CLÉZIO J M G. L'extase matérielle [M]. Paris: Gallimard, 1967.
[161] LE CLÉZIO J M G. Sur Henri Michaux, Fragments [J]. Les Cahiers du Sud (el 58) 380, 1964.
[162] LAPEYRE-DESMAISON C. Mémoires de l'Origine, un essai sur Pascal Quignard [M]. Paris: Galilée, 2005.
[163] LAPEYRE-DESMAISON C. Résonances du réel, de Balzac à Pascal Quignard [M]. Paris: L'Harmattan, 2011.
[164] LAPEYRE-DESMAISON C. et P. Quignard. Pascal Quignard le solitaire, rencontre avec Chantal Lapeyre-Desmaison [M]. Paris: Galilée, 2005.
[165] LAPEYRE-DESMAISON C. Pascal Quignard : une poétique de l'agalma [J]. Études françaises, vol. 40, n°2, 2004, pp. 39-53.
[166] LAPEYRE-DESMAISON C. Genèses de l'écriture, in Pascal Quignard, Figures d'un lettré [M]. Paris: Galilée, 2006, pp. 327-339.
[167] LAPEYRE-DESMAISON C. Eloge de l'aube [J]. Pascal Quignard, Critique, n° 721-722, juin-juillet 2007, pp. 533-543.
[168] LAPEYRE-DESMAISON C. Les allégories paradoxales de Dernier Royaume, in L'art du peu [M]. Paris: L'Harmattan, 2008, pp. 295- 309.

[169] LAPEYRE-DESMAISON C. Pascal Quignard, un baroque contemporain, in Pascal Quignard. Littérature hors frontières [M]. Paris: Hermann, 2014, pp. 109-129.
[170] LAURENT M. Ultime nostalgie : à propos de Pascal Quignard [OL]. La Revue des ressources, mercredi 6 août 2003 : http://www.larevuedesressources.org/article.php3?id_article=912.
[171] LEPAPE P. Pascal Quignard au Havre, in Les Lieux de Pascal Quignard [M]. Paris: Gallimard, 2014, pp. 30-31.
[172] LEPAPE P. Le retour aux sources [J]. Le monde des livres, le 13 janvier 1996.
[173] LEVINAS E. Noms propres [M]. Paris: Livre de Poche, 1987.
[174] LEVI-STRAUSS C. Mythologiques IV: L'homme nu [M]. Paris: Plon, 1971.
[175] LI Yi-chan. Notes [M]. Paris: Le Promeneur, 1992.
[176] LYCOPHRON. Alexandra [M]. Paris: L'Harmattan, 2008.
[177] LYOTARD D. Pascal Quignard [J]. Revue des sciences humaines, n° 260, janvier, 2000.
[178] LYOTARD D. Prestiges de la jalousie : La Princesse de Clèves, Michel Leiris, Georges Bataille, Pierre Michon, Pascal Quignard [M]. Paris: PUS, 2013.
[179] LYOTARD D. Nuit fossile, in Pascal Quignard, Figures d'un lettré [M]. Paris: Galilée, 2005, pp. 259-290.
[180] LYOTARD J-F. La condition postmoderne [M]. Paris: Minuit, 1979.
[181] MARCHETTI A. Pascal Quignard : la mise au silence [M]. Seyssel: Champ Vallon, 2000.
[182] MARCUSE H. L'homme unidimensionnel [M]. Paris: Minuit, 1968.
[183] MARE T. Pascal Quignard et la liste des commissions, in Pascal Quignard. La littérature à son Orient [M]. Paris: PUV, 2015, pp. 147- 158.
[184] MAROT C. Œuvres satiriques [M]. Londres: The Athlone Press, 1962.
[185] MILLET R. Désenchantement de la littérature [M]. Paris: Gallimard, 2007.
[186] MILLOT C. L'origine du sujet, in Les Lieux de Pascal Quignard [M]. Paris: Gallimard, 2014, pp. 90-92.
[187] MONTANDON A. Les formes brèves [M]. Paris: Hachette, 1992.
[188] MOSCOVICI S. La société contre nature [M]. Paris: Seuil, 1994.
[189] MURA-BRUNEL A. Silence du roman, Balzac et le romanesque contemporain

[M]. Amsterdam / New York: Rodopi, 2004.
[190] NADAUD A. Le roman français contemporain, une crise exemplaire, in Le roman français contemporain [M]. Paris: A.D.P.F., 1993, pp. 83-96.
[191] NIETSCHE F. La naissance de la tragédie [M]. Paris: Gallimard, 1986.
[192] OGAWA M. La musique dans l'œuvre littéraire de Marguerite Duras [M]. Paris: l'Harmattan, 2002.
[193] OGAWA M. Voix, musique, altérité Duras, Quignard, Butor [M]. Paris: L'Harmattan, 2010.
[194] OGAWA M. Vie secrète. Dernier Royaume VIII, in Dictionnaire sauvage, Pascal Quignard [M]. Paris: Hermann, 2016, pp. 676-679.
[195] OUALLET Y. Le silence, l'écrit. Vie secrète, les silences de Pascal Quignard [OL]. Loxias 32, mis en ligne le 28 février 2011. URL : http://revel.unice.fr/loxias/index.html?id=6577
[196] OUALLET Y. À l'origine, le vide. Réfractions du Dernier Royaume, in Les Lieux de Pascal Quignard [M]. Paris: Gallimard, 2014, pp. 143-161.
[197] OVIDE. Les Métamorphoses [M]. Paris: Flammarion, 1966.
[198] PACCAUD-HUGUET J. Pascal Quignard et l'insistance de la lettre [OL]. Savoirs et clinique, vol. 6, n°1, 2005, pp. 133-139, URL : https://www.cairn.info/revue-savoirs-et-cliniques2005-1-page-133.htm, consulté le 06 février 2016
[199] PAUTROT J-L. De La leçon de musique à La haine de la musique: Pascal Quignard, le structuralisme et le postmoderne [J]. French Forum, sep 1, 1997 ; 22: 3, pp. 343-358.
[200] PAUTROT J-L. Dix questions à Pascal Quignard [J]. Études françaises, vol. 40, n° 2, 2004, pp.87-92.
[201] PAUTROT J-L. Pascal Quignard et la pensée mythique [J]. The French Review, vol. 76, no.4 (mar., 2003), pp. 752-764.
[202] PAUTROT J-L. La musique de Pascal Quignard [J]. Études françaises, vol. 40, n° 2, 2004, pp. 55-76.
[203] PAUTROT J-L. Transmettre ce qui fut oublié: Villa Amalia et l'expérience romanesque de Pascal Quignard [J]. Contemporary French and Francophone Studies, vol. 12, no. 3, Aug. 2008, pp. 375-383.

[204] PAUTROT J-L. La fragmentation romanesque chez Pascal Quignard [J]. Contemporary French and Francophone Studies, 2014, 18 : 3, pp. 251-257.

[205] PAUTROT J-L. Humain-animal : l'ultime frontière, in Pascal Quignard. Littérature hors frontières [M]. Paris: Hermann, 2014, pp. 21-41.

[206] PAUTROT J-L. Les havres de Pascal Quignard, in Les Lieux de Pascal Quignard [M]. Paris: Gallimard, 2014, pp. 35-50.

[207] PAUTROT J-L. 'Nolite Judicare' : Le sens de Jésus chez Pascal Quignard [J]. Contemporary French and Francophone Studies, 2018, 22 : 3, pp. 318-326.

[208] PAUTROT J-L. Pascal Quignard ou le fonds du monde [M]. Amsterdam-New York: Rodopi, 2007.

[209] PAUTROT J-L. Pascal Quignard [M]. Paris: Gallimard, 2013.

[210] PAUTROT J-L (dir.). Pascal Quignard ou le noyau incommunicable [J]., Études françaises, vol. 40, n°2, 2004.

[211] PEYLET G. Les mythologies du jardin de l'Antiquité à la fin du XIXe siècle [J]. Collection Eidôlon, Numéro 74. Paris: PUB, 2006.

[212] PICOT M-L. Un entretien [J]. Cahier Critique de Poésie, N°10, Marseille: Farrago, 2005, pp. 5-13.

[213] PLATON. Phèdre [M]. Paris: Flammarion, 1989.

[214] QUIGNARD P. Carus [M]. Paris: Gallimard, 1979.

[215] QUIGNARD P. Les tablettes de buis d'Apronenia Avitia [M]. Paris: Gallimard, 1984.

[216] QUIGNARD P. Le salon du Wurtemberg [M]. Paris: Gallimard, 1986.

[217] QUIGNARD P. Les escaliers de Chambord, Paris: Gallimard, 1989.

[218] QUIGNARD P. Tous les matins du monde [M]. Paris: Gallimard, 1991.

[219] QUIGNARD P. L'occupation américaine [M]. Paris: Seuil, 1994.

[220] QUIGNARD P. Terrasse à Rome [M]. Paris: Gallimard, 2000.

[221] QUIGNARD P. Villa Amalia [M]. Paris: Gallimard, 2006.

[222] QUIGNARD P. Les solidarités mystérieuses [M]. Paris: Gallimard, 2011.

[223] QUIGNARD P. La parole de la Délie [M]. Paris: Mercure de France, 1974.

[224] QUIGNARD P. Michel Deguy [M]. Paris: Seghers, 1975.

[225] QUIGNARD P. Le lecteur [M]. Paris: Gallimard, 1976.

[226] QUIGNARD P. Petits traités [M]., Paris: Gallimard, 1997.

[227] QUIGNARD P. Le vœu de silence : essai sur Louis-René des Forêts [M]., Paris: Galilée, 2005.
[228] QUIGNARD P. Une gêne technique à l'égard des fragments [M]. Paris: Galilée, 2005.
[229] QUIGNARD P. La leçon de musique [M]. Paris: Gallimard, 1987.
[230] QUIGNARD P. Albucius [M]. Paris: Gallimard, 2004.
[231] QUIGNARD P. La raison [M]. Paris: Le Promeneur, 1990.
[232] QUIGNARD P. Le nom sur le bout de la langue [M]. Paris: Gallimard, 1995.
[233] QUIGNARD P. La nuit et le silence. Georges de La Tour [M]. Paris: Flohic, 1995.
[234] QUIGNARD P. Le sexe et l'effroi [M]. Paris: Gallimard, 1996.
[235] QUIGNARD P. Rhétorique spéculative [M]. Paris: Gallimard, 1997.
[236] QUIGNARD P. La haine de la musique [M]. Paris: Gallimard, 1997.
[237] QUIGNARD P. Vie secrète [M]. Paris: Gallimard, 1999.
[238] QUIGNARD P. Les ombres errantes [M]. Paris: Gallimard, 2004.
[239] QUIGNARD P. Sur le jadis [M]. Paris: Gallimard, 2004.
[240] QUIGNARD P. Abîmes [M]. Paris: Gallimard, 2004.
[241] QUIGNARD P. Écrits de l'éphémère [M]. Paris: Galilée, 2005.
[242] QUIGNARD P. Le petit Cupidon [M]. Paris: Galilée, 2006.
[243] QUIGNARD P. Les paradisiaques [M]. Paris: Gallimard, 2007.
[244] QUIGNARD P. Sordidissimes [M]. Paris : Gallimard, 2007.
[245] QUIGNARD P. Boutès [M]. Paris: Galilée, 2008.
[246] QUIGNARD P. La nuit sexuelle [M]. Paris: Éditions J'ai lu, 2009.
[247] QUIGNARD P. La barque silencieuse [M]. Paris: Seuil, 2009.
[248] QUIGNARD P. Lycophron et Zétès [M]. Paris: Gallimard, 2010.
[249] QUIGNARD P. Inter [M]. Paris : Argol, 2011.
[250] QUIGNARD P. L'origine de la danse [M]. Paris: Galilée, 2013.
[251] QUIGNARD P. Critique du jugement [M]. Paris: Galilée, 2015.
[252] QUIGNARD P. Les larmes [M]. Paris: Grasset, 2016.
[253] QUIGNARD P. Dans ce jardin qu'on aimait [M]. Paris: Gallimard, 2017.
[254] QUIGNARD P. L'homme aux trois lettres [M]. Paris: Grasset, 2020.
[255] QUIGNARD P. Où sont les ombres ? [J]. L'Infini, N°30, été 1990, pp. 3-30.

[256] QUIGNARD P. Préface écrit par Pascal Quignard pour Notes de Li Yi-chan[M]. Paris: Le Promeneur, 1992, pp. 7-20.

[257] QUIGNARD P. Traité sur Esprit, préface écrit par Pascal Quignard pour De la fausseté des vertus humaines [M]. Paris: Aubier, 1996, pp. 9-66.

[258] QUIGNARD P. La voix perdue, in Pascal Quignard : la mise au silence [M]. Seyssel: Champ Vallon, 2000, pp. 7-35.

[259] QUIGNARD P. Pascal Quignard par lui-même, in Pascal Quignard: La mise au silence [M]. Seyssel: Champ Vallon, 2000, pp.191-192.

[260] QUIGNARD P. La métayère de Rodez [J]. Études françaises, vol. 40, n°2, 2004, pp. 9-11.

[261] QUIGNARD P. Sur Hans Bellmer. Où vont ensemble les amants ?, Cécile Reims grave Hans Bellmer [M]. Paris: Cercle d'art, 2006, pp. 9-48.

[262] QUIGNARD P. Qu'est-ce qu'un littéraire ? [J]. Pascal Quignard, Critique, t. LXIII, No. 721-722, juin-juillet 2007, pp. 421-431.

[263] QUIGNARD P. Lettre à Dominique Rabaté [J]. Europe, Pascal Quignard, No. 976-977, août-septembre 2010, pp. 8-15.

[264] RABATÉ D. Pascal Quignard. Étude de l'œuvre [M]. Paris: Bordas, 2008.

[265] RABATÉ D. Mélancolie et roman : la fiction dans l'œuvre de Pascal Quignard, in Poétiques de la voix [M]. Paris: José Corti, 1999, pp. 271-293.

[266] RABATÉ D. Vérité et affirmation chez Pascal Quignard [J]. Études françaises, vol. 40, n°2, 2004, pp. 77-85.

[267] RANCIÈRE J. La parole muette. Essai sur les contradictions de la littérature [M]. Paris: Hachette Littératures, 1998.

[268] RANK O. Le traumatisme de la naissance [M]. Paris: Payot, 2002.

[269] RAYMOND M. De Baudelaire au surréalisme [M]. Paris: José Corti, 1985.

[270] RICHARD J-P. Proust et le monde sensible [M]. Paris: Seuil, 1974.

[271] RICHARD J-P. Microlectures [M]. Paris: Seuil, 1979.

[272] RICHARD J-P. Onze études sur la poésie moderne [M]. Seuil, 1981.

[273] RICHARD J-P. L'état des choses [M]. Paris: Gallimard, 1990.

[274] RICHARD J-P. Poésie et profondeur [M]. Paris: Points, 2014.

[275] RICŒUR P. Temps et récit [M]. Paris: Seuil, 1985.

[276] ROBERT M. Roman des origines et origines du roman [M]. Paris: Gallimard,

1993.

[277] ROUSSEAU J-J, Essai sur l'origine des langues [M]. Paris: A. G. Nizet, 1992.

[278] ROUSSEAU J-J. Dictionnaire de musique [M]. Paris: Actes Sud, 2007.

[279] ROUZEL J. Psychanalyse et écriture, Rencontre avec Pascal Quignard[M]. Paris: L'Harmattan, 2015.

[280] RUFFEL L. Introduction. Qu'est-ce que le contemporain ?, in Qu'est-ce que le contemporain [M]. Nantes: Cécile Defaut, 2010, pp. 9-35.

[281] SALGAS J-P. Pascal Quignard : Écrire n'est pas un choix mais un symptôme [OL]. Quinzaine littéraire 565, 1ernovembre 1990 : http://www.quinzainelitteraire.presse.fr/articles/entretiens/pascal-quignard-ecrire-n-est-pas-un-choix-mais-unsymptome.php.

[282] SARRAUTE N. Enfance (1983) [M]. Paris: Gallimard, 2019.

[283] SAUTEL N. Pascal Quignard, la nostalgie du perdu [J]. Le Magazine littéraire, n°412, septembre 2002, pp.98-103.

[284] SAUSSURE F (de). Cours de linguistique générale [M]. Paris: Payot, 1992.

[285] SCHAEFFER J-M. Pourquoi la fiction ? [M]. Paris: Seuil, 1999.

[286] SCHONBERG A. Le style et l'idée [M]. Paris: Buchet / Chastel, 2002.

[287] SCHOPENHAUER A. Le monde comme volonté et comme représentation [M]. Paris: PUF, 1968.

[288] SHONAGON S. Notes de chevet [M]. Paris: Gallimard/Unesco, 1985.

[289] SIMON C. Les géorgiques (1981) [M]. Paris: Minuit, 2006.

[290] SORARU I. L'expérience musicale dans les œuvres de Gert Jonke et de Pascal Quignard [D]. Strasbourg II : 2005.

[291] SPRIET S. La lecture selon Pascal Quignard : de la pratique intime à la transmission [J]. Tangence, 2017, n° 115, pp. 57-73.

[292] SUSINI-ANASTOPOULOS F. L'écriture fragmentaire. Définitions et enjeux [M]. Paris: PUF, 1997.

[293] TANIZAKI J. Le goût des orties [M]. Paris: Gallimard, 1993.

[294] TCHOUANG-TSEU. Œuvre complète [M]. Paris: Gallimard, 1985.

[295] THIBAULT B. Rives et dérives chez Jean Rolin, J.M.G. Le Clézio et Pascal Quignard [OL]. L'Esprit créateur, Vol. 51, N°2 (2011), http://muse.jhu.edu, pp. 77-78.

[296] THIBAULT B. L'autrefois et le Jadis dans L'occupation américaine de Pascal Quignard [J]. French Forum summer/fall 2016 vol. 41, nos. 1-2, p.115-126.

[297] TOLSTOI L. Qu'est-ce que l'art ? [M]. Paris: PUF, 2006.

[298] TOMATIS A. L'oreille et la voix [M]. Paris: Laffont, 1987.

[299] TOMATIS A. Écouter l'univers. Du Big Bang à Mozart, à la découverte de l'univers où tout est son [M]. Paris: Robert Laffont, 1996.

[300] VACHAUD P. Le pli des amours interdites dans Carus et Les solidarités mystérieuses [J]. Littératures, 69 | 2013, pp. 83-105.

[301] VALÉRY P. Œuvres, tome I et II [M]. Paris: Gallimard, 1957.

[302] VIART D. Quel projet pour la littérature contemporaine ? (1995) [OL], publie.net, coll. « Voix critiques », 2008.

[303] VIART D. Les fictions critiques de Pascal Quignard [J]. Études françaises, vol. 40, n° 2, 2004, pp. 25-37.

[304] VIART D. Une "récapitulation de l'histoire humaine" ? Le traitement de l'Histoire dans Le Dernier Royaume [J]. Europe, n°976-977, août-septembre 2010, pp. 162-183.

[305] VILELA Y. Les "sordidissimes" et la question de l'objet, in Pascal Quignard. Littérature hors frontières [M]. Paris: Hermann, 2014, pp. 143-157.

[306] VOUILLOUX B. La Nuit et le Silence des images. Penser l'image avec Pascal Quignard [M]. Paris: Hermann, 2010.

[307] VOUILLOUX B. Image et médium, Sur une hypothèse de Pascal Quignard, [M]. Paris: Les Belles lettres, 2018.

[308] WILDER F. Ferenczi, Sándor, in Dictionnaire sauvage, Pascal Quignard [M]. Paris: Hermann, 2016, pp. 220-221.

[309] WILDER F. Lacan, Jacques, in Dictionnaire sauvage, Pascal Quignard [M]. Paris: Hermann, 2016, pp. 298-300.

[310] WOU King-Tseu. Chronique indiscrète des mandarins [M]. Paris: Gallimard, 1976.

[311] ZHUO Y. Le roman, lieu sans terre [J]. Pascal Quignard, Critique, t. LXIII, No. 721-722, juin-juillet 2007, pp. 520-532.

[312] ZHUO Y. Le monde romain est notre mélancolie L'objet perdu de Pascal Quignard [J]. French Forum summer/fall 2016 vol. 41, nos. 1-2, pp. 127-140.

后记

此刻，我的心中百味杂陈。本书是在我博士论文的基础上修改完成的。读博期间，每周都往返于苏州 - 上海之间，以至我对沪宁线的列车时刻表、每个车次的行车时间都了然于心，这其中，有辛苦，但更多的充实与幸福。博士论文的完成，对于我，意味着一种生活方式的终结，也意味着另一种未知的生活方式的到来，这本书正是未知生活的开端。

1998 年的初秋，一脸懵懂一脸憧憬的我有幸成为武大的姑娘。珞珈山三年的学习时光，我在无忧无虑中度过。此后的三年，十三年，二十三年，我不间断地享受着武大给与我的恩惠，这恩惠静寂无声，延绵悠长。

2016 年的初秋，一脚步入中年的我又幸运地成为师大的姑娘，樱桃河畔那片如梦如幻的紫色的马鞭草带给我新的憧憬。在师大的 5 年半，依旧无忧无虑，依旧享受着天赐的恩惠，最好的图书馆，最有创意的食堂，最最重要的，是那些最有人文气息的老师们。

而我亲爱的导师王静教授是助我实现武大 - 师大姑娘身份转换的摆渡人。她友善，友好，同时，严谨，严厉。在“王”门被传道、被授业、被解惑，是唯一能与武大姑娘，师大姑娘这两个身份相媲美、唯一能与这两个身份相衬的幸运与幸福。王老师因材施教，应时施教，得意时鞭策，迷茫时指导，崩溃时鼓励，从怎样有效阅读开始，一点点指导我进入论文的写作。

在此，还要感谢我们心中永远的女神袁筱一教授。她从未拒绝过我们的求助，一句“换我可能也写不出”，或“我不知道啊”，驱散掉我们的迷茫和无措。随后就跟我们一起探求可能的方法和路径。袁老师聪慧，博学，最为重要的是，她身上弥漫着很多聪慧与博学的人身上所没有的真诚与天真。而真诚与天真是多么可爱又可敬的品质啊！这是我们在达不到聪慧，做不到博学时，唯一的、自我感觉好像不需要特别努力就可以做到的事。

2016，这是个吉利的数字。在这一年，我遇到了众多才华与颜值同在的师大姑娘，李佳，于海燕，李安华，康雅丽，岳笑囡，韩静帆，郭芯雨，金秋容，陶海婷，……我们在校园，在图书馆，在食堂偶遇，在火锅店、烤肉店、电影院、咖啡馆相聚，分享生活带给我们的一切。博士论文是一场孤独的战斗，如果没有遇到她们，如果没有大集体、小集团的温馨与温暖，很难想象，我能否经受得住这场战斗。

19年夏天，论文写作遭遇困境，身边的老友和同事们一边不厌其烦地开导、鼓励，一边默默地查资料，甚至经受了阅读基尼亚尔进入作家写作的痛苦与折磨。在这场与基尼亚尔的苦恋中，谢谢他们的在场和厚爱。还要感谢促成本书出版的苏州大学的领导、同事和朋友们，感谢苏大外院这个温暖的大家庭所给与我的支持和鼓励，感谢法语系同事们的帮助和照顾，谢谢大家！

当然，如果没有家人持续的财力、物力、人力、精神的支持和陪伴，应该没有现在的我和这本书。特别感谢我的父母，还有我的儿子，谢谢他们时时刻刻给我前行的力量和不言放弃的决心。还想感谢远在天堂的外公和外婆。外公和外婆陪伴着我度过了童年时光，他们是受过良好教育、经历过生活大磨难的人。积极、乐观、坚忍是他们留给我一生都取之不尽用之不竭的财富。

最后，我想说，就是这些幸运成就了我，成就了这本仍然稚嫩的书。